Ornella

Nefasta – Tome 1

Julie Dauge

D'Livres & MOI

À mon cher et tendre,
merci pour ta patience

Glossaire latin

Nefasta : maudite (nominatif singulier féminin)

Nefastae : maudites (nominatif pluriel féminin)

Consilium : conseil, assemblée (nominatif singulier)

Veteres : les anciens (nominatif pluriel)

Vetu : l'ancien (nominatif singulier)

Amor Fati : amour du destin, amour de la destinée, accepter son destin

𝕻rologue

— Tu l'as trouvé ? demanda la fillette aux boucles châtain mêlé de feu.

— Oui, je savais bien que mon papa avait une copie dans sa bibliothèque, répondit la fillette aux boucles d'or.

— Tu es certaine qu'il ne s'en rendra pas compte ?

— Non, il ne consulte jamais ses livres. Ils sont surtout là pour faire bonne figure. Ne t'inquiète pas, je le remettrai tout à l'heure et personne n'en saura jamais rien.

La fillette aux boucles blondes sortit ensuite, de son sac à dos, l'ouvrage qu'elle avait emprunté à son père. Ce n'était pas grave si ce n'était pas l'original, il contenait tout de même ce que les deux amies voulaient lire.

— Tu crois vraiment que l'on va en apprendre plus sur eux là-dedans ? demanda la rousse.

— Oui.

Fébrilement, elles commencèrent à tourner les pages de cette copie du livre des *Origines*. Cet écrit retraçait l'origine de leur espèce et de celle qui les intéressait : les vampires.

Depuis toutes petites, on leur avait appris que ces êtres constituaient leurs pires ennemis, mais depuis qu'elles savaient qu'elles étaient particulièrement menacées par les vampires, les deux fillettes voulaient en apprendre plus sur eux. Elles cherchaient à se rassurer : ils ne pouvaient pas être aussi vils qu'on le leur avait fait croire.

— Je crois que j'ai trouvé ce qui nous intéresse, déclara la blonde.

Elle commença alors sa lecture à voix haute, pendant que son amie l'écoutait religieusement :

— En des temps immémoriaux, alors que l'humanité n'en était qu'à ses balbutiements, des êtres dotés de capacités hors-normes vivaient en relative harmonie dans une cité nommée Atlantide. On les appelait les Anciens. Voici l'histoire de deux d'entre eux qui fut déterminante et marqua un tournant irréversible pour ceux de notre espèce : Abel et Caïn.

Les deux fillettes se fixèrent quelques instants, s'interrogeant mutuellement du regard. Ni l'une ni l'autre n'avait jamais entendu parler de ces deux personnages. Mais cette introduction promettait une aventure passionnante et terrifiante.

La blonde replongea son nez dans le livre pour continuer sa lecture :

— Tous les Anciens étaient capables de donner vie à des mots en récitant des formules ou en suivant des rituels particuliers. Cependant, certains d'entre eux étaient beaucoup plus doués avec cette magie. Par exemple, il leur suffisait d'invoquer par la pensée une volonté pour qu'elle devienne réalité. C'était le cas d'Abel. Il était d'ailleurs le plus doué que toute la cité n'ait jamais connu.

— Tu crois que c'était un mage ? demanda la rousse.

— Je ne sais pas, il est bien noté que c'était un Ancien, mais on dirait qu'il avait les mêmes capacités qu'un mage.

— Continue, peut-être que nous allons en apprendre plus sur lui.

— D'autres Anciens avaient une force et une rapidité inégalées. Caïn appartenait à cette lignée. Grâce à leurs capacités, ils étaient les protecteurs de l'Atlantide. Ils étaient chargés de la sécurité au sein de la cité, réglant les différents conflits qui pouvaient y naître et empêchant les humains de s'approcher par mégarde de l'île. Cependant, Caïn nourrissait, dans le fond de son cœur, un sombre dessein. Corrompu par l'avidité, il se mit à convoiter les pouvoirs des Anciens capables de manier les mots pour leur donner vie selon leur volonté. Son projet était simple : s'il pouvait allier la force physique et la force mentale, il pourrait devenir l'être le plus puissant de l'Atlantide.

— Je l'aime pas ce Caïn, commenta la rousse.

— Moi non plus.

La fillette continua ensuite sa lecture, pressée de découvrir la suite.

— Cette idée germa et mûrit dans son esprit. Il y pensa nuit et jour, jusqu'à ce qu'il décide de la concrétiser. Discrètement, il commença à se documenter pour chercher une piste qui pourrait lui être utile. Après plusieurs heures de recherches infructueuses, il finit par trouver, caché au fond d'une étagère, un sort qui retint son attention. Ce dernier permettait de s'approprier l'essence d'un animal. Caïn le lut et se demanda s'il pouvait également s'appliquer pour un Ancien. Obsédé comme il l'était par son plan, il décida de tenter l'expérience.

La blonde fit une pause, le temps de tourner la page. Les deux amies étaient tenues en haleine, curieuses de savoir comment tout ceci allait se finir.

— Abel était l'être le plus doué avec les mots, Caïn le prit donc pour cible. Une nuit de pleine lune, il s'arrangea pour s'introduire dans le repère d'Abel. Selon les écrits qu'il avait trouvés, il lui fallait boire le sang de l'être convoité à la pleine lune en récitant dans sa tête l'incantation. Dès qu'Abel eut franchi le pas de la porte, Caïn mit son terrible plan à exécution. Malheureusement, les choses ne se déroulèrent pas comme prévu. Abel refusa de coopérer et de donner son sang. Une terrible lutte s'en suivit et Caïn tua Abel. En désespoir de cause, Caïn s'abreuva aussitôt à la veine d'Abel. Il pria pour que la mort de ce dernier n'ait aucun impact sur l'effet souhaité. Malheureusement, tout ce qu'il obtint fut le pouvoir de persuasion par la voix et uniquement dans une moindre mesure.

La fillette aux boucles blondes tourna à nouveau la page pour découvrir comment cette tragédie s'était terminée. Caïn ne pouvait pas s'en être tiré à si bon compte, si ?

— Alertés par le bruit de la lutte, un groupe d'Anciens surprirent Caïn en plein dans son macabre repas. Outrés par ce crime abominable, ils l'emprisonnèrent et décidèrent de lui infliger une punition dissuasive. Comme Caïn avait convoité le sang d'Abel, ils firent en sorte que lui et toute sa descendance soient condamnés à se nourrir de sang pour vivre. En mémoire d'Abel, ils ajoutèrent une « clause » à cette contrainte : la mort de la personne « donneuse » entraînerait automatiquement celle de celui ayant bu. Ils expulsèrent ensuite Caïn et les siens de l'Atlantide et les désignèrent à partir de cet instant sous le terme de « vampire ». Afin qu'aucun autre vampire ne puisse plus jamais commettre pareil méfait, ils s'arrangèrent pour qu'aucun d'entre eux ne soit capable d'utiliser une incantation. Pour rendre hommage à Abel, ses descendants se virent dotés de l'appellation « *magus* », les mages.

Horrifiées, les deux fillettes se regardèrent. Cette histoire était tout simplement terrible. En fin de compte, on ne leur avait pas du tout menti. Les vampires étaient bel et bien des êtres démoniaques.

Chapitre 1

— Attention à ta garde, tu découvres trop ton flanc gauche.

La déclaration de Carlos, l'entraîneur d'Ornella, eut l'effet escompté. Son adversaire porta aussitôt son attention dans cette direction, plongeant la tête la première dans le piège tendu.

Amateur, songea-t-elle.

Croyait-il vraiment que Carlos trahirait ainsi une faiblesse ?

Encore un qui pense que le fait d'être une fille me rend plus bête et incapable de me battre !

Dans les faits, du haut de ses vingt-quatre ans, Ornella avait plutôt tendance à penser, au contraire, que l'entrejambe des hommes était un frein à l'utilisation de leur cerveau. La preuve, depuis que le combat « amical » avait débuté, Toby, l'homme qui lui faisait face, enchaînait les erreurs à cause de ses préjugés.

Premièrement, il n'avait pas arrêté de se moquer d'elle avec sa bande. Cela avait commencé avec des allusions au fait que la femme de ménage s'était trompée d'horaire pour venir travailler, puis avec une remarque sur le fait que le Jackson's venait d'étoffer son forfait d'abonnement avec un nouveau service pour aider à « décompresser » après un bon combat.

Au bout d'un moment, énervée, elle avait défié ce petit prétentieux de l'affronter sur le ring. Ce dernier avait alors commis sa deuxième erreur en ne la prenant pas au sérieux. Il avait même eu le culot de déclarer :

— *Chérie, tu n'as pas compris où tu es. Ici, c'est pas une salle de gym pour travailler les abdos et les fessiers, c'est une salle de boxe pour les hommes, les vrais.*

Il avait alors commis sa troisième erreur. Ici, comme il l'avait si bien dit, c'était lui le novice. Elle fréquentait le Jackson's Club depuis presque six ans. S'il avait fait partie des habitués, il aurait immédiatement compris sa méprise.

Il avait ensuite aggravé son cas en la reluquant comme si elle n'était qu'un simple bout de viande, se régalant justement de ses abdos et ses fessiers.

À ce stade, Ornella n'avait eu plus qu'une idée en tête : réussir à le faire monter sur le ring pour lui apprendre d'une part le respect des femmes et d'autre part ce qu'il en coûtait de jouer les machos avec elle.

Depuis maintenant six ans qu'elle pratiquait ce sport,

elle ne comptait plus le nombre de raclées qu'elle avait distribuées à des petits prétentieux dans le genre de ce Toby. D'ailleurs, elle devait bien reconnaître que c'était son petit plaisir. Et loin de la décourager, Carlos la soutenait.

Contrairement aux autres hommes de la salle de boxe, l'entraîneur l'avait prise au sérieux dès la première fois qu'elle avait franchi les portes de la salle. Quand elle avait affirmé vouloir apprendre à se battre, il lui avait déclaré sans ombrage :

— *Je me moque de ce que tu as entre les jambes, ce qui compte, c'est que t'aies la niaque et l'envie de te battre.*

— *Je ne rêve que de ça,* lui avait répondu Ornella, ne se formalisant pas de ses manières un peu bourrues.

Tous les autres entraîneurs s'étaient moqués de leur collègue, mais Carlos s'était contenté de prédire :

— *Tu verras, très bientôt, ils comprendront leur erreur et riront jaune. Ce sera bien fait pour leur gueule !*

C'était à partir de cet instant qu'Ornella avait su qu'elle s'entendrait à merveille avec celui qui venait d'accepter de devenir son entraîneur.

Pour en revenir au combat actuel, le type musclé – mais sans cervelle – avait commis sa énième erreur en la sous-estimant avec des gants de boxe. Après avoir accepté de se battre en ricanant, il avait joué au coq de basse-cour, persuadé d'avoir très rapidement le dessus. C'était sans doute l'erreur qu'il allait regretter le plus amèrement.

Une fois le pied posé sur le ring, il avait sonné le glas

de son ego. Et, loin de le plaindre, Ornella se régalait à l'idée de la déculottée qu'il allait prendre. Peut-être arrêterait-il ensuite de traiter les femmes comme des moins que rien. Dans le cas contraire, elle se serait au moins amusée à lui rabattre son caquet !

Agissant comme beaucoup de mecs qu'elle avait affrontés avant lui, Toby se fia aux paroles de Carlos et plongea sur son flanc gauche, pensant ainsi tenir un angle d'attaque. Manque de chance pour lui, son mouvement lui fournit l'ouverture qu'elle attendait pour lui décrocher un magistral coup de poing sur la joue gauche.

Certes, elle n'était pas bien imposante. D'ailleurs, Sue, sa collègue de boulot, passait son temps à l'appeler « la crevette ». Sauf que la crevette avait un sacré bon crochet du droit !

Si un homme du gabarit de Toby avait réalisé le même exploit, il aurait certainement mis ce petit prétentieux KO. En l'occurrence, il se retrouva simplement sonné et secoua la tête pour retrouver ses esprits.

Ça lui apprendra ! pensa Ornella.

Le machisme était une des choses l'énervant le plus, certainement car elle y était confrontée beaucoup trop souvent à son goût. Le fait qu'il soit souvent associé à la frustration de ne rien pouvoir faire en retour, lui donnait une saveur encore plus amère.

Dès que l'occasion lui était offerte de prendre sa revanche, elle ne se retenait donc pas et ne culpabilisait pas un quart de seconde qu'un homme paie pour les autres. Après tout, il l'avait mérité, indépendamment du comportement de ses pairs.

Toby releva la tête et la vue du filet de sang coulant au coin de sa bouche la fit jubiler, tout comme l'air choqué-outré qu'il arborait. En retour, elle lui envoya un sourire éblouissant. Il se mit alors à enrager, commettant une nouvelle erreur.

Tout boxeur savait que perdre son sang-froid équivalait à perdre le combat. Ses gestes devinrent de plus en plus brouillons. De son côté, elle ne lui laissa aucun répit, enchaînant les coups et esquives. Malgré ses nombreuses tentatives, son adversaire ne parvint pas à la toucher une seule fois.

Bientôt, le corps de Toby en eut assez de se faire martyriser et abandonna la partie. L'homme s'écroula inconscient sur le sol. Battu par KO.

Dans la salle, seul le bruit du buste et de la tête de son adversaire touchant le sol résonna. Les hommes attroupés autour du ring regardaient la scène dans un silence solennel.

Durant ses premiers entraînements, beaucoup l'avaient observée avec plus ou moins de discrétion. Ils semblaient amusés de voir une nana haute comme trois pommes s'exciter sur un sac de frappe.

Lorsqu'elle avait gagné son premier combat, ils avaient changé leur façon de la regarder. Après avoir vu ce dont elle était capable, ils avaient ri jaune, n'admettant pas qu'elle parvienne à avoir le dessus sur eux.

Encore aujourd'hui, certains ne comprenaient pas

que les muscles ne faisaient pas tout dans ce sport et que l'esprit était également un puissant allié.

Certains étaient toujours gênés à l'idée de la voir sur un ring. Pour eux, ce n'était pas la place d'une fille. En cas de danger, elle devait avoir un père, un frère, un mari ou un petit ami pour la défendre. Elle n'avait pas à se battre elle-même.

Quelle bande de machos.

D'ailleurs, certains membres du club refusaient obstinément de se battre contre elle, prétendant être incapables d'affronter une fille, que cela allait à l'encontre de leur éducation.

Si elle suspectait un ou deux de se servir de cette excuse par peur de se faire ridiculiser, pour les autres elle les savait sincères et n'était pas vexée. Si tous les hommes avaient été outrés à l'idée de frapper une femme, il y aurait beaucoup moins de ses consœurs en difficultés.

Après ce silence pesant, où certains la fixèrent avec une petite pointe de fierté (les habitués), d'autres avec des yeux exorbités (les nouveaux ne l'ayant jamais vue combattre) et d'autres avec de l'amertume (les plus machos), les hourras fusèrent, scandant le surnom qu'ils lui avaient attribué trois ans plus tôt : La sorcière de Jackson.

Chapitre 2

— Bien joué ma fille.

— Merci Carlos.

La fierté visible dans le regard de son entraîneur lui réchauffa le cœur. Ornella n'avait jamais connu l'approbation paternelle. La façon dont Carlos se comportait avec elle après chaque combat était ce qui s'en rapprochait le plus.

Pour être plus exact, elle ne se souvenait pas d'avoir un jour reçu les félicitations de la part de son père, pour la simple et bonne raison que ses parents lui avaient été arrachés physiquement et mentalement lorsqu'elle n'était encore qu'une enfant.

À l'âge de neuf ans, sa famille avait eu un grave accident de voiture et elle était la seule survivante. Du moins, c'était ce que lui avait rapporté la police. Pour sa part, Ornella n'avait aucun souvenir de cette tragédie. Mais le pire était qu'elle n'en avait aucun de ses parents.

Les médecins lui avaient expliqué que le choc violent de l'accident avait provoqué une amnésie. Et il n'existait aucune solution miracle pour y remédier. Peut-être qu'avec le temps, ce pan de sa vie lui serait rendu, avaient-ils dit. Cependant, quinze ans après les faits, elle doutait maintenant de retrouver un jour la mémoire. Elle avait donc fait un trait sur ce passé volé.

Après avoir recueilli les félicitations de quelques-uns des boxeurs, Ornella prit la direction du vestiaire pour se changer. En chemin, elle croisa le groupe accompagnant son adversaire. Elle ne fut pas surprise de les entendre lâcher des insanités sur elle. En retour, elle ne put retenir un petit sourire en coin. D'autant qu'ils se contentaient de les lancer à voix basses, comme s'ils avaient peur de subir le même sort que leur pote.

Une fois seule dans les vestiaires – un des rares avantages à fréquenter une salle de boxe quand vous étiez une femme – , elle fila sans tarder sous la douche. L'eau bien chaude lui fit un bien fou. Elle l'aida à détendre ses muscles toujours contractés après l'effort qu'elle venait de fournir.

Contrairement à Toby, elle ne prenait jamais un combat à la légère. Elle refusait de prendre un coup qui lui donnerait ensuite l'allure d'une femme battue. Elle ne pensait pas être spécialement vaniteuse, mais elle aimait son visage tel qu'il était, nul besoin de venir l'agrémenter de quelques bleus.

Or, si elle ne faisait pas appel à toute sa concentration, elle ne se faisait aucune illusion sur ses chances. Son ego ne lui pardonnerait pas une défaite à cause d'une inattention de sa part. Si elle devait se prendre une dérouillée (chose qui ne s'était pas encore produite une seule fois), elle voulait n'avoir aucun reproche à se faire.

Ornella était lucide et avait pleinement conscience du handicap que représentait son gabarit. Si ses adversaires avaient l'occasion de lui mettre la main dessus, ils auraient immédiatement l'avantage sur elle. Chaque instant nécessitait donc une attention accrue de sa part, afin de deviner les mouvements de ses adversaires dans le but de pouvoir les esquiver. Heureusement pour elle, Ornella excellait dans ce domaine. Certains s'amusaient même à dire qu'elle avait des dons de prémonition. Cette idée la faisait gentiment sourire.

Une fois séchée et habillée, elle ralluma son téléphone pour vérifier ses messages. En l'occurrence, elle en avait un de Sue.

J'ai besoin de prendre un verre, la crevette. Joe a été horrible.

Depuis quelques mois, Ornella travaillait dans un cabinet d'avocats. Joe, l'un des deux avocats ayant la chance d'avoir leur nom gravé sur la plaque du cabinet, était un horrible personnage. Il mettait toujours un point d'honneur à utiliser des sobriquets dégradants pour appeler ses employées femmes, tels que « Machine », « Hé, la blonde », « Truc ». Ornella en venait même à douter qu'il connaisse leur prénom.

Si elle n'avait pas eu cruellement besoin d'argent pour vivre, elle l'aurait envoyé balader depuis longtemps. Malheureusement, ce n'était pas un luxe qu'elle pouvait s'offrir, tout comme Sue. Alors, toutes les deux se retrouvaient de temps en temps autour d'un verre pour vider leur sac.

Même si l'idée de sortir ce soir ne la tentait pas vraiment, Ornella ne voulait pas laisser tomber la seule fille qu'elle pouvait considérer comme une amie.

À cause de sa jeunesse merdique d'orpheline trimballée d'une famille d'accueil à une autre, Ornella avait noué très peu de relations que ce soit avec des filles ou des garçons. Cependant, elle s'entendait bien avec Sue et celle-ci semblait réellement l'apprécier.

Ayant fini de se préparer, elle lui répondit :

OK. Je viens de finir. On peut se retrouver Chez Michel.

Chez Michel était un bar plutôt calme dans lequel elles avaient l'habitude de se retrouver après le travail pour décompresser. Grâce à la disposition des lieux, même plein, il ne donnait pas la sensation d'étouffement et n'était pas noyé sous le brouhaha.

Super. Je préviens Michel pour qu'il garde notre table. Je t'attends directement là-bas.

Michel, le patron, les appréciait beaucoup. Chaque fois qu'il avait connaissance de leur venue, il bloquait leur table attitrée. Elle était placée stratégiquement pour limiter les tentatives peu subtiles de drague des hommes ayant quelques coups de trop dans le nez.

OK

Ornella attrapa ensuite sa veste et quitta le vestiaire pour traverser la salle de boxe. En chemin, elle ne vit aucune trace de Toby et ses acolytes. Ils avaient dû filer sans demander leur reste.

Elle se dirigea ensuite vers sa voiture pour rejoindre Sue.

Chapitre 3

Dans les rues de la Nouvelle Orléans, vampires, loups-garous et sorcières commençaient à faire leur apparition. D'ici quelques jours, ce serait Halloween. Dans cette ville, plus que nulle autre, les festivités étaient donc de mise.

Ornella avait toujours aimé cette ambiance mystique entourant la ville. Les croyances y étaient légion et il n'était pas rare de voir des diseuses de bonne aventure installer leur stand dans la rue pour y poser leur boule de cristal ou leur jeu de tarot. Sue avait déjà tenté de l'entraîner une fois à l'un d'eux pour se faire lire les lignes de la main, mais elle avait refusé. Elle ne voyait pas l'intérêt de faire perdre de l'argent à son amie.

Il y avait également tout un tas de commerces prétendant vendre le b.a.-ba de la sorcellerie. Magie noire, magie blanche, vaudou, il y en avait pour tous les goûts. Et nombreux étaient ceux qui se laissaient tenter par des grimoires soi-disant très anciens ou des ingrédients franchement dégoûtants à défaut d'avoir des vertus magiques.

Personnellement, Ornella ne croyait pas à toutes ces choses. Cependant, elle ne voyait pas où était le mal, tant que cela restait bon enfant. Et puis, il fallait bien reconnaître que cet environnement unique donnait un charme à la ville.

Après avoir croisé la route d'une bande de vampires franchement pathétiques et avinés, elle franchit la porte de *Chez Michel*. Elle repéra immédiatement Sue et alla la rejoindre, après avoir salué le patron du bar.

Elle prit place en face de sa collègue et remarqua immédiatement son air enragé. Depuis qu'elle la connaissait, Ornella ne l'avait jamais vue autant en colère. Leur patron avait vraiment dû faire fort ! Pourtant, son palmarès était déjà assez impressionnant.

La semaine dernière, elles s'étaient d'ailleurs retrouvées à cette même table, après une énième vacherie de la part de Joe. Sue avait alors déclaré :

— *Je te jure, crevette, le jour où je trouve un autre job, je vais pas le rater ce type ! Je vais lui balancer ses quatre vérités. Il ne va pas être déçu du voyage, c'est moi qui te le dis !*

Ornella lui avait répondu :

— *Quant à moi, tu peux être sûre que le jour où je peux quitter cette boîte pourrie, je me déguise pour masquer mon visage, je m'arrange pour le croiser au détour d'une ruelle et je lui montre ce dont une fille est capable.*

Sa remarque avait bien fait rire Sue qui avait déjà assisté à quelques-uns de ses combats et savait donc de quoi elle était capable.

En posant sa veste sur le dossier de sa chaise, Ornella demanda :

— Alors, qu'a fait notre cher Joe pour te mettre en pétard ?

— Je te jure crevette, je bous littéralement. Cet enfoiré a vraiment eu de la chance d'être en réunion à l'extérieur cet après-midi, parce que je peux t'assurer qu'on m'aurait entendue dans les couloirs !

— Raconte.

— Est-ce que tu vois qui est Elen ?

— Je n'en suis pas certaine. Je ne sais pas si je l'ai déjà vue.

En tant qu'assistantes de direction, il était rare que Sue et elle aient l'occasion de parler avec les autres filles de la boîte. Elle ne connaissait donc pas très bien ses collègues.

— Eh bien, tu ne risques pas de la revoir de sitôt !

— Pourquoi ?

— Elle travaille, enfin, elle *travaillait*, au 2e étage. Aujourd'hui, je suis allée la voir car j'avais besoin d'un justificatif. Quand je suis arrivée dans son bureau, je l'ai trouvée en pleurs.

— Rien de grave j'espère.

— Si, l'horreur totale.

— C'est-à-dire ?

— Elle m'a expliqué que son contrat arrivait à échéance aujourd'hui. Quand je lui ai demandé la raison pour laquelle il n'était pas reconduit, elle m'a répondu : « Le prix à payer pour le renouveler n'en valait pas la peine. »

Sue prit une gorgée du liquide ambré présent dans son verre – la connaissant, certainement du bourbon – avant de reprendre avec un air dégoûté :

— Tu penses bien que je lui ai demandé des explications. Et là, elle me lâche cette bombe : « Sucer la queue de Joe Smart était un prix trop élevé. Je préfère encore crever de faim sous un pont ! »

— QUOI ?!! s'exclama Ornella d'un air outré.

— Tu m'as très bien comprise. Ce gros porc lui a dit de passer sous le bureau, si elle voulait avoir un nouveau contrat.

— L'enfoiré, souffla Ornella.

Habituellement, elle n'insultait pas ainsi les gens, mais Joe méritait amplement qu'elle fasse une entorse à cette règle.

Elles furent coupées dans leur discussion par un serveur qui vint prendre la commande d'Ornella. Elle s'aligna sur Sue et prit à son tour un bourbon. Elle pressentait que ce ne serait pas l'unique de la soirée.

— Attends, tu ne sais pas le pire, ajouta son amie, une fois que le serveur fut parti.

Objectivement, Ornella ne voyait pas comment le tableau pourrait être plus sordide. Elle savait que Joe était un sale type, mais elle ne l'aurait jamais pensé aussi tordu.

— Vas-y, je t'écoute.

— Lorsqu'elle m'a dit ça, j'ai été aussi surprise que toi, tu penses bien. Après avoir copieusement insulté Joe, je lui ai dit que je savais que c'était un sale misogyne, mais que j'ignorais que c'était en plus un prédateur sexuel !

— Moi aussi, avoua Ornella.

— Elen a alors lâché la deuxième bombe. Elle m'a demandé si je n'avais pas remarqué le fort turn-over chez les assistantes.

Pour le coup, toutes les deux s'étaient plusieurs fois fait cette réflexion, mais elles avaient simplement supposé que les pauvres filles partaient parce que Joe était infect. Visiblement, elles s'étaient trompées.

— Tu veux dire que ce n'était pas la première fois qu'il agissait de la sorte ?

En hochant la tête pour confirmer, Sue raconta :

— Elen m'a rapporté que des rumeurs circulaient dans les couloirs. Apparemment, il a déjà fait plusieurs fois le coup. Et son associé n'est guère mieux, car il ferme les yeux sur les agissements de Joe.

Pendant que Sue se lâchait sur leurs patrons, Ornella réfléchissait à la couleur du masque qu'elle allait porter pour mettre une raclée à ce cher Joe. Ce qu'elle venait d'apprendre ce soir était la goutte d'eau en trop.

La haine vis-à-vis de son patron venait d'atteindre des sommets encore jamais égalés. Définitivement, la prochaine fois que leurs routes se croiseraient, ce serait sa fête. Autrement dit, dans quatre jours.

Demain elle était de repos, ensuite c'était le week-end, mais lundi, elle n'allait pas se gêner pour lui dire son fait. C'était tout simplement inacceptable.

Comme elle l'avait pensé, plusieurs verres de bourbon se succédèrent pour digérer cette sordide nouvelle. Même si elle n'était pas complètement ivre, il n'était pas raisonnable de prendre le volant. Au moment de quitter le bar, elle décida donc de laisser sa voiture sur le parking pour venir la chercher le lendemain.

Sue insista pour qu'elles partagent un Uber, mais Ornella préféra rentrer à pied. La température était plutôt agréable et elle n'était pas si loin que ça de chez elle. Une bonne marche ne lui ferait donc pas de mal.

Après avoir salué sa collègue et lui avoir souhaité bon courage pour le lendemain, Ornella ouvrit son téléphone et se servit du GPS pour trouver le chemin le plus court. Celui proposé la faisait couper à travers des petites ruelles peu fréquentées, mais elle avait largement la capacité de se défendre si un abruti avait la mauvaise idée de vouloir s'en prendre à elle.

Elle vérifia une dernière fois l'itinéraire et commença sa marche en laissant son esprit vagabonder. Maintenant qu'elle n'était plus aveuglée par la colère, elle pouvait réfléchir à la meilleure façon de traiter le cas « Joe ».

Certes, elle prendrait un malin plaisir à lui donner une bonne correction, mais elle ne devait pas oublier qu'il était avocat. Il pourrait donc réussir à retourner la situation contre elle. Au final, elle pourrait se retrouver en galère et lui s'en tirer avec le statut de victime, ce qui était tout bonnement inacceptable.

Donc, même si c'était frustrant, elle devait trouver une autre solution qui impliquerait moins de coups et serait plus efficace sur le moyen et le long termes.

Elle marchait depuis dix bonnes minutes, lorsqu'elle eut une idée. Elle pouvait faire en sorte que la concurrence soit au courant de sa façon d'agir. Ce qu'il faisait était inadmissible et surtout illégal, un comble pour un avocat. Si cela venait à se savoir, il pourrait être totalement discrédité dans le métier. Ainsi, même si la Justice ne le condamnait pas pour ses actes, sa carrière serait ruinée, ce qui serait déjà une petite satisfaction en soi.

Perdue dans ses pensées, elle ne fit pas attention au groupe d'hommes devant lequel elle passa. En revanche, eux, la repérèrent immédiatement et lui emboîtèrent le pas silencieusement, attendant le moment propice pour frapper.

Le bruit de pas multiples et de chuchotements, même faibles, finit par parvenir jusqu'à son cerveau en pleine réflexion.

Oubliant dans l'instant Joe et le sort qui l'attendait, Ornella se força à continuer comme si de rien n'était, tout en étant extrêmement attentive à tout ce qui l'entourait, en particulier derrière elle. Après tout, peut-être se laissait-elle emporter par son imagination.

Malheureusement, ce n'était pas le cas. Elle entendit à nouveau le son caractéristique de chaussures raclant sur le sol. Les hommes derrière elle étaient au moins cinq. Or, elle avait beau se débrouiller en boxe, elle n'était pas Wonder Woman. Impossible d'avoir le dessus sur un si grand nombre. Elle devait à tout prix rejoindre la foule. Elle serait alors en relative sécurité.

Aussi bien, le groupe ne la suivait pas vraiment et empruntait simplement le même itinéraire qu'elle. Sauf qu'ils étaient trop silencieux pour être honnêtes, comme s'ils voulaient faire en sorte de ne pas se faire repérer.

Ornella jeta un coup d'œil à son téléphone et vit que son GPS voulait la faire continuer dans les petites rues peu fréquentées pour suivre le trajet le plus court. Cependant, son objectif venait d'être révisé. Elle ne souhaitait plus arriver le plus vite possible, mais saine, sauve et en un seul morceau.

Si elle se fiait à la carte qu'elle avait sous les yeux, il y avait une rue commerçante parallèle au chemin qu'elle était en train de suivre actuellement. Normalement, une petite ruelle formant un S allait bientôt se présenter sur sa gauche, lui permettant de la rejoindre. Certes, le passage en lui-même n'était pas très rassurant, mais ce n'était que pour trois cents mètres à tout casser. Si elle ne le prenait pas, la prochaine alternative était à plus de cinq cents mètres devant elle, une distance bien trop longue si le groupe était réellement animé de mauvaises intentions.

Elle n'hésita donc pas une seconde et s'engouffra dans l'allée dès que celle-ci apparut.

Malheureusement pour elle, les hommes avaient anticipé son geste. Ornella découvrit alors à ses dépens que, parfois, quelques centaines de mètres peuvent représenter une barrière infranchissable pour atteindre la sécurité.

Chapitre 4

Le seul bruit audible dans la ruelle était celui de la peau frottant contre la peau, ainsi que les gémissements de la fille.

Grâce à ses sens surdéveloppés, Ailean notait beaucoup plus de détails que ne l'aurait fait un homme ordinaire. Il sentait par exemple l'odeur légèrement nauséabonde s'élevant de la poubelle située non loin de là. S'il prenait quelques instants pour s'y attarder, il pourrait même en donner la principale composition. Mais c'était bien la dernière chose dont il avait envie en cet instant.

Ce qui l'intéressait à ce moment-là, c'était la fille dont le buste était en appui sur le muret à l'aspect douteux, fille dans laquelle il était en train de se perdre.

À l'air gourmand qu'elle lui avait lancé tout à l'heure,

il avait tout de suite compris qu'il n'aurait pas à fournir beaucoup d'efforts pour obtenir ce qu'il voulait. De fait, il lui avait fallu moins de cinq minutes pour réussir à l'avoir ainsi, entre lui et ce muret, lui en elle.

Ce soir, il n'avait pas particulièrement envie de sexe. Malheureusement, pour obtenir ce qu'il convoitait vraiment, il fallait que sa « victime » – encore qu'Ailean préférait le terme de « donneuse » à celui de victime, beaucoup trop dramatique à son goût – soit occupée à autre chose. Cela facilitait l'échange.

Il pouvait l'affirmer haut et fort grâce à ses 308 ans d'expérience, amener la fille lovée contre lui jusqu'à la jouissance était la meilleure stratégie pour détourner son attention. C'était également la façon la plus simple et rapide de lui voler le précieux liquide coulant dans ses veines, indispensable pour lui comme pour elle, mais pour des raisons différentes.

Demain matin, elle ne se souviendrait pas de cette rencontre fortuite. Elle n'en garderait aucune marque, pas même son sperme, les conditions n'étant pas réunies pour qu'il puisse jouir. Elle aurait simplement le vague souvenir d'un rêve érotique.

De son côté, il aurait refait le plein d'énergie pour quelques jours, avant de devoir se remettre en chasse pour trouver une nouvelle donneuse.

En trois siècles d'existence, Ailean ne saurait dire le nombre de fois où il avait maudit Caïn, le premier de ses ancêtres. À cause de lui, tous les vampires en étaient réduits à devoir se nourrir sur les autres êtres en buvant leur sang. Seulement, ils ne tuaient jamais leurs victimes, contrairement à l'image leur collant à la peau. Non pas par bonté de cœur, mais tout simplement parce que cela entraînerait de facto leur propre mort, c'était donc une question de survie. Encore un petit cadeau de leur aïeul.

Au fil des siècles, le folklore avait construit une image à leur sujet, mais peu d'éléments relevaient de faits réels. Certes, ils avaient besoin de sang, leurs sens étaient très développés et ils étaient dotés d'une rapidité et d'une force inhumaines. Pour le reste, ce n'était qu'un ramassis de conneries.

L'ail ne les faisait pas fuir, sauf si la personne qui leur parlait en face en avait mangé avant, comme toute personne ayant un minimum d'odorat !

Ils pouvaient tout à fait se regarder dans un miroir, d'ailleurs sa sœur Rayna ne se privait pas pour le faire à la moindre occasion.

Concernant la lumière du jour, il est vrai qu'ils ne sortaient que très rarement en plein soleil. Cependant, ce n'était pas à mettre sur le compte d'une quelconque combustion spontanée, c'était simplement que leurs pupilles hyper sensibles ne supportaient pas très bien les rayons. Et puis, la nuit était plus propice à la chasse, seul moment où les vampires se mêlaient aux humains. Le reste du temps, ils ne côtoyaient pas ces êtres jugés comme inférieurs.

Au fil des siècles, se nourrir devenait de plus en plus complexe. Les nouvelles technologies étaient une vraie plaie pour les vampires. Ils devaient continuellement faire attention aux caméras pour ne pas trahir leur existence. Une chance pour eux, ils connaissaient un tour de passe-passe leur permettant de les brouiller durant quelques instants. Ils disposaient également dans leurs rangs de vampires très doués avec un ordinateur, comme Livio, un de ses généraux.

Autre ineptie les concernant, il ne fallait pas être mordu par un vampire pour en devenir un. Ailean et son peuple n'étaient pas une bande de morts-vivants à l'origine humaine, mais bel et bien une espèce à part entière. De tous les clichés existants à leur sujet, c'était bien celui-ci qui l'ennuyait le plus.

Les contractions le long de son sexe bandé le ramenèrent à l'instant présent et lui apprirent que la fille collée à lui était sur le point de jouir. Ailean se prépara donc à frapper. Il dénuda ses crocs qui s'allongèrent en prévision de l'attaque à venir. Ils étaient plus effilés que le plus aiguisé des couteaux, pareils à des aiguilles. D'ici peu, ils allaient perforer la peau, la chair et la veine de la fille afin de permettre à son précieux sang de s'écouler pour venir abreuver sa soif.

Malheureusement pour lui, une nanoseconde avant de passer à l'action, une terrible vague de puissance traversa son corps et le terrassa, le mettant littéralement à genoux.

Assommé par l'énergie qui venait de le frapper et par son implication, il se retrouva complètement sonné.

Se rendant compte qu'il n'était plus en train de lui donner du plaisir, la fille se retourna et lui demanda le regard hagard :

— Mais ... que ...

Ailean ne lui laissa pas le temps d'ajouter quoi que ce soit. Utilisant la Voix sur elle – maigre héritage de Caïn – il lui ordonna :

— *Casse-toi.*

La fille cligna des yeux, le temps que le sort agisse sur son cerveau. Elle partit ensuite sans demander son reste. Pour sa part, Ailean l'avait déjà complètement oubliée, avant même qu'elle ne disparaisse. Son attention était uniquement focalisée sur la révélation qui venait de le frapper.

Une *Nefasta*, il y avait une putain de *Nefasta* dans les environs.

Chapitre 5

Dès qu'il eut réussi à retrouver la maîtrise de son corps et de son esprit, Ailean ne perdit pas de temps. Il attrapa son téléphone portable et appela Darius, son bras droit et ami. Celui-ci répondit aussitôt.

— Ton Altesse, que puis-je faire pour toi ?

Ailean ne prit même pas la peine de grogner face à cette appellation qu'il détestait. C'était d'ailleurs pour cette raison que Darius et les autres s'échinaient à l'utiliser. Ailean se contenta simplement de lancer :

— Réunion dans mon bureau, dans cinq minutes. Préviens les autres.

S'il avait raison, il aurait besoin de ses meilleurs guerriers. Ils devaient agir au plus vite. Une course contre la montre venait d'être lancée. Ou plutôt, une course contre leur ennemi de toujours.

Comprenant que le sujet était grave, Darius changea immédiatement de ton et demanda :

— Que se passe-t-il ?

— Je vous l'expliquerai à tous dans cinq minutes.

Puis, il raccrocha. Il ne voulait pas se répéter. Mais surtout, il avait besoin de temps pour digérer la nouvelle et ses implications.

Il se concentra afin de retrouver son calme. Quand ce fut fait, il força son corps à se dématérialiser pour le ramener chez lui. Une fois dans son bureau, il marcha de long en large pour apaiser son esprit.

Une *Nefasta* !

Il n'en revenait toujours pas. C'était un peu comme si on lui annonçait qu'une licorne était en train de brouter dans son jardin. Enfin, pas tout à fait, mais presque.

Depuis maintenant des siècles et des siècles, les *Nefastae* étaient des êtres rares et recherchés. Avant cela, elles étaient légion. Enfin, on ne les appelait pas ainsi. Elles ne portaient pas ce nom. Elles étaient tout simplement des sorcières. Jusqu'à cette histoire entre Adam et Ève (oui, il n'était pas gâté par sa généalogie !).

Seuls les vampires les plus puissants, dont le roi, avaient la capacité de sentir la manifestation de pouvoir d'une *Nefasta*, tout comme les mages. Lorsqu'elle était découverte, ce serait à celui qui serait le plus rapide à lui mettre la main dessus.

Jusqu'à présent, les vampires avaient systématiquement été les grands perdants. Les mages détenaient toujours un avantage sur eux : ils avaient une petite idée de l'emplacement de la *Nefasta*. Ces derniers manipulaient ensuite les humains pour se débarrasser d'elle, afin que la malheureuse ne puisse pas être capturée par les vampires.

Mais cette fois, Ailean était bien décidé à coiffer au poteau ces foutus mages. Pour une fois, la chance était du côté des vampires, car il avait une idée très précise de l'emplacement de la *Nefasta*.

On frappa à la porte de son bureau, ce qui le sortit de ses pensées. Darius fit alors son entrée, suivi de près par Almadeo et Livio.

— Normalement, Léandre et Rosario ne devraient pas tarder, précisa Darius. Ils m'ont dit qu'ils finissaient de se nourrir avant de venir nous rejoindre.

Ils n'eurent pas à patienter longtemps car les retardataires arrivèrent moins d'une minute plus tard. Ils avaient le teint caractéristique d'une bonne chasse. Leurs iris étaient également plus vives, presque luminescentes. Ailean aurait été dans le même état, s'il n'avait pas été terrassé par ce raz-de-marée l'empêchant de conclure avec cette inconnue.

Comme s'il pouvait lire dans ses pensées, Léandre fit justement remarquer :

— Je ne veux pas être insultant, ton Altesse, mais je trouve que tu as une sale mine. Tu ne devais pas te nourrir ce soir ?

— C'est vrai, renchérit Almadeo.

— Désolé de ne pas être à votre goût, messieurs,

rétorqua Ailean d'un ton légèrement acide.

Dans les faits, il était habitué aux taquineries de ces cinq-là. Avec sa sœur, Rayna, ils étaient les seuls à oser lui parler ainsi. D'ailleurs, tous les autres vampires l'appelaient « Altesse » car c'était le titre qui lui revenait de droit en tant que roi des vampires. Ils l'utilisaient avec révérence. Ses généraux et sa sœur ne le faisaient que pour se moquer de lui. Ils disaient souvent que leur principal rôle dans la vie était de s'assurer qu'Ailean ne prenne pas la grosse tête.

Il l'acceptait de bonne grâce car il ne se privait pas non plus de malmener un peu leur ego de temps à autre. Surtout, il trouvait appréciable que tout le monde ne le considère pas comme le roi tout puissant de leur espèce.

Il n'avait jamais regretté la charge qui pesait sur ses épaules depuis maintenant près de 200 ans. Cependant, c'était beaucoup de responsabilités et il était reconnaissant à ces cinq vampires de l'aider dans cette tâche à travers leurs charges de généraux.

L'armée vampire était composée de plusieurs centaines d'individus, mais Ailean n'était proche que de ceux actuellement devant lui. Il leur aurait confié sa vie les yeux fermés. Ils étaient également les seuls qu'il considérait comme ses amis.

Fidèle à lui-même, Almadeo lui répondit d'une voix exagérément efféminée :

— Que veux-tu ? Je bande dès que je vois ton joli minois de roi. Tu as un charme fou, ton Altesse.

— Ta gueule A., lui répondit Ailean.

— Plus sérieusement, renchérit Darius, tu ne devais pas te nourrir ce soir ?

— Mais c'est pas vrai, vous vous prenez pour ma nutritionniste ou quoi ?! Il faut aussi que je vous prévienne quand je vais pisser ?

— Hum, et avoir la chance d'entr'apercevoir ton impressionnant sceptre royal ? Carrément ! s'exclama Almadeo.

— Comment sais-tu qu'il est impressionnant ? enchaîna Rosario.

— Tu veux rire ? T'as vu les pantalons en cuir moulant qu'il passe son temps à mettre ? Il faudrait être aveugle pour passer à côté !

— Non, simplement ne pas passer son temps à regarder son entrejambe.

— Oh ça va, ne fais pas ta vierge effarouchée. Ne me dis pas que tu n'as jamais regardé la marchandise des autres mecs pour la comparer à la tienne ?

— Heu non, je n'ai pas besoin de comparer sa taille aux autres pour me rassurer. Je sais déjà qu'elle est d'une dimension plus que correcte. D'ailleurs, toutes les filles qui l'ont dans la bouche, et pas que, ne s'en plaignent jamais. Tout le monde n'est pas complexé par un micro-pénis, désolé A.

— Pff, j'ai pas du tout un micro-pénis. D'ailleurs, je vais te le prouver immédiatement.

Joignant le geste à la parole, Almadeo porta les mains à la boucle de la ceinture de son pantalon.

Ailean décida de mettre le holà immédiatement,

avant que l'un de ses hommes ne finisse le service trois pièces à l'air. Encore que ce ne serait pas une première. Ses généraux avaient beau être de très bons combattants, ils se comportaient souvent comme des gosses mal élevés.

— Stop, A. Garde ta queue dans ton pantalon moulant. Je ne vous ai pas fait venir pour ça.

— Nous sommes tous ouïs, répondit Livio.

Livio était le plus posé de leur groupe. Il était également très, très doué avec les nouvelles technologies. Tous maîtrisaient le b.a.-ba du piratage informatique, mais Livio était le maître incontesté dans le domaine. Ailean espérait d'ailleurs qu'il pourrait l'aider dans ses recherches. Une chose était certaine, ils devaient se dépêcher car les mages n'allaient pas tarder à se lancer à la recherche de la *Nefasta*. Et Ailean était bien décidé à les coiffer au poteau.

Ne voulant pas faire durer le suspense plus longtemps, il déclara :

— Figurez-vous que j'étais sur le point de prendre ma dose d'hémoglobine quand une nouvelle des plus inattendues m'est tombée dessus. Il y a une *Nefasta* à la Nouvelle Orléans.

Les réactions ne se firent pas attendre, chacun usa de son juron préféré. Ailean leur laissa le temps de digérer la nouvelle. Après tout, il avait été lui-même sonné par cette découverte.

— Tu es certain de ce que tu avances ? demanda Rosario.

Ailean se contenta de lever un sourcil en guise de réponse.

— Tu te rends compte qu'on n'a pas entendu parler d'une *Nefasta* depuis plus d'un demi-millénaire ?

— Oui et merci pour ce petit cours d'histoire, R, rétorqua Ailean d'un ton sarcastique.

— Comment peux-tu en être aussi certain ? Après tout, tu n'étais même pas né à cette époque. D'ailleurs, aucun de nous ne l'était.

La remarque de Darius n'était pas dénuée de sens. Comment reconnaître quelque chose que l'on n'a jamais vue ?

— Mon père m'a expliqué ce qu'un roi ressent lorsqu'une *Nefasta* se sert de ses pouvoirs sans penser à les masquer. Je peux vous assurer que le truc qui m'a littéralement mis à genoux tout à l'heure y ressemblait comme deux gouttes d'eau.

— Selon toi, qui est au courant, à part nous ? demanda Livio.

— Aucune idée. Nos registres indiquent que seuls les vampires les plus puissants sont sensibles à une *Nefasta* qui utilise son pouvoir. Avez-vous ressenti quelque chose ce soir ?

Chacun leur tour, ils nièrent de la tête. Ailean garda donc espoir qu'il en soit de même pour son demi-frère. Comme s'il pouvait lire dans ses pensées, Darius demanda :

— Crois-tu que Marec l'ait ressentie ?

— Je l'ignore et je ne vais certainement pas lui poser

la question. Alors, on va partir du principe que oui. Ce qui signifie que nous devons mettre la main sur elle avant lui et ces salauds de mages.

— Chouette, on va pouvoir se faire quelques chapeaux pointus ! se réjouit Almadeo.

Chapitre 6

— Les enfants, aujourd'hui, je vais vous raconter l'histoire d'Adam et Ève. Écoutez bien, car plus jamais personne ne vous en parlera. Cela me désole de devoir vous parler d'eux, mais c'est important. Vous serez ainsi en mesure d'aider notre espèce du danger qui la menace.

Cette annonce eut l'effet escompté. Tous les élèves fixèrent le professeur, le regard plein d'expectative, et la petite fille aux cheveux châtain ne fut pas en reste. Jamais la classe n'avait été si silencieuse ! Tous voulaient entendre cette histoire pleine de promesses.

Ayant réussi à capter l'attention de son auditoire, le professeur commença son récit :

— Depuis la nuit des temps, les mages et les vampires sont ennemis mortels.

À la mention des vampires, un frisson de peur mêlée à de l'excitation s'empara des enfants âgés d'à peine cinq ans. Tous savaient que les vampires étaient des êtres mesquins et dangereux dont il fallait se méfier, c'était ce qu'on leur avait déjà plusieurs fois répété.

D'ailleurs, son papa lui avait déjà dit qu'un vampire viendrait la chercher, si elle n'était pas assez sage. Chaque fois, la menace fonctionnait, elle obéissait aussitôt.

— Un jour, continua le professeur, un vampire nommé Adam rencontra une sorcière répondant au nom d'Ève. Usant de perfidie, il séduisit la malheureuse qui, dans sa faiblesse, se laissa amadouer par ses belles paroles. Cette sotte pensait qu'Adam l'aimait, alors qu'en réalité, une seule chose intéressait le vampire : boire son sang.

Une nuée d'exclamations apeurées s'échappa de la bouche des élèves. La fillette ne fut pas de ceux qui poussèrent un petit cri, car elle était de nature plutôt discrète mais elle était tout de même effrayée.

Elle ne se faisait jamais remarquer en classe. Elle écoutait toujours attentivement le professeur, afin que ses parents soient fiers d'elle. Contrairement à certains, elle n'avait pas d'amis mais cela ne la dérangeait pas. Elle aimait bien être toute seule.

— Rappelez-vous bien de ce point, commenta le professeur d'une voix menaçante, les vampires sont de véritables animaux. S'ils en ont l'occasion, ils n'hésiteront pas à vous mordre pour vous voler votre sang ! Surtout vous, mesdemoiselles. Et vous allez comprendre pourquoi.

Bien évidemment, cette menace ne la rassura pas et certaines fillettes étaient déjà aux bords des larmes.

Ne faisant aucun cas de la terreur que provoquait son récit, le professeur continua :

— Adam finit par obtenir ce qu'il voulait. Il but à la veine d'Ève. Comme il s'en doutait, le sang de la sorcière lui apporta de nouveaux pouvoirs. Bientôt, ce secret fut découvert par les autres vampires. Ces vils personnages se mirent alors à comploter pour nous prendre nos femmes, afin de devenir plus puissants. Ils comptaient ainsi nous anéantir à tout jamais. Nous ne pouvions pas les laisser faire !

La déclaration du professeur était sans appel. La haine était visible dans son regard. La fillette sentit même ses poils se hérisser en retour.

— Heureusement, Achab, le père d'Ève et roi des mages de l'époque, eut vent de ce complot et agit au mieux pour l'espèce. Avec ses meilleurs hommes, il réussit à sauver Ève des griffes d'Adam. Afin que les vampires ne convoitent plus jamais les sorcières, il mit au point un sort afin de retirer tous les pouvoirs à ces dernières. Ainsi, leur sang ne pourrait plus donner de nouveaux pouvoirs aux vampires. Elles ne seraient donc plus convoitées et en sécurité.

Sa déclaration provoqua un souffle de surprise dans la classe. Jusqu'à présent, on leur avait toujours appris que les hommes de leur espèce étaient les seuls à être dotés de pouvoirs. Ainsi, à une certaine époque, ce n'était pas le cas ? s'étonna la fillette.

À nouveau fier de son annonce, le mage continua :

— Pour réaliser ce sort, un ingrédient bien particulier était nécessaire : quelques gouttes du sang d'une des sorcières. Se rendant compte de la terrible erreur qu'elle avait commise, Ève se porta volontaire. Nous aurions ainsi pu vivre heureux et tranquilles pour toujours. Mais Adam, accompagné de dizaines de vampires, attaqua le bastion des mages et rompit le sort avant

qu'il ne soit terminé.

Toute la classe était tenue en haleine, attendant de voir comment tout ceci avait fini. Pour sa part, la fillette redoutait qu'un terrible malheur n'arrive à Ève.

— Les mages réussirent à battre les vampires mais Ève mourut durant la bataille, le sort ne fut donc lancé que partiellement. La plupart des sorcières furent bien démises de leurs pouvoirs, mais pas toutes. Malheureusement, le sort ne pouvait être lancé deux fois sur la même personne, c'était une des conditions l'accompagnant. Pour le bien de l'espèce, Achab prit donc les mesures nécessaires. Il ne pouvait se résoudre à ôter la vie de celles pour qui le sort n'avait pas fonctionné. C'étaient des mères, des filles, des sœurs. Il ordonna donc que l'on bloque leurs pouvoirs, que l'on efface leur mémoire et qu'elles soient envoyées parmi les humains. Ainsi, les vampires ne pourraient jamais les utiliser contre notre peuple et elles pourraient vivre dans une relative paix. Elles furent nommées Nefastae.

Après une pause, le professeur déclara d'une voix solennelle :

— Aujourd'hui encore, il arrive que certaines d'entre vous développent des pouvoirs. Si c'est le cas, venez me le dire. Il en va de la survie de notre espèce. Si vous avez des doutes sur une sorcière, venez m'en parler ou parlez-en à vos parents. Ils sauront quoi faire.

Ornella se réveilla dans un sursaut, encore prise par le rêve étrange qu'elle venait de faire.

Elle jeta un coup d'œil à son réveil pour vérifier l'heure et vit qu'il n'était que trois heures du matin. Son cerveau était embrouillé et sa tête lui faisait un mal de chien. Elle avait dû forcer plus qu'elle ne le pensait sur l'alcool, car ses derniers souvenirs étaient flous. Elle ne savait même pas comment elle était arrivée jusqu'à son lit.

Une chose était certaine, elle avait mal partout, comme après un rude combat. C'était sûrement des restes de celui contre le nouveau du club venu avec sa bande.

Soudain, son corps lui fit comprendre que tout l'alcool ingurgité était arrivé dans sa vessie. Elle se redressa donc pour se rendre aux toilettes. À peine levée, elle tomba lourdement sur le sol et elle fut à nouveau entraînée dans un rêve étrange.

Chapitre 7

— *Amaya, Amaya, regarde ce que j'ai trouvé !*

La jeune fille tendit sa petite main pour montrer le joli caillou qu'elle venait de ramasser. Sa meilleure amie s'approcha pour le regarder.

— *Ouah, il est trop beau, Ella.*

Toute fière d'elle, la fillette lança un sourire éblouissant en retour. Elle le mit dans la poche de sa veste, avec l'intention de le montrer plus tard à ses parents. Elle comptait même l'offrir à sa maman.

Ella releva la tête pour dire à Amaya qu'elles pouvaient aller prendre le goûter chez elle, car sa maman venait de faire des crêpes, mais sa déclaration ne franchit pas ses lèvres quand elle vit le regard de son amie.

Terrorisée, elle lança immédiatement un coup d'œil à la ronde pour être certaine que personne n'assistait à la scène. Elle ne voulait même pas imaginer ce qui attendait son amie, si quelqu'un venait à découvrir son secret. Tout comme elle priait pour que l'on ne découvre jamais le sien. L'enjeu était trop important.

Elle ne se rappelait que trop bien l'histoire terrifiante d'Adam et Ève que le professeur avait racontée quatre ans plus tôt. À l'époque, elle avait frissonné de peur devant le récit.

Une semaine après, une jolie blonde d'à peu près son âge, était venue la prendre par la main pour la traîner dans un coin isolé. Intriguée, Ella s'était laissé faire, curieuse de savoir ce que lui voulait cette inconnue.

Avec la franchise propre aux enfants de cet âge, la fillette n'avait pas tardé à déclarer tout de go :

— Toi et moi sommes des Nefastae.

En entendant ce mot maudit, Ella avait eu envie de pleurer. Elle se souvenait de ce qu'avait dit le professeur. Ses mots étaient gravés dans sa mémoire à jamais.

Dès qu'une Nefasta *était découverte, elle était immédiatement bannie, sa mémoire était effacée et des barrières mentales étaient érigées par les mages pour empêcher les pouvoirs de la malheureuse de se manifester à nouveau.*

Ella ne voulait pas qu'on lui fasse subir tout ça. Pourtant, le professeur avait bien dit qu'il en allait de la survie de l'espèce et qu'elle devait aller se dénoncer. Devait-elle aussi parler de cette fillette qu'elle ne connaissait pas vraiment ?

Enchaînant aussitôt, l'inconnue lui avait dit :

— Je m'appelle Amaya et ne t'inquiète pas Ella, je vais faire en sorte qu'il ne t'arrive rien. Et tu en feras de même pour moi !

Ella s'était demandé comment Amaya pouvait connaître son

surnom ou ce qui lui faisait dire qu'elle était une Nefasta. *Après tout, elle n'avait aucun pouvoir, ce n'était peut-être qu'une mauvaise blague.*

Amaya avait alors simplement dit :

— *Je l'ai* vu.

Désormais, Ella faisait une confiance aveugle à Amaya, car tout ce que son amie avait vu *s'était réalisé.*

Elle avait bien développé son pouvoir le lendemain de leur première rencontre, comme prédit. D'ailleurs, elle se serait trahie, si elle n'avait pas discuté la veille avec Amaya. De fait, son amie avait donc bien fait en sorte qu'il ne lui arrive rien de fâcheux.

Depuis, les exemples où son amie avait vu *juste étaient nombreux et Amaya ne s'était jamais trompée. Depuis quatre ans, Ella prenait donc très au sérieux tout ce que son amie lui disait au sujet de leur avenir.*

Selon Amaya, leur cas n'était pas aussi désespéré qu'il pouvait y paraître au premier abord. Elle avait vu *comment contrecarrer l'avenir maudit que les mages leur réservaient. Pour ça, Amaya avait besoin d'elle et de sa magie. Tout comme Ella avait besoin d'Amaya pour savoir quand agir.*

Depuis maintenant six mois, malgré leur très jeune âge, toutes les deux travaillaient d'arrache-pied et dans l'ombre pour faire face le moment venu. L'air apeuré de son amie lui fit penser qu'il était sur le point d'arriver. Quelque part, ce n'était pas vraiment une surprise.

Une fois que ses yeux eurent retrouvés leur aspect normal, Amaya lui annonça :

— *Ils savent. Nous allons devoir le faire ce soir, car ils vont venir pour toi.*

Le cœur d'Ella se mit à battre à toute vitesse. Certes, elles s'étaient préparées, mais tellement de choses pouvaient déraper et faire échouer leur plan. Après tout, elles n'étaient que deux fillettes de neuf ans. Leurs pouvoirs n'en étaient qu'à leurs balbutiements. Malheureusement, elles n'avaient pas d'autres options.

— Je viendrai te chercher, Ornella. Je te le promets, le moment venu, je viendrai.

Ornella émergea de ce rêve aussi perturbant que le premier. Que lui arrivait-il ? Avait-elle pris de la drogue ?

Elle fit une nouvelle tentative et parvint cette fois à arriver jusqu'à la salle de bain. Elle avait l'impression d'être une petite vieille pleine de courbatures. Son visage était douloureux. Autrement dit, elle ne se sentait pas au top.

Une fois dans la pièce, elle alluma et se figea devant l'image renvoyée par le miroir.

Chapitre 8

Au début, Ornella prit l'image renvoyée par le miroir pour une illusion de son esprit embué. La femme lui faisant face ne pouvait pas être elle. Certes, ses cheveux auburn cascadaient le long de ses épaules et de son dos sans suivre aucune règle, comme à leur habitude.

Cependant, elle ne pouvait pas avoir cet énorme bleu sur la joue, preuve qu'elle avait pris un méchant coup. Jamais de toute sa vie, elle n'avait été frappée au point d'en garder une marque. C'était en grande partie pour ne pas se retrouver dans cette situation qu'elle s'était mise à la boxe. Et pourtant, l'emplacement coïncidait étrangement avec l'endroit où elle ressentait une vive douleur. Dans ces conditions, difficile de nier l'évidence.

Mais ce qui l'étonna le plus et lui fit craindre pour sa

santé mentale, ce fut les yeux la fixant avec intensité. Ce ne pouvait pas être les siens, à moins de porter des lentilles de contact spécial Halloween – ce qui n'était pas le cas. D'ailleurs, elle aurait bien été incapable de les poser, la simple idée de se mettre un doigt dans l'œil lui donnait des sueurs froides.

Durant plusieurs secondes, elle fixa ce regard inconnu sans rien faire d'autre. Puis, elle se décida enfin à s'approcher d'un peu plus près pour vérifier que ce n'était pas le fruit de son imagination.

Elle dut alors admettre que ce n'était pas le cas. Ses pupilles n'étaient plus d'un brun banal, mais mordorées avec des reflets donnant une impression de luminescence. On aurait dit que des flammes étaient contenues dans ses prunelles. L'effet était psychédélique et irréel.

Ce fut plus fort qu'elle, elle s'approcha encore, jusqu'à ce que son nez ne soit plus qu'à un souffle du miroir. Elle se perdit alors dans cette vision à la fois sublime et terrifiante. Elle n'avait jamais eu l'occasion de voir une chose aussi belle et mystérieuse. Cependant, le fait que ce soit ses yeux était très perturbant, pour ne pas dire terrifiant. Elle n'avait jamais, au grand jamais, eu les yeux de cette couleur. Surtout, c'était tout simplement impossible. Personne n'en avait de pareils, sauf dans les films de science-fiction.

À force de fixer son reflet avec autant d'intensité, ses yeux commencèrent à la brûler. Ornella les ferma le temps d'un battement de cils pour les humidifier. Quand elle les rouvrit, ses prunelles avaient retrouvé leur aspect normal.

Elle secoua la tête, comme pour remettre les compteurs à zéro. Elle se fixa à nouveau dans le miroir. Marron. Ses yeux étaient bruns et non enflammés.

J'ai vraiment dû abuser du bourbon.

À moins qu'elle ne soit encore sous l'influence du rêve étrange qu'elle venait de faire. La petite fille de son rêve avait également eu les prunelles flamboyantes, lorsqu'elle avait eu sa vision. Encore à moitié endormie, son esprit avait dû télescoper les deux visions.

Ou alors, le coup qu'elle avait reçu lui avait causé une légère commotion. Le bleu – qui, lui, était toujours présent sur sa joue – lui faisait un mal de chien. Il faudrait plusieurs jours pour qu'il disparaisse. Elle allait devoir user d'une tonne de maquillage pour que personne ne le remarque. Que lui était-il arrivé ? S'était-elle cognée contre une porte ? Étant donné la violence du coup, elle devrait s'en souvenir, non ?

Maintenant qu'elle n'était plus victime d'hallucinations, Ornella porta une attention plus accrue à son visage. Elle constata alors que le coin de sa lèvre était également abimé, comme si on lui avait donné une énorme gifle, s'apparentant d'ailleurs plus à un coup de poing.

Elle fouilla dans sa mémoire pour trouver une explication à ses marques. Elle était certaine que Toby, la petite frappe du Jackson's Club, avait loupé toutes ses tentatives pour la toucher lors de leur combat. D'ailleurs, vu l'ampleur des dégâts, elle l'aurait certainement senti passer.

L'évocation de ce boxeur minable fut comme un

déclic. Elle eut juste le temps de s'éloigner du lavabo avant que ses jambes ne la lâchent, s'évitant ainsi de se fracasser le crâne sur la faïence.

Son esprit lui imposa alors un flash-back violent de sa fin de soirée.

Chapitre 9

Ornella se força à garder un calme apparent, mais la peur était bel et bien en train de s'emparer d'elle. Elle était maintenant persuadée que les hommes derrière elle étaient animés de mauvaises intentions.

Sachant leur victime prise au piège, ils ne faisaient désormais plus aucun effort pour être discrets. En réalité, ils cherchaient simplement à la rattraper le plus vite possible. Comme elle, ils savaient que leurs chances de pouvoir lui mettre la main dessus étaient limitées. Dès qu'elle aurait parcouru la petite ruelle, elle serait sauvée. Malheureusement, la sortie n'était même pas encore en vue et les pas étaient maintenant dangereusement près. Son seul espoir était de les battre à la course. Ornella commença donc à accélérer le pas.

Elle n'alla pas bien loin et fut tirée en arrière au bout de dix mètres. Elle fut ensuite plaquée violemment contre le mur de la *ruelle, noirci par la pollution. La force de l'impact lui coupa le souffle, pourtant elle obligea ses poumons à fonctionner. Elle devait être au mieux de ses capacités pour tenter de se défendre, car elle était bien décidée à ne pas se laisser faire.*

La ruelle était trop sombre pour qu'elle puisse deviner le visage de ses agresseurs. Elle savait simplement qu'ils étaient cinq et qu'ils la dépassaient tous d'une bonne tête. En même temps, ce n'était guère un exploit avec son mètre soixante.

Qu'importe, pas besoin de distinguer leurs traits pour leur mettre un bon coup dans les valseuses. Elle bénéficiait d'un maigre avantage sur eux. Ils allaient forcément partir du principe qu'en tant que femme, elle était faible et sans défense. Tous les hommes faisaient cette erreur.

Oui, elle pouvait essayer de les surprendre en leur distribuant les coups les plus vicieux et violents qu'elle connaissait avant qu'ils ne se rendent compte de leur méprise. Peut-être alors, aurait-elle un maigre espoir de s'en sortir sans trop de dégâts.

Sa stratégie fut mise au point en un instant. En tant que boxeuse, elle était habituée à réfléchir vite. Sur un ring, on avait rarement le temps de se poser pour préparer le prochain coup. En moins d'une seconde, elle était prête à sauter sur la première opportunité offerte pour essayer d'atteindre cette fichue rue commerçante à la fois proche et trop loin. Son plan était simple.

Cependant, pour une fois, ce fut elle qui sous-estima ses adversaires. Quand un bras velu vint se poser contre sa gorge, la bloquant contre le mur à l'étouffer, Ornella fut prise au dépourvu. Une voix mauvaise siffla alors à moins de cinq centimètres de son visage :

— Alors la sorcière de Jackson, on fait moins la maligne maintenant.

La promiscuité de son agresseur lui permit de deviner son identité malgré l'obscurité, mais sa remarque l'aurait de toute façon mise sur la piste, de même que la voix légèrement nasillarde, résultat d'un méchant coup au nez reçu quelques heures plus tôt.

Toby. Toby et sa bande venaient de la coincer dans une ruelle et nul besoin d'un lampadaire pour comprendre qu'il était très remonté d'avoir été battu à plates coutures au Jackson's Club.

Pour la première fois de sa vie, Ornella ressentit une peur sans nom. Si elle avait réussi à avoir le dessus sur lui, c'était en grande partie parce que Toby ne l'avait pas prise au sérieux et l'avait sous-estimée. Il n'allait certainement pas commettre la même erreur une deuxième fois. En plus, ses amis étaient de la partie, formant une barrière infranchissable.

Elle était cuite et ne voyait pas comment se sortir de ce pétrin.

Se délectant de sa peur, Toby vint renifler son visage, comme s'il pouvait la flairer :

— Tu es moins sûre de toi, petite sorcière.

Trouvant une goutte de courage noyée dans sa détresse, Ornella lui ordonna :

— Recule et laisse-moi passer.

Il voulait certainement jouer les gros bras devant ses potes pour tenter de redorer son ego malmené, rien de plus. Pas vrai ?

Il ricana méchamment avant de répondre :

— Oh non, petite sorcière. Je ne vais certainement pas te laisser repartir. Nous allons plutôt t'apprendre quelle est la place d'une femme et à quoi elle est utile. Crois-moi, ce n'est pas de tes poings dont tu vas avoir besoin.

Il accompagna sa menace d'un sourire salace, puis se lécha les lèvres à la manière d'un loup affamé, provoquant un haut de cœur chez Ornella. Elle avait très bien saisi son allusion. Toby ne comptait pas prendre sa revanche sur elle en lui collant une dérouillée, il souhaitait ni plus ni moins la violer avec ses amis.

Lorsque cette information parvint à son cerveau, elle déclencha une réaction en chaîne. Hors de question qu'elle se laisse faire. Elle allait se battre bec et ongles pour les en empêcher. Et si elle n'y parvenait pas, ce serait parce qu'elle serait morte ou inconsciente.

Ne laissant pas le temps à Toby de savourer la peur que sa déclaration venait de provoquer, Ornella frappa sans sommation. Son genou remonta à la vitesse de l'éclair pour venir s'enfoncer dans l'entrejambe de Toby, lui arrachant un hurlement de douleur, suivi d'un :

— SALOPE !

Malheureusement, elle n'eut pas le temps de savourer cette maigre victoire que le reste de la bande se mit en branle. Deux hommes se placèrent de chaque côté d'elle pour la maintenir, pendant que Toby le castré se redressait tant bien que mal.

Même si elle était terrorisée, Ornella refusait de montrer sa peur. Elle les regarda d'un air haineux et méprisant, leur faisant comprendre qu'elle n'allait pas se laisser faire. Tant qu'elle le pourrait, elle comptait bien distribuer quelques coups de tête et pieds.

Toby se tint à nouveau relativement droit devant elle et lui retourna son regard. Avec un peu de chance, elle avait frappé assez fort pour casser la marchandise pendant quelques heures, ce qui en faisait déjà un hors-jeu.

Sans avoir la possibilité d'anticiper son geste pour l'esquiver, Toby lui décrocha une gifle tellement violente qu'elle se retrouva *sonnée. Sa tête partit sur le côté sous la force de l'impact. Sa joue la brûla au point qu'elle craignit durant quelques instants que sa mâchoire ne soit fracturée. Le goût du sang dans sa bouche lui apprit qu'elle devait avoir la lèvre fendue.*

Tant bien que mal, elle s'arrangea pour arborer à nouveau son air dédaigneux. Ils n'auraient aucune pitié pour elle. Elle en était convaincue. Elle décida donc de les provoquer pour les pousser à perdre leur sang-froid et commettre ainsi une erreur. C'était sa seule chance.

Rassemblant un peu de salive dans sa bouche, Ornella cracha le jet ensanglanté au visage méprisant de Toby. Ce dernier n'apprécia pas du tout son geste. Il s'essuya et déclara à ses complices :

— Tenez-la bien.

Il s'adressa ensuite à elle :

— Quand nous en aurons fini avec toi, tu ne saigneras pas que de la bouche, je peux te l'assurer !

Il vint alors poser ses mains abjectes sur son corps de femme, tout en bloquant ses jambes des siennes. Ornella cria et l'abreuva d'insultes, ne pouvant rien faire d'autre pour l'instant. Avec un peu de chance, on l'entendrait.

Malheureusement, un des autres complices de Toby la bâillonna.

Chapitre 10

Les mains de Toby prirent la direction de sa poitrine pour la pincer méchamment. À travers les doigts moites et malodorants posés sur sa bouche, Ornella hurla toute sa rage et son impuissance. Elle était bloquée, dans l'incapacité de faire le moindre mouvement, obligée de subir. Ce constat la mit hors d'elle. À cet instant, elle avait des envies de meurtres. Elle voulait que tous ces sales types meurent dans d'atroces souffrances. Ils méritaient de connaître cette sensation d'impuissance. Faire subir ça à un autre être humain était d'une cruauté sans nom.

Les mains de Toby changèrent de direction pour s'orienter vers son ventre, puis continuèrent leur descente. En réponse, Ornella vit rouge, littéralement. La ruelle n'était plus sombre, mais éclairée dans des teintes sanguines. Ses pensées meurtrières prirent de l'ampleur. Dans son esprit, les mêmes mots tournaient en boucle :

Souffrez, mourrez, souffrez, mourrez.

Soudain, alors que les doigts de Toby commençaient à s'immiscer là où personne n'avait été avant lui, sa vision devint encore plus écarlate. Les mots prirent une saveur particulière dans sa bouche, comme si elle pouvait les goûter, les savourer. Puis, les cris commencèrent à retentir. Non pas les siens étouffés, mais ceux de ses assaillants qui la lâchèrent pour se rouler au sol en hurlant comme s'ils souffraient mille morts.

Choquée par ce qu'elle venait de vivre, Ornella n'essaya pas de comprendre ce qui leur arrivait. La seule chose qui parvint jusqu'à son cerveau traumatisé, fut qu'elle était enfin libre de ses mouvements.

Sans chercher à en savoir plus, elle prit donc ses jambes à son cou et rejoignit la rue commerçante. Les cris de ses assaillants résonnaient encore dans ses oreilles et sa vue était toujours floue, mais le plus important était qu'elle était enfin saine et sauve.

Dans la rue, les gens la regardèrent étrangement. Elle mit plusieurs minutes pour réaliser que son chemisier déchiré n'était peut-être pas étranger à cette réaction. Tout comme le sang coulant du coin de sa lèvre fendue. Tant pis, pas le temps de se refaire une beauté, elle voulait mettre le plus de distance entre elle et ses agresseurs. Elle doutait qu'ils aient l'idée de la poursuivre ici, mais elle n'allait prendre aucun risque. Elle fila donc comme si elle avait le diable aux trousses.

Petit à petit, alors qu'elle reprenait la maîtrise de ses émotions, sa vue redevint plus nette. Elle n'avait plus l'impression d'avoir un voile rouge devant les yeux. Elle ignorait ce qui s'était produit dans cette ruelle et ne voulait pas le savoir. L'explication la plus plausible était qu'elle venait d'agir sous le coup d'un pic d'adrénaline. Elle avait d'ailleurs entendu des histoires de mères arrivant à soulever des voitures, dans le but de sauver leur enfant. C'était peut-être ce qui venait de lui arriver. Ses souvenirs étaient confus, mais elle était presque certaine de n'avoir touché aucun de ces hommes avant qu'ils ne s'effondrent au sol en hurlant.

Qu'importe. Pour l'instant, le principal était qu'elle parvienne à rentrer chez elle saine et sauve. Elle courut comme une folle jusqu'à son appartement, bénissant sa bonne endurance. Malgré tout, elle avait le souffle haché et un douloureux point de côté, en arrivant devant sa porte d'entrée.

Une fois le pas de la porte franchi, elle se laissa glisser le long du panneau de bois. Elle y était parvenue. Elle était enfin en sécurité. Jamais son petit appartement miteux ne lui avait semblé aussi attirant et rassurant.

Elle prit des inspirations fortes et lentes pour tenter d'apaiser le feu dans ses poumons. Elle devait se calmer et reprendre la maîtrise de ses émotions. Malheureusement, c'était plus facile à dire qu'à faire.

D'une main tremblante, elle essuya ses joues, surprise de les découvrir humides. Ce simple constat sonna le glas des dernières barrières qu'elle avait érigées. Elle autorisa enfin ses larmes à couler durant de longues minutes pour expulser tout le stress accumulé cette dernière heure. C'était le pire moment de toute sa vie. Même se réveiller sur un lit d'hôpital en ne se souvenant de rien avait été moins terrible. Dans cette ruelle, elle avait bien cru sa dernière heure venue. Elle s'était vue être violée et mourir sous les coups. Cette expérience était tout simplement horrible.

Quand le plus gros de la crise fut passé, Ornella se leva tant bien que mal. Elle voulait aller se coucher, mais avant ça, elle devait prendre une douche pour supprimer la sensation laissée par ces mains étrangères parcourant son corps. À leur simple souvenir, elle sentait monter des haut-le-cœur.

Sans un regard dans le miroir, de peur de ce qu'elle pourrait *voir, Ornella laissa l'eau chaude apaiser ses muscles tendus. Elle récura chaque centimètre carré de sa peau pour effacer les traces laissées par ces mécréants, sans résultat probant. Elle les sentait encore et doutait qu'une simple douche parvienne à faire disparaître cette impression.*

Lorsque l'eau commença à devenir tiède, elle dut se résoudre à sortir. Elle enfila ensuite son pyjama le plus confortable, avant de s'écrouler comme une masse sur son lit, emmitouflée dans sa couette.

Comme à la fin d'un film intense, Ornella cligna des yeux pour reprendre contact avec la réalité. Le souvenir de son horrible mésaventure venait à nouveau de l'ébranler. Son souffle était haché et ses mains tremblantes. Elle réalisait qu'elle était passée à deux doigts d'un drame.

Après ce flash-back troublant, Ornella doutait de pouvoir retrouver le sommeil. Elle se rendit donc dans la cuisine. Elle se prépara une tisane, sortit un antidouleur et un somnifère. Sans cela, elle n'arriverait pas à se rendormir.

Elle avala les cachets en les accompagnant d'un verre d'eau. Puis, munie de sa tasse, elle retourna s'allonger dans son lit et prit son livre du moment en attendant que le somnifère fasse effet.

Quand elle commença à dodeliner de la tête, elle posa son livre et éteignit la lumière. Ses paupières étaient lourdes. Elle n'allait pas tarder à s'endormir à nouveau. Elle espérait simplement que cette fois, elle ne serait pas assaillie par des rêves étranges et encore moins par les souvenirs de la nuit passée.

Pour une fois, la chance fut de son côté, car elle dormit d'un sommeil de plomb jusqu'au lendemain matin.

Chapitre 11

— Mon Seigneur, nous avons un problème.

Gatien, le roi des mages, releva la tête de son assiette pour accorder son attention à Ursan, son bras droit. Ce dernier semblait à deux doigts de la crise de panique, ce qui l'alerta. Habituellement, Ursan était un homme au tempérament assez calme et difficile à émouvoir, c'était d'ailleurs pour cette raison qu'il faisait partie de son cercle restreint. Le voir dans cet état tira une sonnette d'alarme.

Qu'est-ce qu'Amaya a-t-elle bien pu encore inventer ? pensa-t-il.

Si cette jeune femme n'avait pas été aussi belle, Gatien aurait abandonné son projet fou de l'épouser depuis longtemps. Oui mais voilà, belle, elle l'était plus que la raison ne le permettait. Et ce n'était pas le seul détail de sa personnalité qui le séduisait. Loin de là. Depuis que son regard s'était posé sur cette ravissante créature, il s'était promis de la faire sienne. Que l'intéressée semble vouloir s'opposer à ce projet ne lui donnait que plus envie de le mener à son terme.

Sans leurs traditions ancestrales, il aurait déjà mis cette délicieuse rebelle dans son lit pour se régaler de ses charmes et lui apprendre l'obéissance. Cependant, tout roi qu'il était, il devait s'y plier. Il devait donc attendre que sa promise ait atteint l'âge de vingt-cinq ans pour officialiser leur union. C'était l'âge auquel les femelles de leur espèce étaient considérées comme sexuellement matures. Un peu comme la majorité sexuelle chez les humains. Il aurait donc été malvenu qu'il se marie à une « enfant », même si ladite enfant avait des courbes à se damner depuis maintenant plusieurs années.

Patience, patience.

En effet, ce n'était désormais plus qu'une question de semaines. Mais la patience n'était pas son fort. En cent ans d'existence, Gatien n'avait jamais autant compté les jours. Quand il pensait à ce qui surviendrait alors, des frissons d'anticipation s'emparaient de lui. Amaya l'ignorait encore, mais leur cérémonie de mariage serait très, très particulière.

Dans l'absolu, cela n'aurait choqué personne s'il avait décidé de l'épouser dès demain. On n'était pas à quelques semaines près. Cependant, il refusait de montrer son impatience. Amaya serait capable d'essayer d'exploiter cette faiblesse.

Pour l'heure, il était surtout curieux de connaître la dernière trouvaille de sa fiancée pour lui rendre la vie impossible.

Depuis que ses parents l'avaient mise dans la confidence en lui apprenant l'existence de l'accord signés tous les trois pour qu'elle devienne officiellement sa promise, Amaya était pire qu'une sale gamine. Elle faisait tout son possible pour le décourager, ne comprenant pas que son comportement produisait l'effet inverse. Sa fougue lui plaisait et l'excitait.

Gatien avait pourtant prévenu ses futurs beaux-parents de ne pas le faire et d'attendre le dernier moment. Il connaissait sa fiancée et se doutait de la façon dont elle allait réagir. Mais ces idiots n'avaient pas tenu compte de sa mise en garde et maintenant ses hommes en payaient le prix fort.

En l'occurrence, il savait que, quoi qu'elle ait pu faire, il ne renoncerait pas à elle. Jamais. Elle était bien trop précieuse à ses yeux. Il le lui avait d'ailleurs dit un jour, excédé par sa dernière provocation. Elle avait eu le culot de lui répondre :

— *Il ne faut pas dire : Fontaine, je ne boirai pas de ton eau.*

Il avait alors pris un malin plaisir à lui rétorquer :

— *Oh, mais au contraire, il me tarde de boire à votre fontaine, ma chère.*

Sa mine écœurée l'avait amusé. Il avait également été excité par sa réaction, preuve qu'elle avait tout à fait saisi le sous-entendu grivois. Depuis, elle n'avait jamais ressorti cette remarque, mais n'avait pas pour autant abandonné son projet de le provoquer pour le faire renoncer à elle. Elle pouvait toujours rêver. Il le sentait, faire plier Amaya serait un véritable bonheur. Il avait tellement hâte d'y être !

Revenant à l'instant présent, Gatien lança à Ursan qui restait planté devant lui comme un idiot :

— Eh bien, qu'attends-tu ? Parle !

Ce dernier sembla encore plus mal à l'aise. Alors que Gatien sentait son sang-froid fondre comme neige au soleil, le mage se décida enfin à parler et déclara d'une toute petite voix :

— Il se pourrait que nous ayons détecté la *Nefasta*.

Sa fiancée pour le coup complètement oubliée, Gatien se redressa dans son siège comme si un ressort venait de s'enfoncer dans son séant. Cela faisait des années qu'il n'avait pas entendu ce terme. Depuis des siècles et des siècles, ses prédécesseurs priaient pour ne pas avoir à en gérer. Ces femmes maudites étaient une véritable plaie. Sans cette foutue Jezabel, ils auraient pu régler le problème beaucoup plus facilement. Malheureusement, ils ne le pouvaient pas et tous les rois avaient eu leur lot de *Nefastae* à traiter. Lui y compris. Quinze ans plus tôt, l'une d'entre elles avait été découverte. Il pensait que le problème avait été résolu, visiblement il avait fait confiance à des incapables.

— Comment ça, *il se pourrait* ?

Gêné, Ursan expliqua :

— Cette nuit, une vague de puissance a été ressentie par certains d'entre nous. Il y a très peu de chances que ce ne soit pas *elle*.

Le roi comprit très bien la raison pour laquelle Ursan semblait si terrorisé. Seuls les plus puissants d'entre eux étaient capables de ressentir cette sensation. Or, lui-même était passé à côté. Ursan craignait donc que Gatien prenne sa remarque comme une insulte.

Dans les faits, s'il ne l'avait pas sentie, ce n'était pas parce que sa magie était faible, mais simplement parce que, la nuit dernière, il participait à une orgie et était complètement sous le joug des drogues qu'il avait prises. Ces derniers avaient amoindri temporairement ses capacités, le coupant de la réalité de ce monde.

Gatien ne prit pas la peine de s'appesantir sur le sujet. Il fallait agir vite, avant que ces maudits vampires ne se mettent en quête de la trouver. S'ils l'avaient détectée, ils n'allaient pas tarder à se lancer à sa poursuite. Cependant, les mages avaient un sacré avantage sur ces foutus suceurs de sang.

— Où est-elle ?

Sans pouvoir la localiser exactement, du moins pour l'instant, les mages qui l'avaient repérée avaient forcément une petite idée sur la question.

Ursan sembla se ratatiner un peu plus sur lui-même, ce qui lui fit craindre le pire.

— Sur la côte Est, dans le Golfe du Mexique. Pour l'instant, on n'en sait pas plus.

Quelle poisse !

Comment cette fille avait-elle pu se retrouver aussi loin de l'endroit où ils l'avaient abandonnée quinze ans plus tôt ? De tous les endroits des États-Unis et même du globe, il avait fallu qu'elle s'installe dans le secteur où vivait Ailean, le roi des vampires ! Des têtes allaient tomber. Comment les mages en charge de s'occuper du problème avaient-ils pu merder à ce point ?

J'aurais dû le faire moi-même !

Il était vraiment entouré d'incapables. Enfin, il serait temps de s'occuper de ce détail ultérieurement. Pour l'heure, il fallait parer au plus urgent.

— Fais préparer mon jet, nous partons dans l'heure. En attendant, réduisez le rayon de la localisation.

— À vos ordres, Mon Seigneur.

Ses hommes avaient intérêt à se dépêcher de la trouver, parce que si Ailean mettait la main dessus avant eux ... En fait, il refusait tout simplement d'envisager cette possibilité.

Chapitre 12

Certes, ils possédaient un avantage sur les mages, mais il était si infime qu'il n'y avait pas vraiment matière à se réjouir. Disons que la situation n'était pas impossible, mais très compliquée.

Livio lui avait confirmé un peu plus tôt dans la matinée qu'aucune faction mage n'était présente pour l'instant sur la Nouvelle Orléans. Cependant, Ailean n'était pas naïf, il se doutait bien que la *Nefasta* était apparue sur leur radar. Ce n'était donc qu'une question de temps avant qu'ils n'arrivent à la localiser précisément. Ils devaient d'ailleurs avoir une petite idée de son emplacement.

Autrement dit, Ailean et ses hommes disposaient de très peu d'avance sur eux. Une chance pour eux, les mages n'étaient pas capables de se dématérialiser, contrairement aux vampires. Ils auraient donc besoin d'utiliser les moyens de transport traditionnels pour se rendre ici. Il ignorait le temps qu'il leur faudrait pour arriver mais, en tout état de cause, c'était une question d'heures et non de jours.

Lui et ses cinq fidèles amis devaient donc exploiter au mieux ce laps de temps. Malheureusement, leur mission s'approchait dangereusement de l'impossible aiguille à trouver dans une botte de foin. La fille ne se baladait pas avec une pancarte accrochée autour du cou déclarant :

Je suis une Nefasta.

Même s'ils la croisaient au détour d'une rue, ils ne la reconnaîtraient pas, sauf à ce qu'elle fasse appel à ses pouvoirs. Physiquement, une sorcière ne se différenciait pas d'une femme ordinaire. Enfin, selon leurs archives.

C'était un autre élément compliquant leur tâche. Aucun d'entre eux n'avait jamais été confronté à une *Nefasta* avant aujourd'hui. C'était comme partir à la recherche du Père Noël ayant rasé sa barbe et rangé son traineau, avec pour seule certitude son existence.

Leur seule chance était donc qu'elle utilise à nouveau ses pouvoirs. Ailean pourrait alors essayer de la localiser. Cette fois, il ne se ferait pas surprendre par la vague de pouvoir et saurait réagir promptement.

Le plan B consistait à suivre de très, très près les mages, pour qu'ils les conduisent directement jusqu'à elle. Toutefois, Ailean ne croyait pas vraiment à cette deuxième solution. Il avait beau haïr les mages, ce n'étaient pas des idiots finis. Ils allaient forcément être sur leurs gardes et prendre les précautions nécessaires pour empêcher les vampires de s'approcher de la *Nefasta*. Malheureusement, s'ils revenaient bredouilles ce soir, ils seraient obligés de suivre ce plan B.

Pour l'instant, seuls ses généraux étaient dans la confidence. De toute façon, il aurait été inutile de rameuter tous les soldats. Ils risquaient d'attirer l'attention des humains et surtout de Marec. Or, il avait déjà suffisamment à gérer à l'heure actuelle, sans ajouter son demi-frère dans l'équation. Il traiterait cette complication, une fois que la *Nefasta* serait entre ses mains, pas avant.

Marec avait passé sa jeunesse à envier ce qu'avait son aîné de quelques mois, notamment son trône. Il n'avait jamais admis que le pouvoir revienne à Ailean et non à lui, poussé en ce sens par sa perfide mère. Marec avait même comploté à plusieurs reprises pour essayer de le renverser, mais chaque tentative s'était soldée par un échec.

Ailean n'avait aucune confiance en lui et le surveillait comme le lait sur le feu. Il savait que si l'occasion lui était donnée, Marec n'hésiterait pas une seule seconde à le trahir. C'est pour cette raison que ce dernier devait apprendre l'existence de la *Nefasta* le plus tard possible.

Ses amis n'arrêtaient pas de lui dire qu'il devrait régler le problème une bonne fois pour toute en ordonnant la décapitation de Marec. Après tout, c'était la peine encourue pour complot contre le roi. Pourtant, malgré toutes les vacheries que son frère lui avait faites, recourir à une mesure aussi extrême lui semblait inenvisageable. Plus qu'un problème royal, c'était avant tout un problème familial. Et on ne décapitait pas les membres de sa famille au motif qu'ils étaient envieux. Un point c'est tout !

Marec n'aurait peut-être pas fait preuve de la même indulgence à son égard – c'était même une quasi-certitude – mais Ailean n'allait pas se rabaisser à ça.

— Alors, prêt à partir en chasse ? lui demanda Darius en pénétrant dans son bureau.

Toute la journée, ils avaient peaufiné leur stratégie, préférant ne pas sortir tant que le soleil serait haut dans le ciel. Maintenant que sa lumière commençait à faiblir, ils allaient enfin pouvoir parcourir les rues. Ce soir, ils allaient chasser une proie bien différente de celles auxquelles ils étaient habitués. Une proie beaucoup difficile à repérer et à capturer.

— Allons cueillir cette petite sorcière, lui répondit Ailean.

À cette idée, l'adrénaline se mit à couler à flot dans ses veines, l'électrisant. Juste avant qu'il ne se dématérialise, son téléphone sonna ainsi que celui de Darius.

Chapitre 13

— Mademoiselle, nous allons commencer notre descente d'ici une dizaine de minutes.

— Merci Roberto. Je vais attacher ma ceinture.

Ainsi donc, le moment est venu, pensa Amaya.

Une fois descendue du jet privé de son père, elle aurait officiellement trahi les siens. À moins que l'on ne puisse considérer sa trahison comme remontant à bien plus longtemps ?

Mais le point le plus important n'était-il pas de se demander si elle devait une loyauté quelconque à ceux de son espèce, sachant le sort qu'ils lui auraient réservé s'ils avaient découvert son secret ?

Depuis toute petite, Amaya avait appris que rien n'était tout blanc ni tout noir. La vie était un nuancier de gris. Les mages clamaient haut et fort que les vampires étaient des êtres maléfiques. Ils s'étaient d'ailleurs arrangés pour distiller cette idée auprès des humains. Mais valaient-ils mieux qu'eux ? Elle en doutait réellement.

Comme il n'était pas dans sa nature de juger une personne sur des on-dit, Amaya se gardait bien de s'exprimer au sujet des vampires. En revanche, elle était bien placée pour parler des mages et le constat n'était pas vraiment joli-joli.

Depuis maintenant cinq ans, elle assistait Renata, la gardienne des Écrits, dans ses missions. Grâce à ce poste, elle avait accès à tout un tas d'informations oubliées depuis bien longtemps par ceux de son espèce. Les mages ne venaient que rarement consulter les Écrits. Lorsqu'ils le faisaient, c'était uniquement pour vérifier les faits héroïques de leurs aïeuls, afin de pouvoir ensuite s'en vanter auprès des autres. Quant aux femmes, c'était triste à dire, mais elles étaient quantités négligeables.

Fut un temps où la donne avait été différente. Elle l'avait lu et on était bien loin de l'histoire du gentil mage et du méchant vampire qu'on leur avait inculquée. Cependant, c'était de l'histoire ancienne. En tout état de cause, ce qui allait tomber sur le coin de la figure des mages était bien fait pour eux, une sorte de retour de bâton.

Cet emploi qu'elle occupait n'était pas dû au hasard. Elle avait besoin de consulter certains documents hautement surveillés et savait que la seule solution pour y parvenir était d'être nommée assistante de la

Bibliothécaire. Elle avait donc provoqué la chance pour qu'on lui fasse cette offre. C'était la seule fois de sa vie où elle avait usé de son statut de fiancée du roi. Au passage, fiancé qu'elle détestait. Mais elle était prête à tout, car elle savait que ce qu'elle cherchait était caché-là. Enfin, plus précisément, elle l'avait *vu*.

Machinalement, Amaya joua avec son pendentif. Il ne la quittait plus depuis quinze longues années. Elle le portait nuit et jour, c'était une question de survie. Sans lui, elle se serait certainement trahie et aurait connu le même sort que son amie. D'ailleurs, sans cette dernière, elle n'aurait pas pu se cacher ainsi.

Son collier était composé d'un simple cristal blanc laiteux. Enfin, simple de premier abord. En réalité, il était charmé. Sa meilleure amie, Ella, lui avait jeté un sort, juste avant que sa vie au sein de leur espèce ne lui soit arrachée. Le rôle de ce cristal était primordial car il permettait de bloquer les pouvoirs d'Amaya, l'empêchant ainsi de se trahir malgré elle. Depuis ce fameux soir, quinze ans plus tôt, elle n'avait pas eu une seule vision.

Jusqu'à la nuit dernière.

Il lui était arrivé plus d'une fois de se demander si tout cela n'était pas le simple fruit de l'imagination débordante d'une fillette de neuf ans. Cependant, elle n'avait jamais osé le retirer. Et elle avait bien fait, car ce qu'elle avait *vu* il y a si longtemps était bel et bien en train de se produire.

L'élément déclencheur avait été ce fameux rêve. C'était une sorte de code qu'Ella et elle avaient mis au point des années plus tôt. Dès qu'Amaya avait *su* comment contrecarrer la destinée tragique qui les attendait toutes les deux, elles avaient fait le nécessaire pour qu'elle ne se produise pas. Ayant une totale confiance en elle, Ella avait suivi à la lettre ses recommandations.

Malgré son très jeune âge, Ella était la plus puissante des *Nefastae* ayant existé, même si elle n'avait pas voulu le croire lorsque Amaya le lui avait dit. Elle avait donc réussi à lancer les quatre sorts constituant leur passeport de sortie, juste avant que sa vie ne bascule.

Le premier était celui contenu dans le cristal qu'Amaya portait autour du cou.

Le deuxième avait été une sorte de clé permettant de mettre tout leur plan en branle, le moment venu. C'était un rêve qui leur apparaîtrait à toutes les deux, une fois qu'Ella aurait débloqué ses pouvoirs. Cette dernière ne se souviendrait pas de sa signification, mais Amaya ne l'avait jamais oubliée.

Dès qu'elle s'était réveillée cette nuit-là, elle avait compris que le temps lui était compté et su ce qu'elle devait faire. C'était à son tour d'avoir une confiance aveugle en la fillette qu'elle était quinze ans plus tôt.

Elle s'était glissée dans le fond de son armoire pour récupérer le lot de petites pierres cachées à cet endroit depuis si longtemps et sur lesquelles son amie avait lancé le troisième sort. Elles devaient déclencher une vision bien précise lui permettant de localiser son amie, chose dont elle-même était incapable.

À l'époque où elle ne les bloquait pas, Amaya avait été tributaire de ses visions. Elle ne contrôlait ni leur apparition ni leur contenu. Les pierres devaient également lui assurer une perméabilité magique absolue. Aucun être aux alentours ne pourrait détecter son pouvoir. C'était une question de vie ou de presque-mort.

Respectant à la lettre la vision qu'elle avait eue des années plus tôt, Amaya les avait disposées autour d'elle en dessinant un pentacle. Elle avait ensuite retiré son collier et avait prié très fort pour que la barrière magique constituée remplisse son office, sinon elle signerait sa fin ainsi que celle d'Ella.

Les mains moites et le cœur battant à cent à l'heure, elle avait attendu sa première vision depuis quinze ans. Elle avait commencé à douter d'elle, lorsqu'elle avait été emportée dans son petit cinéma personnel.

La vision n'avait pas duré plus de quelques secondes, mais elle l'avait chamboulée. Cela faisait tellement longtemps qu'elle n'avait pas ressenti ça. Durant toutes ces années, elle avait eu l'impression d'être amputée d'une partie d'elle-même. Elle s'était sentie entière pour la première fois depuis si longtemps. Malheureusement, cela ne pouvait pas durer au-delà de cette vision.

Pour l'instant.

La mort dans l'âme, elle avait aussitôt remis son collier, les pierres ne fonctionnant que pour masquer et déclencher une seule et unique vision. Mais le plus important était que la fillette qu'elle avait été avait eu raison. Elle avait su où se rendre. Elle avait alors mis au point son plan d'action.

Tout en regardant l'avion commencer sa descente

sur la Nouvelle-Orléans, Amaya pria pour que le quatrième sort contenu dans la pierre glissée dans le fond de sa poche, soit aussi opérationnel que les trois autres. Elle ne serait rassurée qu'à ce moment-là.

Enfin, à demi-rassurée, parce qu'une fois qu'Ornella aurait cette pierre en main, les ennuis allaient réellement commencer.

Chapitre 14

Quelle journée ! pensa Ornella en poussant la porte de son appartement.

Ce matin, elle s'était levée avec un mal de tête carabiné, amplifié par la sonnerie de son téléphone. Après la nuit d'enfer qu'elle avait vécue, elle n'aurait pas dit non à un peu de repos.

D'ailleurs, la veille, elle s'était fait une joie de jouer les flemmardes dans son lit. C'était sa première journée de repos depuis une éternité. Malheureusement, le destin avait gâché ce plaisir avec cette agression et cette tentative de viol dont elle avait été victime. Au final, elle ne regrettait pas d'avoir décroché son téléphone.

C'était Sue en mode panique sollicitant son aide. Elle l'appelait pour demander si Ornella pouvait décaler sa journée de congé et venir filer un coup de main. Une grosse affaire était tombée durant la nuit. Le fils de leur plus gros client avait été arrêté la veille au soir pour meurtre. Tout le monde était sur le pied de guerre et ce que Joe demandait était tout simplement irréalisable par une seule personne. D'ailleurs, à deux, ce serait déjà tendu.

Bien évidemment, Ornella n'avait pu se résoudre à envoyer promener son amie. Quelque part, elle lui en avait même été reconnaissante, elle n'allait ainsi pas ressasser ce qui lui était arrivé la veille. S'abrutir dans le travail était un moyen comme un autre de repousser la crise de panique.

Elle avait donc accepté, tout en la prévenant qu'elle aurait besoin d'un peu de temps pour se préparer.

— *Je te comprends,* avait répondu Sue. *Moi aussi, j'ai eu mal aux cheveux en me levant ce matin. D'ailleurs, je voulais te disputer, crevette. Tu n'aurais pas dû me laisser boire tout ce bourbon.*

Elle aussi avait mal au crâne mais pour des raisons bien différentes. Ce n'était pas l'alcool le responsable, mais ses cinq agresseurs. Et, si elle avait besoin de temps, c'était pour réussir à cacher au mieux le bleu sur sa joue. Heureusement pour elle, le fond de teint qu'elle possédait avait fait des merveilles. Au travail, personne ne s'était rendu compte de rien. D'un autre côté, cela avait été la folie toute la journée. Sue ne lui avait pas menti, tout le cabinet était sens dessus dessous. Tous les meilleurs avocats avaient été mis sur l'affaire et de facto leurs assistantes fortement sollicitées.

Toutefois, Ornella avait réussi à trouver cinq minutes pour parler à Sue de son plan au sujet de Joe.

Elle n'en démordait pas, il devait payer pour ses agissements et elle était de plus en plus convaincue que la stratégie qu'elle avait élaborée la veille, avant de se faire agresser, était la meilleure. Son amie partagea son avis — même si elle n'était pas contre l'idée qu'une fille masquée lui refasse le portrait (dixit ses mots). Sue avait ensuite ajouté qu'elle allait s'arranger pour en discuter discrètement avec les autres assistantes. Plus elles pourraient recueillir de témoignages, plus l'annonce serait percutante.

Ornella avait tenté de prendre avec légèreté la remarque de Sue au sujet de la justicière masquée, comme elle l'aurait fait habituellement, mais le cœur n'y était pas. Son esprit était encore traumatisé par les évènements de la veille. Elle n'arrêtait pas d'imaginer une fin différente, si ces cinq types ne s'étaient pas soudain jetés au sol pour se rouler en boule.

À ce sujet, elle ignorait toujours ce qui s'était passé et ne le saurait sans doute jamais. Elle devait l'admettre et faire ce qu'il fallait pour que ce mauvais moment appartienne définitivement au passé.

À plusieurs reprises, elle avait failli se confier à Sue. Chaque fois, elle avait renoncé avant de passer à l'acte. Elle avait honte. Elle se pensait plus maligne que ça et surtout plus forte.

Objectivement, elle n'avait eu aucune chance face à ces cinq hommes. Mais son ego ne partageait pas cet avis. Il était persuadé qu'elle aurait pu faire mieux, infliger plus de dégâts qu'un pauvre malheureux coup de genou dans l'entrejambe. Elle avait la défaite amère et n'en était pas fière.

Cependant, refusant de se comporter en victime terrorisée, elle avait eu l'intention de faire payer ces sales types. Même si ce ne serait pas une expérience plaisante, elle avait donc prévu de passer au commissariat après son travail. Les autorités n'auraient aucune difficulté à mettre la main sur ses agresseurs, puisqu'elle connaissait l'identité de l'un d'entre eux. Enfin, c'était tout comme. La police pourrait certainement obtenir des informations exploitables en interrogeant les gars du Club. Son image de sorcière du Jackson allait en pâtir, mais qu'importe. Il fallait stopper ces types avant qu'ils ne s'en prennent à une autre.

Oui, elle avait prévu d'aller porter plainte. Jusqu'à ce qu'elle reçoive un SMS de Carlos en début d'après-midi :

Décidément, c'était pas son jour.

Le message était accompagné d'un lien vers un site d'informations. Après avoir cliqué dessus, Ornella était tombée sur un article montrant le portrait de ses cinq agresseurs avec le titre suivant :

Cinq jeunes hommes retrouvés morts dans une ruelle : la cause du décès reste pour le moment inconnue et mystérieuse.

Les mains et les jambes tremblantes, elle avait parcouru rapidement l'article. Le journaliste affirmait que la police n'avait aucune idée de la façon dont ils étaient morts. A priori, ils semblaient avoir tous succombé en même temps à une crise cardiaque, chose hautement improbable compte-tenu de leur jeune âge. L'hypothèse privilégiée était pour l'instant la drogue. Des autopsies étaient en cours pour l'appuyer ou non.

En lisant où les corps avaient été retrouvés, Ornella avait été prise de vertiges. C'était la ruelle où elle avait été agressée la nuit précédente. Et l'heure estimée de leur mort correspondait approximativement à celle à laquelle elle avait quitté Sue.

Bien évidemment, après ça, plus question d'aller voir la police. C'était le meilleur moyen de se retrouver avec l'étiquette « suspect » collée sur le front. De toute façon, ces types ne risquaient plus de sévir.

Même si Ornella avait essayé de faire abstraction de cette nouvelle, elle n'y était pas parvenue. Elle s'était contentée de faire une réponse simple et polie à Carlos, comme elle l'aurait fait si elle n'avait pas été la dernière personne à les avoir vus vivants. Après ça, elle avait eu beaucoup de difficultés à se concentrer sur son travail et avait accueilli à bras ouverts la fin de sa journée.

Une fois dans son appartement, Ornella alluma et posa ses affaires sur le meuble de l'entrée. Elle se rendit ensuite dans sa chambre, profitant de l'éclairage du couloir. Elle allait se faire couler un bon petit bain pour essayer de se détendre. C'était exactement ce qu'il lui fallait après les vingt-quatre heures stressantes qu'elle venait de vivre.

Malheureusement pour elle, ce plan aussi tomba à l'eau.

Alors qu'elle allait allumer la lumière dans sa chambre, une silhouette cachée dans l'ombre surgit. Elle ne put alors retenir un cri mêlant terreur et surprise.

Chapitre 15

— Non, ne crie pas. Je te promets que je ne te veux aucun mal.

Le fait que ce soit la voix d'une femme et non celle d'un homme atténua en grande partie la peur d'Ornella. La jeune femme lui faisant face n'avait pas une carrure impressionnante. Si besoin, elle saurait donc la maîtriser. Elle alluma et lorsque l'inconnue sortit de sa cachette sombre pour s'approcher vers elle, Ornella constata qu'elle ressemblait plutôt à un mannequin. Grande, blonde, mince, c'était une vraie beauté. Ses traits étaient doux et délicats. Cependant, Ornella resta sur ses gardes. Même si c'était une femme, elle ne voulait prendre aucun risque. Elle avait été trop confiante la veille au soir et il n'y avait qu'à voir ce qui lui était arrivé. Elle comptait bien apprendre de ses erreurs.

— N'approchez pas ! la prévint Ornella.

— Je ne te veux aucun mal, répéta l'inconnue. Ella, tu dois m'écouter, nous avons peu de temps avant qu'ils ne débarquent.

Plusieurs choses l'interpellèrent dans les paroles prononcées. Tout d'abord, la jeune femme s'adressait à elle avec familiarité, comme si elles se connaissaient. D'ailleurs, elle venait de l'appeler « Ella », ce que personne ne faisait plus depuis l'époque du lycée. Était-elle une ancienne camarade de classe ? Dans ce cas, pourquoi s'introduire de la sorte chez elle ? Ne pouvait-elle pas frapper à la porte comme tout le monde ? Ou envoyer un mail pour prévenir de sa venue ?

Ensuite, elle venait de dire *qu'ils* arrivaient. Mais de qui parlait-elle au juste ? Des policiers ? Avaient-ils fait le lien entre ses agresseurs et elle ? Si oui, comment cette inconnue pouvait-elle être au courant ? Et pourquoi venir la prévenir ?

Tout ceci n'avait aucun sens. Ornella était complètement perdue. Elle ne savait que penser de cette « visite ». Et les choses devinrent encore plus étranges, lorsque l'inconnue ajouta :

— Je m'appelle Amaya. Tu ne te souviens pas de moi pour l'instant et c'est normal. D'ici peu, tu verras, tous tes souvenirs te seront rendus. Je sais que tu as rêvé de moi cette nuit, j'ai fait le même rêve.

La situation venait de passer de franchement bizarre à carrément flippante. La blonde lui faisant face portait le même prénom peu commun que la petite fille de son rêve. D'ailleurs, comment Amaya pouvait-elle être au courant de ce détail ? Ou du fait qu'elle avait oublié une partie de son passé ? Car c'était bien de ça dont elle faisait référence en parlant de ses souvenirs qui allaient lui être rendus, non ?

— Écoute, je me doute que tu dois être complètement perdue. J'aimerais avoir plus de temps pour tout t'expliquer en douceur, mais c'est impossible. Nous le savions.

Rien de ce que disait cette femme n'avait de sens. Pourtant cette dernière continua l'air de rien.

— J'aimerais rester à tes côtés, mais je dois partir. Je ne peux pas prendre le risque qu'ils me voient, ce serait trop dangereux. Ce n'est pas encore le moment de nos retrouvailles officielles.

Ornella se contenta de la regarder sans réagir. Elle ignorait comment se comporter et quoi dire. Ne se formalisant pas de son silence, Amaya enchaîna :

— Je te promets que tout ce que je suis en train de te dire va s'éclairer dans les minutes à venir et que nous aurons très vite l'occasion de nous revoir. Tu n'imagines même pas à quel point tu m'as manquée Ella. J'ai tant de choses à te raconter. Il y a tellement de détails que l'on nous a cachées. Mais bientôt, nous serons à nouveau réunies et je pourrai te raconter tout cela.

Cette discussion à sens unique était tout simplement psychédélique.

— Mais pour l'instant, je dois partir sans tarder. Ils doivent maintenant approcher à grands pas.

Toujours ce *ils.*

Ornella décida de sortir de son mutisme et demanda :

— De qui parles-tu ?

— Les mages et les vampires. Ils seront très bientôt là.

Hein ? fut la seule pensée à peu près cohérente qui naquit dans son esprit en réaction à cette déclaration ubuesque. De tout ce qu'Amaya venait de raconter, cette dernière phrase était de loin la plus délirante. Elle en était maintenant persuadée, la pauvre fille ne devait pas avoir toute sa tête pour parler de vampires et de mages. Et pourquoi pas des loups-garous, tant qu'on y était ? Peut-être s'était-elle enfuie d'un asile ?

Cependant, dans le rêve qu'elle avait fait cette nuit, il était aussi question de vampires et de mages, ainsi que d'une fillette répondant au nom d'Ella et une autre à celui d'Amaya.

C'est du grand n'importe quoi !

Oui, et elle devait mettre cette folle dehors, avant qu'elle ne s'en prenne physiquement à elle.

Comme si elle avait pu lire dans son esprit, Amaya glissa justement la main dans sa poche. Ornella se tendit aussitôt des pieds à la tête. Cette folle était-elle armée ? Comptait-elle l'abattre de sang-froid ?

— Ne t'inquiète pas Ella, je te promets que très bientôt, tout sera limpide. Tu dois juste prendre ceci.

Le *ceci* en question était un écrin, comme ceux que l'on utilise pour mettre une bague. Pour le coup, Ornella fut un peu plus perdue. Elle lui offrait un bijou ?!

Décidément, ces dernières minutes n'avaient ni queue ni tête.

— Tiens.

Voyant qu'elle ne bougeait pas, Amaya insista :

— Je t'en prie Ella, fais-moi confiance. Il faut que tu tiennes dans ta main ce que contient l'écrin. Toi seule peut le toucher.

Aussi fou que cela puisse paraître, Ornella ne se sentait pas en danger. Son instinct lui soufflait qu'elle pouvait réellement faire confiance à cette inconnue. C'était d'autant plus surprenant que ce n'était pas dans sa nature.

Avant de réfléchir aux implications de son geste, Ornella attrapa la boîte tendue et l'ouvrit avec précaution, comme si elle craignait que l'objet qu'il contenait ne lui saute au visage. Quand le couvercle fut levé, elle vit une pierre posée sur le coussin de satin. Elle n'était pas plus grande que le pouce et d'une jolie teinte verte. A priori, elle semblait inoffensive. De toute façon, qu'est-ce qu'une pierre pouvait causer comme dégâts ?

— Prends-la, insista Amaya. Je dois vraiment partir.

Sans trop savoir pourquoi, Ornella lui obéit. Dès que ses doigts entrèrent en contact avec le minéral, elle sentit un courant d'énergie affluer dans tout son corps, provoquant une sorte de court-circuit. Elle voulut lâcher la pierre sans y parvenir, ses membres ne semblaient plus répondre aux ordres de son cerveau.

Soudain, elle se sentit prise de vertiges. Elle eut juste le temps d'entendre la conclusion d'Amaya :

— Tu verras, d'ici quelques heures, tu te souviendras de tout. Fais-nous confiance, Ella.

Elle entendit ensuite de l'agitation, mais elle aurait été incapable de donner plus de détails, car son esprit l'emmena pour un petit voyage dans le passé.

Chapitre 16

Foutue aiguille, pensa Ailean alors qu'il rôdait dans les rues de la Nouvelle Orléans.

Il savait bien qu'il avait peu de chances de tomber par hasard sur la *Nefasta,* mais il était tout de même déçu. Cela faisait déjà plus de deux heures que ses hommes et lui arpentaient les rues, et rien, pas l'ombre d'une piste.

Enfin, ce n'était pas tout à fait exact.

Durant ses recherches, Livio était tombé sur une nouvelle qui avait retenu son attention : la mort suspecte de cinq hommes la nuit dernière. C'était la raison de son appel, au moment où Darius et lui-même allaient se rendre sur le terrain. Livio leur avait demandé de venir le rejoindre pour qu'il puisse leur montrer ce qu'il avait trouvé.

Son général s'était débrouillé pour avoir accès au

rapport de police. C'est là que les choses devenaient intéressantes. Officiellement, les cinq jeunes étaient décédés d'une crise cardiaque. Ce simple détail en soi aurait suffi à les alerter compte-tenu de l'âge des victimes. D'ailleurs, les médias s'étaient fait la même réflexion. Mais les photos de la scène de crime étaient encore plus intéressantes. Ils étaient étendus sur le bitume sale, en demi-cercle contre un mur. Comme s'ils avaient encerclé une sixième personne.

Et ce n'était pas tout. Leurs traits étaient déformés par la douleur et un filet de sang coulait de leurs bouches. Ce n'était pas une crise cardiaque qui les avait tués, mais autre chose. Et Ailean avait sa petite idée sur la question, car ce n'était pas la première fois qu'il voyait des cadavres ayant cette terreur dans le regard. Il était prêt à parier tout ce qu'il avait que la sixième personne n'était autre que la *Nefasta* qu'ils cherchaient. Il ignorait quelles étaient les intentions de ces types, mais ils étaient la cause de la libération des pouvoirs de la sorcière.

Bien évidemment, c'était le premier endroit où il s'était dématérialisé en quittant son manoir. Cependant, il n'y avait aucune trace d'elle, simplement quelques flics faisant leur boulot et une foule de curieux. Au demeurant, il n'en fut guère surpris. Il y avait peu de chances qu'elle revienne sur la scène de son crime.

Son téléphone vibra pour la énième fois, chacun faisant le compte-rendu de ses trouvailles, autrement dit rien. Jusqu'à présent, ses généraux et lui faisaient chou blanc.

La nuit était déjà tombée, lorsque Livio envoya un message groupé :

Le jet privé d'une faction mage a été autorisé à se poser, il y a une demi-heure.

Merde !

Ils venaient officiellement de perdre leur avantage. Si les mages étaient ici, c'est qu'ils avaient réussi à localiser la *Nefasta*. Ailean et ses hommes allaient donc devoir se rabattre sur le plan B, autrement dit suivre à la trace leurs ennemis et s'arranger pour la leur voler sous le nez, ce qui ne serait pas chose aisée.

Cela faisait une éternité qu'il ne s'était pas battu contre un mage et Ailean se serait bien passé de cette expérience. Ces derniers pouvaient être vraiment fourbes lors d'un combat. Nul doute qu'il y aurait des blessés avant la fin de la nuit. Cependant, ils seraient à compter dans les deux camps, car Ailean ne comptait pas se laisser faire. Heureusement pour eux, les vampires étaient loin d'être autant démunis face aux mages que ne l'étaient les humains. Depuis le temps que durait leur conflit, ils avaient largement eu le temps de mettre en place des stratagèmes pour les contrer. Malheureusement, l'inverse était également vrai. Les mages savaient aussi parer certaines de leurs attaques.

Il ne pensait pas que la situation pourrait devenir plus merdique, jusqu'à ce que Livio envoie un second message :

Petite précision, il semblerait que Gatien soit du voyage !

Quelle poisse ! Il n'avait franchement pas besoin que le roi des mages débarque ici, sur son territoire. En plus, si Livio l'avait appris, d'autres de leur espèce le découvriraient rapidement. Étant donné que Gatien ne venait jamais ici, ils s'interrogeraient sur ses motivations. À partir de là, combien de temps faudrait-il à Marec pour assembler les pièces du puzzle ?

Oui, pas de doute, la situation devenait de pire en pire.

Enfin, pour l'instant, il devait parer au plus pressé. Il envoya à son tour un message groupé pour donner ses ordres.

Rosario, Léandre et Almadeo, vous vous rendez à l'aéroport. Arrangez-vous pour les suivre discrètement. Vous nous tenez au courant si leurs mouvements vous semblent intéressants.

Après tout, peut-être allaient-ils d'abord s'installer à l'hôtel. Ailean n'avait jamais rencontré son homologue mage, mais les échos qu'il avait pu obtenir n'étaient pas à son avantage. Le moins que l'on puisse dire, c'était que Gatien n'avait pas très bonne réputation, en tant qu'individu, comme en tant que monarque.

Livio, tu continues de fouiller dans l'univers virtuel. Darius, tu surveilles Marec de près. Je veux être tenu au courant de ses moindres déplacements. S'il va pisser, je veux le savoir.

Bien, ton Altesse. Et toi ?

Moi, je continue ma ronde, au cas où.

Ailean n'y croyait pas vraiment, mais si la sorcière utilisait à nouveau ses pouvoirs, il priait pour être assez prompt à réagir cette fois-ci.

Il venait à peine de terminer de formuler cette pensée

qu'il fut terrassé par une vague de pouvoir. Cette fois, il était préparé et réussit à rester opérationnel pour localiser au mieux cette vague.

Quand ce fut fait, il ne perdit pas une seconde. Il devait faire vite, car Gatien l'avait forcément sentie lui aussi. Une chance pour lui, le mage était tributaire du trafic routier, pas lui. Avec un grand sourire machiavélique, Ailean tapa à toute vitesse sur son téléphone.

Trouvée.

Le message n'était même pas encore parti qu'il s'était dématérialisé à l'endroit où la vague avait été émise.

À nous deux, petite sorcière.

Chapitre 17

Quand il arriva sur place, Ailean fut légèrement déstabilisé par la scène qu'il trouva. Il ignorait à quoi il s'attendait, mais certainement pas à ce qu'il avait sous les yeux.

Son capteur interne venait de le mener à un appartement à l'aspect plutôt miteux mais propre et rangé. La vague de pouvoir émanait de la pièce du fond. Il s'y rendit en prenant malgré tout le temps de vérifier que l'endroit était sûr. Après tout, il n'était peut-être pas le seul à être arrivé sur les lieux.

Comme de fait, une fois sur le pas de la porte de ce qui semblait être une chambre, il vit qu'il y avait deux occupants. Enfin, pour être exact, deux occupantes. L'une d'elles, blonde, grande et svelte, tourna la tête dans sa direction. Son regard vert exprima clairement la crainte. Ou plutôt la terreur, comme si elle venait de voir le diable en personne.

L'autre jeune femme aurait été bien incapable de le repérer. Elle semblait en plein *trip*. Et pas des meilleurs. Mais ce qui retint son attention, ce fut le pouvoir qu'elle émettait. Il ignorait ce qu'elle était en train de faire, mais une chose était certaine, elle était pire qu'un phare dans la nuit.

Maintenant qu'il l'avait trouvée, il pria pour qu'elle arrête très rapidement son tour de magie, avant de rameuter tout le monde.

Comme si elle avait pu l'entendre, l'énergie reflua jusqu'à disparaître. La jeune femme arrêta alors de s'agiter dans tous les sens comme une possédée. Elle resta inerte et inconsciente au sol.

Sous le coup de l'adrénaline, le sang d'Ailean se mit à pulser dans ses veines. Il n'arrivait pas à croire en sa chance. Il venait de mettre la main sur une *Nefasta*. C'était le Graal pour un vampire.

Il était encore à quelques mètres d'elle, mais il pouvait voir d'ici que c'était une véritable beauté, même si ce détail n'avait pas la moindre importance.

Ses cheveux longs, aux reflets dorés, étaient étalés autour d'elle, formant une auréole soyeuse. Son visage était en forme de cœur. Allongée ainsi sur le dos, sa position lui permettait d'évaluer ses formes. Sa poitrine ferme pointait fièrement en direction du ciel. Ni trop petite, ni trop volumineuse, elle était de la parfaite taille.

Suite à cet examen, son sang se mit à battre plus fort dans ses veines pour des raisons différentes et alla irriguer en priorité une zone située au sud de son anatomie. Par anticipation, ses canines s'allongèrent. Il était pressé de pouvoir la goûter et pas uniquement parce que c'était une *Nefasta* qui allait le rendre encore plus puissant. Non, il avait également hâte de ressentir cette tension sexuelle accompagnant toujours le fait de boire à une veine.

Si un vampire pouvait se nourrir de n'importe quel individu, mâle ou femelle, dans les faits, il choisissait toujours le sexe vers lequel allait son attirance, pour la simple et bonne raison que le phénomène était toujours accompagné d'une certaine excitation. C'était ainsi. Dans le cas présent, il en avait déjà l'eau à la bouche.

N'écoutant que son instinct, Ailean commença à avancer dans la pièce, le regard entièrement focalisé sur la jeune femme inconsciente. Il aurait bien aimé qu'elle reprenne connaissance sans tarder, car la nécrophilie n'était pas à son goût.

Il avait complètement oublié la deuxième jeune femme, l'ayant classée comme élément insignifiant de la scène. C'était une erreur de jugement et il s'en rendit compte lorsqu'elle vint s'interposer entre lui et sa cible en sifflant :

— Recule, vampire.

— *Dégage.*

Malheureusement, la Voix resta sans effet, elle resta campée sur ses positions. Avec un temps de retard, Ailean réalisa qu'elle l'avait appelé *vampire*. Elle savait donc ce qu'il était.

Détournant momentanément son attention de la

Nefasta, il dévisagea l'inconnue avec intensité, essayant de comprendre comment elle avait réussi cet exploit. La puissance de la Voix dépendait grandement de celui qui la prononçait. Dans son cas, aucun humain n'était capable d'y résister et un certain nombre d'êtres surnaturels y étaient plus ou moins sensibles.

En tout état de cause, la blonde prête à se battre comme une lionne pour protéger sa copine n'était pas humaine. Il pencha la tête sur le côté. Pourrait-elle être une femme de mage ? Dans ce cas, pourquoi était-elle seule ? La jeune femme faisait-elle le pied de grue en attendant les renforts ? Pensait-elle être en mesure de le tenir en respect d'ici là ?

Si c'était le cas, elle n'allait pas être déçue.

— Pousse-toi de là.

Ailean n'aimait pas maltraiter les femmes. En réalité, il avait globalement peu d'estime pour ceux qui le faisaient. Cependant, les enjeux actuels ne permettaient pas à ce genre de sensibilités d'entrer en ligne de compte. Il ne devait pas oublier qu'elle était certainement l'ennemi. Or, à situation exceptionnelle, mesure exceptionnelle.

— Je ne le répèterai pas, pousse-toi de mon chemin, sinon c'est moi qui t'y obligerai.

— Je le ferai, mais d'abord, tu vas me jurer sur ta vie que tu prendras soin d'elle.

En entendant cette jeune femme, Ailean dut se retenir de rire aux éclats. Pensait-elle vraiment pouvoir le contraindre à promettre ce genre de choses ? Si elle appartenait à l'univers surnaturel, elle devait être consciente de l'enjeu.

Pourtant, à son air déterminé, il comprit qu'elle était très sérieuse.

— Dépêche-toi, vampire, ils seront bientôt là. Ni toi ni moi ne voulons être encore présents quand ce sera le cas.

Pour le coup, sa remarque le désarçonna. Qui était-elle ? Son hypothèse sur l'avant-garde venait de tomber à l'eau. Malheureusement, l'inconnue avait dit vrai, le temps leur était compté. Il devait se dépêcher d'emmener la *Nefasta* loin d'ici. Il n'était de toute façon pas prudent de s'abreuver d'elle en territoire inconnu. Il le ferait une fois qu'il l'aurait mise en lieu sûr. Il ignorait les effets secondaires que pouvaient avoir son sang sur lui. Cela pouvait très bien le mettre hors-jeu pour une durée indéterminée. Quant à la blonde aux nerfs d'acier qui lui faisait face avec bravoure, même si elle l'intriguait, elle n'était pas son objectif.

Les promesses n'engageant que ceux qui y croient, Ailean n'eut aucune honte à lui mentir effrontément :

— Je te promets sur ma vie de prendre soin de la *Nefasta*.

— Ornella.

Ailean fronça les sourcils, ne comprenant pas où elle voulait en venir.

— Elle s'appelle Ornella, reformula-t-elle.

Elle se décala alors, lui donnant accès à la jeune femme toujours inconsciente. Celle-ci tenait dans sa main quelque chose, il s'approcha et vit que c'était une pierre. Il se pencha vers elle, au moment où la blonde souffla dans son dos :

— À bientôt Ailean.

Avec un temps de retard, il se retourna, se demandant comment cette mystérieuse inconnue connaissait son nom, mais ne vit que du vide. Les fenêtres de la chambre étaient grandes ouvertes et un petit vent faisait voler les rideaux. Il en déduisit qu'elle venait de s'enfuir par ici.

Décidément, cette femme était réellement étrange.

Un gémissement le ramena au plus important : la jeune femme allongée à ses pieds.

Chapitre 18

Elle était vraiment sublime. Il n'y avait pas d'autres termes pour la décrire. Ailean avait d'ailleurs du mal à croire que cette divine créature soit réelle et non le fruit de ses fantasmes.

En plus de trois cents ans d'existence, il avait vu son lot de femmes belles et désirables, mais celle-ci les dépassait sans commune mesure et son physique n'était pas la seule chose qui retenait son attention. La vision qu'elle offrait actuellement le perturbait tellement qu'il en oubliait la raison pour laquelle il était là. Enfin, presque.

Jusqu'à présent, il ne s'était pas interrogé sur la *Nefasta* en tant qu'individu. Pour lui, elle n'était qu'une sorcière maudite, un moyen d'obtenir quelque chose qu'il voulait. Enfin, surtout un moyen d'empêcher son demi-frère de tenter de le renverser et la possibilité de faire un pied de nez aux mages.

Les deux factions étaient ennemies depuis la nuit des temps, mais la situation était en *statu quo* depuis plusieurs décennies. Chacun évitait la route de l'autre et tout le monde s'en portait le mieux du monde. Bien évidemment, lorsqu'un mage croisait un vampire et inversement, cela se terminait rarement bien. Mais il n'y avait plus d'attaques programmées, comme cela avait été le cas pendant le règne de son père et le début du sien.

Ailean n'irait pas jusqu'à dire qu'il était pour la paix, mais il ne cherchait pas non plus un conflit armé. Il préférait de loin offrir un environnement serein aux membres de son espèce. Ils avaient déjà assez à faire avec les humains et leurs nouvelles technologies.

Ce dernier siècle, ces créatures jusque-là insignifiantes avaient pris une ampleur qu'aucun être surnaturel n'avait vu venir. Désormais, il fallait s'en méfier. Qui sait ce qu'ils pourraient faire, s'ils arrivaient à mettre la main sur l'un d'entre eux ?

Par le passé, il était arrivé que des humains apprennent leur existence. Certains avaient même réussi, à de rares occasions, à capturer l'un d'entre eux. Néanmoins, il n'y avait eu aucune conséquence néfaste, excepté pour l'idiot s'étant fait prendre. Cela avait simplement alimenté le folklore. Si pareil événement venait à se reproduire aujourd'hui, la situation serait très différente. Ailean n'avait aucun doute à ce sujet. Et les mages devaient certainement être dans le même état d'esprit.

Cependant, la délicieuse créature à ses pieds venait de changer la donne. Les drapeaux blancs s'étaient enflammés au moment où son existence avait été révélée. Inévitablement, un nouveau conflit allait éclore et il mettrait un certain temps à s'arrêter. Il en allait toujours ainsi à chaque découverte de l'une d'entre elles.

Ornella.

Ailean répéta le prénom dans sa tête. Il lui allait à merveille. Issu du latin *aurum* signifiant l'or, il qualifiait très bien sa chevelure actuellement étalée autour d'elle. Dans les tons rouge sombre, la lumière du plafonnier venait lui donner des reflets dorés.

Soudain, ses doigts le démangèrent et l'envie irrépressible de venir les glisser dans ce rideau de feu, afin d'en vérifier sa douceur, s'empara de lui.

Quand il se rendit compte du chemin que prenaient ses pensées, il se fustigea. Il ne devait pas perdre de vue son objectif. L'inconnue blonde venait de lui mettre le cerveau à l'envers en lui demandant de faire cette promesse et en humanisant la *Nefasta*. Le fait de savoir comment elle s'appelait avait changé quelque chose en lui. À moins que ce ne soit *elle*, tout simplement.

Heureusement pour lui, son téléphone sonna, l'empêchant ainsi de se perdre dans ces divagations. Il le sortit de sa poche et vit que c'était Livio.

— Oui ?

— Je ne sais pas ce que vous foutez tous les deux, ton Altesse, mais barrez-vous vite d'ici. Tu la baiseras plus tard.

Sans pouvoir le contrôler, ses poings se serrèrent suite à la remarque irrespectueuse de Livio. Il avait soudain envie d'apprendre les bonnes manières à son général geek.

Arrête tes conneries, Ailean !

Il ne devait pas se laisser embobiner par cette fille endormie à ses pieds. D'ailleurs, songea-t-il, peut-être était-il sous le coup d'un charme lancé pour l'amadouer. Peut-être n'était-elle pas réellement endormie. Peut-être faisait-elle semblant pour le duper.

Fichue magie ! Tout n'est que faux-semblants avec ces êtres !

— Ailean ?

Il était vraiment en train de se faire avoir. Sa colère envers l'inconnue se réveilla un peu plus.

— Quoi ?! aboya-t-il.

— Tout va bien ?

— Ouais !

— Eh bien, tire-toi d'ici fissa, ils arrivent.

Inutile de préciser qui désignait le « ils ». Ainsi les mages étaient en route pour venir la chercher ? Pas de bol, il allait récupérer le colis avant eux !

— Combien de temps ?

— Je dirais moins de cinq minutes, si je me fie à la position des gars et à la tienne.

Afin d'assurer au maximum leur sécurité, leurs six téléphones étaient équipés d'un GPS crypté. Livio était le seul à avoir la clé de décryptage, si bien que personne ne pouvait suivre leur signal, à part le vampire geek. Cette traçabilité leur avait déjà été utile à une ou deux reprises pour échapper aux humains ou à d'autres êtres surnaturels.

Ailean se mit à réfléchir à toute vitesse afin de trouver la meilleure stratégie. Rafler la sorcière sous le nez des mages serait jouissif, mais il devait penser plus loin que le bout de son nez. Si ces derniers ignoraient qu'Ailean lui avait mis la main dessus ou du moins avaient des doutes à ce sujet, ses hommes et lui gardaient un avantage sur l'ennemi. Il ne fallait pas oublier que, tant qu'il n'aurait pas bu à sa veine, il ne pouvait pas considérer avoir gagné.

— Préviens les autres de continuer leur filature. Je veux que les mages pensent qu'elle s'est enfuie, pas que nous la détenons.

— Malin. Et toi ?

Ailean jeta un nouveau coup d'œil à la jeune femme, avant de répondre :

— Nous allons au refuge. Je vous tiens au courant. D'ici là, silence radio.

Il ne voulait prendre aucun risque.

— Ok. Bonne chance.

Ailean ne répondit pas. Son attention était entièrement focalisée sur Ornella qui commença à remuer, comme si elle émergeait d'un sommeil paisible.

— Ils arrivent dans la même rue, Ailean, l'avertit Livio.

—Je pars.

Il raccrocha et rangea son téléphone. Au même moment, Ornella ouvrit les yeux. Dès qu'elle l'aperçut, la peur s'empara d'elle. Aussitôt ses yeux virèrent à l'or en fusion.

Ailean se serait bien attardé plus longtemps pour profiter de ce magnifique spectacle, s'il n'avait pas été porteur de mauvaises nouvelles. Il devait agir au plus vite. Si son instinct ne le trompait pas, Ornella allait utiliser ses pouvoirs sous peu et c'était la pire idée qui soit. Les mages étaient trop proches. Quant à lui, il ne tenait pas particulièrement à se prendre un sort en pleine figure.

La voyant ouvrir la bouche, il se jeta sur elle et posa une main sur ses lèvres.

— Ornella, je t'en prie, ne fais rien, ne dis rien. Ils arrivent. Il faut venir avec moi. Fais-moi confiance. Je prendrai soin de toi, je te le promets.

Encore cette fichue promesse.

Une nouvelle fois, Ailean se répéta :

Les promesses n'engagent que ceux qui y croient.

Chapitre 19

— *Amaya, tu es sûre de toi ?*

— *Est-ce qu'il m'est déjà arrivé de me tromper ?*

Non, mais Ella aurait préféré car, dans le cas présent, cela voulait dire que sa vie allait basculer à la vitesse de l'éclair. Dans quelques heures, elle ne se souviendrait de rien. Ses parents, son espèce, son amie, tout ça aurait disparu de son esprit.

Les lèvres tremblantes, elle murmura :

— *Amaya, j'ai peur.*

— *Je sais, mais je te promets que tout va bien se passer et que l'on se retrouvera.*

Trop émue pour continuer à parler, Ella hocha la tête. Son amie était de loin la plus courageuse des deux. Lorsqu'elle lui en avait fait la remarque, Amaya avait répondu :

— Crois-moi, ça va changer.

Ella en doutait un peu, mais elle priait pour que son amie ait raison. Elle aussi voulait être une sorcière courageuse.

— *Tu vas tellement me manquer, Amaya.*

— *Toi aussi. Mais tu verras, la prochaine fois que l'on se verra, nous aurons plein d'histoires à nous raconter.*

Si je me souviens de toi, *pensa Ella avec tristesse.*

Après l'avoir serrée fort dans ses bras, Amaya ajouta :

— *Il faut que tu ailles dans la grotte sans tarder.*

Cet emplacement était leur secret.

Un de plus.

Ella avait utilisé un sort de camouflage grâce à des pierres afin que personne ne vienne y mettre son nez. Les pierres permettaient également de bloquer les ondes magiques, les rendant indétectables. Les deux amies s'y retrouvaient pour faire toutes sortes de choses illicites.

Depuis que ses pouvoirs s'étaient révélés, Ella en usait avec beaucoup de parcimonie, se fiant à sa meilleure amie pour savoir quand lâcher ou non la bride à ce qui bouillait en elle et ne demandait qu'à sortir. Contrairement à Amaya, Ella avait beaucoup moins de maîtrise sur ses pouvoirs qui semblaient directement liés à ses émotions. Lorsqu'elle était en colère ou apeurée, elle sentait un afflux d'énergie gronder en elle, ne demandant qu'à s'échapper pour réduire à néant ce qui la contrariait. Parfois, elle-même était terrifiée par ce qu'elle ressentait. Elle se disait alors qu'elle était une personne mauvaise et dangereuse. Finalement, ce serait peut-être un bienfait qu'on lui retire tous ses pouvoirs.

Amaya persistait à dire que c'était complètement faux, qu'elle était simplement trop jeune pour les maîtriser et qu'elle n'aurait plus ce problème une fois adulte. Selon elle, Ella était la plus puissante des sorcières ayant existé.

Afin d'assurer sa protection, elle portait en permanence un collier dont la pierre bloquait ses pouvoirs. Tant qu'elle ne le retirait pas, il n'y avait aucun risque.

Oui, tant qu'elle ne le quittait pas.

Deux jours plus tôt, un garçon de sa classe avait tiré sur la chaîne et l'avait cassée. Paniquée, elle avait mis le collier dans sa poche. Tant qu'elle était en contact avec la pierre, tout allait bien.

Malheureusement, le soir venu, en voulant le sortir pour le réparer, elle ne l'avait pas trouvé. Elle s'était forcée à garder son calme pour ne pas provoquer une catastrophe. Elle s'était imposée une maîtrise absolue toute la journée et s'était empressée de s'en refaire un après les cours. Malheureusement, le mal était fait. Elle s'était trahie d'une manière ou d'une autre.

Amaya l'avait prédit. Cependant, elle n'avait vu aucun détail qui aurait pu leur permettre d'empêcher que cela ne se produise. Sa meilleure amie ne pouvait ni provoquer ses visions ni gérer leur contenu. Ce caractère aléatoire était peut-être le prix à payer pour que son pouvoir soit quasi-indétectable par les mages. Lorsque Amaya était prise par une vision, seuls ses yeux la trahissaient. C'était pour cette raison qu'elle avait souvent la tête baissée, afin de se prémunir de tout risque. Certes, elle aurait aussi pu porter un collier comme celui d'Ella, mais elles avaient besoin de ses visions pour savoir quand agir.

Cette fois, Ella allait devoir se débrouiller seule. Son amie ne l'accompagnerait pas à la grotte, car c'était là-bas qu'aurait lieu sa chute. Les pierres de protection ne pourraient pas retenir toute la magie qui allait être déployée ce soir-là. Elle allait se trahir. De toute façon, le mal était déjà fait. Maintenant, il fallait agir vite et par ordre croissant, pour que les pierres résistent le plus longtemps possible.

Une fois dans la grotte, Ella ne perdit pas de temps. Elle attrapa sur une étagère ce dont elle allait avoir besoin.

Elle commença par le cristal blanc. D'ici peu, il allait accueillir la magie nécessaire afin qu'Amaya n'ait plus aucune vision jusqu'à nouvel ordre. Il agissait comme celui qu'elle-même portait, mais le sort était légèrement différent car leurs pouvoirs ne se manifestaient pas de la même façon. Ce sort demanda peu d'énergie et fut vite réalisé.

Ella attrapa ensuite une série de petites pierres. Elles allaient permettre à Amaya de déclencher une vision pour lui montrer quelque chose de précis : son emplacement à elle, le moment venu. C'était une chose qu'Amaya ne pouvait pas faire elle-même. Elle avait besoin de la magie d'Ella pour ça. Les pierres agiraient également comme une sorte de bouclier pour s'assurer que personne ne puisse détecter la magie en cours. Ce sort fut un peu plus puissant et Ella sentit que les pierres extérieures commençaient à se fêler.

Elle enchaîna sans tarder en attrapant une pierre dans les tons vert. Celle-ci était pour elle, mais Amaya allait en être la gardienne pendant quelques années. Cette pierre allait agir à la fois comme une serrure et comme une clé. Une fois le sort lancé, la majorité de ses pouvoirs allaient être bloqués pour que les mages ne se doutent pas de leur ampleur. Lorsqu'elle la tiendrait à nouveau, le caillou lui permettrait de se souvenir par vagues de tout ce qu'on allait lui retirer d'ici peu. Tous ses pouvoirs lui seraient alors rendus. Ce sort était nettement plus puissant, sans doute le plus important qu'elle ait jamais lancé. Les pierres à l'extérieur tentèrent de faire leur office le plus longtemps possible, mais elles finirent par céder.

Voilà, l'alarme venait d'être lancée. Ils n'allaient pas tarder à arriver.

Dès qu'elle eut fini, Ella attrapa les pierres et le cristal pour remettre le tout dans le coffret. Elle le plaça ensuite dans sa cachette pour qu'Amaya puisse le récupérer plus tard, quand la tempête serait passée.

Elle se dépêcha ensuite de lancer le dernier sort. Celui-ci ne nécessitait pas de pierre ou de cristal. Les réceptacles de ses effets allaient être Amaya et elle-même. Grâce à lui, le moment venu, lorsque ses pouvoirs se réveilleraient, leur plan allait s'enclencher grâce à un rêve bien précis.

Elle venait à peine de terminer, lorsque le bruit de pas résonna dans la grotte. Ella ferma alors les yeux et pria fort pour trouver la force de résister à l'épreuve qui l'attendait. Elle se fit la promesse de se venger, le jour venu, de tous ceux qui avaient pris part à cette sombre mascarade.

Avec ce nouveau flash-back, une première salve de souvenirs envahit Ornella. Quand elle rouvrit les yeux, elle n'était plus en compagnie de sa meilleure amie (dont elle se souvenait désormais), mais d'un inconnu. Quand ses yeux se posèrent sur lui, tous les poils de sa nuque se dressèrent.

Soudain, une certitude s'imposa à elle : c'était un vampire et elle savait très bien ce qu'il voulait, car le rêve de la veille avec le professeur – qu'elle savait maintenant être un souvenir – était encore très frais dans sa mémoire.

Chapitre 20

Vampire.

Quand cette information parvint jusqu'à son esprit, tous ses instincts lui hurlèrent de se sauver au plus vite.

Ornella était encore sonnée par le choc du sort contenu dans la pierre. D'ailleurs, elle avait un peu de mal à croire que tout ceci était réel et non le fruit de son imagination. Cependant, il arrivait un moment où il n'était plus possible de se voiler la face. Les preuves ne cessaient de s'accumuler.

Tout d'abord le rêve, puis Amaya et pour finir la pierre avec l'effet sur elle. Sans oublier cette chose étrange en elle, comme une bête que l'on viendrait de réveiller. Et maintenant, un vampire ?

Sans cette dernière information, Ornella se serait régalée du spectacle. L'être qui la surplombait était vraiment d'une beauté renversante. Mais tous ceux de son espèce l'étaient, d'après ce qu'elle en savait. Allant dans le sens de la théorie de Darwin, les plus beaux spécimens avaient été sélectionnés au fil des siècles, tout simplement car il était plus simple de voler le sang d'un autre en le séduisant qu'en l'agressant. C'était moins risqué et plus facile.

Et ce vampire-là ne devait avoir aucun mal pour trouver des victimes consentantes, songea-t-elle. Elles devaient d'ailleurs se bousculer pour être la prochaine sur sa liste.

Grand, il devait avoisiner les deux mètres. En étant allongée ainsi à ses pieds, l'effet était amplifié, lui donnant presque le vertige.

Ses jambes musclées étaient gainées dans un pantalon en cuir noir des plus sexy. Le vêtement laissait peu de place à l'imagination. Ornella dut d'ailleurs lutter pour ne pas laisser son regard s'attarder sur un certain endroit de son anatomie.

Son buste, en forme de trapèze, était superbement taillé et délicieusement mis en valeur dans un pull de laine noir. Ses pectoraux et ses biceps étaient parfaitement dessinés. Son ventre plat laissait supposer une bonne tablette de chocolat, du genre que l'on meure d'envie de dévorer.

Son visage était à la fois beau et terrifiant. Ses traits étaient fiers, tout comme son port altier. Il incarnait le pouvoir et une confiance en soi à toute épreuve. Sa barbe de trois jours ombrait ses joues, amplifiant cette impression de virilité.

Ses cheveux mi-longs lui donnaient un style à part. Noirs comme la nuit, ils étaient parcourus de reflets bleutés et donnaient envie de les agripper en pleine extase.

Ses yeux, d'un bleu irréel, troublants, la fixaient de manière intense. Jamais on ne l'avait regardée ainsi, ni accordé autant d'attention. Elle avait l'impression d'être une pièce rare et unique.

Oui, aucun doute, l'emballage était à croquer, mais ce qu'il contenait était létal. D'autant plus dans son cas. Elle avait l'impression de regarder un tigre sans vitre de protection, tout en étant au menu de l'animal. Elle était à la fois fascinée et terrifiée.

Ce repérage visuel ne dura pas plus d'un instant. Ornella eut d'ailleurs l'impression que son esprit était beaucoup plus vif qu'à l'accoutumée. L'adrénaline devait augmenter ses capacités cognitives.

Soudain, elle fut assaillie par une multitude de questions. Où était Amaya ? Que lui avait-il fait ? Combien de temps s'était-il écoulé depuis sa perte de connaissance ? Comment l'avait-il trouvée ? Et surtout quel sort lui réservait-il ?

Elle était encore assommée par la masse d'informations qu'elle venait de recevoir, mais elle était maintenant certaine d'une chose, ce qu'on lui avait fait à l'âge de neuf ans avait justement pour but d'éviter cette situation.

Bonjour la réussite !

Désormais, elle avait conscience d'être une *Nefasta*. Elle savait ce que cela signifiait. Et elle se trouvait face

ORNELLA

à un vampire. L'accumulation de ces constats lui fit redouter les minutes à venir. En réaction, son pouls se mit à battre plus vite. Son propre tigre intérieur s'étira, prêt à aller se battre contre l'ennemi.

Le vampire dut le comprendre aussi. Il se jeta sur elle pour la bâillonner, l'empêchant ainsi de parler.

Quelle naïveté !

La nuit dernière, elle s'était plus ou moins retrouvée dans cette position. Pourtant elle avait réussi à se débarrasser de ses assaillants. Soudain, dans un recoin de son esprit, une vérité dérangeante s'imposa à elle. Elle avait tué ces cinq hommes. Certes, c'étaient des hommes malfaisants. Peut-être méritaient-ils la mort. Néanmoins, cela ne lui octroyait pas le droit de jouer les bourreaux.

N'accordant pas la moindre attention à cette vague de remords malvenue, son pouvoir s'aiguisa, jaugeant le vampire. Celui-ci serait plus coriace qu'un simple humain, mais il était seul. Était-ce illusoire d'espérer avoir le dessus ? La chose en elle n'avait aucun doute quant à ses chances de réussite.

Alors qu'elle était en plein dilemme, l'inconnu déclara :

— Ornella, je t'en prie. Ne fais rien, ne dis rien. Ils arrivent. Il faut venir avec moi. Fais-moi confiance. Je prendrai soin de toi, je te le promets.

Aussitôt, elle se demanda comment il avait obtenu cette information. Était-ce Amaya qui la lui avait donnée ? Et ensuite quoi ? Elle était partie comme elle était venue, la laissant inconsciente en compagnie d'un vampire, sachant très bien que ce dernier ne pensait qu'à une chose, le pouvoir qu'il pourrait tirer de son sang ? Cette hypothèse était inenvisageable. Cet inconnu s'en était-il pris à Amaya ? Dans ce cas, où était son amie – ou du moins son corps ? Pire, avait-il découvert qu'elle aussi était une *Nefasta* ? Ornella était incapable de dire laquelle de ses options étaient la pire.

Elle comprit aussi de ses paroles que d'autres personnes étaient sur le point de se joindre à cette petite fête improvisée et sut immédiatement de qui il s'agissait. Ces foutus mages devaient être à ses trousses. Maintenant que son existence avait été révélée aux yeux des vampires, elle devenait un danger pour son espèce et tout le monde savait ce que cela voulait dire pour elle : de graves problèmes en perspective.

En elle, la bête gronda à l'idée de se retrouver face à ses tortionnaires. Elle n'appréciait pas du tout d'avoir été mise aux oubliettes pendant quinze longues années. Elle criait vengeance. Cependant, Ornella ne se laissa pas emporter par cet instinct animal. Elle allait être faible et perturbée dans les heures à venir. Affronter une armée de mages, dans ces conditions, n'était clairement pas l'idée du siècle.

Patience.

Elle fixa intensément son interlocuteur. Il ne dégageait pas l'odeur nauséabonde propre aux gens malintentionnés. De toute façon, son objectif à lui était de boire à sa veine, pas de la tuer. Du moins, elle l'espérait.

Jugeant qu'il représentait pour l'instant le moindre mal, elle donna son accord tacite d'un mouvement de tête. Comme elle était toujours bâillonnée, c'était le seul moyen de lui faire connaître son choix. Il sembla convaincu de sa bonne foi et retira sa main.

Ornella crut entendre des bruits au loin, mais ce fut furtif. La seconde suivante, elle n'était plus dans son appartement.

Chapitre 21

Ailean était sous l'emprise de ses yeux magnétiques. Durant quelques secondes, il fut incapable de s'en détourner. Le feu couvant dans ses magnifiques prunelles promettait la pire des tortures mais, loin de l'effrayer, cette vision le subjugua.

Soudain, le regard d'Ornella se posa sur la porte de la chambre, comme si elle guettait l'arrivée des mages et l'air se mit à crépir sous l'expression de son pouvoir.

Ailean avait déjà croisé la route de mages. Il en avait affronté quelques-uns et en était toujours sorti grand vainqueur. Mais aucun d'entre eux n'avait eu ce brasier ne demandant qu'à être libéré. L'énergie contenue par cette charmante mais dangereuse créature lui hérissait les poils, comme s'il avait mis les doigts dans une prise.

Pour la première fois depuis qu'il avait appris son

existence, la nuit dernière, il en vint à douter de la facilité de son plan. Jusqu'à présent, il pensait que boire le sang de cette *Nefasta* serait un jeu d'enfant, la partie la plus simple. Désormais, il revoyait son jugement. Il allait devoir faire preuve de finesse, car Ornella serait bien capable de le faire frire sur place. Au final, elle pourrait s'avérer être un adversaire beaucoup plus redoutable que Marec ou les mages. La preuve, il était impressionné par sa puissance, alors qu'elle ignorait sa vraie nature 24h plus tôt. En revanche, il doutait que ce soit toujours le cas, son regard effrayé la trahissait. Elle savait très bien ce qu'il était.

La situation était d'autant plus délicate qu'elle avait un avantage sur lui. Peu lui importait qu'il vive ou qu'il meure. Il y avait même de fortes chances pour que ce soit l'option n°2 qui ait sa préférence. De son côté, il ne pouvait pas la tuer s'il buvait son sang. Indépendamment de cette règle, cette simple idée le révulsait. Cependant, il n'avait pas le temps de s'attarder pour trouver une explication au sentiment désagréable qui s'emparait de lui en envisageant cette perspective.

Grâce à son ouïe ultrafine, il entendit les pas pressés dans les escaliers. Les mages seraient bientôt là. Tous deux devaient absolument partir immédiatement pour éviter le carnage.

Au même moment, la jeune femme lui donna son assentiment par un signe de tête.

Pourquoi lui avoir demandé son avis, d'ailleurs ? lui souffla une petite voix mesquine dans sa tête.

Pour éviter qu'elle me fasse exploser la cervelle, pardi !

Es-tu certain que ce soit uniquement pour cette raison ?

Ailean ne prit pas la peine de répondre. Il retira aussitôt sa main de la délicieuse et dangereuse bouche de la jeune femme et se concentra sur sa destination. Moins d'une seconde plus tard, ils « atterrirent » dans le salon de son refuge.

Comme son nom l'indiquait, c'était un lieu dans lequel il pouvait se replier en toute sécurité. À part lui, seuls ses généraux et sa sœur en avaient connaissance. Et encore, pour plus de sécurité, cette dernière ignorait tout de son emplacement géographique.

Cette maison, située en pleine forêt norvégienne et éloignée de tout, était indétectable par les humains. Quant aux êtres surnaturels, ils pouvaient la trouver mais il fallait déployer beaucoup d'efforts et avoir une idée précise de ce qu'il fallait chercher.

Ailean en avait fait l'acquisition deux siècles plus tôt, lorsqu'il avait senti que la convoitise de Marec prenait de l'ampleur. Il s'était dit qu'il pourrait être utile de l'avoir en cas de besoin. En son temps, son propre père avait eu le sien. En fait, d'après ce qu'on lui avait appris, presque tous les rois avaient possédé un refuge. En revanche, contrairement au trône, il était rarissime qu'il se transmette de génération en génération. Les sujets dans la confidence étaient fidèles et loyaux à l'ancien dirigeant, mais leur dévotion n'était pas forcément acquise et de même intensité envers son successeur. Le refuge perdait alors tout son intérêt. Ainsi, Ailean n'avait pas repris celui de son père. D'ailleurs, il n'y avait jamais mis les pieds.

Pour l'instant, ils étaient en relative sécurité ici.

Cependant, il n'avait pas la naïveté de se croire hors de portée des mages. Lorsque ces derniers auraient acquis la certitude que la *Nefasta* était avec lui, ils allaient déployer des efforts considérables pour les retrouver. L'enjeu était bien trop important.

Heureusement pour lui, il leur faudrait du temps pour les localiser, ainsi que pour se déplacer jusqu'ici. D'ici là, il avait largement le temps de voir venir et de concentrer ses efforts sur Ornella.

Ailean porta justement son regard sur la jeune femme, afin d'étudier sa réaction. Il ne s'était dématérialisé accompagné d'un autre être vivant qu'à de très rares occasions. Les seules fois où il y avait eu recours, c'était pour transporter un de ses généraux dont les blessures l'empêchaient de le faire lui-même. D'ailleurs, peu de vampires le faisaient. L'opération nécessitait beaucoup d'énergie et les êtres transportés de la sorte appréciaient rarement l'expérience. Sans parler des humains qui n'y survivaient pas.

Lui donnant raison à ce sujet, Ornella ne se gêna pour lui faire remarquer :

— Vous êtes malade d'avoir fait un truc pareil ! Vous auriez pu me prévenir avant, au moins !

Sa hargne l'amusa beaucoup.

— Désolé ma belle, mais le temps nous était légèrement compté. Au cas où tu ne t'en serais pas rendu compte, les mages étaient au pas de ta porte. Tu aurais préféré que je te laisse avec eux pour de charmantes retrouvailles ? demanda sournoisement Ailean.

—Pfff, comme si vous aviez agi par bonté d'âme, vampire.

— Ailean.

— Pardon ?

— Je m'appelle Ailean.

— Qu'importe. Je sais très bien ce que vous attendez de moi et je peux vous dire que vous pouvez toujours vous brosser pour l'avoir !

— Cela pourrait être amusant, rétorqua Ailean avec un sourire de prédateur.

L'idée de l'affronter n'était pas pour lui déplaire. Cependant, il devait être fin stratège pour ne pas la pousser trop loin dans ses retranchements. Il ne tenait pas à mourir dans d'atroces souffrances.

— Ah oui, vraiment ? demanda à son tour Ornella de manière sournoise.

Se faisant, le brasier se ralluma dans son regard. Il en déduisit que son pouvoir était en train d'affleurer.

— Tout doux, ma belle. Je te propose de signer une trêve.

Pour l'instant, elle n'était pas dans de bonnes dispositions, mais Ailean n'allait pas s'arrêter à si peu. Il venait de réviser son plan. Il n'allait pas s'arranger pour lui voler son sang sournoisement. Il allait faire en sorte qu'elle le lui offre de bon cœur.

Oh oui, Ailean allait tout faire pour séduire cette délicieuse créature. La victoire n'en serait que plus délectable.

Il était tellement concentré dans ses machinations qui prenaient soudain une tournure intéressante, pour ne pas dire érotique, qu'il faillit ne pas réagir assez promptement lorsque Ornella fut prise de vertiges et perdit connaissance.

Heureusement pour elle, ses réflexes étaient très rapides. Il réussit donc à la rattraper pour l'accueillir dans l'étreinte de ses bras, lui évitant ainsi la chute.

Chapitre 22

— Alors ?

— Il n'y a personne, Mon Seigneur.

— Bande d'incapables, gronda Gatien.

— Mais elle y était il y a peu, ajouta Ursan précipitamment.

— À la bonne heure, ça me fait de belles jambes, tiens !

Bien sûr qu'elle était là. Ce n'était un scoop pour personne ici. Tous les mages dans cette pièce l'avaient sentie, un peu plus tôt, quand ils quittaient l'aéroport. Et ils n'étaient certainement pas les seuls !

— Nous allons la retrouver très rapidement.

— Ne fais pas de promesses que tu ne peux pas tenir,

Ursan, le menaça Gatien.

Sa fureur ne faisait que grimper. Il devait se retenir pour ne pas passer ses nerfs sur le mage lui faisant face.

— Nous savons tous les deux que ce n'est pas une coïncidence si elle a disparu pile-poil au moment où nous débarquons.

— Et alors ? Nous allons pouvoir la localiser rapidement grâce à un sort. Tout cet appartement regorge de choses lui appartenant. C'est parfait pour créer un lien avec elle.

Parfait ? Tu parles. Toute cette situation est merdique au possible !

Gatien était prêt à parier sa chambre d'hôtel l'attendant au Ritz-Carlton que les sorts allaient échouer. Quinze ans plus tôt, il avait déjà été alerté par la puissance des pouvoirs de cette gamine. D'ailleurs, pour ce qu'il en savait, elle était la *Nefasta* la plus jeune jamais découverte. Et ce n'était pas à cause d'une négligence de sa part qu'elle avait été démasquée. Non, simplement ses pouvoirs étaient à l'époque trop puissants pour qu'elle réussisse à duper les mages très longtemps. Et encore, ils n'avaient jamais réussi à lui faire avouer depuis quand sa magie s'était manifestée. Pourtant, ce n'était pas faute d'avoir essayé !

Gatien se souvenait très bien de l'interrogatoire qu'elle avait subi, juste avant que ne soit lancé le sort pour effacer sa mémoire et inhiber ses pouvoirs. Et pour cause : il avait été conduit par lui. Elle avait résisté de façon impressionnante pour son jeune âge. La plupart des mages indignes de leur espèce n'avaient pas fait preuve d'autant de courage face à cette épreuve.

Mais ce qui l'avait surtout marqué, c'était un détail très surprenant. Lorsqu'ils l'avaient trouvée dans cette grotte à faire il ne savait quoi, elle venait d'user de magie. De beaucoup de magie, même. Il se pourrait d'ailleurs qu'il ait été intérieurement impressionné par toute cette puissance. Or, durant son interrogatoire, ses pouvoirs, bien que non négligeables, ne correspondaient pas à l'intensité ressentie dans cette grotte. À l'époque, il s'était brièvement demandé ce qu'elle avait exactement manigancé, avant de se dire que cela n'avait aucune importance puisqu'ils allaient de toute façon lui être retirés sous peu.

N'avait-il pas commis une erreur stratégique ? Malgré sa jeunesse, avait-elle fait preuve d'une fourberie insoupçonnée ?

Pour toutes ces raisons et bien d'autres, Gatien était très loin de partager l'optimisme d'Ursan. Il avait déjà sous-estimé une fois cette créature, pas question de le faire à nouveau.

Le téléphone d'Ursan sonna, alors qu'il se faisait cette réflexion. Celui-ci décrocha. Il écouta son interlocuteur et conclut avant de mettre fin à l'appel :

— Très bien. Surtout restez discrets et faites comme si vous ne les aviez pas repérés.

Ursan reporta ensuite son attention sur lui. Ses traits semblaient plus détendus. Visiblement, il venait d'apprendre une bonne nouvelle. Gatien n'était pas contre de l'entendre, cela changerait.

— C'était Savinio. Il a repéré un mouvement suspect

durant notre trajet. Il s'est arrangé pour creuser et a surpris trois des généraux d'Ailean nous suivant à la trace. Il vient de me prévenir qu'ils étaient toujours là. J'ignore où est la *Nefasta,* Mon Seigneur, mais il est maintenant certain qu'elle n'est pas avec eux.

Ce benêt semblait tout fier de sa nouvelle.

— Triple idiot ! s'énerva Gatien.

Ursan sembla surpris par cette insulte.

— Que ... euh ... je ne vois pas ... pourquoi dites-vous ça ?

— Ursan, depuis combien de temps es-tu un mage soldat ?

Ce dernier sembla un instant décontenancé par la question. Il redressa ensuite le buste et répondit fièrement :

— Plus de cent ans, Mon Seigneur.

— Et en cent ans, combien de fois as-tu surpris la filature d'un vampire ? Qui plus est celle d'un général ?

Ursan sembla à nouveau désarçonné. Il fronça les sourcils avant de répondre :

— Euh, zéro. Mais ...

— Mais rien du tout, le coupa Gatien. En cent ans, tu as déjà dû te faire filer, je peux te l'assurer. Mais tu ne t'en es jamais rendu compte, parce que ces fichus vampires sont très doués pour ça. Ils peuvent disparaître en un claquement de doigt.

Gatien joignit le geste à la parole.

— Au mieux, tu as eu un doute, tu t'es retourné, tu n'as rien vu et tu t'es ensuite persuadé que c'était le fruit de ton imagination. Alors, à ton avis, quelle est la probabilité pour qu'ils se fassent chopper ? Justement cette fois-là ?

Son interlocuteur se décomposa un peu plus.

— Vous pensez qu'ils l'ont déjà ?

— Je l'ignore. En tout cas, je doute fort que ce soit le hasard que vous vous rendiez compte qu'ils vous suivent comme des petits chiens, attendant que vous trouviez l'os pour eux. Cela semble trop gros. C'est exactement ce qu'ils veulent que nous pensions.

Plus il y réfléchissait, plus Gatien en était convaincu, soit les vampires avaient un coup d'avance sur eux et étaient déjà sur les traces de la *Nefasta,* soit ils avaient carrément remporté la première manche et l'avaient capturée.

Qu'importe, la partie n'était pas encore perdue ! Il n'était pas prêt à se déclarer vaincu.

Laissant cette bande d'incapables, Gatien s'éloigna pour s'isoler. L'appel qu'il allait passer pourrait s'avérer dangereux pour lui comme pour son interlocuteur. Il n'avait vraiment aucune affinité particulière pour lui. On pouvait même dire qu'il le méprisait. Cependant, ne disait-on pas que l'ennemi d'un ennemi est un ami ? C'était la raison pour laquelle il avait accepté d'enregistrer le numéro dans son répertoire, des années plus tôt. Aujourd'hui, il s'en félicitait.

La sonnerie retentit deux fois, avant qu'une voix grave ne lui réponde sèchement :

— J'espère que vous avez une très bonne raison de me déranger.

Gatien n'apprécia pas du tout le ton employé, mais il ne pouvait pas vraiment le reprocher à la personne à l'autre bout du fil. Il aurait certainement agi de la même façon à sa place.

— Croyez-moi, d'ici quelques secondes vous me remercierez pour cet appel.

— J'en doute fort, mais je vous en prie, surprenez-moi.

Chapitre 23

— Ornella, dis-nous ce que nous voulons savoir et je te promets que tout sera très vite terminé.

Le roi la regarda avec bienveillance, mais Ella ne fut pas dupe. Elle sentait la noirceur se dégager de lui, accompagnée d'une odeur nauséabonde. Elle l'avait déjà croisé à de rares reprises. Chaque fois, elle avait eu cette impression, mais ce soir c'était beaucoup plus désagréable. Elle devait se retenir pour ne pas être prise d'un haut-le-cœur.

Elle avait déjà demandé à Amaya s'il en allait de même pour elle, mais son amie lui avait répondu par la négative. Pour elle, les gens n'avaient pas d'odeur particulière. Cette capacité était donc certainement liée à ses pouvoirs.

Quoi qu'il en soit, Ella n'allait pas faire confiance au roi et encore moins répondre à ses questions.

Depuis qu'ils l'avaient capturée dans la grotte, un peu plus tôt, il n'arrêtait pas de lui en poser des tonnes. Celle qui revenait la plus souvent était : « Qui est au courant pour tes pouvoirs ? ».

Il avait tenté plusieurs formulations, mais elle avait vu clair dans son jeu. Il voulait savoir qui punir en plus d'elle. Ella n'avait pas répondu la première fois ni la dixième et elle ne le ferait jamais. Hors de question de trahir Amaya.

Certes, elle était terrorisée à l'idée de l'épreuve qui l'attendait, mais qu'importe, elle n'allait pas céder à la peur. Elle resterait forte. Amaya lui avait dit qu'elle le deviendrait un jour, Ella décida à cet instant que ce jour était aujourd'hui.

Comprenant qu'elle ne comptait pas répondre, le roi souffla de manière exagérée. Il voulait faire croire qu'il regrettait l'ordre qu'il allait donner et ne le faisait pas de gaieté de cœur, mais Ella connaissait la vérité : il prenait un plaisir malsain à lui poser toutes ces questions et priait pour qu'elle refuse de lui répondre. Ainsi, il pourrait utiliser la manière forte. Elle le vit à la lueur mauvaise brillant dans son regard.

— Très bien Ornella, tu ne nous laisses pas le choix.

Il fit un signe de tête à l'un des mages. Ce dernier se mit à réciter un sort. Ella sentit alors un monstre noir tenter de s'immiscer dans son esprit, ses tentacules fumeuses fouillant la moindre faille. Son pouvoir se rebella pour repousser l'assaut mais, après le sort qu'elle avait lancé dans la grotte, il était affaibli. Il réussit à contrer le plus gros du sort, sans pouvoir lui éviter une partie de la douleur.

Ella hurla en retour mais ne céda pas. Elle ne trahirait jamais Amaya. Ils pouvaient lui faire mal, mais ils ne la tueraient pas, son amie le lui avait affirmé.

Elle s'accrocha à cette certitude durant l'attaque mentale, priant pour rester forte. Sans ses barrières mentales, elle aurait *certainement cédé. Malheureusement, elle ignorait combien de temps elles allaient pouvoir résister.*

Certains des mages autour d'elle commençaient à se sentir mal à l'aise avec la scène se déroulant sous leurs yeux, c'était perceptible. Après tout, elle n'était qu'une enfant qui était, ni plus ni moins, en train de se faire torturer. Le roi dut également se rendre compte qu'il allait trop loin pour eux et finit par céder le premier.

— Elle ne dira rien. Qu'on en finisse, j'ai des choses plus intéressantes à faire que voir une gamine faire son caprice pour paraître intéressante.

Il essayait d'être vexant pour la pousser à la faute. Croyait-il vraiment qu'elle allait céder pour si peu ? Surtout après l'épreuve qu'elle venait de subir ? Bien évidemment, elle resta silencieuse. Elle en était persuadée, le plus douloureux était maintenant derrière elle. Malgré tout, elle était terrorisée car elle savait très bien ce que venait d'ordonner le roi.

Ella parcourut cette sordide assemblée du regard, reprenant tant bien que mal son souffle. Une nouvelle fois, un sort résonna dans l'air. Puis ce fut le choc, le moment le plus douloureux de sa vie. Et pour finir, le trou noir.

Ornella se réveilla en sursaut et se redressa comme un ressort, le cœur battant à mille à l'heure. Ses émotions étaient exacerbées. La bête en elle hurlait *VENGEANCE*. Et Ornella était entièrement d'accord avec elle.

— Doucement ma belle, annonça une voix grave non loin d'elle.

Perdue, elle tourna la tête dans cette direction, alors qu'une foule d'informations parvenait jusqu'à son esprit en surchauffe. Elle était allongée sur un lit inconnu, dans une chambre inconnue, en compagnie d'un inconnu.

En réalité, ce dernier point n'était pas tout à fait exact. *Aïlean*. C'était ainsi qu'il avait dit s'appeler, mais ce n'était pas le détail le plus primordial le concernant. Non, le plus important était qu'il était un vampire. Un vampire qui ne rêvait que d'une chose : boire son sang pour acquérir plus de pouvoirs.

Ne pouvait-elle pas espérer avoir une vie tranquille ? Fallait-il toujours que les uns et les autres cherchent à profiter d'elle ou à lui nuire ? En réponse, sa bête intérieure s'étira, prête à lui rendre justice.

— Tout doux Ornella, je ne vais pas te faire de mal.

— Non, simplement boire mon sang, ironisa Ornella.

— Je te signale que tu étais inconsciente. Pourtant je n'ai pas profité de la situation.

— Tu voudrais une médaille, peut-être ? demanda-t-elle hargneusement. Et d'abord, comment puis-je savoir que tu dis vrai ?

— Crois-moi, ma belle, si j'avais planté mes canines en toi, tu le sentirais encore.

Il accompagna sa remarque lourde de sous-entendus d'un regard brûlant. Jamais on ne s'était adressé à elle de cette manière. On ne l'avait jamais non plus dévorée ainsi visuellement. Elle s'était déjà fait draguer à quelques reprises, mais jamais rien de sérieux. Surtout, c'était la première fois qu'elle était déstabilisée par un homme.

Pas un homme, un vampire.

Exact. Elle ne devait pas se laisser embobiner par lui et garder ce détail à l'esprit. Les vampires étaient passés maîtres dans l'art de la séduction afin d'obtenir ce qu'ils voulaient.

— Ose me dire que mon sang ne t'intéresse pas ! le défia-t-elle.

Le regard d'Ailean dévia aussitôt en direction de son cou et ses yeux prirent une teinte plus lumineuse. Il finit par revenir à son propre regard avant de lui répondre :

— Tu es une très belle femme, je suis un vampire, donc bien sûr que j'aimerais boire à ta veine.

Elle fit comme si son compliment la laissait de marbre et rétorqua :

— Arrête ton char, cela ne marchera pas avec moi. Je ne suis pas une inconnue, rencontrée au détour d'une ruelle, à qui tu peux débiter tes sornettes en espérant pouvoir la berner et ainsi l'utiliser.

— Exact. Tu es plus que cela. Tu es une *Nefasta*. Cependant, j'ai un scoop pour toi : je ne suis pas particulièrement en quête de pouvoirs supplémentaires. Les miens me suffisent amplement.

Sa déclaration était pleine de suffisance. Au point qu'elle fut presque tentée de le croire. *Presque.*

— Alors pourquoi m'avoir capturée ? répondit Ornella avec un petit rire méprisant.

Chapitre 24

Concentre-toi Ailean !

Ailean n'arrivait pas à oublier sa remarque sur le fait de planter ses canines en elle. Ornella était tellement désirable. Et le fait qu'il ait été coupé la veille au soir dans son « repas » ne l'aidait pas à garder la tête froide. Il était affamé. Il avait l'impression d'entendre son sang chanter une douce mélodie pour lui.

Goûte-moi. Savoure-moi. Régale-toi.

Cependant, il devait résister à ses bas instincts pour s'en tenir à son nouveau plan. Ornella ne devait pas le voir comme un ennemi, mais comme un allié dans un premier temps, puis comme beaucoup plus. Il se força donc à revenir à la discussion et lui répondit :

— Je ne t'ai pas « capturée » comme tu dis, je t'ai sauvée.

— Voyez-vous ça, tu m'as sauvée. Et de quoi je te prie ?

Vraiment ? Elle osait le lui demander ? Cette femme était pire qu'un aimant à problèmes, n'en avait-elle pas conscience ?

— Eh bien, d'autres vampires qui ne seraient pas contre l'idée de s'abreuver de toi. Sans oublier tes petits copains les mages.

— Les vampires ne peuvent pas me tuer, répondit crânement Ornella.

— Détrompe-toi. Certes, le vampire ayant bu à ta veine ne peut pas le faire, mais d'autres oui. Je peux t'assurer que certains préfèreraient te savoir morte, plutôt que de laisser un autre augmenter ses pouvoirs.

— Ils préfèreraient me tuer plutôt que *tu* boives mon sang, reformula Ornella.

Au lieu de répondre, Ailean continua :

— Quant aux mages, il est vrai qu'ils ne peuvent pas t'ôter la vie, mais ...

— Pourquoi dis-tu ça ? le coupa-t-elle.

— À cause de la malédiction lancée par Jezabel, pardi !

— De quoi parles-tu ?

Sa perplexité était gravée sur son visage.

— Tu ne te souviens pas ? demanda Ailean confus.

— Me souvenir de quoi exactement ?

— De cette histoire entre Adam et Ève ? Pourtant,

tu n'as pas eu l'air surprise, lorsque j'ai évoqué le fait que tu étais une *Nefasta*.

Elle eut une moue agacée qu'il trouva tout à fait charmante.

— Bien sûr que je me souviens de cette histoire. C'est elle qui a scellé mon destin. Mais que vient faire Jezabel là-dedans ? D'ailleurs qui est-ce ?

Était-ce une plaisanterie ?

— Que crois-tu exactement savoir sur les *Nefastae* ? demanda-t-il, saisi d'un doute.

De mauvaise grâce, elle s'exécuta et lui rapporta l'histoire racontée par ce professeur sadique. Au fur et à mesure de son récit, Ailean sentit son sang bouillir dans ses veines. Quand elle eut terminé, il lui demanda :

— Tu es certaine que c'est ce qu'il a dit ?

— Oui, j'ai revécu la scène en rêve hier, donc c'est très frais dans ma mémoire.

— Quelle bande de fils de pute ! s'insurgea Ailean.

Son juron fit reculer Ornella de quelques centimètres.

— Pourquoi dis-tu cela ?

— Tout ceci n'est qu'un ramassis de conneries ! Ils ont réarrangé l'histoire à leur sauce en nous faisant passer pour les méchants.

— Parce que ce n'est pas le cas, peut-être ?

— Bien sûr que non ! Ce sont eux les monstres !

— Explique-toi.

— Tout d'abord, Adam n'a pas perverti Ève. Il ne l'a pas kidnappée non plus. Ils sont tombés amoureux l'un de l'autre. Il aurait bien été incapable de lui faire le moindre mal.

Ailean garda toutefois pour lui le détail lui permettant d'être aussi sûr de lui. Il n'était connu que des vampires et il ne comptait pas trahir les siens, simplement pour tenter de redorer l'honneur d'un de ses ancêtres mort depuis une éternité.

Ornella lui fit clairement comprendre ce qu'elle pensait de sa version par un petit reniflement méprisant. Il n'en tint pas compte et continua sa rectification de l'histoire.

— Ils s'aimaient profondément et Ève lui a offert volontairement sa veine. D'une part, car elle ne supportait pas l'idée qu'il boive le sang d'une autre et d'autre part, car elle était curieuse de vivre cette expérience et voulait construire ce lien si particulier entre eux.

Ornella n'avait pas idée à quel point cette dernière partie était vraie.

Voyant qu'elle allait le couper, il leva la main et continua sans lui laisser le temps de l'interrompre :

— Adam n'avait pas du tout prévu que cela lui donnerait des pouvoirs. Ce n'est pas pour cette raison qu'il l'a fait. D'ailleurs, personne ne l'avait imaginé. Aucun vampire n'avait eu l'idée de boire le sang d'un mage ou d'une sorcière avant cela. Ils étaient l'ennemi donc ne méritaient que la mort. Par conséquent, ce n'étaient pas des donneurs acceptables. Et oui, il est vrai que la nouvelle s'est répandue dans son entourage. Mais les vampires n'avaient fomenté aucun plan quelconque contre les mages. De toute façon, ils n'en ont pas eu le temps. Dès qu'Achab a appris la nouvelle, il a fait capturer Ève. Et le sort qu'il a voulu utiliser ne nécessitait pas quelques gouttes de son sang. C'était un sacrifice dont il était question.

— Tu mens ! s'offusqua Ornella.

— Pas du tout. Achab a sacrifié sa propre fille par peur d'une menace qui n'était même pas réelle. Mais Adam s'est rendu compte qu'Ève avait disparu. Grâce au sang qu'il avait bu, il a pu la retrouver. Malheureusement, quand il est arrivé, c'était trop tard, Ève était déjà en train de se vider de son sang. Là où ton professeur avait raison, c'est qu'Adam a rompu le sort avant qu'il ne se soit complètement exécuté. Toutes les sorcières n'ont pas perdu leurs pouvoirs. En revanche, la solution d'Achab n'a pas été l'exclusion.

— Quelle était-elle alors ? demanda Ornella d'une petite voix.

Il pouvait voir à son regard qu'elle commençait à croire en sa version des faits.

— Il a ordonné qu'on les fasse brûler vives.

Ornella fut horrifiée par cette déclaration. En même temps, il y avait de quoi !

— C'est là que Jezabel intervient. Elle était l'épouse d'Achab et la mère d'Ève. Elle faisait partie des rares femmes à ne pas avoir perdu leurs pouvoirs. Lorsqu'elle s'est rendu compte que son mari n'avait pas hésité à sacrifier leur propre fille, elle est entrée dans une rage noire. Elle s'est vengée en lançant un sort pour que tout mage tuant une sorcière meure dans d'atroces souffrances.

Quelque part, Ailean comprenait la raison pour laquelle les mages avaient choisi de taire cette partie de l'histoire. Elle donnait une carte maîtresse aux sorcières et aux *Nefastae*.

— Achab ignorait l'existence de ce sort. De peur que les vampires ne s'emparent des sorcières afin de boire leur sang dans le but d'augmenter leurs capacités, il a donc ordonné que toutes celles ayant conservé leurs pouvoirs soient mises à mort sur le champ. Afin d'être certain que les vampires ne puissent pas piller les cadavres des malheureuses (ne sachant pas l'effet que leur sang pourrait avoir *post mortem*), il a décidé de les faire brûler vives sur un énorme bûcher.

Les yeux d'Ornella s'ouvrirent grand comme des soucoupes. Eh oui, on était bien loin de la petite histoire qu'on lui avait racontée avec les méchants vampires et les gentils mages.

— Jezabel l'a mis en garde et l'a prévenu de ne pas mettre ce terrible plan à exécution. Elle lui a répété une bonne dizaine de fois que tous ceux liés à la mise à mort de ces femmes allaient le payer très cher, mais le roi n'a pas écouté ses mises en garde. Il était persuadé qu'elle essayait simplement de sauver sa peau. Il aurait dû ! Quand les flammes ont commencé à lécher la peau de Jezabel, Achab s'est écroulé au sol, hurlant à s'en faire éclater les poumons. Il en a été de même pour tous ceux ayant allumé les autres bûchers. Un seul ne l'avait pas encore été. De peur de subir le même sort que les mages se consumant dans d'atroces souffrances, personne ne s'est porté volontaire pour y mettre le feu. Cependant, ne voulant prendre aucun risque que la rescapée tombe entre les mains des vampires, elle a été maudite. Sa mémoire a été effacée, elle a été bannie et envoyée dans le monde des humains pour vivre parmi eux. Les mages ont fait en sorte que ses pouvoirs ne puissent jamais se réveiller. Cette femme a été la première *Nefasta*.

Quand il eut enfin terminé son récit, Ailean laissa quelques instants à Ornella pour digérer tout ceci.

Chapitre 25

On lui avait menti sur toute la ligne. Et pas seulement à elle, mais à tous les enfants présents dans cette classe ce jour-là et à bien d'autres avant et après eux. Qui connaissait la vérité ? Se pourrait-il qu'aucun mage ne se souvienne de la version originale des faits ? Elle en doutait fort.

Elle n'en revenait pas qu'ils aient ainsi joué avec la vérité. Tout leur joli discours sur le fait de vouloir préserver leur espèce, sans pour autant nuire à la pauvre malheureuse qui avait gardé ses pouvoirs, c'était du vent. En réalité, s'ils ne tuaient pas les *Nefastae*, c'était tout simplement parce qu'ils ne le pouvaient pas !

Sur quel autre point lui avait-on menti ? Se pourrait-il que les vampires ne soient pas des êtres démoniaques, comme on le lui avait maintes fois répété dans sa jeunesse ? Y avait-il seulement un détail de vrai dans tout ce qu'on lui avait appris ?

Sonnée par ce changement soudain de perspective, il lui fallut quelques instants pour assimiler tout ça. En quelques heures, son monde tel qu'elle le connaissait venait d'être chamboulé non pas une mais deux fois.

Soudain, un élément l'interpella.

— Comment les vampires pourraient-ils être au courant de toute cette histoire de bûcher et du sort lancé par Jezabel ? Aucun d'entre vous n'était là, à ce que je sache.

— En effet, cette information, nous la tenons directement de mages.

— Comment ça ?

— La façon dont Achab a géré la situation fut loin de faire l'unanimité, que ce soit parmi les femmes – tu dois t'en douter – mais aussi parmi les hommes, notamment ceux directement liés à une *Nefasta*. Certains se sont mis en retrait. D'autres, choqués par tout ceci, ont tourné le dos à leur espèce et se sont rapprochés des vampires. Ce sont eux qui ont rapporté ce qui s'était passé. Ils n'avaient aucune raison de mentir à ce sujet donc nous les avons crus. Et les faits sont là. Il arrive de temps en temps que l'une d'entre vous naisse avec des pouvoirs. Elle n'est pas alors tuée mais bannie en passant par la case nettoyage de mémoire et blocage de pouvoirs. Mais je ne t'apprends rien à ce sujet.

En effet, elle était très bien placée pour savoir de ce dont il parlait. Dans son esprit, et aux vues de la dernière vague de souvenirs qu'elle avait eue, il ne faisait aucun doute que le roi des mages l'aurait tuée ce fameux soir s'il en avait eu la possibilité. Elle l'avait senti au plus profond d'elle. Elle savait maintenant ce qui l'avait retenu et cela n'avait rien à voir avec un cas de conscience – à supposer qu'il en ait une.

— Donc, ils ne peuvent pas me tuer ? résuma Ornella.

— Exact. Mais ne te réjouis pas trop vite, ces petits fourbes ont depuis longtemps trouvé la parade.

— Que veux-tu dire ?

— As-tu déjà entendu parler de Jeanne d'Arc ?

— Vaguement.

Très vaguement même. Le nom lui disait juste quelque chose, mais elle aurait bien été en peine de dire à quelle occasion on l'avait évoqué devant elle.

— C'est une jeune Française du 15e siècle. La pauvre a fini brûlée sur un bûcher pour actes de sorcellerie. C'était une *Nefasta*, nous le savons de sources sûres. Et ce n'est qu'un exemple parmi tant d'autres. Depuis des siècles, les mages ont su susurrer à l'oreille des humains pour les amener à faire ce qu'eux-mêmes ne pouvaient faire. Ils ont eu plus d'une fois recours à ce stratagème pour se débarrasser d'une *Nefasta*. C'est aussi pour cette raison que bon nombre d'humains redoutent à la fois les sorcières et les vampires.

— Ce que tu dis n'a aucun sens. Si c'était la vérité, je serais morte depuis longtemps.

— Ils ne déclenchent pas systématiquement une chasse aux sorcières. Ils le font uniquement lorsque que la *Nefasta* représente un risque. Autrement dit, lorsque le carcan mis autour de ses pouvoirs cède et que sa véritable nature est dévoilée au grand jour. Tant qu'elle reste « cachée », ils se contentent de la guetter de loin.

L'idée qu'elle avait peut-être été épiée toutes ces années lui fit froid dans le dos.

— Il ne faut pas oublier que, lorsqu'ils décident de « régler » le problème par l'intermédiaire des humains, ce n'est jamais sans danger pour eux. Jezabel a fait en sorte que tout mage impliqué dans la mort d'une *Nefasta*, meure. Où s'arrête la limite de l'implication ? Difficile à dire. Personne ne le sait. Ils prennent donc le risque uniquement si cela en vaut la peine. Autrement dit, uniquement lorsque les vampires pourraient mettre la main sur l'une d'entre vous.

— Je trouve que vous êtes au courant de beaucoup de détails sur eux, s'étonna Ornella.

— Ma belle, peu de choses nous échappent concernant les petits secrets des mages. Et je n'ai pas la naïveté de croire que ceux de mon peuple leur soient inconnus. Nous sommes ennemis depuis toujours.

— Je ne suis pas ta belle, s'énerva Ornella.

Malgré tout ce qu'il venait de lui raconter, elle n'oubliait pas à qui elle avait affaire. Ou plutôt à *quoi*. Peut-être qu'une partie de ce qu'on lui avait raconté sur les vampires était fausse, mais tout ne devait pas l'être, n'est-ce pas ? En tout cas, elle resterait sur ses gardes, tant qu'elle ne se serait pas forgé sa propre opinion sur eux.

Ailean ignora sa rebuffade et continua son

explication :

— De nos jours, il serait trop dangereux d'avoir recours à cette méthode. Les humains sont devenus beaucoup plus friands des choses surnaturelles. Ils pourraient essayer d'en tirer profit. Au final, cela desservirait les intérêts des mages. Ils vont donc devoir la jouer très fine sur ce coup-là.

— Tu te contredis, vampire. Un coup, tu me dis que tu m'as sauvée d'eux et le suivant tu m'affirmes qu'ils ne feront pas appel aux humains pour me nuire.

Chapitre 26

Sans pouvoir l'expliquer, l'entendre l'appeler *vampire* l'énerva. Ailean avait utilisé son prénom, elle pourrait lui rendre la pareille tout de même ! Cependant, elle devait le faire exprès pour l'agacer, alors il ne montra pas que son coup avait fait mouche. À la place, il répondit :

— Ce n'est pas ce que j'ai dit. Certes, c'est risqué de mêler les humains à toute cette histoire, mais ils peuvent le faire sans invoquer l'aspect « surnaturel » comme ils le faisaient dans l'ancien temps. Les mages peuvent très bien trouver un moyen fallacieux pour te coller des ennuis sur le dos.

Ornella sembla soudain pâlir et Ailean se rendit compte que son discours pouvait paraître très alarmiste. Il essaya donc de se rattraper et de la rassurer :

— Pour l'instant, ils ignorent que tu es avec moi. Je

les ai envoyés sur une fausse piste pour qu'ils croient que tu t'es simplement enfuie. Le subterfuge ne va pas durer très longtemps, mais c'est déjà ça. Cela nous laisse le temps de nous organiser.

S'il pensait l'impressionner avec sa stratégie, il en fut pour ses frais. Ornella ne sourcilla pas. Le léger flottement qu'il avait remarqué chez elle quelques secondes plus tôt semblait être un mirage. Relevant le menton, elle récapitula :

— Donc, si j'ai bien compris, le chevalier servant que tu es, m'a évité de terribles mésaventures et, pourquoi pas, une mort lente et douloureuse. C'est bien ça ?

Il n'apprécia pas l'ironie avec laquelle elle s'exprimait mais une nouvelle fois, il laissa couler. Il se contenta d'un petit hochement de tête pour lui faire comprendre que c'était une façon comme une autre de résumer la situation.

— Comme je ne suis pas ta prisonnière, je suis donc libre de m'en aller quand je le souhaite, n'est-ce pas ?

Elle accompagna sa question d'un sourire qui barra son visage. Elle semblait toute fière de sa réflexion.

Durant un court instant, Ailean fut ébloui par cette vision qu'elle lui offrait. Avec un temps de retard, il répondit d'un air nonchalant, en lui désignant la porte :

— Oh, mais je t'en prie, sors. N'oublie pas de prendre un blouson, parce qu'il fait un peu frisquet dehors. Je dois avouer que je suis curieux de voir le temps qu'ils mettront pour te mettre la main dessus.

Dans les faits, même si elle décidait de le prendre au

mot et dans le cas où il la laisserait franchir le pas de la porte, les mages n'auraient pas l'occasion de lui mettre la main dessus. Il les en empêcherait. Il ignorait pourquoi, mais la promesse faite en l'air un peu plus tôt devenait de plus en plus tangible dans son esprit.

En réaction à sa remarque, les yeux d'Ornella s'enflammèrent à nouveau. Le spectacle était toujours aussi splendide à contempler. S'il ne se trompait pas, ses pouvoirs se déclenchaient sous le coup de fortes émotions, comme si elle n'arrivait pas à les brider dans ces moments-là. Soudain, il se demanda si le même phénomène se produisait lorsqu'elle jouissait.

— Qu'ils viennent, gronda Ornella, le sortant de sa rêverie érotique tout à fait inappropriée.

— Si tes yeux se mettent à jouer les lance-flammes à la première occasion, aucun doute qu'ils ne tarderont pas à se pointer. Chaque fois que tu le fais, tu envoies un signal plus brillant que les phares d'une voiture dans la nuit.

— Alors prépare-toi, parce qu'il semblerait que je vienne de donner l'alerte, le défia-t-elle.

— Tu peux jouer les Merlin l'Enchanteur autant que tu le souhaites à l'intérieur de cette maison, il n'y a aucun souci. Personne ne peut le sentir.

Quelque part, il était même demandeur, car ses prunelles embrasées étaient vraiment magnifiques à contempler. Il pourrait même y devenir accro.

Hé oh, tu t'entends penser ?

Exact. C'était du grand n'importe quoi.

— Ta maison est protégée par un sort magique ? se moqua Ornella.

Ailean comprenait que la situation puisse l'amuser et voyait tout à faire l'ironie de la situation selon son point de vue. Il haussa les épaules avant de lui répondre :

— Je ne déteste pas tous les mages, seulement les connards. Quelques-uns ne sont pas trop mal.

Il était rare que des mages se rebellent contre le roi en place, tout comme chez les vampires. Ceux qui le faisaient ouvertement se faisaient bannir et subissaient le même sort que les *Nefastae*. Mais certains, les plus malins, gardaient leur haine secrète et agissaient dans l'ombre pour faire tomber le pouvoir en place. Ceux-là trouvaient toujours le moyen d'entrer en contact avec lui via un de ses hommes.

Jouant la carte de la nonchalance, il conclut :

— Donc, si tu veux vivre, reste avec moi pour l'instant. De toute façon, tes pouvoirs sont pour l'instant trop instables. Je te rappelle que tu t'es évanouie pas plus tard que tout à l'heure dans mon salon.

Cette scène l'avait d'ailleurs plus ébranlé qu'il ne l'aurait cru. Son cœur avait bondi dans sa poitrine en la voyant perdre connaissance. Dans sa tête, tout un tas de scénarios s'étaient mis à défiler chacun leur tour. Il avait été énormément soulagé lorsqu'elle était revenue à elle et a priori en pleine forme.

Il sut qu'il venait de marquer un point quand elle ne répliqua rien. Il poussa donc à son avantage :

— Va prendre une douche. Pendant ce temps, je

nous prépare à manger.

Ornella le fixa longuement, n'appréciant clairement pas qu'il lui donne des ordres. Un éclair passa même dans son regard. Il aimait la façon dont elle ne se laissait pas impressionner par lui. C'était tellement rafraîchissant. On était bien loin des ronds de jambes que les femmes de la cour lui faisaient à longueur de temps. Toutefois, elle finit par tourner les talons et s'engouffra dans la pièce adjacente.

De son côté, il dut lutter pour ne pas aller la rejoindre quand il entendit l'eau couler. Elle avait verrouillé la porte, mais ce petit obstacle ne l'arrêterait pas. En revanche, la perspective de se faire griller la cervelle le pouvait. Il s'obligea donc à détourner ses pensées. Ce ne fut pas chose aisée, mais il y parvint à peu près.

Il quitta la chambre et se rendit dans la cuisine. La nourriture n'était pas présente à foison, mais il y avait le nécessaire dans les placards pour faire un repas à peu près correct. Il se mit donc à la tâche, faisant son maximum pour ne pas penser à l'image d'Ornella, nue, sous la douche, l'eau coulant en cascade sur son corps de déesse. Ce ne fut pas chose aisée, mais il y parvint à peu près.

Il était en train de mettre la table, lorsqu'elle refit son apparition. La tenue qu'elle portait eut un effet direct sur son anatomie. Puis, il vit la marque sur sa joue et l'excitation céda sur le champ la place à une fureur sans nom.

Chapitre 27

De toute façon, tes pouvoirs sont pour l'instant trop instables. Je te rappelle que tu t'es évanouie pas plus tard que tout à l'heure dans mon salon.

Quelle arrogance ! pesta Ornella, en se répétant les paroles blessantes d'Ailean.

Sur le coup, elle n'y avait pas pensé, mais elle aurait dû lui répondre qu'elle allait lui montrer à quel point ses pouvoirs étaient instables. Malheureusement, elle devait bien reconnaître qu'il y avait un fond de vérité dans sa remarque. D'ailleurs, il n'était pas impossible qu'elle ait encore quelques évanouissements dans les heures à venir.

Afin de ménager son esprit, le sort qu'elle avait mis au point quinze ans plus tôt, agissait par petites doses, évitant à son cerveau d'être noyé sous l'afflux des souvenirs. Une chance pour elle qu'elle n'ait que les neuf premières années de sa vie à rattraper !

Ce sort, Amaya et elle l'avaient trouvé dans une cachette, grâce à une vision de son amie. Une *Nefasta* érudite l'avait mis au point des siècles plus tôt pour essayer d'échapper à son sort, mais la malheureuse n'avait pas eu le temps de l'utiliser avant que les mages ne lui imposent un lavage de cerveau. Il aurait donc très bien pu virer à la catastrophe. Enfin, tout s'était déroulé comme prévu. Ce n'était pas le moment de penser à des « si ». Elle avait déjà assez de problèmes réels à gérer.

La douche très chaude lui fit un bien fou. Elle n'était pas du genre à traîner longtemps sous l'eau, mais elle fit une exception. Tout comme la veille, après son agression, elle en avait grand besoin. Le stress accumulé ces dernières heures avait tendu ses muscles, au point qu'ils en étaient douloureux. Les gouttes presque brûlantes agissaient comme un bon massage sur eux, les détendant petit à petit.

La salle de bain dans laquelle elle se trouvait, était élégante et pratique mais sans aucune touche de féminité. Les produits de toilette étaient exclusivement masculins. Ornella fut d'ailleurs troublée lorsqu'elle ouvrit le flacon de savon pour l'utiliser car l'odeur qui parvint à ses narines, bien que délicieuse, lui rappela Ailean. Elle avait senti la même sur lui. Elle déduisit que ce devait être son gel douche.

Ce n'est que du savon, se sermonna-t-elle.

Une fois lavée, elle apprécia la serviette moelleuse qui l'attendait non loin de la douche. En revanche, elle ne put retenir un grognement en se rendant compte de ce qu'elle venait de faire.

Dans sa précipitation et sous le coup de la colère, elle avait déposé ses vêtements au pied de la cabine. Et elle devait avoir mal fermé la porte vitrée car ces derniers étaient désormais trempés. Elle ne pouvait clairement pas les mettre dans cet état, ils étaient inutilisables.

Quelle poisse !

En tout état de cause, elle ne pouvait pas débarquer enroulée uniquement de sa serviette, dans le salon, pour rejoindre Ailean. Dieu seul savait ce que le vampire pourrait s'imaginer.

Elle devait trouver quelque chose à se mettre. Elle déverrouilla donc la porte de la salle de bain avant de l'ouvrir discrètement. Elle passa la tête dans l'entrebâillement pour jeter un coup d'œil dans la chambre. Elle était vide.

À son « réveil », Ornella n'avait pas accordé d'importance à la pièce. Elle prit donc quelques instants pour la détailler. Son inspection fut rapide, elle était presque vide. Visiblement, l'occupant n'accordait aucune importance à la décoration. En revanche, si elle se fiait aux couleurs des peintures et à la taille du lit, elle avait sa petite idée sur son identité. Seul un homme pouvait avoir un lit aussi grand ! Quant aux tons bleu nuit et le bois en acajou, ils apportaient une touche indéniablement masculine. Était-elle dans la chambre d'Ailean ? Cela expliquerait l'odeur du gel douche. La salle de bain devait être la sienne.

Qu'importe.

Elle essaya de s'en convaincre mais son petit cœur

battant la chamade tenait un tout autre discours. Il trahissait le trouble que faisait naître en elle l'idée qu'Ailean soit venu l'allonger sur son propre lit.

Ornella, arrête tes conneries ! Trouve des vêtements et vite !

Exact, il ne manquerait plus qu'Ailean la trouve dans sa chambre, uniquement vêtue d'une serviette éponge ! Ce serait encore pire que le scénario d'elle débarquant dans le salon.

Arrête de penser à lui !

Bien que vexée par les remontrances de sa conscience, Ornella ne pouvait nier le bien-fondé de ce conseil. Elle mit donc fin à ses pensées folles et se concentra sur sa mission. Avisant un énorme dressing, elle s'y rendit et l'ouvrit. L'odeur masculine d'Ailean envahit à nouveau ses sens. Plus de doute possible, elle était dans sa chambre.

En revanche, manque de chance, ce type ne semblait porter que des pantalons en cuir. Elle ne pouvait pas lui en emprunter un, ses mollets à lui devaient faire la largeur de ses cuisses à elle ! Cependant, grâce à leur grande différence de taille, un de ses tee-shirt pouvait se transformer en une tunique presque décente pour elle.

Elle fouilla dans le lot pour trouver le plus long et l'enfila. Comme prévu, il lui arrivait à mi-cuisse, cachant ainsi le plus important. Malgré tout, hors de question de se balader les fesses à l'air ! Et, même s'il avait été sec, son shorty en dentelle ne constituait pas un choix acceptable.

Elle ouvrit donc les différents tiroirs s'étalant sous ses yeux, à la recherche de sous-vêtements. Elle ne trouva que des chaussettes.

C'est pas vrai, il planque ses caleçons ou quoi ?!

À moins qu'il ne porte rien sous ses pantalons sexy, souffla une petite voix tentatrice dans sa tête.

L'ignorant, Ornella continua sa fouille et finit par mettre la main sur un caleçon tout neuf encore dans son emballage.

Nickel !

Sans perdre de temps, elle l'enfila. Une chance pour elle, il était muni d'un cordon au niveau des hanches, permettant d'ajuster la taille. Elle le serra au maximum pour que le sous-vêtement tienne sur ses hanches. Elle quitta ensuite la pièce pour aller rejoindre Ailean.

La maison, sans être un château, était loin d'être petite. En fait, Ornella aurait tué pour avoir la chance d'y vivre. C'était mille fois mieux que son propre appartement riquiqui.

Elle se laissa guider par le bruit de vaisselle pour trouver son chemin et arriva dans une cuisine quasi-neuve. Ailean était en train de mettre la table et la simplicité de cette scène la surprit.

Dès qu'il l'entendit arriver, Ailean stoppa son mouvement et tourna la tête dans sa direction. Il la détailla et Ornella sentit son regard brûlant la dévorer. Il commença par ses jambes, avant de remonter le long de ses cuisses, s'offrant une pause au niveau de l'endroit où le tee-shirt commençait. Ses yeux prirent une teinte lumineuse qui emballa son pouls. Elle avait l'impression d'être une gazelle face à un lion affamé.

Il continua de remonter, s'attardant au niveau de sa poitrine, puis ses yeux se posèrent sur son visage. L'inspection de son corps n'avait pas duré plus de dix secondes, mais ce fut les plus longues de toute sa vie.

Lorsque le regard d'Ailean se posa sur son visage, son expression changea radicalement. Soudain, il n'exsudait plus le désir, mais la haine pure.

Quand il s'approcha d'elle à grands pas, Ornella prit peur. Pour la première fois depuis leur étrange rencontre, elle lui trouva un air franchement terrifiant cadrant tout à fait avec l'idée qu'elle se faisait d'un vampire.

Elle commença à reculer pour mettre de la distance entre eux – ou pour amorcer un début de fuite ? – mais il fut plus prompt à la rejoindre. Il leva la main et elle se prépara au coup. Elle n'avait pas vu l'attaque venir. Subjuguée par la façon dont il venait de la détailler, elle était prise au dépourvue, de même que la bête en elle, se retrouvant ainsi sans défense.

Sa surprise fut totale, lorsque la main levée ne vint pas la violenter, mais se poser délicatement sur sa joue.

Elle ouvrit alors grand les yeux – qu'elle n'avait même pas eu conscience de fermer – pour tomber sur ceux azurés et toujours plein de rage d'Ailean.

— Qui ? gronda-t-il.

Ne comprenant pas le sens de sa question, Ornella fronça les sourcils.

— Qui t'a fait ça ? reformula-t-il en faisant courir son pouce le long de sa joue en un geste délicat, comme s'il touchait un objet fragile de grande valeur.

La lumière se fit enfin dans son esprit. Elle venait de saisir la signification de ses paroles. Avec la douche, son fond de teint avait dû couler, révélant au grand jour les marques de son agression. Avant d'avoir pu lui répondre, il ajouta :

— Ce sont ces cinq minables qui ont osé te frapper ?

Sa question sonna comme une menace mortelle.

Chapitre 28

On avait osé la frapper !

Face à cette marque sur sa joue, Ailean sentit tous ses instincts de mâle se réveiller. Il comprit alors à quel point il était dans les problèmes jusqu'au cou. Il ne la connaissait que depuis quelques heures et il se sentait déjà prêt à laver son honneur. Elle, une *Nefasta* !

Oui, mais avant tout, une jeune femme belle comme le jour et portant ses vêtements à lui.

Elle était tellement craquante dans son tee-shirt trois fois trop grand pour elle. Quant au bas, sans pouvoir l'assurer à 100%, il lui semblait bien reconnaître le caleçon offert par Almadeo à Noël dernier, pour : « protéger ses bijoux royaux et lui permettre de donner une descendance, lorsqu'il aurait trouvé une femme capable de le supporter ».

Inutile de préciser que la plaisanterie de son général lui avait valu une bonne tape derrière la tête. Ailean avait jeté le caleçon au fond d'un tiroir de ce refuge en guise de vengeance, oubliant jusqu'à son existence. Mettre un sous-vêtement sous un pantalon de cuir lui semblait une hérésie. Comme il ne portait pratiquement que ça, ce caleçon était la perle rare de son armoire.

Loin de s'offusquer à l'idée qu'Ornella ait fouillé dans ses affaires, il éprouva une joie masculine à l'idée qu'elle ait choisi de s'habiller ainsi. Sans parler du régal pour les yeux qu'elle représentait.

Les vampires étaient, par essence, des êtres aux instincts bestiaux assez développés. La notion de territoire était très forte chez eux. Par exemple, il ne fallait jamais s'interposer entre un vampire et sa proie. Il ne fallait jamais non plus se mettre en travers d'un couple, sauf si l'on voulait y laisser la vie.

Jusqu'à présent, Ailean n'avait jamais été victime d'une crise de jalousie, puisqu'il n'avait jamais eu de réelles relations. Quant à se mettre entre lui et son dîner, disons que les autres vampires avaient assez de jugeote pour éviter de tenter l'expérience.

— Oui, ce sont eux, murmura Ornella, l'empêchant d'aller plus loin dans cette petite introspection dangereuse.

Elle semblait terrorisée. Il lui fallut quelques instants pour comprendre que ce n'était pas l'évocation de son agression qui en était la cause, mais lui. Il venait de se comporter en véritable brute. Il était donc tout à fait compréhensible qu'elle ait pris peur. Elle avait dû penser qu'il allait s'en prendre à elle.

À regret, il s'obligea donc à reculer de quelques pas, pour avoir l'air moins menaçant et agressif. Certes, il avait envie d'arracher des têtes, mais la sienne ne craignait absolument rien avec lui. Toujours cette promesse qui prenait de plus en plus de poids et de valeur à ses yeux.

Ornella semblait mal à l'aise avec ce qui s'était passé dans cette ruelle. Cependant, il fallait qu'il sache une dernière chose avant de tourner la page. Une chose qui pourrait bien lui faire péter un plomb si la réponse n'était pas celle qu'il espérait.

— Ont-ils fait autre chose que te frapper ?

Le rouge colora ses pommettes. Était-ce dû à la colère ou à la gêne ? Il espéra que la première option soit la bonne, tout en redoutant la deuxième. Comme elle ne répondait pas, il insista :

— Ornella, ont-ils abusé de toi ?

Elle prit une grande inspiration, comme pour se donner du courage, et avoua dans un murmure :

— Ils n'en ont pas eu le temps.

Ailean relâcha alors le souffle qu'il n'avait pas eu conscience de retenir. Si les vampires avaient été croyants, il aurait été capable de lâcher un « Merci Mon Dieu » si cher aux humains. À la place, il se contenta de lui dire :

— Tu as bien fait de les tuer, ma belle. Sinon, ils seraient morts de mes mains et je peux t'assurer qu'ils auraient beaucoup plus souffert.

Il savait très bien lire entre les lignes. Son « pas eu le

temps » signifiait qu'ils avaient bien eu l'intention de la violer et cette idée faisait naître des envies de vengeance terrible en lui.

Relevant crânement le menton, Ornella lui lança :

— Je ne vois pas ce que cela peut te faire.

— Désolé de briser tes mythes d'enfant, mais les vampires ne sont pas de vils personnages prêts à violer les jeunes filles innocentes.

— Non, seulement prêts à boire leur sang, rétorqua-t-elle.

— Elles sont plus que partantes, ma belle.

— Tu m'étonnes, lui sembla-t-il entendre.

Mais il n'en fut pas certain car elle marmonna dans sa barbe. Il fut tenté, durant un bref instant, de la provoquer à ce sujet, mais il oublia très vite cette idée. Les dernières heures avaient été suffisamment éprouvantes pour elle, inutile de la tourmenter pour le simple plaisir de voir son magnifique regard s'embraser. D'ailleurs, en parlant de ça :

— Dis-moi, tes souvenirs t'ont-ils été rendus en même temps que tes pouvoirs ont été débloqués ?

— Non. Quand ces sales types m'ont coincée dans la ruelle, mes pouvoirs se sont libérés, mais je n'avais aucune idée de ce qui se passait.

— Alors, quand est-ce que cela t'est revenu ?

Il était le premier surpris de découvrir qu'il ne posait pas seulement la question pour faire la discussion, ni pour détourner son attention de cette marque violette sur sa joue. Il était vraiment curieux d'en apprendre plus à son sujet. Il essaya de se convaincre qu'il faisait cela pour la bonne cause. Après tout, il était le premier vampire depuis des lustres à discuter avec une *Nefasta*.

— C'est Amaya qui ...

Elle stoppa net sa phrase en cours de route. Son regard se mit ensuite à flamboyer sous le coup de l'émotion.

— Elle était là quand tu es arrivé, l'accusa-t-elle.

— La blonde ? demanda Ailean.

Les flammes dans ses yeux devinrent encore plus intenses.

— Que lui as-tu fait ?! l'accusa-t-elle.

— Tout doux ma belle, j'adore voir ton regard de feu s'allumer, mais pas la peine de monter sur tes grands chevaux. Elle était bien là quand je suis arrivé. D'ailleurs, elle s'est interposée entre toi et moi.

— Alors tu lui as fait du mal !

Qu'elle le croie toujours capable du pire l'énerva. Il répondit donc un peu sèchement :

— Non. J'ai un scoop pour toi, Ornella, je ne fais ni dans l'agression physique des femmes, ni dans le viol. Je ne cautionne aucun des deux, contrairement à ce que ces salopards de mages ont pu te raconter. Je ne lui ai rien fait. Elle m'a simplement fait promettre de prendre soin de toi. Quand j'ai donné mon accord, elle s'est poussée. Elle a profité que mon attention était portée sur toi pour filer à l'anglaise.

— Tu mens ! Elle ne m'aurait jamais laissée avec toi.

— Non, je dis la vérité. Si tu veux mon avis, cette fille est plus qu'étrange. D'ailleurs, elle m'a appelé par mon prénom avant de disparaître, alors que je ne l'ai jamais vue avant ce soir.

Ce dernier argument sembla faire mouche. D'ailleurs, en y pensant ...

— C'en est une, n'est-ce pas ?

— De quoi veux-tu parler ? demanda innocemment Ornella.

— C'est une *Nefasta*, elle aussi !

Cette fois, c'était plus une affirmation qu'une question. Il n'y avait pas pensé sur le moment, trop occupé à détailler Ornella. Maintenant qu'il se remémorait la scène, cette évidence lui sautait au visage. Et le regard paniqué d'Ornella, même s'il ne dura qu'un quart de seconde, fut un aveu en soi, tout comme son pouls s'emballant.

— Non et je ne vois pas pourquoi tu dis des absurdités pareilles.

— Évite de me raconter des salades. Ou, du moins, essaie d'être plus convaincante. N'oublie pas que les vampires sont de vrais détecteurs de mensonges ! Ton pouls te trahit, ma belle.

Chapitre 29

Pourquoi Amaya m'a-t-elle laissée seule en sa compagnie ?

Cette question la turlupinait. Si son amie avait appelé Ailean par son prénom, c'était qu'il ne lui était pas inconnu et qu'elle l'avait *vu* dans une de ses visions. Le tout était de savoir ce qu'elle avait *vu* exactement.

Ce qui la troublait, c'était qu'Amaya devait bien savoir qu'Ailean était un vampire et donc le danger qu'il représentait pour elle. À moins que sa vision lui ait appris qu'il n'en représentait pas vraiment un, ou du moins qu'il était la meilleure de ses options. Après tout, ne lui avait-il pas affirmé, un peu plus tôt, ne pas être réellement intéressé par son sang ? Peut-être n'étaient-ce pas des paroles en l'air. Ne lui avait-il pas non plus expliqué qu'elle était en sécurité dans cette maison, à l'abri des mages et des autres vampires ?

Tout était tellement confus dans sa tête. Elle devait faire face à beaucoup trop de nouvelles vérités à la fois. Elle était en train de saturer. Devait-elle faire des choix d'une importante littéralement vitale, sur la base d'une confiance envers une fille qu'elle n'avait pas vue depuis quinze longues années ? Les gens pouvaient changer durant ce laps de temps.

Oui, mais pas Amaya.

Elles n'avaient pas eu beaucoup de temps avant que la situation ne se complique, mais Ornella avait aussitôt ressenti cette connexion particulière entre elles. La même qu'elle avait sentie lors de leur toute première rencontre et qui ne l'avait jamais quittée en trois ans d'amitié.

— Alors, j'ai raison ? insista Ailean, mettant fin à ses réflexions.

— Je croyais que les *Nefastae* ne t'intéressaient pas ! rétorqua Ornella d'un ton agressif.

Elle s'en voulait d'avoir attiré l'attention d'Ailean sur son amie et redoutait ce qu'il pourrait faire de cette information.

— Et je disais vrai. Simplement, je ne suis pas le seul vampire au monde et je ne peux pas me porter garant de tous. Quant à tes copains mages, ils sont toute une bande à rôder dans les parages, donc ...

— Ne t'inquiète pas pour Amaya, le coupa Ornella. Elle est tout à fait apte à éviter le danger.

— Comme toi ? ironisa Ailean.

— Non, mieux que moi.

Selon toute vraisemblance, Amaya n'avait pas perdu ses souvenirs, ni ses pouvoirs. Elle avait donc réussi à garder son secret caché, comme prévu.

— Et le sujet est clos, conclut-elle d'un ton sec.

Elle ne voulait pas continuer cette discussion, de peur de trahir un peu plus celle à qui elle devait tant.

Ailean dut comprendre qu'elle n'en dirait pas plus, car il changea de sujet pour un nouveau beaucoup plus pragmatique.

— Que dirais-tu de manger quelque chose ? Je n'irais pas jusqu'à dire que je suis un grand cordon bleu, mais je me débrouille plutôt bien en cuisine. Bon cela dit, ma marge de manœuvre était plutôt limitée car le frigo est loin d'être plein, mais j'ai réussi à faire quelque chose d'acceptable.

Il désigna alors un plat de pâtes agrémentées d'une sauce sentant divinement bon. Le plat semblait fort appétissant. Avec tous ces événements, Ornella n'avait pas eu le temps de manger ce soir-là. Elle devait bien reconnaître qu'elle était affamée.

— Avec plaisir.

— Si nous devons rester ici quelques jours de plus, je m'arrangerai pour nous réapprovisionner correctement.

— Où sommes-nous, d'ailleurs ? demanda Ornella, alors qu'ils prenaient place autour de la table.

Tout en lui tendant le plat pour qu'elle se serve, Ailean lui répondit :

— En Europe, dans un coin isolé et personne ne

connaît l'existence de cette maison, à part des gens en qui j'ai toute confiance.

Quand son assiette fut remplie, Ornella tourna la cuillère dans la direction d'Ailean pour qu'il en fasse de même. Ils commencèrent alors à manger.

Soudain, Ornella ne put retenir un rire moqueur. Ailean leva les yeux de son assiette et lui demanda d'un air curieux :

— Qu'est-ce qui t'amuse ?

— Cette situation est surréaliste. Tu t'en rends compte n'est-ce pas ? Il y a vingt-quatre heures, j'étais une simple secrétaire dans un bureau d'avocats, travaillant pour un patron infect. Et après m'être fait agresser dans une ruelle obscure, ma vie a basculé. J'ai des pouvoirs. Les neuf premières années de ma vie viennent de m'être rendues via des flash-backs violents. Je suis poursuivie par des mages qui m'ont volé ma vie il y a quinze ans. Et, selon tes dires, des vampires sont aussi à mes trousses. Enfin, il y a toi, un vampire qui m'a capturée. Ah non, pardon, sauvée. Dont j'ignore tout, car ce que l'on m'a appris sur vous quand j'étais petite semble a priori n'être qu'une série de mensonges. Et nous voilà à dîner comme un vieux couple, dans une maison paumée au milieu de nulle part. Non mais sérieux, en m'écoutant parler j'ai l'impression d'être folle !

Le moment qu'elle redoutait était en train de se produire, ses nerfs la lâchaient. Comme si ce n'était pas suffisant, la bête en elle réagit à cet état de stress. Ou peut-être qu'elle aussi était arrivée à son point de rupture.

Avec un calme olympien, Ailean posa ses couverts, plia les coudes sur la table, croisa ses mains et posa son menton dessus. Étrangement, cette simple mimique apaisa un peu son tourment.

— Pourquoi dis-tu que ton patron est infect ?

En l'entendant, Ornella n'en crut pas ses oreilles.

— Sérieux, de tout ce que je viens de dire, c'est le seul truc que tu as retenu ?! s'indigna-t-elle.

— Non, mais nous allons reprendre point par point. Donc en premier lieu, ce patron. Dis-m'en un peu plus à son sujet.

Parfois, il était plus facile de se confier à un inconnu. Ce fut certainement pour cette raison qu'Ornella accéda à sa demande. Elle lui rapporta dans les grandes lignes pourquoi Joe remportait, et de loin, la palme du pire patron. Quand Ailean entendit que ce dernier demandait des faveurs sexuelles à ses employées, ses prunelles prirent à nouveau cette lueur létale.

— Il t'a fait aussi ce genre de propositions ?

— Il ne s'y serait pas risqué, ricana Ornella.

— Pourquoi ?

— Parce que je suis très douée pour me défendre et il le sait bien.

Son air sceptique parla pour lui, mais Ailean eut la bonne idée de garder son opinion machiste pour lui. Au lieu de faire une remarque sexiste, il passa au point suivant :

— Quand tu t'es évanouie, c'est parce que des bribes

de ta mémoire t'étaient rendues ?

— Oui.

— Comment as-tu fait ?

— C'est grâce à une pierre que m'a donnée Amaya tout à l'heure.

— Comment savait-elle où te trouver ?

Le regard qu'elle lui lança fut sans équivoque : il gèlerait en enfer avant qu'il n'obtienne une réponse. Il n'insista pas et continua son interrogatoire.

— Cette pierre t'a donc permis de retrouver tes souvenirs ?

Ornella hocha la tête. Dans les faits, la pierre n'avait pas fait que cela. Elle avait également libéré la partie de ses pouvoirs emprisonnée pour ne pas alerter les mages lors de son interpellation, quinze ans plus tôt. Mais elle garda ce détail pour elle.

— Lorsque je suis arrivé chez toi, tu étais inconsciente et tu tenais dans ta main une pierre. En revanche, tout à l'heure, tu as perdu connaissance alors que tu ne l'avais pas sur toi, fit remarquer Ailean.

— Il suffit d'un seul contact pour libérer le sort. Mais ce dernier se lance par vagues pour éviter un choc brutal.

— Donc tu risques à nouveau de t'évanouir ?

— Je n'en sais rien.

Durant leur discussion, ils avaient continué leur repas, si bien que leurs assiettes étaient désormais vides. Ornella tenta de cacher un bâillement derrière sa main, mais Ailean le vit malgré tout.

— Va te coucher. Je m'occupe de débarrasser.

— Je vais t'aider, il n'y en a pas pour longtemps.

— Tu es vraiment têtue, tu le sais ça ?

— Hum, si tu le dis, lui répondit Ornella en se levant, ses couverts à la main.

Lorsqu'elle se redressa, elle fut saisie d'un vertige et se rattrapa *in extremis* à la table. Malheureusement, dans sa manœuvre, sa main se resserra et la lame du couteau vint lui entailler méchamment la paume.

Alors que l'odeur cuivrée de son sang s'élevait dans l'air, Ailean et elle se figèrent de concert.

Chapitre 30

Dès que l'odeur délicieuse vint titiller ses sens surdéveloppés, Ailean serra les poings et la mâchoire. Il devait à tout prix s'éloigner d'elle, sinon c'était la catastrophe assurée.

Son sang représentait à cet instant la pire des tentations. Doux et sucré, il pouvait en goûter la saveur sur ses papilles. En réaction, ses canines commencèrent à s'allonger, prêtes à le régaler du meilleur des festins, et sa salive devint plus abondante.

Tous ses instincts de chasseur s'éveillaient pour cette proie des plus exquises. Il ne s'était encore jamais nourri d'une sorcière, même dépourvue de pouvoirs, il ignorait donc si c'était son appartenance à cette espèce qui la rendait si tentante ou si c'était à mettre sur le dos de son statut de *Nefasta*. Son corps à lui avait peut-être conscience de la puissance qu'elle était susceptible de lui apporter.

Ou alors, c'est autre chose, lui souffla une petite voix.

Qu'importe, il devait agir au plus vite. Il se leva donc de sa chaise comme si un ressort venait de s'enfoncer dans son séant, la faisant racler au sol dans son mouvement précipité.

Ornella tourna la tête dans sa direction. Jusqu'à présent, elle fixait avec intensité sa main blessée, comme si elle essayait d'endiguer le saignement par la simple pensée.

Le pouvait-elle ?

Après avoir porté son attention sur lui, elle déglutit avec peine. Elle aussi devait avoir conscience de la précarité de leur situation. Ils étaient sur le fil du rasoir. Ses yeux s'agrandirent alors d'effroi. Il en déduisit que son expression faciale devait trahir sa soif d'elle. En réaction à son air de fauve prêt à frapper, les magnifiques prunelles d'Ornella s'embrasèrent, preuve qu'elle n'était pas décidée à se laisser faire s'il passait à l'attaque.

S'il restait ici une minute de plus, la situation allait virer de catastrophique à mortellement dangereuse. Si ses instincts de vampire et les siens de *Nefasta* s'exprimaient, cette cuisine allait accueillir un carnage sous peu. Ornella avait beau être une femme dont le charme ne le laissait clairement pas indifférent, si elle l'agressait, il allait riposter. C'était dans sa nature, impossible de réprimer cette réaction. Qu'elle soit une femme ne ferait aucune différence pour la bête en lui.

Si, si, si. Arrête les suppositions et agis immédiatement, se sermonna-t-il

Au prix d'un effort colossal, il força ses cordes vocales à fonctionner. Afin de s'éviter une nouvelle bouffée de cette saveur enivrante, il déclara sans prendre le temps de reprendre sa respiration entre deux mots :

— Prends la chambre du fond. Elle est pour toi. Il y a une salle de bain attenante, tu trouveras tout ce qu'il faut pour soigner ta blessure.

Sans attendre de réponse de sa part, il sortit ensuite à grand pas de la cuisine et se dirigea vers la porte d'entrée. Il devait à tout prix mettre le maximum de distance entre eux, parce que sa résistance était en train de fondre plus vite que neige au soleil. Le fait qu'il ne soit pas insensible à elle n'arrangeait pas la situation. Même sans son statut de *Nefasta*, ses instincts l'auraient poussé à s'abreuver d'elle.

Le processus de « transfusion » étant fortement lié au sexe, il était préférable de choisir un donneur pour lequel on ressentait une attraction sexuelle. Et le moins que l'on puisse dire, c'était qu'il était plus qu'attiré par Ornella !

En même temps, il aurait fallu être aveugle ou fait de bois pour rester insensible à ses charmes. Et sa tenue sexy et intime ne l'aidait pas à calmer ses ardeurs. Elle aurait été tellement appropriée si Ornella venait de quitter son lit.

Même la pression douloureuse exercée par la braguette de son pantalon sur son sexe ne parvenait pas à faire baisser son désir. Il était en train de se transformer en animal en rut !

Une fois dehors, il attendit d'être à plusieurs mètres, avant d'inspirer une pleine bouffée d'air frais. Il ne relâcha son souffle que lorsqu'il eut l'impression que ses poumons allaient éclater. À cet instant, il en vint à regretter de ne pas être fumeur. Il n'aurait pas été contre se faire les nerfs sur un bâton de nicotine.

Durant un fugace instant, il pria même pour que ces fichus mages débarquent, ou Marec, ou les deux à la fois. Il était tellement remonté qu'il pourrait les massacrer en un battement de cil. Cela aurait au moins le mérite de lui permettre de se défouler.

Si la sécurité d'Ornella n'avait pas été en jeu, il se serait dématérialisé pour augmenter son éloignement. Plus il y aurait de distance entre eux, moins il serait tenté d'aller la rejoindre pour lui offrir ses services de guérisseur.

D'un simple coup de langue, il pouvait refermer sa plaie. C'était un des effets de sa salive, en plus d'être un anesthésiant local (fort commode pour éviter que la proie n'ait la mauvaise idée de lui fausser compagnie au moment fatidique).

Oui, il serait volontiers retourné dans la maison pour proposer ses services, s'il n'avait pas eu la certitude que sa proposition lui vaudrait un regard de feu. Mais surtout, il savait qu'il serait incapable de se contenter de lécher simplement la plaie.

Goûter une seule goutte de son sang serait comme offrir un verre à un alcoolique repenti : une véritable descente aux enfers. Il ne pourrait pas s'en satisfaire, il lui en faudrait plus.

Bien sûr, il pourrait aussi demander à l'un de ses généraux de venir ici pour la surveiller, le temps qu'il aille se nourrir. Rester en sa compagnie, en étant en manque d'hémoglobine, n'était pas l'idée du siècle. Il avait une confiance absolue en ses hommes. C'était donc la meilleure des options.

Néanmoins, la perspective de laisser Ornella seule avec l'un d'eux suffisait à lui donner des envies de meurtres.

Il n'y avait pas à dire, il était dans de beaux draps !

Il pouvait bien essayer de se voiler la face aussi longtemps qu'il le voudrait, les preuves ne cessaient de s'accumuler. Pour une obscure raison, quelque chose en lui criait *Mienne* dès qu'il voyait Ornella ou pensait à elle. C'était la première fois qu'il ressentait ça.

Soudain, venu de nulle part, une idée s'imposa à lui. Se pourrait-il qu'elle soit ...

Non impossible !!!

Il mit immédiatement un terme à cette réflexion stupide, refusant même de l'envisager un quart de seconde. Elle était bien trop terrifiante pour qu'il ose ne serait-ce que l'évoquer. Cela reviendrait à faire un virage à cent quatre-vingts degrés.

À la place, il se concentra sur le paysage cotonneux alentour, pour regagner la maîtrise de son corps et de ses émotions.

Lorsque ce fut fait, il dut se résoudre à rentrer car il était maintenant gelé jusqu'à l'os. Au moins, cela avait résolu son problème situé en dessous de la ceinture. La vasoconstriction par le froid était un moyen, certes un peu radical, mais efficace !

Heureusement pour lui, lorsqu'il pénétra dans la maison, seul le silence lui fit écho. La délicieuse odeur n'était presque plus perceptible. La porte de la chambre du fond était fermée et Ailean la suspecta d'être verrouillée. Ce n'était pas plus mal. Cependant, une pauvre serrure ne pourrait guère le retenir bien longtemps.

Non, mais celle qui est derrière, le peut.

En effet, aucun doute à ce sujet et ce n'était pas une mauvaise chose pour eux deux.

Chapitre 31

Son cœur tambourinait à fond dans sa poitrine, encore sous le choc de la scène qui venait de se produire.

Ailean et elle passaient un moment plutôt agréable et « normal », si l'on tenait compte des circonstances. Et la seconde suivante, c'était le drame.

Quelle idée aussi de tenir un couteau par sa lame !

Ornella ne fut pas fière de son étourderie qui venait de compliquer un peu plus leur situation. Nul besoin d'être un génie pour comprendre que se mettre à saigner sous le nez d'un vampire n'était pas le meilleur plan qui soit, *Nefasta* ou non.

Dès qu'elle sentit l'odeur cuivrée de son sang, elle craignit la réaction d'Ailean. Elle avait la sensation d'être un plongeur qui, nageant à côté d'un grand requin blanc, venait de s'écorcher la jambe sur un récif.

En entendant sa chaise racler sur le sol, elle focalisa aussitôt son attention sur lui, afin de se tenir prête en cas d'attaque.

L'intensité de son regard fut pire qu'un typhon balayant ses émotions et les chamboulant sous sa puissance ! Ses yeux bleus avaient désormais une teinte lumineuse qu'elle ne leur avait encore jamais vue. Telle une biche prisonnière des phares d'une voiture, elle ne réussit pas à esquisser le moindre mouvement. Elle ne pouvait que se contenter d'attendre que les choses dégénèrent.

La faim visible dans son regard était tout simplement terrifiante. Sa bouche était fermée, mais il lui sembla voir la pointe de ses crocs dépasser légèrement. Cette vision la troubla un peu plus. Dans sa jeunesse, elle avait appris un certain nombre de choses sur les vampires. Elle savait notamment que leurs canines étaient de taille normale, sauf quand ils se « nourrissaient ». Elles s'allongeaient alors pour s'effiler comme des aiguilles. Visiblement, sur ce point-là, les mages n'avaient pas menti.

Son instinct lui souffla de rester immobile, afin de ne pas provoquer le prédateur en lui. Si elle bougeait, cela reviendrait à agiter un chiffon rouge devant les yeux d'un taureau enragé.

En réaction à son stress, l'adrénaline se mit à couler à flots dans ses veines, réveillant la bête en elle. Mais le plus troublant fut cette pointe d'excitation qui naquit dans le creux de son ventre.

Elle avait conscience de la précarité de sa situation. Elle était terrifiée par ce qu'Ailean pouvait lui faire en étant ainsi dominé par ses instincts de chasseur. Cependant, elle ne pouvait s'empêcher d'être en partie fascinée par ce spectacle mortellement sublime. Ève avait-elle ressenti la même tentation ? Était-ce pour cette raison qu'elle avait laissé Adam boire à sa veine ?

La virilité qui se dégageait d'Ailean était écrasante. Elle avait devant elle LE mâle alpha dans toute sa splendeur. Et la femelle en elle mourait d'envie de se soumettre pour ressentir les folies du plaisir charnel.

Elle était dégoûtée de ce maelström d'émotions pour lui, mais c'était plus fort qu'elle, Ailean lui faisait de l'effet.

Heureusement pour elle et son estime, la scène ne dura pas plus longtemps qu'un battement de cœur. Au prix d'un effort qui sembla lui coûter énormément, Ailean se retint de lui sauter dessus comme une bête enragée. Il débita son petit discours à la vitesse de l'éclair. Le temps qu'elle batte des cils, il était dehors.

Une fois libérée de l'emprise de son aura magnétique, Ornella put à nouveau respirer normalement. Son sang pulsait fort dans ses veines, au point de l'assourdir. Son cœur, pris dans une course effrénée, faisait vibrer sa poitrine sensible, résultat de son excitation. Elle avait les mains et les jambes tremblantes. C'était une des expériences les plus intenses de sa vie.

Et elle aurait pu être la dernière ! souffla une voix en elle.

Lorsque cette remarque parvint jusqu'à son esprit embué, ce fut la douche froide. Elle prit soudain conscience que si Ailean n'avait pas eu une aussi bonne maîtrise de lui, il serait actuellement vissé à son cou, ses lèvres posées sur sa peau, sa langue cherchant sa veine pour pouvoir s'abreuver de son sang. En réaction à cette vision, la douche glacée se transforma en bain bouillant. Finalement, loin de l'horrifier, elle raviva son excitation.

Mais qu'est-ce qui ne va pas chez toi ?

Après cette petite claque mentale, Ornella s'obligea à agir enfin comme elle aurait dû le faire depuis plusieurs secondes. Elle utilisa une des serviettes pour appuyer sur la plaie afin d'arrêter le saignement. Elle alla ensuite chercher une éponge sur l'évier pour essuyer les dégâts.

Lorsqu'elle eut fini de tout nettoyer, s'assurant qu'il ne restait pas une seule goutte de son sang, elle prit la direction que lui avait indiquée Ailean. La chambre qu'il lui avait assignée était plus féminine que celle dans laquelle il l'avait conduite après son évanouissement.

Venue d'on ne sait où, une vague de jalousie s'empara d'elle en pensant aux autres femmes qui avaient bénéficié du privilège d'être ici. Décidément, elle se comportait vraiment comme une idiote. En fin de compte, le sort pour retrouver ses souvenirs avait peut-être des effets secondaires.

Afin de s'isoler, elle ferma la porte. En voyant la clé sur la porte, elle la tourna pour s'assurer un minimum de sécurité. Cependant, s'il revenait sur ses bonnes résolutions, Ornella doutait qu'une simple serrure puisse arrêter Ailean.

Mais c'était toujours mieux que la résistance que je pourrais lui opposer, songea-t-elle amèrement.

Elle n'en était pas fière, mais si Ailean s'invitait dans sa chambre avec son air d'ange démoniaque super sexy, elle n'était pas certaine de pouvoir le repousser. Ni de le vouloir d'ailleurs.

Après tout, où serait le mal à le laisser boire à sa veine ? Il n'allait pas la tuer, c'était une certitude absolue. Certes, il gagnerait en pouvoirs, mais il n'avait pas l'air de la considérer comme une ennemie. Il semblait en vouloir simplement aux mages ce qui, pour le coup, leur faisait un point commun. Il y avait aussi cette conversation qu'Amaya et elle avaient surprise entre deux femmes. Elles racontaient que la morsure d'un vampire était un puissant aphrodisiaque. Était-ce vrai ou bien un énième mensonge …

Non mais tu t'entends penser ?! la sermonna sa conscience.

Plutôt que de se pencher sur la question, Ornella décida de clore le débat. Elle se rendit dans la salle de bain – tout aussi luxueuse que l'autre. Elle se regarda dans le miroir et grimaça devant l'image qu'il lui renvoya. Elle avait une tête à faire peur ! La marque sur sa joue n'était vraiment pas jolie à voir. Sa tête de femme battue la mit en colère.

Soudain, elle eut une idée. Ne pouvait-elle pas faire appel à ses pouvoirs pour se soigner ? Il n'y avait pas cinquante façons d'obtenir une réponse à cette question. Elle ferma les yeux et se concentra sur son menton, imaginant l'aspect qu'elle voulait lui rendre.

Elle sentit la bête en elle s'étirer, heureuse d'être sollicitée. Une vague de chaleur envahit le bas de son visage, avant de refluer. Puis, plus rien. Ornella ouvrit à nouveau les yeux et se regarda dans la glace. Comme par magie – c'était le cas de le dire ! – la marque avait disparu.

Elle retira ensuite la serviette enroulée autour de sa main et vit avec soulagement que le saignement s'était stoppé. Afin d'éviter tout risque, elle fit une nouvelle tentative. La chaleur envahit cette fois sa paume. Quand elle eut disparu, il en allait de même pour la plaie.

Elle se débarrassa ensuite de la serviette souillée, non sans l'avoir badigeonnée d'antiseptique avant – inutile de tenter le diable ténébreux et sexy. Quand ce fut fait, elle retourna dans la chambre et s'allongea sur le lit – tout aussi confortable que celui d'Ailean.

Elle ne put alors s'empêcher de se demander la raison pour laquelle il ne l'avait pas conduite ici un peu plus tôt, au lieu de l'emmener dans sa propre chambre. Elle mit immédiatement fin à ce débat, car les conclusions lui venant à l'esprit étaient toutes plus débiles les unes que les autres. Une vraie ado perdant la tête pour le *bad boy* du lycée !

Une fois installée, il ne lui fallut guère longtemps pour s'endormir. Malheureusement, au lieu de faire des rêves paisibles, elle revécut la torture mentale qu'elle avait subie quinze ans plus tôt, ce fameux soir.

Chapitre 32

Pour la énième fois, Ailean se retourna dans son lit. Il ne parvenait pas à trouver le sommeil.

Après avoir pris une douche glacée pour calmer ses ardeurs, il s'était allongé, priant pour parvenir à s'endormir. Malheureusement, les vampires ne croyaient en aucune divinité, ce qui rendait l'exercice vain. En plus, ils n'avaient besoin que de très peu de repos et dormaient rarement la nuit puisque leur espèce était plutôt nocturne que diurne. Autrement dit, les conditions n'étaient pas du tout propices pour que son souhait soit exaucé.

Résigné à passer une nuit blanche, il alluma sa lampe de chevet et attrapa un livre. Il avait beau être un guerrier avant tout, il n'en était pas moins érudit et ses lectures étaient assez hétéroclites. Il pouvait passer d'un essai philosophique à un polar. Tout dépendait de son envie du moment. En l'occurrence, il porta son choix sur un policier, espérant ainsi que l'intrigue parviendrait à le détourner de ses pensées troublantes. Au bout de quelques chapitres, il dut admettre que c'était un cuisant échec et la faute n'incombait pas à l'auteur.

Même si Ornella avait nettoyé de fond en comble la cuisine, il avait l'impression de sentir encore flotter dans l'air l'odeur délicieuse de son sang. À croire qu'elle l'avait marqué au fer rouge !

Maintenant qu'il était seul avec lui-même et qu'il avait retrouvé un calme somme toute assez relatif, l'idée ayant germé dans son esprit, lorsqu'il prenait un bon bol d'air frais, revint sournoisement le hanter.

À la manière des loups-garous, les vampires (mâles ou femelles) pouvaient tomber sur LE partenaire, celui qui volait une partie de leur âme. On l'appelait l'*Amor Fati*, « l'amour de son destin » en latin.

Quand un vampire rencontrait son *Amor Fati*, il ressentait une forte attraction beaucoup plus puissante qu'envers un partenaire lambda. Il était irrépressiblement poussé vers lui, jusqu'à ce qu'il cède au besoin de boire son sang. C'est là que les choses devenaient sérieuses, pour ne pas dire irrémédiables.

La notion d'*Amor Fati* était un des secrets les plus jalousement gardés au sein de leur espèce. C'était comme une épée de Damoclès. Si leurs ennemis avaient vent de son existence et de ses conséquences, ils auraient vite fait de l'exploiter.

Et pourtant, trouver son *Amor Fati* était considéré

comme une bénédiction. Il n'apportait pas que des contraintes, il était aussi synonyme de joie et de bonheur.

Cependant, un détail le troublait : selon leurs écrits, un vampire trouvait toujours son *Amor Fati* au sein de leur espèce. De toute leur histoire, il n'y avait eu qu'une seule exception : Adam et Ève.

Se pourrait-il que lui aussi ait trouvé son alter ego parmi la faction mage ? Pouvait-il y avoir deux exceptions pour confirmer une règle ? Si cette hypothèse s'avérait exacte, alors ce serait lui le maudit et non elle.

Ailean eut le vertige en pensant aux implications de cette éventualité. Non, il devait faire fausse route. C'était obligé. Ce qu'il ressentait pour Ornella était plus fort que pour les autres femmes qui avaient croisé sa route pour la simple et bonne raison que c'était une *Nefasta* aux pouvoirs puissants. Oui, c'était forcément ça.

Tu n'as qu'à boire à sa veine et tu verras, lui souffla une petite voix mesquine.

Avant d'avoir pu lui répondre, un cri retentit dans la maison calme et silencieuse.

En moins de deux, Ailean fut levé et devant la porte de la chambre d'Ornella. Comme le sommeil l'avait fui, il avait gardé son pantalon. Dans le cas contraire, il aurait débarqué nu comme au jour de sa naissance, sans y prêter la moindre importance.

Comme il s'en doutait, la porte était verrouillée et la serrure ne résista pas plus de cinq secondes. Il déboula alors comme un taureau enragé dans la pièce, prêt à démolir celui qui venait de la faire hurler ainsi.

Seulement, il n'y avait personne à part Ornella. Allongée dans son lit, elle secouait la tête de droite à gauche en s'agitant. L'air était beaucoup plus pesant que dans le reste de la maison. Son pouvoir devait en être la cause.

Selon toute vraisemblance, elle était en proie à un cauchemar qui la chamboulait. Aussitôt, un instinct protecteur s'éveilla en lui. Il voulait, non il *devait,* la réconforter.

Ailean s'approcha d'elle en l'appelant par son prénom pour essayer de la réveiller en douceur, mais sa tentative resta sans effet. En parallèle, il ne put s'empêcher de remarquer une nouvelle fois sa beauté.

Dans son agitation, elle avait retroussé la couverture désormais entortillée au niveau de ses chevilles. Un coin de son tee-shirt était remonté sur son flanc gauche, dévoilant une bande de peau qui lui mit l'eau à la bouche. Sa poitrine haute et fière dessinant deux adorables monts sur le devant de son tee-shirt, vint amplifier son trouble.

Il était maintenant tout proche du lit, au point que ses jambes butaient contre le matelas. Ornella ne s'était toujours pas réveillée et murmurait des paroles incompréhensibles. Avec une extrême précaution, il posa un doigt sur elle et pria pour ne pas se faire griller la cervelle. C'était certainement une très mauvaise idée de la prendre par surprise, mais il ne pouvait pas la laisser se perdre ainsi dans ses tourments.

La chance fut de son côté, il resta sur ses deux jambes

et en un seul morceau. Cependant, un courant identique à celui qu'il avait ressenti dans son appartement le parcourut de part en part.

— Ornella ?

Il accompagna sa question d'une légère secousse. Aucune réaction. Il fit une nouvelle tentative.

— Ornella, ce n'est qu'un mauvais rêve, réveille-toi.

Soudain, elle ouvrit les yeux. Il faillit reculer à toute vitesse devant son regard de braise. Un feu de mille éclats brillait dans ses pupilles dilatées, nimbant d'une lueur dorée la chambre. Comme toujours, Ailean fut subjugué par cette beauté surnaturelle. C'était le plus beau spectacle qui lui eût été donné de voir. Malgré tout, il n'oubliait pas à quel point il pouvait être mortel.

Le profond désarroi exprimé par ces magnifiques pupilles dilatées le prit directement aux tripes.

Ornella sembla perdue quelques instants, puis son regard vint se braquer sur lui. Elle lâcha alors dans un murmure son prénom. Le temps sembla s'arrêter durant un instant. Ils se fixèrent intensément, sans faire le moindre mouvement. Puis, elle mordilla sa lèvre du bas.

Ce geste eut raison de ses dernières réserves. Ce fut plus fort que lui, il fut incapable de résister plus longtemps à la tentation.

Chapitre 33

Le sourire mesquin du roi lui donnait la nausée. Ella avait envie de lui sauter au visage pour le faire disparaître, mais elle ne pouvait pas. Toute son énergie était focalisée sur ce monstre noir essayant de s'infiltrer dans son esprit. Elle avait la sensation d'être abusée mentalement. Elle n'était que rage et haine envers tous ces hommes n'ayant trouvé rien de mieux que de torturer une fillette de neuf ans.

Sous le coup d'un assaut plus violent du monstre tentaculaire, Ella hurla à s'en faire éclater les poumons. Qui sait, quelqu'un finirait peut-être par entendre ses cris de douleur et viendrait mettre fin à cette folie.

Ses parents ne pouvaient pas cautionner une chose pareille. N'était-elle pas leur princesse adorée ? S'ils reconnaissaient sa voix, ils feraient le nécessaire pour venir la sauver. Malheureusement, ils étaient trop loin pour l'entendre.

Soudain, le monstre se retira, la laissant haletante. Sa respiration était hachée. Les larmes maculaient ses joues. Son nez coulait. Mais elle s'en moquait. Le plus important était que la douleur soit enfin partie. Du moins pour l'instant. Combien de minutes de répit allait-on lui accorder avant que la torture ne recommence ?

Lorsque le roi ordonna qu'on en finisse, elle comprit que cette terrible épreuve était derrière elle. Alors que le sort qui allait sceller son existence commençait à se propager dans les airs, son regard se posa sur les hommes présents.

Si elle avait, un jour, la chance de retrouver ses souvenirs, elle voulait pouvoir mettre des visages sur ses tortionnaires. Si l'occasion lui était offerte, elle comptait bien revenir se venger.

Ella balaya cette triste assemblée, mémorisant tous les détails. Elle commençait à ressentir les effets du nouveau sort sur son esprit affaibli, mais elle lutta.

Soudain, son regard tomba sur l'un d'eux et elle le vit.

Son père !

Le choc fut tellement violent que toutes ses barrières s'effondrèrent en un instant, facilitant grandement le travail du mage occupé à effacer sa mémoire.

Ce fut plus fort qu'elle, elle tendit les mains vers lui en hurlant :

— Papa !!! Papa, ne les laisse pas faire. Papa, je t'en prie !

Mais son père l'observa avec dégoût, avant de détourner le regard. Ella se mit à hurler pour attirer son attention. Son père ne pouvait pas cautionner ça. Elle était sa princesse adorée.

Elle hurla, encore et encore, terrassée par une douleur encore plus insoutenable que celle provoquée par le sort. La trahison de son père était mille fois pire.

Soudain, on la secoua doucement mais fermement. Ornella se réveilla alors en sursaut, le cœur battant à toute vitesse sous le choc du détail horrible qui venait de lui revenir. Son père avait assisté à sa torture. Il n'avait pas fait le moindre geste pour mettre fin à cette hérésie. Pire, il la cautionnait ! Dans sa poitrine, son cœur se comprima douloureusement.

La pénombre masquait en partie l'homme au-dessus d'elle. Durant une nanoseconde, les images du passé obscurcirent son esprit et elle prit peur. Quand il se dissipa, elle reconnut aussitôt Ailean et lâcha dans un souffle son prénom.

Ce fut à peine plus qu'un murmure, mais il dut l'entendre. Son regard, jusque-là inquiet, se fit ardent. En réponse, le pouls d'Ornella s'emballa un peu plus, mais pour des raisons différentes cette fois. Elle ne pouvait pas se mentir plus longtemps. Elle était attirée par Ailean, comme elle ne l'avait encore jamais été. Leur proximité l'excitait.

Ces dernières années, elle s'était posé beaucoup de questions sur sa sexualité. Elle n'était pas attirée par les femmes, c'était une certitude. Cependant, aucun homme n'avait provoqué le moindre frémissement en elle. Elle en avait conclu qu'elle ne devait pas être normale, comme une sorte d'être asexué.

Désormais, elle savait que cette situation était banale pour ceux de son espèce, dont la maturité sexuelle se produisait aux alentours de vingt-cinq ans. Elle était en quelque sorte comme un ado humain de quatorze-quinze ans. Certains étaient déjà en proie à des pulsions sexuelles, d'autres pas. Visiblement, elle entrait dans la deuxième catégorie.

Jusqu'à Ailean.

À cet instant, ce n'était pas un frémissement qui s'emparait d'elle, mais un véritable tremblement de terre.

Tous deux restèrent immobiles à se fixer intensément durant une poignée de secondes. Les yeux d'Ailean se firent de plus en plus lumineux. Les siens devaient être comparables à la nuit précédente, lorsqu'elle s'était observée dans le miroir de sa salle de bain.

Elle savait maintenant que ce n'était pas le fruit de son imagination, mais la marque visible de l'expression de son pouvoir. Petite, il avait tendance à vouloir se manifester lorsqu'elle ressentait une forte émotion. Il n'était donc pas illogique qu'à cet instant, ses pupilles soient deux boules de feu éclairant légèrement le visage du vampire.

Pourtant, Ailean ne semblait pas effrayé par cette vision. Au contraire, il paraissait comme fasciné. Son regard glissa ensuite légèrement en direction de ses lèvres. Il se fit alors plus avide.

Inconsciemment, Ornella se les mordilla en retour. Le bleu des yeux d'Ailean gagna encore en intensité. Il se pencha alors lentement, jusqu'à ce que leurs souffles se mélangent. L'adrénaline exacerbait ses sensations. Elle était à la fois impatiente et effrayée. Tel un dompteur caressant un lion, elle avait pleinement conscience que la situation pouvait déraper à tout moment. Pourtant, elle ne le repoussa pas. Au contraire, elle le laissa envahir son espace vital. Sa bête interne, loin de se rebeller à cette idée, se mit au contraire à ronronner, comme si elle aussi n'attendait que ça.

Ailean fouilla intensément son regard, peut-être à la recherche d'un refus de sa part. Son pouvoir affleurait à la surface. Il souhaitait obtenir son accord afin d'être certain qu'elle n'allait pas l'attaquer.

Voyant qu'elle ne cherchait pas à se dérober, il posa enfin ses lèvres sur les siennes. Elle accueillit alors avec plaisir le baiser qu'il lui offrit. Un grondement s'échappa même de sa bouche.

C'était la première fois de sa vie qu'un homme l'embrassait. Les émotions, que ce contact provoqua en elle, furent un véritable raz-de-marée. Ses lèvres étaient douces et fermes à la fois. Elles caressaient les siennes avec avidité.

Avant de penser aux implications de son geste, Ornella laissa son instinct la guider. Ses mains se levèrent et vinrent se poser sur les flancs d'Ailean. Un détail important lui parvint alors. Il était nu au-dessus de la ceinture. Trop troublée par leur proximité et par son cauchemar, elle ne l'avait pas encore remarqué. Désormais, c'était chose faite. En réponse, son excitation atteignit des sommets jamais égalés. Elle regrettait simplement de ne pas l'avoir remarqué plus tôt. Elle aurait alors pu se régaler du spectacle qu'il offrait.

À défaut de pouvoir l'admirer, elle se contenta de partir à l'exploration de ce buste avec ses mains. Ses doigts dessinèrent chacun des muscles tendus. Ses soupçons ne tardèrent pas à être confirmés. Ailean était diablement bien bâti.

En retour, il se mit à grogner. Son baiser se fit plus ardent, comme s'il voulait la dévorer toute crue.

Soudain, il lui sembla sentir quelque chose frôler ses lèvres. La seconde d'après, Ailean se propulsa à l'autre bout de la pièce. Elle comprit alors que ce devait être ses crocs. Cette idée aurait dû être une véritable douche froide, mais seule la distance qu'Ailean venait de mettre entre eux la fit frissonner.

Le dos collé au mur, il soufflait comme un taureau enragé. Malgré son regard fluorescent, Ornella ne parvenait pas à le voir distinctement. Mais elle pouvait sentir d'ici le combat interne qu'il menait contre lui-même.

Elle était sur le point de dire quelque chose de stupide, comme « Vas-y, fais-le. », mais elle n'en eut pas le temps. Ailean se sauva de la chambre à grands pas, en grognant :

— Reste loin de moi.

Il disparut ensuite, la laissant frustrée dans son lit.

Chapitre 34

Gauche, droite, inspiration.

Gauche, droite, expiration.

À l'époque, Ailean avait trouvé que c'était une excentricité de faire installer une salle de sport au sous-sol d'une maison qu'il n'allait a priori n'utiliser qu'à de rares occasions. Comme, c'était de l'espace perdu, il s'était laissé convaincre par ses amis.

Cette nuit, il leur était reconnaissant d'avoir insisté sur ce projet. Pouvoir se défouler sur le sac de frappe lui faisait un bien fou. Surtout, pendant qu'il massacrait les différentes machines de musculation, il parvenait à maîtriser à peu près le fauve en lui, bien que ce soit loin d'être chose aisée.

Il avait encore le goût des lèvres d'Ornella sur les siennes. Il sentait encore ses doigts délicats se balader sur son buste nu. Avec ses caresses tentatrices, elle l'avait marqué au fer rouge.

Quant au baiser qu'ils avaient échangé, il ne cessait de le hanter, il était gravé dans sa mémoire. Il n'arrivait pas à oublier qu'elle le lui avait rendu. La réaction d'Ornella était la preuve qu'il n'était pas le seul à être attiré par l'autre dans cette histoire de fou. Il n'arrivait pas à déterminer si c'était une bonne chose ou au contraire une catastrophe, mais elle non plus n'était pas insensible à lui.

Ouais, enfin ça, c'était avant que tu ne foutes tout en l'air en te comportant comme un animal enragé !

Je ne me suis pas comporté comme un animal enragé. Au contraire, j'ai fait preuve de sagesse en prenant mes distances, lorsque les choses ont dérapé.

La petite voix se contenta de rire sournoisement en réponse. Honnêtement, il ne pouvait pas lui en vouloir. Il est vrai que leur baiser avait tourné au véritable fiasco.

Il s'était laissé entraîner par son enthousiasme. Il était tellement troublé par les caresses d'Ornella qu'il en avait oublié de tenir la bride à sa bête interne. Heureusement pour eux, il avait eu une nanoseconde de lucidité, juste avant que ses crocs ne viennent égratigner les lèvres délicieuses et sucrées de la jeune femme.

Comprenant qu'il était sur le point de peut-être sceller son sort par inadvertance, il s'était aussitôt propulsé de toutes ses forces contre le mur de la chambre, le plus loin possible du lit, le temps de regagner un minimum de maîtrise. Il suffisait d'une seule goutte de son sang pour qu'il se retrouve lié à elle pour toujours. Enfin, si sa théorie fumeuse était exacte. Cependant, il ne tenait pas à la vérifier. Le prix à payer était bien trop élevé.

Ornella n'était pas une vampire. Si elle était réellement son *Amor Fati*, il n'avait aucune certitude qu'elle partagerait ses sentiments. S'il avait le malheur de boire ne serait-ce qu'une seule fois à sa veine et qu'elle s'enfuyait ensuite, il se retrouverait dans les ennuis jusqu'au cou.

C'était le petit discours que tenait la partie rationnelle de son esprit depuis qu'il s'était éloigné d'elle. Mais une autre, qui l'était beaucoup moins, lui soufflait qu'il se montait la tête pour rien, que c'était impossible. Il était simplement attiré par Ornella car c'était une très belle femme, sans oublier son statut de *Nefasta*. Son pouvoir séduisait le sien, voilà tout. Il n'y avait aucun mal à leur donner satisfaction à tous les deux.

En l'occurrence, Ailean préférait de loin jouer la carte de la sûreté. Il se rangeait donc du côté de la raison, ce qui lui avait déjà valu deux douches froides pour calmer ses ardeurs. À ce rythme, il allait finir congelé comme un glaçon !

Malheureusement, le destin semblait avoir une dent contre lui. Alors qu'il continuait à massacrer le sac de frappe, il entendit :

— Je peux me joindre à toi ?

S'était-elle donné pour mission de le rendre fou ?

Ce n'était pourtant pas faute de l'avoir prévenue !

Juste avant de quitter sa chambre, comme s'il avait le

feu aux trousses, il l'avait avertie de rester loin de lui. Et elle ne trouvait rien de mieux que de venir le rejoindre ici ?! Cherchait-elle les ennuis ?

Elle lui donna le coup de grâce en ajoutant :

— Si tu as une deuxième paire de gants, on pourrait se faire quelques échanges.

Il lui fallut quelques instants pour comprendre qu'elle parlait des gants de boxe et qu'elle lui proposait ni plus ni moins de se battre contre lui.

— Hors de question ! s'offusqua-t-il.

— C'est quoi le problème, Ailean, tu as peur de te prendre une dérouillée ?

Cette idée absurde l'amusa. Quant à l'usage de son prénom, il le troubla. C'était la deuxième fois seulement qu'elle l'appelait ainsi. Et quand on savait à quoi avait mené la première ...

— Non, simplement je ne me bats pas contre une femme. C'est contraire à mes principes.

— Ah, tu es de ceux-là.

— Que veux-tu dire ?

— Au club, il y a trois catégories de boxeurs. Ceux qui acceptent de m'affronter. Ceux qui refusent par peur de perdre. Et ceux qui refusent catégoriquement de se battre contre une femme, car cela va à l'encontre de leur éducation.

— Quel club ? demanda Ailean confus.

— Le Jackson's Club.

— Le club de boxe ?

— Tu connais ?

— Oui, mais toi, comment le connais-tu ?

— Je suis membre depuis six ans.

Soudain, une intuition le poussa à demander :

— Ne me dis pas que tu es la sorcière de Jackson ?

En retour, Ornella se mit à rougir et il la trouva adorable ainsi.

— Tu as entendu parler de ce sobriquet ?

— Et comment ! Carlos est tellement fier de sa petite protégée.

— Tu connais vraiment le Jackson's Club, alors ?

— Oui, il m'est déjà arrivé d'y faire un petit tour avec mes hommes.

Il était assez rare qu'Ailean se mêle aux humains, mais certains lieux stratégiques étaient intéressants à surveiller de près. Le Jackson's en faisait partie. Officiellement, c'était un simple club de boxe. Officieusement, il gérait d'autres activités moins légales, mais il doutait qu'Ornella soit au courant de ce petit détail.

Impossible de passer à côté du comique de la situation. Sans le savoir, ceux qui lui avaient donné ce surnom avaient vu juste, elle était bien une sorcière. Il y avait aussi une certaine ironie à se dire qu'ils auraient très bien pu se croiser plus tôt et à de nombreuses reprises. Il n'aurait alors jamais soupçonné sa nature et elle non plus.

— Alors, tu acceptes de relever le défi ? lui demanda Ornella.

Il ignorait comment elle faisait pour agir comme si rien ne s'était passé plus tôt dans sa chambre. Lui en tout cas, en était incapable.

— Désolé ma belle, pas question que je me batte contre toi.

— Je suis certaine que tu as peur de ne pas faire le poids ! le provoqua-t-elle.

Envoyant tout bon sens aux orties pour quelques minutes, Ailean la rejoignit à grands pas. Il n'aimait pas se sentir acculé de la sorte. Il était habitué à être le chasseur, pas la proie. Or, c'était la sensation qu'elle lui donnait à cet instant.

Une joie perverse s'empara de lui, lorsqu'il la vit déglutir face à son approche. Jouant dangereusement avec sa ligne rouge, il se pencha vers elle et murmura en retirant ses gants :

— Non, j'ai simplement peur de ne pas pouvoir me retenir de te sauter dessus pour continuer ce que l'on a commencé tout à l'heure.

Le bruit que firent les gants en tombant au sol, fut assourdissant dans le silence pesant qui avait soudain envahi la pièce.

Ailean était à deux doigts de refaire une bêtise. Il quitta donc la salle de sport sans demander son reste, à nouveau bon pour une bonne douche froide.

Maudite sorcière !

Chapitre 35

Cette situation est complètement ridicule, pensa Ornella en jetant à côté d'elle le livre emprunté un peu plus tôt dans la bibliothèque.

Toute la journée, ils s'étaient évités comme la peste. Depuis sa visite dans la salle de sport, ils s'étaient à peine croisés. Ils avaient mangé chacun de leur côté et tout ceci commençait à devenir franchement grotesque. Ils étaient des adultes, pas des adolescents de quinze ans !

Ils ne pourraient pas s'éviter éternellement. De toute façon, elle devait absolument le voir pour lui demander combien de temps il comptait la garder ici. En dehors des mages et des vampires, elle avait une vie qu'elle ne pouvait tout simplement pas envoyer balader du jour au lendemain.

Comme elle doutait de pouvoir être au travail le

lendemain matin, elle avait essayé d'appeler Sue un peu plus tôt pour la prévenir, mais elle ne captait rien ici. De toute façon, elle n'était plus aux États-Unis, donc son forfait ne fonctionnerait pas. Sur le coup, elle avait été à deux doigts d'aller trouver Ailean pour lui demander de l'aide, mais sa menace résonnait encore dans sa tête.

— *Non, j'ai simplement peur de ne pas pouvoir me retenir de te sauter dessus pour continuer ce que l'on a commencé tout à l'heure.*

Enfin, menace ou promesse, elle n'avait pas encore arrêté son avis à ce sujet. Lorsqu'il s'était avancé vers elle, tel un prédateur affamé, la fixant avec une intensité troublante, il avait tout l'air de vouloir l'effrayer. Cependant, ce n'était pas ainsi qu'elle avait vécu la scène. Certes, son pouls s'était emballé mais d'excitation, pas de peur.

À ses yeux, les actes avaient plus de valeur que les paroles. Ailean avait beau dire qu'il était un danger pour elle et prendre des airs menaçants, les faits étaient là. Il avait pris soin d'elle quand elle s'était évanouie, ne profitant pas de la situation. Il avait semblé clairement troublé quand elle avait débarqué en tenue légère dans la cuisine, pourtant il n'avait pas eu de geste déplacé. Elle s'était coupée juste sous son nez, pourtant il avait réussi à sortir dc la maison sans se jeter sur elle comme un animal enragé, alors que son précieux sang embaumait l'air. Il était venu la réconforter, lorsqu'elle avait fait cet horrible cauchemar. Il avait attendu qu'elle lui donne l'autorisation pour l'embrasser. Et, quand la situation avait été sur le point de déraper, il s'était sauvé comme un voleur.

D'ailleurs, sur ce dernier point, elle lui en voulait. Il l'avait laissée dans un état de frustration qu'elle n'avait pas apprécié. Elle avait rongé son frein durant presque deux heures avant de partir à sa recherche. Elle ignorait ce qu'elle comptait faire exactement, mais elle n'en pouvait plus de cette tension qui ne quittait pas son corps. Elle s'était donc laissé guider par des bruits lui semblant familiers, jusqu'à parvenir dans la salle de sport. Durant quelques secondes, elle était restée figée devant le spectacle qu'il offrait.

Au Jackson's club, elle avait vu son lot de boxeurs s'entraînant sur un sac de frappe, mais aucun n'était aussi attrayant qu'Ailean. Son tee-shirt trempé de sueur moulait scandaleusement son corps, mettant en valeur ses muscles bandés. Son air de tueur implacable était sexy à souhait.

Avec un temps de retard, elle s'était dit qu'échanger quelques coups avec lui n'était peut-être pas une si mauvaise idée. Ce serait un moyen comme un autre d'évacuer la pression. Seulement, il avait décidé de jouer les preux chevaliers en refusant de combattre contre elle, non seulement parce que c'était contraire à ses principes, mais également à cause de cette fameuse menace :

— Non, j'ai simplement peur de ne pas pouvoir me retenir de te sauter dessus pour continuer ce que l'on a commencé tout à l'heure.

Encore une fois, il avait fait preuve d'une maîtrise royale.

Alors non, il avait beau passer son temps à jouer les prédateurs, Ornella était maintenant convaincue qu'il ne lui ferait pas le moindre mal.

Le bruit de la douche la tira de ses pensées pour la plonger dans d'autres encore plus troublantes. C'était au moins la quatrième qu'il prenait depuis le début de la journée. Jusqu'à maintenant, elle ignorait que les vampires étaient autant pointilleux sur l'hygiène. Enfin, à ce niveau, cela relevait plutôt d'un TOC !

Malgré elle, elle imagina la scène qu'il devait offrir à cet instant. Elle l'avait déjà vu et touché alors qu'il était torse nu. Elle l'avait également observé dans la salle de sport. Ailean était vraiment un très bel homme. Elle ignorait son âge, mais il était en pleine force de l'âge. Et son physique ne la laissait clairement pas indifférente.

Les mages avaient une longévité deux à trois fois plus élevée que celle des humains. Si ses renseignements étaient exacts, celle des vampires était décuplée. Aussi bien, il pouvait avoisiner les 500 ans !

La veille, ne lui avait-il pas parlé d'une certaine Jeanne d'Arc ? Une Française du 15e siècle.

Était-il vivant à cette époque ? S'était-il déjà lancé à une chasse à la sorcière, en ayant moins de chance qu'avec elle ?

Machinalement, elle joua avec la manche du pull qu'elle portait, ce qui l'amena à dévier vers une nouvelle réflexion.

Après leur baiser semi-avorté, elle avait essayé en vain de se rendormir. Quand elle avait compris qu'elle n'y parviendrait pas, elle avait fini par tirer un trait sur la fin de sa nuit. De toute façon, il était cinq heures du matin, soit seulement une heure plus tôt que l'heure à laquelle elle avait l'habitude de se lever.

Elle avait donc allumé sa lampe de chevet et détaillé la chambre qu'on lui avait allouée. La veille, elle avait été trop bouleversée par la scène de la coupure pour y prêter une réelle attention, mais elle avait des circonstances atténuantes. Comme dans la chambre d'Ailean, il y avait un grand dressing.

Soudain curieuse, elle l'avait ouvert. Ce qu'elle y avait découvert l'avait à la fois ravie et fait grincer des dents. Il était plein à craquer de vêtements superbes. Ornella aurait pu tuer pour avoir une telle garde-robe. Malheureusement, même en économisant toute une année de salaire, elle aurait été incapable d'en acheter un quart de la moitié. Mais ce n'était pas ce détail qui l'avait agacée. Non, c'était de se dire qu'elle n'était pas la première femme qu'Ailean amenait ici et qu'il avait pris la peine d'acheter ces tenues pour l'occupante des lieux.

Était-il marié ? Amenait-il ses maîtresses ici ? Pourquoi leur fournir une chambre à part ? C'était pour le moins étrange.

Autrement dit, elle avait eu sa première crise de jalousie de sa vie. C'était à la suite de ce constat qu'elle était partie à sa recherche – avec la fin que l'on connaissait – ce qui la ramena à sa réflexion initiale : toute cette situation était totalement ridicule.

Soudain, la porte d'entrée s'ouvrit à la volée, la faisant sursauter. Un type blond, presque aussi grand qu'Ailean fit son entrée comme un conquérant. Ornella se leva d'un bond du canapé sur lequel elle était assise.

L'inconnu porta aussitôt son attention sur elle et

lança avec un sourire carnassier :

— Coucou, petite sorcière.

Il fit ensuite un pas vers elle, mais n'alla pas bien loin car elle lâcha enfin la bride à son pouvoir qui n'attendait qu'une occasion depuis presque quarante-huit heures.

— *STOP vampire !*

Elle n'eut pas l'occasion d'aller plus loin, car Ailean débarqua comme un taureau enragé et, surtout nu comme un vers, pour se jeter sur le visiteur indésirable.

Chapitre 36

Maudite sorcière, pesta Ailean pour la millième fois, alors que les premières gouttes d'eau glacée venaient rouler sur son corps brûlant.

Toute la journée, il avait été en proie à un désir violent. Pour calmer ses ardeurs, il avait eu recours à de trop nombreuses reprises à la bonne vieille méthode de la douche froide. Malheureusement, elle ne fonctionnait guère longtemps. Il suffisait qu'il pense à Ornella plus de cinq minutes pour que ses efforts tombent à l'eau.

Depuis qu'il avait commis l'erreur irréparable de goûter ses lèvres sucrées, il en voulait plus, tellement plus. Mais il ne pouvait rien avoir, car c'était trop dangereux. Pour elle, comme pour lui. En fait, surtout pour lui. Après tout, il ne pouvait pas la tuer – même s'il n'en avait pas du tout l'intention – donc Ornella ne craignait pas grand-chose, si ce n'était un orgasme magistral.

Stop, ne va pas dans cette direction, Ailean.

En effet, imaginer Ornella en pleine extase n'était pas la meilleure des idées pour calmer son érection naissante. En revanche, penser aux conséquences que pourrait avoir son sang sur lui l'était. Enfin, dans une certaine mesure. Seule la partie concernant l'*Amor Fati* le refroidissait.

Cette idée, qui lui semblait au début complètement rocambolesque, devenait de plus en plus pertinente. Cette attraction qu'il ressentait pour elle n'était pas normale, impossible. Et il doutait que ses pouvoirs y soient pour quelque chose. Non, il en était maintenant sûr à 95%, elle était son *Amor Fati* et lui était dans une merde sans nom.

Ils n'allaient pas pouvoir cohabiter ainsi pendant plusieurs jours, sans que les choses ne dérapent et ne virent à la catastrophe. Il ne pouvait pas se voiler la face plus longtemps, il devait aller se nourrir, sous peine de faire un truc très stupide, comme boire à sa veine et se retrouver lié à elle pour toujours. Autrement dit, il allait devoir demander l'aide de ses généraux – car il était bien évidemment inenvisageable de laisser Ornella sans surveillance ni protection.

Tu crois vraiment qu'elle est incapable de se défendre toute seule ? souffla une voix mesquine en lui.

Il devait bien reconnaître qu'elle pourrait certainement le faire. Après tout, ses pouvoirs semblaient puissants. Cependant, l'idée de la laisser seule le répugnait encore plus que celle de la confier à ses hommes.

N'oublie pas ses talents de combattante !

En effet, si elle était bien la sorcière de Jackson, alors elle devait être assez redoutable.

Il n'en revenait d'ailleurs toujours pas que ce soit elle. Mais pour quelle raison lui aurait-elle menti ?

Cependant, malgré tous les talents qu'elle semblait détenir, il y avait une chose contre laquelle elle ne pouvait lutter : elle était haute comme trois pommes et légère comme une plume. Comment pourrait-elle affronter avec succès une bande de vampires ou une bande de mages ? Elle avait eu affaire à cinq humains et il n'y avait qu'à voir comment cela s'était terminé !

Par leur mort !

Peut-être, mais elle porte les stigmates de ce combat sur son visage !

Pfff, trois fois rien.

Tout ceci n'avait aucune importance, sa décision était prise. Il allait demander à un de ses hommes de venir, le temps qu'il parte en chasse. Ce n'était que l'histoire d'une heure tout au plus. La question était de savoir lequel. Il élimina d'emblée Almadeo et Rosario. Ils étaient bien trop coureurs pour convenir au poste.

On redoute la concurrence ? demanda sournoisement cette petite voix qui semblait déterminée à le contredire sur tout.

Il l'ignora et continua de balayer les différentes possibilités. Son choix se porterait certainement sur

Livio ou sur Darius. Il se donnait encore la soirée pour y réfléchir. Ensuite, il appellerait l'heureux élu pour lui confier le plus précieux des trésors.

Ces réflexions, combinées à la douche froide, lui permirent de retrouver une maîtrise acceptable sur ses émotions. Il coupa l'eau et s'apprêta à sortir de la douche.

Il se séchait, lorsqu'il fut balayé par une vague de pouvoir.

Sans chercher à comprendre le pourquoi du comment, il sortit en trombe de la salle de bain pour se rendre dans le salon. Si Ornella utilisait ses pouvoirs, c'était qu'elle était face à un danger. Or celui-ci, quel qu'il soit, allait apprendre à ses dépens qu'on ne touchait pas à *sa Nefasta* sans en payer les conséquences.

Il ne prit pas le temps d'analyser la scène qu'il avait sous les yeux. Il ignorait pourquoi Almadeo était là, ni ce qu'il avait fait exactement. La seule chose qui importait à cet instant, était que son comportement avait amené Ornella à utiliser ses pouvoirs. Pour le moment, il était incapable de voir au-delà de ce détail.

Entraînant son général dans son élan, Ailean l'attrapa par le cou et le traîna jusqu'à venir le plaquer contre le mur le plus proche de sa trajectoire.

Trop surpris pour réagir, Almadeo ne fit rien pour aller contre le mouvement et c'était tant mieux pour lui. Dans le cas contraire, Ailean aurait bien été capable de lui arracher le foie.

Son nez à moins de cinq centimètres de celui du vampire, Ailean gronda :

— Tu ne l'approches pas.

Se sentant sur le fil du rasoir, Almadeo leva les mains en signe de non-agression et répondit :

Tout doux, ton Altesse. Je ne vais pas toucher à ta petite *Nefasta,* ne t'inquiète pas. Elle ne m'intéresse pas et je ne lui ai rien fait. Pas vrai, ma jolie ? lança-t-il en faisant à un clin d'œil en direction d'Ornella.

Si son intention était de détendre l'atmosphère, c'était raté. Almadeo venait au contraire d'enrager un peu plus la bête en lui.

Ailean le secoua une nouvelle fois vigoureusement, faisant claquer la tête du vampire contre le mur.

— Tu ne la regardes pas !!

Il vit passer un éclair de surprise dans le regard de son général. Soudain, Ailean prit conscience qu'il était en train de déconner à plein tube.

Au même moment, il entendit quelqu'un applaudir au niveau de la porte d'entrée. Il lâcha Almadeo et se tourna légèrement pour voir qui était le deuxième suicidaire à oser s'aventurer ici. C'était Livio.

Ne craignant visiblement pas de subir à son tour le même sort, ce dernier commenta :

— Quel magnifique spectacle de bête enragée tu viens de nous fournir, dis-donc, ton Altesse.

— C'est clair, je ne savais pas que tu étais du genre grognon après avoir bais...

Almadeo n'eut pas l'occasion de finir sa phrase qu'il se retrouva à nouveau placardé contre le mur avec une telle violence que le mur s'effrita légèrement.

— Pas un mot de plus ou je t'arrache la tête ! Compris ?!

Un jour, son général dirait la parole de trop qui lui coûterait sa peau. Il fallait vraiment qu'il apprenne à réfléchir avant de parler et surtout à évaluer une situation. Provoquer Ailean alors qu'il semblait visiblement hors de lui était tout sauf une bonne idée.

Ailean attendit un signe d'Almadeo prouvant qu'il avait bien compris qu'il devait arrêter ses conneries immédiatement. Quand il l'obtint, il se décala pour remettre une distance raisonnable entre eux.

Soudain une voix douce et féminine demanda :

— Ton Altesse ???

Visiblement, l'heure des révélations venaient de sonner. Son petit secret venait d'être éventé par ces deux idiots qui fixaient Ornella comme la huitième merveille du Monde. En retour, il grogna.

Ils eurent le bon sens de détourner le regard.

Chapitre 37

— Alors ? insista Ornella.

— Alors quoi ? grogna Ailean.

N'appréciant pas du tout la façon dont il s'adressait à elle, Ornella lui dit :

— Je te préviens tout de suite, tu vas baisser d'un ton avec moi, *ton Altesse* !

Si les autres acceptaient de se faire malmener par lui, c'était leur problème, mais elle ne comptait pas se laisser faire.

Un ricanement retentit dans la pièce, mais Ornella garda son attention fixée sur Ailean. Enfin, jusqu'à ce qu'elle se rappelle qu'il était entièrement nu.

— Et va t'habiller, par pitié !

Cette fois, un des deux intrus se mit à pouffer, pendant que l'autre toussait dans sa main pour étouffer son rire. Ornella tourna les yeux dans leur direction et lança d'un ton hargneux :

— Vous trouvez ça drôle ?

Afin de faire son petit effet, elle lâcha quelques instants la bride à sa bête intérieure qui fulminait d'avoir été coupée en plein élan quelques minutes plus tôt.

Elle eut la réaction escomptée, tous les deux retrouvèrent aussitôt leurs mines sérieuses. Celui qui avait été malmené par Ailean lui répondit :

— Non, m'dame.

À peu près aussi grand qu'Ailean, il avait le profil parfait pour être acteur. Blond aux yeux bleus, il possédait un charme indéniable. Au coin de ses paupières, de petites rides de joie avaient commencé à marquer sa peau, preuve que c'était un joyeux luron. Après la façon dont il venait de se faire secouer et sa réaction – c'est-à-dire continuer à faire des blagues à l'humour douteux – sa nature joviale n'était plus à prouver.

Le deuxième intrus, a priori plus modéré, se contenta de secouer la tête. D'une taille comparable aux deux autres, il était brun aux yeux dorés. Comme Ailean, il portait une barbe de trois jours qui ombrait ses joues. Il semblait plutôt de nature observatrice et réservée.

Elle était entourée de trois vampires géants, un véritable cauchemar sur le papier pour une *Nefasta*. Pourtant, la réalité était diamétralement opposée. Elle ne sentait pas la moindre trace d'animosité envers elle.

Simplement de la curiosité venant des deux visiteurs qui semblaient a priori assez proches d'Ailean. Quant à ce dernier, la vapeur lui sortait presque des oreilles, mais elle n'était pas dans son collimateur – et elle n'allait pas s'en plaindre.

Après la façon dont il avait brutalisé le blond, elle aurait pu se sentir en danger, mais ce n'était pas le cas. Elle avait la conviction qu'il aurait fait bien pire si ces deux-là avaient été animés de mauvaises attentions. Ce qu'il avait fait ressemblait plus à une remise en place brutale et virile.

Voyant qu'il hésitait à la laisser seule avec les deux autres, elle s'énerva :

— Ailean, va enfiler un pantalon. Tu es ridicule à te balader ainsi à poil !

— Tu me trouves ridicule ?! s'indigna-t-il.

Plutôt que de lui répondre, elle se contenta d'un petit geste de la main pour lui faire comprendre qu'il devait déguerpir hors de sa vue.

En réalité, elle ne le trouvait pas ridicule pour deux sous. Il était plutôt à tomber. Elle ne pouvait nier que la vision qu'il offrait, avait un effet dévastateur sur elle. Mais elle n'allait certainement pas lui avouer ça. Et encore moins en présence de ces deux étrangers. Elle préférait donc jouer les femmes outrées, plutôt que de lui laisser deviner ses véritables pensées peu honorables. N'en déplaise à son corps, elle avait encore assez d'amour-propre pour ne pas agir de la sorte.

Malheureusement, au lieu de tourner les talons comme elle l'escomptait, Ailean s'approcha d'elle en la fixant avec une intensité qui l'aurait déjà mise mal à l'aise s'ils avaient été seuls et lui habillé. Il la dévorait du regard comme s'il comptait la dévorer, elle. Il avait eu, peu ou prou, la même expression la veille, quand elle avait débarqué dans la cuisine, habillée de son tee-shirt et son caleçon ; ou juste avant de l'embrasser, cette nuit dans sa chambre.

En écho, une boule prit naissance en elle et amplifia à mesure qu'il approchait. Sa bouche s'asséna et son pouls s'emballa. Ses mains devinrent moites. Elles lui réclamaient de venir se poser à nouveau sur ce corps sculptural pour en dessiner le contour parfait.

Ailean vint se poster à moins de cinquante centimètres d'elle et souffla tout près de son visage — trop près pour que son petit cœur parvienne à garder une cadence normale :

— Moi, je pense plutôt que tu me trouves excitant, pas ridicule.

Il prit ensuite une grande inspiration, comme s'il humait l'air, avant d'ajouter :

— Oh oui, ma belle, ronronna-t-il, ton odeur est bien celle d'une femme excitée.

Outrée qu'il ait osé dire une chose pareille, son excitation se fit balayer par une énorme vague de colère qui enfla en elle. En parallèle, sa bête gronda, n'appréciant pas le peu d'égards dont il faisait preuve envers elle.

— Dégage ! gronda-t-elle.

Elle sentit son pouvoir crépiter autour d'elle, preuve

que ses prunelles devaient être en feu.

Comme de fait, elle entendit le blond s'exclamer :

— T'as vu ça, Livio ? C'est trop cool, chaque fois qu'elle s'énerve, elle a des yeux-laser, comme Superman. Ton Altesse, tu devrais reculer avant qu'elle ne réduise en cendre tes bijoux de famille.

— Ta gueule, A., grogna Ailean.

Il accompagna son ordre d'un regard meurtrier en direction du vampire qui ne sembla pas ému le moins du monde, puisqu'il continua sur sa lancée :

— Dis, je suis curieux, est-ce qu'elle fait pareil quand elle jou…

Il n'eut pas l'occasion de finir sa phrase. Cette fois, Ailean n'eut rien à voir avec le silence soudain et bienvenu du blond. Ce fut elle qui l'empêcha de sortir sa remarque scandaleuse.

Elle était tellement en colère, qu'elle n'eut qu'à penser très fort : « Tais-toi », pour que l'effet soit immédiat.

Ailean et celui qui devait s'appeler Livio la regardèrent quelques instants avec des yeux ronds. Quant au fameux A. (drôle de prénom au passage), sa tête aurait mérité une photo. Dommage qu'elle n'ait pas un appareil sous la main pour immortaliser l'instant.

— Ailean, es-tu sûr que c'est une sorcière ? se moqua gentiment Livio. Moi, je penche plutôt pour une déesse. Elle vient de réaliser un véritable miracle : faire taire Almadeo.

Ainsi donc, A. était le diminutif pour Almadeo.

Ailean secoua la tête, sans qu'elle ne sache comment interpréter son geste. Il s'éloigna ensuite d'elle, lui permettant de respirer à nouveau normalement. Puis, il leur tourna le dos, en déclarant sous forme de menace à l'intention des deux vampires :

— Aucun de vous ne lui parle, ne la touche ou ne la regarde.

Scandalisée, Ornella lui répondit :

— Hé, Cro Magnon, je ne suis pas ton poteau attitré sur lequel tu urines pour marquer ton territoire, OK ?

Ailean se retourna, la fixa avec intensité et rétorqua :

— Non, tu es bien plus que ça.

Il disparut ensuite dans sa chambre sur ces paroles mystérieuses.

Chapitre 38

— Qu'est-ce qui lui arrive ? lâcha Almadeo, en brisant le silence qui suivit la disparition d'Ailean dans sa chambre.

— Eh, trop cool, j'ai retrouvé ma voix ! s'exclama-t-il ensuite, surpris de voir qu'il n'était plus forcé au silence par Ornella.

Cependant, cette dernière lui fit remarquer :

— Si tu tiens à la conserver, je te conseille de tourner plusieurs fois ta langue dans ta bouche avant de parler.

— Pourquoi tout le monde me dit ça ? se plaignit le géant blond avec une moue d'enfant vexé.

Il devait avoir conscience de son charme et en jouait pour s'éviter quelques corrections. Et le pire, c'est que cela fonctionnait sur elle ! Elle n'arrivait pas à lui en vouloir, alors que la remarque qui lui avait valu ce sort, l'avait vraiment mise en rogne.

De son côté, Almadeo ne semblait pas lui tenir rigueur d'avoir été, non pas une mais deux fois, victime de sa magie, en moins de cinq minutes.

— Moi, ce que j'aimerais savoir, surenchérit Livio, c'est pourquoi tu n'écoutes pas ce conseil avisé. Tu vas finir par t'attirer de graves ennuis. D'ailleurs, tu viens de passer à deux doigts de te faire arracher la tête par Ailean.

— Pfff, tu exagères toujours les faits pour jouer les intéressants devant les dames, rétorqua Almadeo.

Avant qu'ils ne se lancent tous les deux dans une joute verbale, Ornella répéta sa question initiale :

— Pourquoi appelez-vous Ailean, « Ton Altesse » ?

Elle était persuadée que ce détail avait son importance.

— Parce que c'est notre roi, lui répondit Almadeo, le plus naturellement du monde. Normalement, nous sommes censés dire « Votre Altesse », mais c'est tellement pompeux que nous préférons utiliser « Ton ».

— Comment ça, votre roi ?

Elle agrippa plus fort le dossier du canapé contre lequel elle était adossée.

— Comme les mages, les vampires sont dirigés par un roi, lui expliqua Livio.

— Oui, ça je le sais.

Après une pause, elle ajouta :

— Vous voulez dire qu'Ailean est LE roi de tous les vampires ? Votre dirigeant ?

— Oui.

D'une toute petite voix, elle commenta :

— Je l'ignorais.

Sa réaction était stupide, mais elle se sentait trahie qu'Ailean lui ait caché un détail aussi important le concernant. Il avait largement eu l'occasion de le faire, mais il avait préféré taire cette information.

— Il est très rare qu'Ailean se présente par son titre, fit remarquer Livio. Il n'est donc guère étonnant qu'il ne l'ait pas fait avec vous. Au fait, nous manquons à la politesse la plus élémentaire, *Nefasta*, s'excusa-t-il. Nous ne nous sommes même pas présentés dans les règles.

La façon dont il prononça le mot *Nefasta* ne lui donna pas l'impression qu'il l'insultait. Au contraire, le respect s'entendait dans sa voix. Maintenant qu'elle y pensait, depuis leur rencontre, Ailean non plus ne l'avait jamais traitée comme une pestiférée. On était loin de la mine dégoûtée qu'avaient eue les mages (y compris son père), le soir de son bannissement !

Des trois vampires présents dans cette maison, Livio semblait le plus civilisé et celui maîtrisant le mieux ses émotions. Almadeo semblait plus enclin à sortir tout ce qui lui passait par la tête. Quant à Ailean, il venait de prouver qu'il se laissait guider par ses instincts.

Touchée par sa remarque, Ornella lui répondit :

— Ne vous en faites pas, je comprends. La situation est loin d'être banale. Comme accueil, on fait mieux, j'en conviens.

Entre son attaque à elle et la façon dont Ailean avait pris la relève, il n'y avait guère eu de temps mort propice aux présentations d'usage.

— C'est notre faute. Nous aurions dû prévenir Ailean de notre venue, au lieu de débarquer à l'improviste. Cependant, nous étions loin de nous douter qu'il allait réagir de façon aussi excessive.

— Ça c'est sûr, renchérit Almadeo. C'est la première fois que je le vois dans un tel état.

— Quoi qu'il en soit, reprit Livio, ne laissant pas l'occasion à Ornella de creuser le sujet, je m'appelle Livio. Et ce grand dadais, qui ne sait pas tenir sa langue, se prénomme Almadeo. Nous sommes des généraux de l'armée vampire et les amis d'Ailean.

— Enchantée, je m'appelle Ornella et je suis une *Nefasta*, mais je crois que vous le savez déjà.

— Le plaisir est partagé. Je vous prie de nous excuser pour nos manières déplorables. En temps normal, nous savons nous comporter comme des êtres civilisés, fit remarquer Livio. Enfin, surtout moi. Pour les deux autres, c'est plus discutable.

— Crâneur ! Tu feras moins le malin, quand Ailean sera de retour et qu'il va te secouer à ton tour comme un prunier pour avoir désobéi à l'un de ses ordres.

Leur façon de se comporter avec elle était très étrange. Ils agissaient comme si elle était une fille comme les autres et non une sorcière maudite. Ne convoitaient-ils pas son sang ? Redoutaient-ils de se mettre entre Ailean et elle ? N'avaient-ils pas envisagé la possibilité de se partager le butin avec leur roi ?

— N'avez-vous pas tous les deux désobéis ? lança la voix grave d'Ailean.

Son entrée fut moins théâtrale que la première fois. Malgré tout, elle ne put s'empêcher de le détailler de la tête aux pieds pour admirer le spectacle qu'il offrait.

Livio et Almadeo étaient de beaux spécimens mâles, mais à ses yeux, ils faisaient pâles figures. Ailean avait une façon de se déplacer qui en imposait. Maintenant qu'elle connaissait son rang, elle se traita d'idiote de ne pas y avoir pensé toute seule. Il suffisait de le regarder marcher et agir cinq minutes pour remarquer son port altier et fier. Il se comportait littéralement comme le maître des lieux.

Elle essaya de ne pas s'attarder trop longtemps sur le galbe parfait de ses cuisses musclées et moulées par son pantalon en cuir. Surtout, elle fit de gros efforts pour ne pas imaginer ce qu'il pouvait porter dessous. N'avait-elle pas fait chou blanc, lorsqu'elle avait cherché des sous-vêtements dans son placard, la veille ? Le seul caleçon qu'elle avait trouvé traînait encore dans sa propre salle de bain.

Une part sensuelle qu'elle ignorait posséder télescopa ce qu'elle avait sous les yeux avec l'image de lui un peu plus tôt, nu comme un vers et se dressant fièrement devant elle en affirmant qu'il l'excitait.

Soudain, Ailean lui lança un sourire éblouissant, plein d'une assurance toute masculine. Elle se souvint alors, avec un temps de retard, que les vampires étaient capables de sentir le pouls des autres êtres vivants. L'accélération du sien, suite à l'apparition du roi des vampires, n'avait donc pas dû échapper à Ailean et aux deux autres.

Vexée, elle fit une tentative pour le rendre indétectable. En voyant le froncement de sourcils d'Ailean, elle ne put se retenir de lui retourner à son tour un sourire narquois. Le sort avait marché.

Son regard vampirique s'assombrit. Visiblement, il n'appréciait pas qu'elle l'ait privé de cet avantage sur lui, mais eut la sagesse de garder son mécontentement pour lui. Il reporta ensuite son attention sur les deux généraux et se vengea sur eux en leur aboyant dessus.

Chapitre 39

Maudite sorcière ! fulmina Ailean en se changeant.

Il allait finir par se faire tatouer ce mantra sur la peau. En vingt-quatre heures, il ne comptait plus le nombre de fois où il avait pensé cette expression.

Ornella lui mettait vraiment la tête à l'envers. Une heure plus tôt, il ne pensait pas qu'elle pourrait mettre un plus grand bazar dans sa vie qu'elle n'était déjà en train de le faire. Mais c'était avant que ses généraux ne débarquent.

Il comprenait désormais à quel point il s'était fourvoyé sur son jugement. Il avait une confiance aveugle en ses hommes et pourtant il avait failli leur arracher la tête pour avoir osé poser les yeux sur elle. Comment allait-il pouvoir brider ses instincts de mâle protecteur ? Il ne pouvait pas se permettre de sauter sur le premier venu qui la regarderait. Il passerait pour un faible incapable de se maîtriser, ce qui était tout bonnement inacceptable.

Il n'avait pas le choix : il devait composer avec ce nouvel aspect de sa personnalité qu'il venait de découvrir. Et sans tarder, sinon le prix à payer allait être élevé.

Il pensa aux options qui s'offraient à lui en s'habillant en quatrième vitesse. Il ne voulait pas laisser Almadeo et Livio trop longtemps seuls en compagnie d'Ornella, même si cette dernière avait prouvé ces dernières minutes qu'elle était tout à fait apte à se défendre et qu'il la savait en sécurité avec eux. Au demeurant, il savait que ses généraux ne lui feraient pas le moindre mal. Tout comme lui, ils réprouvaient les violences faites aux femmes. Mais la part illogique de son cerveau n'avait que faire de ces arguments.

Dès qu'il fut prêt, il les rejoignit au salon. Durant son absence, il n'avait pu s'empêcher de laisser traîner une oreille. Certes, il était malpoli d'écouter aux portes, mais qu'y pouvait-il si les vampires étaient dotés d'une ouïe très développée ? Il savait donc qu'Ornella était désormais au courant de son statut. Il espérait vraiment que cela ne changerait rien à ses yeux. Il détestait être vu comme un roi. Il était avant tout un homme – enfin un vampire. C'était en partie pour cette raison qu'il ne lui avait rien dit.

Dès qu'il sortit de la chambre, ses yeux vinrent aussitôt se poser sur sa petite *Nefasta*. Impossible de le nier plus longtemps, il était devenu accro à elle.

Dans son champ de vision, il aperçut le regard

inquisiteur de ses deux généraux, mais il n'y prêta pas vraiment attention. Il préféra la détailler, afin de s'assurer qu'elle allait bien. Elle le fixa en retour et il ne put manquer la lueur qui s'alluma dans ses prunelles.

Ils pouvaient jouer à l'autruche autant qu'ils le voudraient, l'attirance entre eux était indéniable. Quelque chose d'électrique. Pour sa part, il lui suffisait de repenser à l'odeur de son excitation cinq minutes plus tôt, lorsqu'il avait envahi son espace vital, pour que la sienne prenne de l'ampleur.

Les battements effrénés du cœur d'Ornella, depuis son apparition, furent la plus douce des mélodies à ses oreilles. À l'idée qu'il ait un tel effet sur elle, alors qu'il avait fait si peu, un sourire vint fleurir sur ses lèvres. Son côté animal se réjouit également que ses généraux soient témoins de ce phénomène. Ils devaient comprendre qu'*il* était la cause de son émoi, pas eux.

Soudain, les yeux d'Ornella s'embrasèrent de colère et le son disparut en un claquement de doigt. S'il ne l'avait pas eue en face de lui, Ailean aurait pu penser qu'elle était morte ou qu'elle n'était plus là. En l'occurrence, au sourire diabolique qu'elle lui lança, il comprit qu'elle venait d'user de magie pour les empêcher d'entendre son cœur. Il n'apprécia pas vraiment ce tour de passe-passe. Il aimait pouvoir écouter ses réactions. Cependant, il ne gagnerait rien à l'affronter maintenant. Il risquait, au contraire, de la braquer. Il porta donc son attention sur Livio et Almadeo, et déclara :

— Vous avez intérêt à avoir une très bonne raison d'être là, vous deux.

Dans le cas contraire, ils allaient passer un sale quart d'heure.

Jetant un coup d'œil discret à Ornella, Livio lui répondit :

— En fait, ton Altesse, nous devions te voir pour te parler de choses importantes.

L'appellation le mit un peu plus en colère. Il leur en voulait d'avoir éventé son secret. Il aimait bien l'idée d'être seulement *Ailean* aux yeux d'Ornella et non le roi des vampires. Enfin, il était trop tard pour les regrets, inutile de revenir sur le sujet. De toute façon, il aurait été naïf de sa part de croire qu'il aurait pu lui cacher ce pan de sa vie indéfiniment.

— Très bien, allons dans mon bureau, grogna-t-il. Nous pourrons en discuter.

— Quoi !? s'exclama Ornella d'un air outré. Tu crois vraiment que je vais attendre bien sagement dans mon coin, pendant que vous parlez de moi ? Tu ne veux pas non plus que j'aille passer l'aspirateur et faire la vaisselle pendant ce temps, Ton Altesse ?!

L'entendre le nommer ainsi le fit grincer des dents. Sans oublier le manque total de respect dans sa voix. Même maintenant, alors qu'elle connaissait son statut, elle n'en avait que faire. Elle lui tenait tête comme aucune femme avant elle, exceptée sa sœur. Et pourtant, il aima qu'elle se rebelle ainsi contre lui. Elle était tellement belle lorsqu'elle laissait la colère s'emparer d'elle.

Almadeo commença à rire de sa remarque. Quand elle le fixa avec un regard noir étincelant, il perdit aussitôt son air moqueur et lança :

— Hum, désolé, je pensais à une blague que j'ai entendue ce matin. Rien à voir avec la façon dont tu viens de le rabrouer.

Ailean n'apprécia pas du tout la familiarité avec laquelle son général s'adressait à elle. Il ne la connaissait que depuis à peine un quart d'heure ! Mais il prit sur lui pour ne rien laisser paraître. Il ne voulait pas montrer à quel point la maîtrise de ses émotions était en train de lui échapper. Et puis, se comporter de la sorte était dans la nature d'Almadeo.

À la place, Ailean répondit un peu sèchement à Ornella :

— Tout ne tourne pas autour de toi, *Nefasta* !

Il regretta ses paroles aussitôt prononcées. Depuis le début de leur rencontre, il ne l'avait encore jamais appelée ainsi. Il faisait preuve de méchanceté gratuite, ce qui ne lui ressemblait pas. Lorsqu'il vit, à son magnifique regard, qu'il venait de la blesser, il sentit minable.

Cependant, sa fierté l'empêchait de s'excuser auprès d'elle. Il apprécia donc que Livio enchaîne, même si ce fut pour commenter, après s'être raclé la gorge :

— En l'occurrence, ce dont nous devons te parler la concerne directement.

— Très bien, alors parle, ordonna-t-il.

Ne se formalisant pas de ses manières rudes, Livio expliqua :

— Nous venions t'informer de deux choses. La

première est en lien avec les cinq hommes trouvés morts, il y a deux nuits.

Dans son champ de vision, Ailean aperçut la raideur soudaine dans les épaules d'Ornella. Il fit signe à Livio de continuer, redoutant son annonce.

— J'ignore comment les mages ont découvert cette histoire, mais ils n'ont pas tardé à comprendre qu'Ornella était impliquée. Ils se sont donc débrouillés pour mettre les flics sur sa piste.

— Comment sais-tu que c'est un coup de leur part ?

— J'ai intercepté un appel téléphonique.

— Les salauds ! s'exclama Ailean. Et ?

— Les autorités locales ont fait une perquisition chez elle et ont réalisé des prélèvements ADN. Le résultat des analyses a montré une correspondance avec ceux trouvés sous les ongles de certains de ces minables. Elle est maintenant activement recherchée par la police.

Ailean se mit à jurer à voix basse, tandis qu'Ornella lâchait un pauvre : « Seigneur », avant de se laisser tomber sur le canapé, sonnée par cette annonce.

Chapitre 40

Ce n'est pas possible, c'est un véritable cauchemar ! pensa Ornella.

Les mages avaient osé mettre la police sur ses traces ! Malgré le risque que représentait le fait que les humains découvrent sa véritable nature, ils n'avaient pas hésité à avoir recours à cette méthode.

Elle se souvint alors de ce que lui avait raconté Ailean la veille : par le passé, les mages avaient fait appel aux humains pour se débarrasser du problème que représentait une *Nefasta*. Visiblement, ils avaient trouvé l'excuse idéale dans son cas et elle la leur avait offerte sur un plateau doré.

— Quelles sont nos marges de manœuvre ? demanda Ailean.

Malgré la vague de jurons lâchée quelques instants

plus tôt, elle lui envia son calme olympien. Comment faisait-il ? En même temps, c'était son sort à elle qui était en jeu, pas le sien, cela devait aider à relativiser.

— Je suis venu te voir aussitôt que j'ai su. Je voulais savoir comment tu voulais que l'on procède. Nous pouvons endiguer le problème, mais il faut s'en occuper sans tarder.

Qu'entendait-il par-là ? Livio suggérait-il d'assassiner tous les policiers impliqués dans l'enquête ou au courant des suspicions à son encontre ?

Son air horrifié dut la trahir, car Livio déclara :

— Rassurez-vous, nous n'allons pas les tuer, simplement retravailler un peu leur mémoire pour qu'ils oublient votre existence et qu'ils orientent leur enquête sur une autre piste. Au passage, chapeau-bas. J'ai eu accès au casier judiciaire de vos agresseurs, ils étaient loin d'être des enfants de cœur. Vous avez rendu un fier service à tout le monde en les faisant disparaître.

C'était le compliment le plus tordu qu'on lui ait jamais fait. Livio la félicitait d'avoir tué ces hommes !

— Pourquoi n'as-tu pas agi dès que tu as eu vent de cette histoire ? grogna Ailean, l'empêchant de s'attarder sur ce détail perturbant.

— Je voulais ton aval avant. L'appel que j'ai intercepté venait du téléphone de Gatien.

À la mention de ce nom, la bête en elle gronda. Livio parlait-il du même Gatien de son souvenir ? Le roi des mages ? Elle obtint la réponse à sa question, lorsqu'il continua son explication après lui avoir jeté un coup d'œil – tout comme Ailean et Almadeo.

— Cela me semble un peu gros de parvenir à récupérer ainsi les écoutes téléphoniques du roi des mages. D'autant que c'est le seul appel que j'ai pu obtenir, avec celui passé au Ritz pour confirmer sa réservation.

— Donc, tu penses que c'est un piège, conclut Ailean.

— À mon avis, il a sciemment fait en sorte qu'on l'intercepte. Je déteste Gatien, mais il est loin d'être stupide. Cela me semble trop gros. Je pense qu'il a fait ça pour voir si les vampires étaient bien sur les traces de la *Nefasta*. Si l'on court-circuite la Police, il en déduira que nous cherchons à la protéger et donc qu'elle est en notre possession.

Se rendant aussitôt compte que ses paroles étaient insultantes envers elle, il ajouta :

— Désolée, Ornella, je ne voulais pas …

— Ne vous inquiétez pas, le coupa-t-elle. Je comprends le sens de vos propos. Je ne vous en veux pas.

— Et la deuxième nouvelle ? demanda Ailean, mettant fin à leur échange de politesses. Pour quelle autre raison êtes-vous venus ici ? D'ailleurs, pourquoi es-tu là, A. ? Je ne t'avais pas assigné à la surveillance des mages ?

— Ils ne bougent pratiquement pas. Je m'ennuyais. Léandre et Rosario suffisaient amplement. On s'éclate bien plus ici ! De toute façon, je suis persuadé que les mages ont compris notre manœuvre. Un enfant de trois ans l'aurait fait.

— Qu'importe, un ordre est un ordre. En plus, cela nous permet de garder un œil sur eux.

Malgré elle, Ornella fut impressionnée par la façon dont Ailean prenait les choses en main. Il agissait en leader. Il y avait quelque chose de fascinant à les regarder discuter stratégie. Elle aurait même pu y prendre un certain plaisir, si sa vie n'avait pas été l'enjeu de toute cette mini-guerre.

— Nous en reparlerons. Et l'autre sujet alors ? demanda Ailean

— Marec se doute qu'Ornella est avec toi, lui répondit Livio.

Ornella ignorait qui était le Marec en question, mais à la façon dont Ailean réagit, elle douta que ce soit une personne qu'il affectionne particulièrement.

— Qu'est-ce qui te fait dire ça ?

— Il vient d'envoyer une requête aux *Veteres* pour qu'ils convoquent un *consilium*. Il t'accuse de cacher un détail primordial pour l'espèce. Je ne vois pas à quoi d'autre il pourrait penser que le fait que tu sois avec une *Nefasta*.

— Le rat ! s'insurgea Ailean.

Ornella n'avait aucune idée de qui étaient les *Veteres* ou ce qu'était un *consilium*, mais ce n'était, a priori, pas une bonne nouvelle.

— Qu'ont-ils répondu ?

— Ils ont accédé à sa requête. Le *consilium* est prévu pour ce soir. Ils m'ont envoyé te prévenir.

— Fais chier !

— Je sais, mais si tu leur demandais de décaler, cela ne ferait qu'abonder dans le sens de Marec. De toute façon, tu ne comptais pas vous cacher ici éternellement, n'est-ce pas ?

— Non, mais ce n'est pas pour autant que j'apprécie de me faire siffler comme un chien, par ces vieux rabougris. Cependant, tu as raison Livio. Même si j'en ai le pouvoir, ce serait une erreur de les envoyer balader. Tu n'as qu'à confirmer ma présence.

— Très bien. Et pour Marec ?

— Je vais m'arranger pour avoir une discussion entre quatre yeux avec lui. J'ai été trop indulgent jusqu'à présent. C'est terminé !

— Alléluia, s'exclama Almadeo. Depuis le temps qu'on dit que tu dois remettre ce petit prétentieux à sa place !

— Et j'aurais peut-être dû vous écouter plus tôt, admit Ailean. Enfin, c'est ainsi, on ne peut pas revenir en arrière. Je vous laisse prévenir les autres de mon retour. Nous vous rejoignons d'ici peu, le temps que vous puissiez préparer notre arrivée en toute sécurité.

— Vous allez séjourner à la cour ?

— J'aurais préféré qu'on aille chez moi, mais ce serait une erreur stratégique. Aller à la cour permettra de tuer dans l'œuf toutes les suppositions qui vont voir le jour, quand les vampires vont apprendre l'existence d'Ornella. La cacher n'est pas la meilleure chose à faire.

— Tu veux que je renforce la sécurité ?

— Oui. L'un d'entre nous devra toujours l'accompagner. C'est non négociable.

— Et la filature des mages ? demanda Almadeo.

— Elle prendra fin à mon retour. Il y a fort à parier qu'ils vont se rendre compte qu'elle est avec nous. Elle devient donc inutile.

— Tu ne crains pas une attaque ? questionna Livio.

— Je ne pense pas qu'ils fassent une tentative aussi directe. Ce n'est pas leur style. Ils vont plutôt prévoir un plan fourbe.

— Et si nous mettions un peu le bazar dans leurs rangs ? suggéra Almadeo.

— Hum, c'est une idée intéressante, murmura Ailean. Livio, vois ce que tu peux faire à ce sujet.

— Très bien. Et concernant la chambre d'Ornella, je fais préparer laquelle ?

— Je pense que celle à côté de ...

— Hé, vous savez que je suis toujours là ? s'indigna soudain Ornella.

Ils étaient en train de tout décider, sans même la consulter. Elle n'appréciait pas du tout ça et ne se priva pas pour le faire savoir :

— Il ne vous est pas venu à l'esprit que j'étais un être doué d'une capacité de réflexion et que j'étais tout à fait apte à faire mes propres choix. En l'occurrence, qui vous dit que j'ai la moindre envie de venir avec vous ?

Après un moment de flottement, Ailean ordonna :

— Vous nous excusez quelques minutes ?

Chapitre 41

Ailean s'apprêtait à jouer un énorme coup de poker. Un véritable quitte ou double, pensa-t-il en refermant la porte du bureau derrière lui et Ornella.

Depuis le début de cette histoire, il savait qu'il ne pourrait pas la garder cachée éternellement aux yeux des autres. Outre l'aspect logistique, ce n'était pas une vie et, s'il l'avait bien cernée, la jeune femme refuserait ce sort.

Cependant, il pensait avoir plus qu'une poignée d'heures pour élaborer un plan tenant la route, mais la requête de Marec venait de précipiter les choses. Il devait donc trouver une solution très rapidement.

Il n'en revenait toujours pas que son demi-frère ait osé solliciter les *Veteres* !

Jusqu'à présent, ses basses manœuvres pour saper

son pouvoir s'étaient toujours faites dans l'ombre, jamais en tentant de retourner la loi vampire à son avantage.

Ailean s'attendait plus ou moins à ce qu'il essaie de mettre la main sur Ornella mais en usant de manières fourbes, pas en convoquant ces vieux grigous.

Céder les rênes du pouvoir à un seul être représentant toujours un risque, c'était pour cette raison que les *Veteres* avaient été nommés des siècles plus tôt, jouant ainsi le rôle de garde-fou. Ailean ne les avait encore jamais vus comme un risque de nuisance pour lui. Une fois par an, il se rendait au *consilium* qu'ils organisaient. En dehors de cet événement annuel, ils lui foutaient la paix.

Quelque part, Marec jouait également toutes ses chances sur ce coup. Soit il arrivait à ébranler le statut d'Ailean en prouvant que ses allégations étaient basées sur des faits réels, soit il perdait une grande partie de sa crédibilité aux yeux des *Veteres* et donc du reste de la cour.

Il était donc capital qu'Ailean gère au mieux cette situation. S'il faisait les bons choix, il pourrait mettre Marec hors d'état de nuire pendant un certain temps.

Comme il l'avait expliqué la veille à Ornella, il ne pouvait pas se porter garant de l'ensemble des vampires, tout roi qu'il était. Il avait déjà du mal à tenir la bride de son propre instinct ! Il serait illusoire de penser qu'il pourrait empêcher toute tentative de voler son sang sur un simple ordre. Il fallait quelque chose de plus dissuasif.

Il avait pensé à cela, alors qu'il discutait de détails pratiques avec Livio et Almadeo. C'est ainsi qu'une ébauche d'idée était venue germer dans son esprit. Il était convaincu qu'il ne pourrait pas en trouver une meilleure, compte-tenu du délai imparti.

Néanmoins, pour qu'elle fonctionne, il allait avoir besoin de la coopération d'Ornella et il avait comme dans l'idée que c'était loin d'être gagné.

Quand la porte fut fermée, il ne lui laissa pas le temps de revenir sur sa petite remarque mesquine au sujet du fait qu'elle avait été laissée de côté dans les décisions. À la place, il lui demanda :

— Est-ce que tu pourrais « isoler » cette pièce ? Je veux que notre discussion reste strictement privée.

Il vit à sa réaction qu'elle ne s'attendait clairement pas à ces paroles. Tant mieux, sa seule chance de réussir à faire passer son plan osé, était de la surprendre. Il ne devait pas lui laisser le temps de réfléchir.

— Je ne l'ai jamais fait, mais je pense que je peux y arriver.

Aussitôt, ses yeux eurent un flash, preuve qu'elle sollicitait son pouvoir. C'était très étrange. Les mages qu'il avait croisés récitaient toujours à voix haute des paroles lorsqu'ils lançaient un sort. Or, chaque fois qu'il avait vu Ornella le faire, elle n'avait pas ouvert la bouche. Il en était étonné.

Avant de revenir dans le vif du sujet, il lui demanda par curiosité :

— Tu n'as pas besoin de parler pour qu'un sort

fonctionne ?

— Ça dépend du sort en question. Pourquoi ?

— Je n'ai jamais vu un mage agir comme tu le fais.

— Normal, je suis plus forte, le taquina-t-elle.

Comme il partageait son opinion, il ne répondit rien. À la place, il déclara :

— Méfie-toi d'Almadeo, c'est un pervers masochiste à tendances homosexuelles.

— Qu … Quoi ? bredouilla-t-elle.

Ailean explosa de rire face à sa déconfiture et lui expliqua :

— C'est le meilleur test que j'aie trouvé pour m'assurer qu'ils ne pouvaient pas nous entendre. Dans le cas contraire, Almadeo serait déjà accouru dans la pièce pour laver son honneur de Don Juan.

— Tu ne me fais pas confiance pour réussir un truc aussi facile ?! s'indigna-t-elle.

Elle était tellement mignonne, lorsqu'elle montait sur ses grands chevaux. Il pourrait prendre goût à la taquiner de la sorte, rien que pour la voir s'enflammer ! Cependant, ce n'était pas une bonne idée de la mettre en colère pour l'instant, il essaya donc de se justifier :

— Si. Je préférais seulement m'en assurer moi-même, avant de me lancer. Ce que je m'apprête à dire doit rester strictement entre nous.

Surtout si elle l'envoyait promener sur les roses, comme il le craignait. En toute honnêteté, il ne pourrait pas lui en vouloir. Si leurs rôles avaient été inversés, c'est ce que lui-même aurait fait. Il espérait simplement qu'elle aurait plus de jugeote que lui.

Il avait beau tourner le problème dans tous les sens, il était persuadé de détenir la meilleure solution.

Tu veux nous faire croire que c'est pour cette raison que tu es si excité à l'idée qu'elle te dise oui ? se moqua une petite voix dans sa tête.

Il n'eut pas l'occasion de lui répondre, car Ornella lui demanda :

— Alors, que voulais-tu me dire ?

Après une inspiration, Ailean se jeta à l'eau et déclara :

— Deviens ma fiancée.

Chapitre 42

Dans les films, lorsqu'une personne faisait une annonce fracassante, son interlocuteur était toujours en train de manger ou boire. Il pouvait donc avoir une réaction spectaculaire incluant divers projectiles buccaux.

Malheureusement pour elle, Ornella n'avait rien dans sa bouche qui lui permette de produire son petit effet. Même sa salive venait de déserter les lieux.

— *Deviens ma fiancée.*

Était-ce une sorte de code ?

Ailean la regardait avec attention, comme s'il escomptait une réaction de sa part. Elle était tellement désarçonnée que la seule chose qu'elle trouva à dire, après un silence de plusieurs secondes, fut :

— Hein ?

Loin de se décourager, il répéta :

— Deviens ma fiancée.

— Qu'appelles-tu une « fiancée » ?

La question était stupide. D'ailleurs, Ailean la regarda comme si elle n'avait pas toute sa tête. Mais enfin, il ne pouvait pas être en train de dire ce qu'elle pensait qu'il était en train de dire ! C'était tout simplement surréaliste.

— Je vais considérer que le sens de ta question était plutôt de connaître la raison pour laquelle je te demande de devenir ma fiancée.

En effet, cette formulation était beaucoup plus pertinente.

— Après les informations qui viennent d'être divulguées, enchaîna-t-il, tu dois avoir compris que nous allons devoir bientôt partir.

Justement, elle était loin d'avoir tout saisi de l'échange que les trois vampires venaient d'avoir. Aussi répondit-elle :

— À vrai dire, non. Qui sont les *Veteres* ? Et le *consilium* ? Et qui est Marec ?

— Les *Veteres* sont les sept vampires les plus âgés de notre espèce, lui expliqua Ailean. Ce sont les seuls vampires à pouvoir légitimement interroger le roi sur ses actions, remettre en cause ses choix et juger ses actes. Ils sont censés faire office de figure de sagesse, mais je me garderai bien de m'exprimer sur ce sujet. Un *consilium* est une sorte de réunion qu'ils organisent et à laquelle le roi est convoqué pour rendre des comptes. En temps normal, les *Veteres* en organisent une par an, mais ils peuvent déroger à cette règle en cas d'événement exceptionnel, c'est pour cette raison qu'on pense qu'ils sont au courant pour toi, sinon ils ne se seraient pas donné cette peine. Et Marec est mon demi-frère. Cela fait plusieurs années qu'il convoite mon trône. Il semblerait qu'il essaie de tirer profit de la situation actuelle pour me discréditer. J'ignore encore comment il l'a appris, mais il est forcément au courant de ton existence.

Sans être complètement limpide, la situation s'éclaira un peu. Elle put alors reformuler sa question :

— Pourquoi me demander de devenir ta fiancée ?

— Comme je le disais, nous devons nous rendre à la cour. Or, je ne peux pas me porter garant des autres vampires. T'amener là-bas avec ton statut de *Nefasta* reviendrait à jeter un morceau de viande au milieu d'un banc de piranhas.

La comparaison la fit grincer des dents, mais elle le laissa terminer son explication.

— Il serait inconscient de le faire. Je cherchais une solution acceptable et puis j'ai eu une idée. J'ai transposé leur réaction sur la mienne. Ce qui me retient de goûter ton sang, malgré l'attrait qu'il représente, c'est l'idée que tu me feras frire la cervelle si je tente l'expérience.

Il fit sa déclaration sans la regarder en face, comme s'il avait honte de son aveu. Pour le coup, cette absence de contact visuel l'arrangea. Il ne remarqua ainsi pas l'effet que ses paroles provoquèrent chez elle. Savoir qu'il avait très envie de boire à sa veine augmentait soudain sa température corporelle.

Qu'il se rassure, sa cervelle ne craignait rien avec elle !

Ornella n'en était pas fière, mais c'était la vérité, elle était de moins en moins horrifiée à l'idée qu'il s'abreuve à son cou. Il se pourrait même qu'elle soit de plus en plus curieuse à ce sujet. Mais le pire était qu'elle se sentait prise d'envies de meurtre à l'idée qu'il le fasse sur une autre.

Après s'être raclé la gorge, Ailean continua :

— Quoi qu'il en soit, je me suis dit que l'on pourrait raconter que tu as lancé un sort pour que ton sang ne puisse être bu que par ton fiancé et que tout autre vampire s'aventurant à le faire mourrait dans d'atroces souffrances. Un peu comme le sort lancé par Jezabel pour protéger les *Nefastae*.

— Ils croiraient vraiment un truc pareil ?

— Tu es la première *Nefasta* depuis des siècles à entrer en contact étroit avec des vampires. En fait, à ma connaissance, il n'y en a eu aucune depuis Ève. Les mages nous ont toujours coiffés au poteau. Nous n'avons aucune idée de ce dont tu es capable. Donc, oui, ils croiront à cette histoire, cela ne fait aucun doute.

Une petite voix lui souffla d'accepter. Cependant, elle devait garder la tête froide. Dans la proposition d'Ailean, un détail l'interpellait. Après une pause, elle ajouta :

— Pourquoi inventer cette histoire de fiançailles ? Nous pourrions tout simplement dire que j'ai jeté un sort empêchant tous les vampires de boire mon sang.

Ailean sembla un instant déstabilisé par sa question, comme s'il ne s'y attendait pas ou s'il ignorait quoi répondre. Mais son malaise ne dura qu'une fraction de secondes, avant qu'il n'ajoute :

— Fais-moi confiance, tu seras encore plus en sécurité s'ils pensent que tu es mienne.

Elle eut l'étrange impression qu'il savourait ce mot sur sa langue. De son côté, elle prit beaucoup trop de plaisir à l'entendre.

Quoi qu'il se passe entre eux, l'air semblait de plus en plus chargé, chaque fois qu'ils se retrouvaient face à face, comme si un fil invisible les reliait l'un à l'autre. Cela semblait fou. Mais était-ce réellement le plus incroyable dans toute cette histoire ?

— Alors, est-ce que tu acceptes ? lui demanda Ailean.

Était-ce le fruit de son imagination ou bien y avait-il une certaine tension dans sa voix ? Redoutait-il qu'elle refuse ? Tenait-il tant que ça à ce qu'elle lui donne son accord ?

Te rends-tu compte de ce que cela implique ?

Non justement, elle n'en avait aucune idée. Ce fut d'ailleurs pour cette raison qu'elle reformula sa proposition, pour être certaine d'avoir tout saisi :

— Tu veux me faire passer pour ta fiancée ? Pas que je le devienne réellement, n'est-ce pas ?

En réaction à sa question, une lueur brilla dans le regard d'Ailean. Il venait de comprendre qu'elle était sur le point de flancher et prête à le suivre dans ce plan rocambolesque.

Après une pause qui lui sembla durer une éternité, il lui répondit :

— C'est bien ça. Cependant, il se peut que nous ayons besoin de donner le change.

— C'est-à-dire ?

Il s'approcha plus près d'elle et lui répondit d'une voix plus grave :

— Il serait étrange que je n'aie aucun geste tendre à ton encontre. Il se peut donc que je sois amené à faire des choses de ce genre.

Il fit alors glisser un doigt le long de sa joue, lui coupant du même fait la respiration.

Sa voix ne fut plus qu'un murmure, lorsqu'il ajouta :

— Je serai peut-être aussi obligé de te donner un baiser ou deux, afin de donner le change. Tu comprends ?

Elle était complètement envoûtée par son discours. Son corps vibrait au diapason du sien.

Il commença à se pencher vers elle pour approcher sa bouche de la sienne, lorsqu'un coup frappé à la porte résonna :

— Hé, vous faites quoi là-dedans ? demanda Almadeo à travers le battant.

— Je vais le tuer, gronda Ailean.

Pas si je m'en charge avant !

Soudain, sur un coup de tête, Ornella prit la décision la plus folle de sa vie et déclara :

— J'accepte.

Chapitre 43

Voilà des heures qu'il attendait de pouvoir goûter à nouveau la délicieuse bouche d'Ornella et cet idiot d'Almadeo cassait l'ambiance ! En colère et frustré au possible, Ailean ouvrit la porte d'un coup sec et déclara en grognant :

— Est-ce trop demander que d'avoir cinq minutes en tête-à-tête avec ma fiancée ?!

La réaction de ses deux généraux lui procura un certain plaisir. Il était rare qu'il parvienne à les surprendre de la sorte. Bien évidemment, cette annonce fracassante souleva quelques questions, mais Ailean s'arrangea pour y couper court rapidement. Il ne voulait pas que Livio et Almadeo détectent la supercherie.

Son intention initiale était de les mettre dans la confidence. Mais, énervé comme il l'était, il garda pour lui l'aspect factice de ces fiançailles. Il se pourrait aussi qu'il ne veuille pas admettre à voix haute que toute ceci n'était que de la poudre aux yeux.

Il préférait voir le verre à moitié plein : Ornella avait accepté de devenir sa fiancée – certes, fausse mais fiancée tout de même. Il n'en revenait d'ailleurs toujours pas qu'elle ait accepté de jouer le jeu. Même à ses propres oreilles, son explication au sujet de la nécessité de la faire passer pour telle lui avait semblé creuse, insensée et bancale.

La remarque qu'elle avait faite était tout à fait pertinente. Ils auraient très bien pu raconter à tous qu'elle avait, en quelque sorte, empoisonné son sang afin de le rendre mortel pour tous les vampires. L'histoire serait aussi bien passée que celle qu'il avait proposée. Peut-être même mieux. Mais il n'avait pu se résoudre à se mettre dans le même sac que les autres. Il voulait paraître différent. Il voulait avoir un statut particulier. Sans parler de l'avantage que lui offrait ce statut.

Elle était également d'accord pour qu'ils donnent le change et il comptait bien profiter de cette excuse pour la séduire. Après tout, peut-être qu'elle aussi n'était pas contre l'idée que la fiction devienne réalité. Néanmoins, il devait être prudent et ne pas vendre la peau de l'ours avant de l'avoir tué.

Rapidement, ses deux généraux partirent en éclaireur pour préparer leur venue. Leur mission principale consistait à diffuser l'information au sujet de leurs fiançailles et, surtout, au sujet de ce fameux sort mortel.

Maintenant, c'était à Ornella et lui de quitter le refuge

pour se rendre à la cour et c'était loin de l'enchanter. Outre le fait qu'il aurait bien gardé Ornella pour lui tout seul, il détestait l'idée d'autres vampires mâles rôdant autour d'elle. Malheureusement, il n'avait pas le choix.

— Prête ?

— Oui, répondit Ornella d'une voix peu assurée.

— Je te promets qu'il ne t'arrivera rien.

— Je sais.

La confiance qu'il lut dans son regard l'ébranla. Non pas parce qu'il doutait de tenir parole ou parce qu'il ne pensait pas ce qu'il disait, mais parce que cela représentait beaucoup à ses yeux.

Certes, ils ne se connaissaient que depuis une petite poignée de jours, pour ne pas dire d'heures, mais pour lui, ce nombre n'avait aucune importance. Seul comptait ce qu'il ressentait lorsqu'il la regardait ou lorsqu'il pensait à elle.

Nul besoin de boire son sang pour en avoir la confirmation, elle était bien son *Amor Fati*. Il le sentait au plus profond de lui. Ce qui avait commencé comme une vague suspicion était désormais une certitude absolue : elle était sienne. Dès qu'il avait le malheur de s'approcher trop près d'elle, chaque particule de son corps hurlait cette vérité. Rester loin d'elle lui semblait désormais inconcevable.

Malheureusement pour lui, ce n'était pas réciproque. Du moins pour l'instant.

Il voulait rester optimiste. La façon dont elle réagissait à son contact lui donnait l'espoir que cette situation, a priori catastrophique pour lui, pourrait se terminer de la plus belle des manières.

Chaque fois qu'ils se trouvaient dans une position intime, il la troublait. Mais le plus important était qu'elle ne faisait aucun effort pour le lui cacher.

Après le petit tour de passe-passe qu'elle avait utilisé pour bloquer sa réaction, lorsqu'il était revenu les rejoindre dans le salon, il était persuadé qu'elle aurait pu le faire toutes les fois qu'il avait senti son pouls s'emballer. Comme lors de leur baiser. Ou quand il avait proféré cette menace dans la salle de sport. Ou bien encore, lorsqu'il s'était presque collé à elle devant ses hommes, en étant dans le plus simple appareil. Pourtant, à chacune de ces occasions, elle n'en avait rien fait. Elle l'avait laissé constater l'émoi qu'il provoquait. Peut-être parce qu'elle avait conscience du sien.

En arrivant dans ce refuge, il s'était dit qu'il pourrait réussir à obtenir son sang en la séduisant. Maintenant qu'ils allaient le quitter, il revoyait à nouveau son plan. Désormais, il était déterminé à la séduire afin d'obtenir un bien encore plus précieux que son sang : son cœur. Et pouvoir jouer le rôle de son faux fiancé allait être un énorme coup de pouce.

— Accroche-toi à moi, ma tendre fiancée, je m'en vais de ce pas te faire découvrir les joies de la cour !

Son ton était ironique et il s'attendait plus ou moins à ce qu'Ornella sourit en retour, mais elle sembla au contraire se crisper. Soudain, un malaise plana dans la pièce.

— Que se passe-t-il ?

Aurait-elle changé d'avis ? s'inquiéta Ailean.

Chapitre 44

— *Que se passe-t-il ?*

Trop de choses pour pouvoir les lister.

Soudain, Ornella réalisa l'énormité qu'elle s'apprêtait à commettre. Elle, une *Nefasta*, allait mettre les pieds à la cour des vampires. Si ceux de son espèce l'apprenaient, elle finirait lynchée en place publique, représailles magiques ou non ! C'était une hérésie en soi. En plus, elle s'y rendait avec le statut de fiancée du roi des vampires, roi dont elle ignorait presque tout.

Pourquoi avait-elle accepté de le suivre dans ce plan ? Pourquoi rester avec lui ?

Quoi qu'il en dise, elle était persuadée de pouvoir se débrouiller toute seule. Elle avait bien réussi à tromper deux vampires quelques heures plus tôt. Pour quelle raison ne parviendrait-elle pas à disparaître du radar des mages, des autres vampires et des autorités locales ?

Seigneur ! Elle n'avait jamais eu autant d'ennemis de toute sa pauvre vie et la liste s'agrandissait à vue d'œil ! Pourquoi avait-il fallu que ces cinq malfrats viennent lui chercher des noises ? S'ils ne l'avaient pas fait, ses pouvoirs ne se seraient pas réveillés et elle serait toujours Ornella, la secrétaire de l'infect Joe, celle que l'on surnommait la crevette ou la sorcière de Jackson !

Sauf que tout était écrit ! lui souffla une voix dans sa tête.

Sans en connaître les détails, Amaya avait prévu que ses pouvoirs ne resteraient pas bridés éternellement

— Ornella !

Est-ce que toutes les prédictions d'Amaya s'étaient réalisées ? Peut-être pas. Peut-être aurait-elle pu éviter tout ceci. En premier lieu, si elle n'avait pas mis une dérouillée à Toby, il n'aurait peut-être pas cherché à se venger de la plus mesquine des façons.

Tout ça lui semblait désormais tellement loin. Elle avait l'impression de se faire arracher une deuxième fois à sa vie.

— Ornella !!

Deux mains posées sur son épaule la firent sursauter et ramenèrent son esprit à l'instant présent. Elle releva alors la tête pour venir se perdre dans les prunelles azurées d'Ailean.

— Ma belle, dis-moi ce qui ne va pas.

Tout, eut-elle envie de lui répondre.

Quelques minutes plus tôt, tout lui semblait accessible et, sur une simple phrase de sa part, somme toute assez anodine, la vapeur venait de s'inverser. Elle se sentait perdre pied. La panique commençait à l'envahir, réveillant de ce fait la bête en elle.

Elle fixa Ailean, incapable de lui répondre, cherchant simplement à retrouver la maîtrise de ses émotions. Objectivement, elle savait qu'elle n'avait aucune raison de paniquer maintenant, plutôt que dix minutes ou une heure plus tôt. Malheureusement, la raison n'avait pas grand-chose à voir en cet instant.

Ailean dut comprendre qu'elle était sur le point de se faire entraîner dans une crise. Il trouva alors un moyen totalement inattendu mais efficace pour la calmer : il l'embrassa.

Dès qu'elle sentit le contact de ses lèvres sur les siennes, toutes ses pensées négatives refluèrent pour laisser place à d'autres d'une toute autre nature !

Depuis la veille, ils n'avaient cessé d'accumuler des moments de tensions sexuelles les laissant à chaque fois plus frustrés. Elle était désormais dans un état où tout bon sens était jeté aux orties. Qu'importait l'avenir, leurs fausses fiançailles, les vampires, les mages. À cet instant, Ornella décida de reprendre, durant un bref instant, son destin en main. Cette fois, pas question d'avoir une fin prématurée à cet interlude !

Se mettant sur la pointe des pieds pour combler un peu plus leur différence de taille, elle vint enlacer la nuque d'Ailean pour s'accrocher à son cou. Hors de question qu'il se propulse à l'autre bout de la pièce ! Une fois, pas deux !

Les mains du vampire, jusqu'à présent toujours posées sagement sur son épaule, migrèrent pour venir englober impudiquement ses fesses, lui arrachant du même coup un gémissement de plaisir.

Il n'y avait pas à dire, Ailean était très doué pour embrasser. Sa langue maîtrisait à la perfection le ballet dans lequel elle entraînait la sienne, l'électrisant au passage.

À la force de ses bras, il la souleva pour approfondir un peu plus leur baiser et intensifier leur étreinte. Elle n'eut conscience qu'ils se déplaçaient que lorsque son dos toucha le mur.

Agissant à l'instinct, Ornella souleva ses jambes et vint les nouer autour des hanches d'Ailean. Ce dernier raffermit sa prise sur son fessier en grognant.

Soudain, une voix retentit dans sa tête :

— *Bloque mes crocs, ma belle.*

Elle fut à peine déstabilisée par cette intrusion mentale. Elle ignorait comment il avait fait (à sa connaissance, les vampires n'étaient pas télépathes), mais elle s'en moquait. Trop intéressée à prolonger au maximum ce moment torride, elle se concentra pour faire appel à sa bête intérieure. Elle la supplia d'accéder à la requête d'Ailean.

Heureusement, cette dernière s'y plia immédiatement et sans rechigner. Ornella ignorait par quel miracle Ailean avait réussi à séduire sa bête, mais les faits étaient là : chaque fois qu'ils entraient en contact, celle-ci se mettait à ronronner de plaisir. Tout comme elle d'ailleurs !

Ornella ignorait si le sort fonctionna, mais Ailean mit soudain plus d'ardeur à l'embrasser. Une de ses mains glissa de ses fesses à sa cuisse. Elle dut décrocher ses jambes de sa taille pour ne pas tomber. Mais Ailean avait autre chose en tête. Seul l'un de ses pieds toucha le sol. Son autre jambe resta collée contre son flanc, maintenue en place par la poigne puissance du vampire qui orienta stratégiquement leurs corps, afin qu'une certaine partie rigide de son anatomie vienne frotter contre son entrejambe.

À la première friction, Ornella poussa un cri qu'Ailean avala. Pour la première fois depuis le début de leur échange, il quitta sa bouche. Cependant, il n'alla pas bien loin. Jouant toujours de son corps tel un véritable maestro, faisant ainsi monter la tension en elle, il glissa ses lèvres le long de sa joue, puis lui murmura au coin de l'oreille :

— Tu es tellement belle.

Il continua ensuite son chemin pour venir poser ses lèvres sur la cambrure de son cou, provoquant ainsi des frissons de plaisir dans tout son corps. Jamais elle n'avait été la proie de sensations aussi intenses. Le plaisir à l'état brut coulait dans ses veines.

Quand elle sentit la pointe de sa langue venir taquiner sa jugulaire, Ornella bascula dans la jouissance. Levant du même coup l'emprise de son pouvoir sur Ailean, elle pencha la tête pour lui faciliter l'accès.

Elle se tendit, prête à recevoir enfin sa morsure mais, à la place, Ailean s'éloigna d'elle à toute vitesse. Hébétée, elle le regarda fermer les yeux et se pincer l'arête du nez. Il semblait souffrir mille morts et cette vision la bouleversa.

Encore une fois, il mettait sa sécurité au-dessus de tout. Pourtant, il faisait erreur sur toute la ligne. Elle était prête à lui offrir ce qu'il convoitait. Plus précisément, elle avait envie, même besoin, de le lui offrir.

— Ailean ...

— Non ! Laisse-moi une minute s'il te plaît.

Vexée par son refus implicite, elle se tut et attendit.

Chapitre 45

Cette femme signerait sa perte. Alors qu'il luttait pour reprendre la maîtrise sur ses émotions, Ailean en avait désormais la certitude.

Pour quelle raison ce fichu sort permettant de bloquer ses crocs n'avait-il pas fonctionné jusqu'au bout ?

Parce que, visiblement, Ornella ne peut pas jouir et maîtriser son pouvoir à la fois, lui souffla une voix.

Ou alors, elle avait envie que tu boives son sang, lui souffla une autre.

Elle voulait t'appartenir entièrement, enchaîna une troisième.

Inutile de préciser qu'aucune de ces suggestions ne l'aida dans sa lutte contre son instinct. Pourquoi l'avait-il embrassée ? Il savait que cela allait déraper

Certes, mais elle avait semblé tellement perdue qu'il avait fait la première chose lui passant par la tête pour l'aider à surmonter la crise de panique qu'il sentait poindre.

Sérieux ? Tu crois tromper qui avec cette excuse ?

Était-il en train de devenir schizophrène à se parler ainsi à lui-même ? D'un autre côté, cela avait le mérite de détourner son attention d'Ornella. À cet instant, elle était la tentation incarnée. Ses lèvres gonflées de ses baisers en appelaient de nouveaux. Son souffle erratique lui rappelait que, quelques instants plus tôt, elle jouissait entre ses bras. Et que dire de son effluve de femme qui embaumait l'air comme le plus capiteux des parfums ?

Il avait encore son goût sur la langue et c'était une véritable torture. Pourtant, s'il devait revenir cinq minutes en arrière, il ne changerait rien, il l'embrasserait à nouveau sans hésiter, même en sachant qu'il se retrouverait dans cette situation, acculé, au bord du précipice et prêt à craquer.

Au moins, il avait eu la chance de pouvoir l'amener jusqu'à la jouissance. Tout ça grâce à ses pouvoirs. En lui donnant cet ordre mental (capacité que beaucoup d'autres vampires lui enviaient), il avait lancé une bouteille à la mer. Et cela avait fonctionné. Il avait pu se repaître de sa bouche et partir à l'exploration de son corps, sans que sa nature de vampire pointe le bout de ses crocs. Enfin, jusqu'à ce qu'Ornella perde totalement le contrôle et que ses instincts débarquent avec la puissance d'un ouragan.

Il s'en voulait de l'avoir rabrouée de la sorte, mais il lui fallait quelques instants pour se ressaisir. S'il essayait de parler en l'état, Ornella aurait une vue imprenable sur sa dentition vampirique.

Et alors ? Elle sait ce que tu es et cela ne l'a pas empêchée de t'embrasser. Elle t'a même offert son cou ! Et toi, comme un idiot, tu t'es encore enfui !

Et j'aurais dû faire quoi ? Boire à sa veine et me retrouver ensuite dans une situation inextirpable ?

*Tu n'en sais rien. Qui te dit que le lien de l'*Amor Fati *ne fonctionne pas à double sens avec elle, comme pour les vampires ?*

Je n'en sais rien et je ne vais pas prendre le risque. Surtout, je veux qu'elle sache avant ce qu'il en est. Pas question que je lui cache un détail aussi important !

Oh, je vois, Monsieur est grand seigneur ! Eh bien, dis-le-lui.

Il stoppa là cette discussion psychédélique avec lui-même. À la place, il reporta son attention sur Ornella. Elle attendait en silence qu'il daigne à nouveau lui adresser la parole. Un nuage de tristesse l'entourait et il s'en voulut énormément. Ils venaient de vivre un moment intense et il avait à nouveau tout gâché entre eux, à croire qu'il allait en faire une habitude !

— Je suis désolé, murmura-t-il.

Elle eut un petit reniflement ironique avant de répondre :

— Ce n'est rien.

Non, ce n'était pas rien et il décida d'affronter la situation en homme, au lieu de fuir comme il l'avait fait jusqu'à présent. Sans pour autant tout lui avouer, il pouvait au moins lui fournir une explication.

— Ornella, tu es une très belle femme. Tu es désirable et attirante. Tu as dû te rendre compte que tu ne m'étais clairement pas indifférente. Cependant, je ne peux pas me laisser aller avec toi, c'est trop risqué.

— Je ne comprends pas. Est-ce que c'est à cause de mon statut de *Nefasta* ?

Elle demanda cela d'une toute petite voix et il se sentit encore plus mal. Il ne voulait surtout pas qu'elle s'imagine avoir une quelconque défaillance. Toute sa vie, on l'avait traitée en pestiférée. Il ne voulait pas être un connard de plus à le faire.

— Non Ornella, le problème ne vient pas de toi mais de moi.

— Je ne comprends pas, répéta-t-elle.

— Boire ton sang serait tout sauf une bonne idée.

— Pourquoi ?

Parce que cela me lierait à toi jusqu'à la fin de mes jours.

— Crois-moi, ce ne serait pas une bonne idée.

Elle mit quelques instants avant de lui répondre :

— OK.

Il se sentait toujours minable et n'avait aucune idée pour réussir à chasser la tristesse dans son regard.

Soudain, elle demanda d'une toute petite voix :

— As-tu quelqu'un dans ta vie ?

Il faillit rire face à l'absurdité de sa question. À la

place, il lui répondit par une question :

— Tu crois que je t'aurais demandé de te faire passer pour ma fiancée, si j'avais quelqu'un ?

— Je ne sais pas. J'ignore quelles sont les obligations d'un roi. Peut-être que ta fiancée doit avoir un certain rang, qu'elle ne peut pas être une simple fille de cuisine ou un truc du genre.

Sa remarque le fit sourire.

— Non, rien d'aussi guindé que chez les humains. Et pour éviter tout malentendu, il n'y aucune femme dans ma vie, Ornella.

À part toi, pensa-t-il.

— Je ne sais même pas quel âge tu as, lança-t-elle soudain.

Sa réflexion l'amusa.

— Il suffit de demander. J'ai 308 ans.

— T'es si vieux que ça ?! s'exclama-t-elle.

Cette fois, il rit de bon cœur de son air choqué.

— Une chose est sûre, tu es plutôt bien conservé pour ton âge !

Il fut soulagé de voir que la tension semblait être redescendue entre eux. Il entra donc dans son jeu et lui répondit :

— Je suis loin d'être un vieux crouton. Je te signale que selon l'échelle humaine, je suis un jeune trentenaire.

— Oui, mais un jeune trentenaire qui a déjà vu tellement de choses.

C'était la réalité. Ne sachant quoi répondre, il lui demanda à son tour :

— Et toi ?

— Durant tes 308 ans d'existence, on ne t'a pas appris qu'il était malpoli de demander l'âge d'une dame ?

Elle ponctua sa question d'un sourire taquin qu'il lui rendit. Pourtant, elle lui répondit tout de même :

— 24 ans.

Sur le papier, leur différence d'âge était colossale. En réalité, elle ne l'était pas tant que ça.

— En fait, ce n'était pas le sens de ma question. Je voulais savoir si tu avais quelqu'un dans ta vie.

— Oh ! Non, je n'ai personne.

Cette idée le soulagea. Il n'avait donc pas à lutter contre un éventuel prétendant – non pas que cela l'aurait empêché de tenter sa chance.

Sur une impulsion, il décida de s'ouvrir un peu plus à elle :

— Ornella, indépendamment de toute cette histoire de *Veteres*, de *consilium* et de fiancée, j'aimerais réellement faire ta connaissance. Si tu le veux bien.

Son regard s'adoucit. Un sourire à la Mona Lisa vint fleurir sur ses lèvres, avant qu'elle ne lui réponde :

— Ça me plairait aussi, Ailean.

Soudain, il sentit comme un poids quitter sa poitrine. C'était forcément bon signe, non ?

— Alors, prête pour le voyage ? demanda-t-il à nouveau.

— Oui.

Son ton était ferme, tout comme son regard.

Il ouvrit alors ses bras. Elle vint se blottir contre lui. Il les referma et la plénitude qu'il ressentit le troubla quelques secondes. Puis, ils disparurent de la pièce.

Chapitre 46

Après avoir rejoint les bras d'Ailean, Ornella vécut sa seconde dématérialisation. Cette expérience n'entrait clairement pas dans le top 10 de ses préférées. Cette sensation de ne plus être, même si elle ne durait que le temps d'un battement de cil, était vraiment désagréable.

Une fois que son corps eut repris forme, elle observa le paysage l'entourant. Plus de neige, ni de froid à vous glacer les os, mais un magnifique coucher de soleil avec une brise chaude et humide. Dans l'air, flottait une agréable odeur qu'elle reconnut immédiatement pour l'avoir sentie la plus grande partie de sa vie : celle du bayou.

— Nous sommes en Louisiane ? s'étonna-t-elle.

— Oui. J'ai fait déplacer la cour ici, il y a maintenant un peu plus d'un siècle.

— Où était-elle avant ça ?

Durant sa jeunesse, elle avait à peine entendu parler de la cour vampire et jamais de son emplacement. En réalité, elle disposait d'assez peu d'informations sur l'espèce ennemie, c'était un sujet tabou. Et le peu qu'elle savait n'était peut-être que des mensonges. La seule chose qu'on leur apprenait, c'était qu'un bon vampire était un vampire mort. Maintenant qu'elle en connaissait trois, elle ne partageait pas du tout cet avis. Enfin, elle attendait d'en rencontrer un peu plus avant de se forger une opinion définitive.

— En Europe, dans les Carpates, lui répondit Ailean.

Ornella le fixa pour deviner s'il se moquait d'elle ou non. Il rit en retour et ajouta :

— Je t'assure que c'est vrai. Moi aussi, je trouvais que c'était trop cliché. Alors, quand j'ai accédé au trône, j'ai aménagé cette bâtisse.

— Cette histoire de Dracula, que racontent les humains, a-t-elle un fond de vérité ? lui demanda-t-elle curieuse.

— Hum, je te le dirai peut-être si tu es sage, la taquina-t-il.

Elle avait l'impression qu'une nouvelle barrière venait de s'écrouler entre eux. Il se permettait des allusions coquines et elle ne se sentait pas offusquée. Au contraire, elle avait envie de le suivre dans cette petite comédie.

Il voulait s'amuser avec ses nerfs et jouer les charmeurs ? Elle aussi pouvait se transformer en tentatrice !

Avec un sourire canaille aux lèvres, elle s'approcha de lui. Son regard bleuté devint plus lumineux, preuve que sa démarche ne le laissait pas indifférent. Elle vint se planter à moins de cinquante centimètres de lui.

Jusqu'à présent, il avait été l'initiateur de leurs contacts rapprochés. Pour une fois, c'était à son tour de mettre à mal son self-control.

En l'entendant stopper sa respiration, elle s'en réjouit intérieurement. Elle comprenait mieux l'air victorieux qu'il avait arboré les fois où il l'avait narguée avec son corps. Elle ressentait la même chose à cet instant.

Elle prit appui sur son bras, savourant le courant qui s'empara d'elle, se mit sur la pointe des pieds et lui murmura tout bas, comme une confidence qu'elle lui ferait :

— Hum, moi qui pensais que tu préfèrerais que je sois une vilaine petite sorcière.

Elle le dépassa ensuite, l'air de rien. Mais ce n'était qu'une façade. En elle, un tumulte grondait.

En l'entendant jurer à voix basse, un sourire de fierté féminine vint fleurir sur ses lèvres.

Échec et mat !

Afin de se distraire, elle observa enfin avec attention le paysage environnant. Devant elle, une énorme allée de chênes – certainement plus vieux qu'Ailean – formaient une haie d'honneur majestueuse et ouvraient la voie sur une gigantesque maison de style colonial. Elle était typique des énormes propriétés liées aux plantations et dont l'histoire était si lourde.

Ailean venait de lui expliquer qu'ils s'étaient installés ici depuis un peu plus d'un siècle, cela voulait donc dire qu'ils n'étaient pas là à l'époque de l'esclavagisme et de la grandeur des plantations. Avait-il profité du déclin des grandes familles pour acheter cette propriété ?

En tout cas, elle était impressionnée. La demeure était encore plus imposante que la plantation de Oak Alley qu'elle avait visitée deux ans plus tôt.

Ornella compta dix colonnes sur la façade lui faisant face. La maison était composée de deux étages, en plus des combles aménagés, chacun comptant quatre fenêtres entrecoupées par une porte. À la tombée de la nuit, il devait être agréable de se promener sur les balcons entourant toute la façade.

Elle n'aurait su dire comment elle avait imaginé la cour des vampires, mais certainement pas ainsi.

Devant la bâtisse, créant une fracture avec cette vision d'un autre temps, plusieurs voitures de luxe étaient garées, preuve qu'un certain nombre de personnes étaient déjà présentes sur les lieux. En y pensant, ce détail l'interpella. Après tout, les vampires pouvaient se dématérialiser.

Curieuse, elle se retourna vers Ailean et lui demanda :

— À qui sont les voitures ?

Elle le surprit en train de la fixer avec une attention qui la mit presque mal à l'aise. On aurait dit qu'il la dévorait du regard. Soudain, il sembla percuter qu'elle venait de lui poser une question et lui répondit d'une voix rauque :

— À des vampires.

— Pourquoi ne se sont-ils pas dématérialisés ?

— Parce que c'est moins tape-à-l'œil. Se dématérialiser, tous les vampires peuvent le faire ; mais s'acheter une grosse voiture très chère, tous ne le peuvent pas.

Il accompagna sa réponse d'un clin d'œil complice.

— Et puis, pour des questions de sécurité, ils ne sont pas autorisés à se dématérialiser à moins de cinq cents mètres de la propriété. Et beaucoup de vampires de la cour sont fainéants.

— Je ne comprends pas, nous sommes plus près que ça et pourtant tu l'as bien fait, toi !

— C'est un des avantages d'être roi, se moqua-t-il. À part moi, seuls mes généraux et Rayna y sont autorisés.

Elle allait lui demander plus d'informations sur cette fameuse Rayna, sa jalousie s'étant réveillée soudainement, mais elle fut coupée dans son élan par une belle brune qui arriva à toute allure pour se jeter au cou d'Ailean en s'exclamant :

— Ailean, je suis trop contente de te revoir.

Ce dernier lui rendit son étreinte et lui répondit d'une voix pleine d'affection :

— Toi aussi, ma puce.

Aussitôt, une deuxième vague de pure jalousie s'empara d'Ornella. Son pouvoir se mit alors à crépiter dans l'air. Elle ignorait ce qu'elle allait faire, mais si cette poupée Barbie aux cheveux noirs ne s'éloignait pas rapidement d'Ailean, cette dernière allait sérieusement le regretter. Et lui aussi par la même occasion !

Chapitre 47

Ailean dut sentir que son pouvoir était sur le point de faire payer à la brune son geste possessif. En tout cas, il eut la bonne idée de briser leur étreinte, mettant ainsi un peu de distance entre eux. Il se tourna ensuite vers Ornella et lui dit avec un sourire diabolique aux lèvres :

— Ornella, laisse-moi te présenter Rayna, ma petite sœur.

Sa sœur ! Soudain, elle se sentit ridicule et vexée de sa jalousie qui n'avait visiblement pas échappée au vampire.

Maintenant qu'il le disait et qu'elle n'était plus aveuglée par sa colère, elle devait bien reconnaître qu'ils avaient un air de famille indéniable. Elle s'en serait d'ailleurs rendu compte, si elle n'avait pas laissé ses sentiments prendre le pas sur la raison. Tous deux avaient des cheveux bruns parcourus de reflets bleutés. Ceux de Rayna ondulaient dans son dos, jusqu'aux bas de ses reins. Ils avaient également les mêmes prunelles azurées, constata-t-elle, lorsque la jeune femme la regarda avec attention. C'était indéniablement une très belle jeune femme qui devait faire des ravages parmi les vampires.

— Rayna, voici Ornella, ma ...

— Fiancée, le coupa la jeune vampire. Putain, c'est trop fort ! Almadeo me l'a dit, mais je n'arrivais pas à le croire ! Je pensais qu'il se payait ma tête. En même temps, j'aurais dû me douter qu'il n'était pas assez malin pour inventer une histoire pareille !

Ornella dut se retenir de sourire face à cette remarque. En tout cas, le géant blond n'avait pas perdu de temps pour aller colporter les derniers potins.

— Ton langage, jeune fille, la rabroua Ailean.

— T'es sérieux ? Tu veux que je fasse la liste de tous les jurons que tu débites ?

Cette fois, Ornella dut se mordre la langue pour ne pas se ranger du côté de Rayna. En l'occurrence, elle doutait que se mêler de cette petite dispute familiale soit une bonne idée. Et puis, il fallait bien reconnaître que le spectacle promettait d'être intéressant. Rayna ne semblait pas le style de jeunes filles à s'écraser devant Ailean.

— Ce n'est pas une raison, rétorqua celui-ci. Je suis ton grand frère. En plus, je suis ton roi.

— Et alors ? Ça ne te donne pas tous les droits, que

je sache !

— En l'occurrence, si !

— Pff, n'importe quoi. D'ailleurs, je connais sept petits vieux prêts à te prouver le contraire. Ils t'attendent en ce moment même dans la salle de réunion principale.

— Rayna, un peu de respect pour les *Veteres* !

— Pour quel motif ? La seule raison pour laquelle ils portent ce titre, c'est parce qu'ils sont les prochains à avoir un pied dans la tombe !

Décidément, Ornella appréciait de plus en plus la jeune vampire et son franc-parler.

— Ce n'est pas une raison, marmonna Ailean.

Cependant, son ton manquait cruellement de conviction. Ornella en déduisit qu'il devait penser plus ou moins la même chose. Simplement, il avait le tact de ne pas le dire tout haut.

Sans qu'Ornella n'ait pu anticiper son geste, Rayna se tourna soudain vers elle et lui sauta au cou pour l'englober dans une étreinte chaleureuse. Visiblement, la jeune fille était du genre tactile.

— Ornella, je suis tellement contente de faire ta connaissance. Depuis le temps que je rêve d'avoir une sœur. C'est trop bien. Je sais déjà que l'on va super bien s'entendre toutes les deux. En plus, tu es super belle.

Cette dernière remarque fit sourire Ornella. Elle était vraiment touchée par l'accueil de Rayna. Cette dernière semblait réellement heureuse. Sa joie ne semblait pas feinte.

— Moi aussi, je suis contente de faire ta connaissance.

Après l'avoir serrée une dernière fois dans ses bras, Rayna se recula et déclara à l'attention de son frère :

— Quant à toi, je n'oublie pas ce que tu me dois.

— Je ne vois pas de quoi tu veux parler.

— Menteur. Je te préviens, demain, à la première heure, je me connecte sur le site Tesla et je commande la Model S P100D avec ta carte de crédit !

Se tournant vers Ornella, elle lui expliqua :

— Cette voiture, c'est une fusée ! Elle fait du 0 à 100 en 2,7s. Tu te rends compte ?

En l'occurrence non, mais elle voulait bien croire que c'était très rapide.

— On en a déjà parlé, grogna Ailean. Il est hors de question que tu aies une voiture aussi puissante !

— Non. On en a déjà parlé et tu m'as dit : « Je t'en achèterai une quand je me marierai. »

— Et je ne le suis pas encore, donc le sujet est clos !

— C'est tout comme. On ne va pas chipoter pour quelques semaines, ce n'est qu'un détail. Le plus important, c'est que tu aies réussi à trouver la perle rare qui arrive à te supporter.

Elle se tourna à nouveau vers Ornella et ajouta :

— J'ignore comment tu as réussi ce miracle, mais bravo. Tu es mon héroïne.

La pauvre n'aurait pas pu être plus éloignée de la

vérité. Dans quelques semaines, il ne se passerait rien, pour la simple et bonne raison qu'ils n'étaient pas réellement fiancés. C'était uniquement un leurre pour assurer sa sécurité.

Tu crois vraiment à ce bobard ? se moqua une petite voix.

Ornella l'ignora et préféra porter son attention sur leur discussion.

— Sale gosse, ronchonna Ailean en retour.

— Bla-bla, allez, file retrouver les vieux.

— Je vais d'abord montrer sa chambre à Ornella. Ils peuvent bien attendre encore quelques minutes.

— Tsss, je m'en charge. Au passage, je ne te savais pas aussi respectueux des convenances pour faire chambre à part ! À moins qu'Ornella n'ait découvert que tu ronfles comme un ours et préfère être seule pour dormir !

— T'es vraiment une sale gosse, répéta-t-il.

— Mais oui, mais oui. N'essaie pas de gagner du temps. C'est reculer pour mieux sauter ! En plus, c'est grossier de faire attendre les gens.

Ailean reporta alors son attention sur Ornella et lui demanda :

— Ça te convient comme plan ? Quoi qu'en dise ma sœur adorée, je peux bien les faire attendre cinq minutes. Ils ne sont plus à ça près.

Sa remarque la fit sourire.

— C'est bon, vas-y. Rayna va me montrer le chemin.

— OK, à tout à l'heure alors.

Après avoir hésité quelques secondes, il s'approcha d'elle et déposa un baiser léger sur ses lèvres.

C'est pour donner le change devant sa sœur !

Elle se répéta cette phrase en boucle pour s'en convaincre, mais une part stupide en elle refusait d'admettre cette vérité.

À côté d'elle, Rayna eut un soupire en déclarant :

— Oh, c'est trop romantique. Vous êtes tellement mignons tous les deux. Et cette façon qu'il a de te dévorer des yeux, c'est juste ouah. J'aimerais trop qu'un mec me regarde ainsi un jour.

Eh oui, ton frère est un sacré bon acteur, eut-elle envie de lui répondre. D'ailleurs, elle qui était au courant de la vérité, était très tentée de croire que son affection n'était pas feinte. C'est dire !

Chapitre 48

Rayna commença sa visite guidée par le rez-de-chaussée qui contenait les pièces les plus impressionnantes. La salle de bal arrivait tout en haut de la liste. Elle était digne d'un conte de fées. Son parquet ciré brillait tellement que l'on pouvait presque se voir dedans. Les moulures au mur et les différents miroirs posés stratégiquement donnaient de la grandeur à la pièce qui n'en manquait déjà pas. Une fois les lumières allumées, ses lustres en cristal devaient briller de mille feux. Ornella n'avait aucune peine à s'imaginer des personnes dansant la valse dans des tenues fastueuses, pendant que d'autres se régalaient de mets délicats à la gigantesque table en forme de U.

Selon Rayna, la salle des conférences était également une vraie beauté architecturale avec ses multiples dorures. Cependant, comme le *consilium* s'y tenait actuellement, elles reportèrent à plus tard la visite de cette pièce.

Ornella tomba ensuite amoureuse de la bibliothèque qui comportait plus de livres que l'on ne pouvait en lire en une seule vie humaine ou mage. Les rayons montaient tellement haut que de grandes échelles avaient été disposées un peu partout, afin de pouvoir accéder aux derniers niveaux. Plusieurs coins lecture avaient été aménagés avec goût et offraient une impression d'intimité. Ornella se promit d'y revenir, dès que l'occasion lui serait offerte.

Rayna la conduisit ensuite au premier étage. Elle lui montra le salon de musique qui l'émerveilla. Un énorme piano à queue noir trônait au milieu de la pièce. Plusieurs dizaines de chaises étaient réparties autour, prêtes à recevoir un auditoire. Elle ne put cacher sa surprise, lorsque la vampire lui annonça que son frère maîtrisait parfaitement l'instrument majestueux.

— J'adore l'entendre jouer, mais il n'aime pas avoir une foule de spectateurs.

Un élan soudain et malvenu de jalousie s'empara d'Ornella à cette remarque, mais elle ne tarda pas à l'étouffer. Il était normal qu'ils aient une relation privilégiée.

À cet étage, il y avait une multitude de pièces propices à des moments de détente ou des discussions intimes. Rayna lui rapporta d'ailleurs quelques ragots croustillants s'étant déroulés dans certaines. Elles en rirent toutes les deux de bon cœur.

La prédiction de la sœur d'Ailean s'était réalisée.

Elles s'entendaient vraiment bien. À tel point qu'Ornella se sentait de plus en plus mal de jouer ainsi la comédie. Chaque fois que Rayna faisait une allusion au sujet de son futur mariage avec Ailean, elle avait l'impression d'être rongée par de l'acide. Elle détestait mentir ainsi à sa nouvelle amie. Pourtant, elle étouffa ses scrupules et sa mauvaise conscience et continua la visite.

Après avoir fait le tour de la plupart des salons du premier étage, Rayna lui expliqua que le deuxième et troisième étaient uniquement composés de chambres, dont la plupart étaient équipées d'une salle de bain.

Elles empruntèrent à nouveau l'escalier digne d'un château, pour se rendre aux cuisines dans lesquelles plusieurs personnes s'affairaient à préparer le prochain repas. L'odeur qui s'en dégageait était très appétissante.

Rayna lui donna ensuite le descriptif de l'extérieur : en plus d'un gigantesque garage, le parc de plusieurs dizaines d'hectares abritait un cours de tennis, une piscine en plein air, une autre couverte et une grande serre de plantes exotiques.

Ornella avait le tournis face à tant de richesses et d'opulence. Cette maison était un véritable mini-palais.

— Comment Ailean parvient-il à garder la tête froide en vivant ici ? demanda-t-elle à Rayna.

— Oh, il n'y vit pas à plein temps.

— Ah bon ?

— Non, mon frère n'apprécie pas vraiment les mondanités et encore moins d'être épié à tout bout de champ. Il ne vient ici que très rarement, lorsqu'il n'a pas le choix en fait. En revanche, d'autres parasites ne se gênent pas pour occuper les lieux à la première occasion. Certains y vivent même presque à demeure. C'est le cas de Marec, mon demi-frère.

Le ton de Rayna ne laissa planer aucun doute sur le fait qu'elle ne le portait pas dans son cœur, tout comme Ailean. Ce devait être un bien triste personnage pour qu'il soit ainsi détesté de sa famille.

Rayna la conduisit ensuite jusqu'à une sorte de porte qui s'avéra être en réalité un ascenseur. Curieuse, elle la suivit à l'intérieur, se demandant où il conduisait. La cabine était à elle seule un bijou technologique. Il y avait un lecteur rétinien, comme on en voit dans les films d'espionnage, sur lequel Rayna vint aligner son œil gauche ; et un pavé tactile sur lequel elle posa son pouce (Ornella en déduisit que ce devait être un lecteur d'empreintes). Les lumières passèrent alors du rouge au vert, pendant que les portes se fermaient.

Au lieu de monter, l'ascenseur descendit. Étonnée, Ornella fixa Rayna qui lui expliqua :

— Il y a un niveau souterrain qui s'étend sur toute la surface de la maison avec un tunnel donnant sur une sortie discrète à plusieurs centaines de mètres de là et connue uniquement d'une poignée de personnes. Seule la famille royale et les généraux ont accès à ce niveau. C'est une véritable forteresse. Ailean l'a équipée au fur et à mesure de toute la sécurité existante.

Impressionnée par cette description, Ornella attendit avec impatience que les portes s'ouvrent pour découvrir ce fameux niveau top secret. Elle s'attendait plus ou moins à un environnement glauque – après tout on était sous terre — mais il n'en était rien. Ce niveau n'avait absolument rien à envier aux étages supérieurs concernant le luxe et le confort. Bien au contraire.

— Il y a une salle cinéma, une salle de sport et une salle à manger avec une petite cuisine attenante, même s'il y a un monte-plat donnant directement sur la cuisine principale, expliqua Rayna. Même quand il séjourne ici, Ailean n'apprécie pas toujours la compagnie de ses pairs pour prendre ses repas. Parfois, il préfère rester ici, même si plus d'un grincent des dents lorsqu'il le fait. Le reste des pièces sont des chambres.

La vampire la conduisit alors dans un gigantesque couloir agrémenté d'une dizaine de portes. Chaque fois qu'elles passaient devant l'une d'elle, Rayna lui donnait le nom de son propriétaire. Elle apprit ainsi le nom des différents amis et généraux d'Ailean. En plus d'Almadeo et Livio qu'elle avait déjà rencontrés, il y avait Léandre, Rosario et Darius, son bras droit.

Après lui avoir désigné sa propre chambre et celle de son frère, Rayna s'arrêta devant une autre porte et annonça :

— Et voilà la chambre de madame.

Elle ouvrit la porte et Ornella découvrit avec enchantement la chambre qu'on lui avait attribuée. Elle était tout simplement parfaite. Décorée avec goût, elle possédait tout l'équipement nécessaire et le lit semblait tout simplement irrésistible.

La coupant dans son observation, Rayna lui dit :

— Au fait, il faut que tu saches : toutes les chambres sont parfaitement insonorisées.

Elle accompagna sa remarque d'un clin d'œil complice. Ce fut plus fort qu'elle, Ornella se sentit devenir rouge pivoine. Elle fut à nouveau assaillie par la culpabilité. Cette fois-ci, elle n'y tint pas et déclara :

— Rayna, il faut que je t'avoue quelque chose.

Chapitre 49

— Quoi encore ?! aboya Gatien en décrochant son téléphone.

Ces derniers jours, il était d'une humeur de chien. Ses hommes étaient tous des incapables. Aucun d'entre eux n'avait réussi à localiser cette maudite *Nefasta*. Pire, ils n'avaient pas l'ombre d'une piste. Rien. Que dalle. Nada.

Et la teneur de l'appel qu'il reçut n'améliora pas son humeur. Au contraire, elle ne fit que l'empirer.

— Vous êtes certain de ce que vous affirmez ?

…

— Oh, ça va, pas la peine de jouer les prudes à l'honneur bafoué. Il est légitime que je me pose des questions. Je ne vois pas pourquoi je devrais vous croire sur parole, après tout.

…

— La chienne ! Et maintenant ?

…

— J'espère que vous savez ce que vous faites.

…

— Hum, oui ça doit être possible. Je vais voir ce que je peux faire. Quel délai ?

…

— Très bien, on fait comme ça. Appelez-moi si vous avez des nouvelles, j'en ferai de même.

Compte là-dessus !

Si l'occasion lui était donnée de pouvoir faire cavalier seul, il n'allait pas s'encombrer d'eux. Il n'avait d'ailleurs pas la naïveté de croire qu'ils ne pensaient pas la même chose de leur côté. Malheureusement, telle que se présentait la situation, il semblerait qu'ils aient tous besoin les uns des autres.

Gatien coupa ensuite la communication, sans aucune formule de politesse. De toute façon, son interlocuteur et lui s'en contrefichaient.

Après avoir rangé son téléphone dans sa poche, il laissa enfin libre cours à sa colère. Il envoya balader, à travers sa chambre d'hôtel, tout ce qui lui tombait sous la main. Il passa ses nerfs sur les objets, imaginant cette maudite sorcière à leur place. Quand il aurait enfin réussi à lui mettre la main dessus – et ce n'était qu'une question de temps – il lui ferait payer. Oh oui, ce qu'il avait à l'esprit serait pire que la mort. Elle aussi allait en venir à regretter l'existence du sort lancé par Jezabel !

Alerté par le vacarme qu'il faisait, Ursan frappa à la porte avant de passer la tête par l'entrebâillement.

— Quelque chose ne va pas, Mon Seigneur ?

— Y a-t-il au moins une putain de chose qui va ?! rétorqua Gatien à bout de patience. Mes hommes sont tous des bons à rien. Et cette chienne de *Nefasta* n'a même pas mis quarante-huit heures avant d'ouvrir les cuisses pour ce salaud de roi. En plus de ça, ces satanés suceurs de sang sont en train de saper mes efforts pour mettre les autorités sur le coup.

Bon, sur le dernier point, ce n'était pas une réelle surprise. Cependant, il ne pouvait nier que si son plan avait fonctionné, cela lui aurait grandement facilité la tâche.

L'insulte au sujet des mages ne fit pas sourciller son bras droit habitué à ses excès de colère. En revanche, la remarque au sujet de la *Nefasta* le fit blanchir.

— Elle est entre les mains d'Ailean ?

— C'est plutôt lui qui est entre ses reins, répliqua Gatien d'un ton hargneux.

Il n'en revenait d'ailleurs toujours pas. Le moins que l'on puisse dire, c'était qu'ils n'avaient pas perdu de temps !

— Comment le savez-vous ? lui demanda Ursan.

— Je le sais, c'est tout !

Hors de question qu'il partage son plan avec cet

idiot, il serait capable de les trahir sans le faire exprès.

— Que fait-on alors ?

— Ce que vous faites encore de mieux : rien.

Après avoir lâché cette remarque cinglante, Gatien se pressa l'arête du nez pour essayer de se calmer. Il sentait monter une migraine carabinée. Il ajouta ensuite :

— On rentre à Boston. Pour l'instant, on ne peut rien faire de toute façon.

Sa présence ici était devenue inutile. Il espérait simplement que son stratagème allait fonctionner, car il jouait un sacré coup de poker et il n'aimait pas ça.

Gatien ne put ignorer, à la réaction d'Ursan, que ce dernier n'était pas d'accord avec ce choix. Pourtant, en bon petit soldat, il répondit :

— Très bien, Mon Seigneur, je fais préparer le jet et avertis les hommes.

— Oui, fais donc cela, lui rétorqua Gatien qui n'arrivait plus à cacher son mépris.

Alors que son bras droit allait tourner les talons, il l'interpella :

— Et demande à Tatien de venir, j'ai une mission à lui confier.

— Bien Mon Seigneur.

Une fois qu'il fut à nouveau seul, Gatien se servit une bonne dose de bourbon et alla s'asseoir dans un fauteuil, pour méditer sur toute cette situation.

Les femmes étaient vraiment toutes des chiennes ! À commencer par cette foutue Jezabel. Si elle n'avait pas lancé ce maudit sort, il ne serait pas dans cette situation merdique au possible.

Surtout, si son idiot de mari l'avait écoutée avant de la brûler vive, il aurait pu l'obliger à revenir en arrière pour défaire ce qui avait été fait. Mieux, s'il avait su tenir sa femme, elle n'aurait pas eu l'occasion de nuire à toute leur espèce. Quelque part, Achab était autant coupable qu'elle.

À cause de cette maudite famille, ils étaient désormais au bord de la catastrophe. Qu'allait faire Ailean, une fois qu'il aurait acquis plus de pouvoirs ? En tout état de cause, il aurait été idiot de ne rien intenter contre les mages. Une chose était certaine, si les rôles étaient inversés, Gatien n'hésiterait pas l'ombre d'une seconde pour attaquer. Il partait donc du principe que c'était ce que le roi des vampires allait faire.

Le pire n'est jamais décevant.

En l'occurrence, il avait des difficultés à imaginer comment la situation pourrait devenir plus désastreuse. Leur salut tenait à si peu de choses, un enchaînement de « si » bancal. Il détestait plus que tout se sentir impuissant de la sorte.

Un quart d'heure plus tard, on frappa à la porte. Sans surprise, c'était Tatien venu s'enquérir de la mission que Gatien voulait lui confier. Dans un premier temps, le mage fut perplexe devant la demande de son souverain, puis choqué quand il apprit ce que Gatien comptait en faire. Mais en homme intelligent, il comprit rapidement où était son intérêt et accepta sans rechigner.

On verra bien si tu fais la maligne après ça, maudite sorcière !

Chapitre 50

Comme Ailean s'y était attendu, le *consilium* se déroula sans véritable heurt. Certes, les *Veteres* se déclarèrent déçus qu'il n'ait pas dénié leur parler d'Ornella plus tôt et qu'ils aient eu à l'apprendre de Marec. De la même façon, ils n'apprécièrent pas qu'Almadeo se soit chargé de leur annoncer ses fiançailles – ce dernier ayant joué à merveille son rôle de colporteur. Cependant, ils reconnurent que la situation était assez exceptionnelle pour admettre quelques entorses au protocole.

— Mais enfin, s'était indigné Marec, il connaissait l'existence d'une *Nefasta* et il n'en a fait part à personne, en dehors de ses cinq généraux. C'est inadmissible !

— Ce qui est inadmissible, avait rétorqué Laetus, le doyen des *Veteres,* c'est que tu te permettes d'intervenir dans ce *consilium*.

L'ensemble des vampires de la cour participait au *consilium* mais uniquement en qualité de spectateurs. Seul le roi et les *Veteres* avaient droit de paroles. Et ces derniers n'aimaient guère qu'un vampire transgresse cette règle.

— Nous avoir sollicités pour que nous l'organisions ne te donne pas le droit d'intervenir.

Ailean avait réussi à se retenir *in extremis* de sourire d'une oreille à l'autre. Il était jouissif de voir l'air déconfit de son demi-frère. Son plan ne fonctionnait pas comme il l'imaginait et il s'en rendait compte.

Le reste du *consilium* n'avait été que du bla-bla futile. Seules deux choses intéressaient les *Veteres,* ainsi que les autres vampires présents dans l'assemblée.

La première était de pouvoir faire la rencontre d'Ornella. Après tout, elle était la première *Nefasta* à entrer en contact avec des vampires de toute l'histoire. Même Ève n'avait pas interagi avec eux, à l'exception d'Adam et son cercle restreint. Cet engouement n'était donc pas une surprise. Depuis le début, Ailean avait su qu'il devrait nourrir la curiosité de ses sujets.

À leur arrivée, un peu plus tôt, tous étaient déjà dans la salle du conseil à l'attendre. Aucun n'avait donc vu à quoi elle ressemblait. Il était donc normal qu'elle soit sur toute les lèvres, elle était un peu comme une licorne que l'on viendrait de découvrir.

Afin de satisfaire cette curiosité, il accepta sans rechigner – et sans joie – de participer au prochain repas en étant accompagné de sa fiancée. Il savait d'ores et déjà que ce serait une épreuve pénible, mais il ne pouvait pas y couper.

Il accéda également à la requête des *Veteres* de leur accorder une entrevue avec Ornella. Cependant, il avait posé une condition : il y participerait. Lorsque Laetus, le doyen du groupe du haut de ses 999 ans, ayant un penchant pour la bonne chair – dans tous les sens du terme – avait demandé si Ornella était jolie, Ailean avait dû se retenir de lui sauter à la gorge pour cette remarque. D'ailleurs, il redoutait un peu le moment où tous les vampires mâles découvriraient à quel point elle était belle.

La deuxième chose que chacun voulait découvrir, c'était s'il avait bu à sa veine et s'il avait accru son pouvoir. À l'heure actuelle, toute la cour devait être au courant du « sort » qu'Ornella s'était lancée à elle-même. Il avait imaginé ce plan pour la protéger, mais il se rendait compte qu'il l'avait, par la même occasion, rendue encore plus attrayante à leurs yeux.

Une fois le *consilium* terminé, il s'éclipsa directement pour rejoindre les quartiers de la famille royale auxquels Marec n'avait évidemment pas accès.

Même s'ils étaient demi-frères sur le papier, Ailean ne se sentait aucune affinité particulière avec lui et surtout n'avait aucune confiance en lui.

Connaissant la soif de pouvoir de Marec, il avait fait en sorte de protéger au mieux sa famille. Lui refuser l'accès au souterrain était l'une des décisions allant en ce sens.

Lorsque l'ascenseur s'ouvrit sur l'étage du sous-sol,

il ne perdit pas de temps. Il voulait rejoindre directement Ornella, mais il devait auparavant aller se changer pour passer une tenue plus appropriée au repas de ce soir.

Habituellement, s'habiller en pingouin l'énervait prodigieusement. D'ailleurs, il avait plus d'une fois tordu le cou à l'étiquette en portant son éternel pantalon de cuir. Mais ce soir, il avait envie de paraître à son avantage. Il voulait impressionner sa petite *Nefasta,* même s'il aurait fallu se lever de bonne heure pour le lui faire avouer à voix haute.

Une fois dans sa chambre, il se rafraîchit et se changea rapidement. Il se dirigea ensuite vers la chambre qu'il avait allouée à Ornella, celle aménagée dans le but d'accueillir un jour sa reine.

Lors de la construction de ce niveau, l'architecte embauché avait précisé qu'Ailean devait penser à l'avenir. Même si à l'époque, l'idée de se marier lui semblait hautement improbable, il avait fini par céder.

Aujourd'hui, il ne regrettait pas d'avoir suivi ce conseil. Ornella ne méritait rien de moins que des appartements dignes d'une reine. Même si une petite voix dans sa tête lui soufflait qu'elle serait encore mieux dans sa chambre à lui.

Ailean était un peu déçu de ne pas avoir pu l'y conduire tout à l'heure. Il aurait bien aimé voir sa réaction. Mais son statut ne lui permettait pas toujours de faire ce qu'il voulait. Contrairement à ce que certains pensaient, il avait des obligations à tenir et faisait toujours passer son devoir de souverain avant son intérêt personnel.

D'un autre côté, Ornella avait ainsi eu l'occasion de faire la rencontre de Rayna. Étrangement, il n'avait pas douté une seule seconde que les deux jeunes femmes s'entendraient à merveille. L'une comme l'autre avaient du caractère. D'ailleurs, à ce jour, elles étaient les seules à pouvoir se vanter de l'avoir remis à sa place.

À l'occasion, il faudrait qu'il remercie sa sœur pour l'accueil chaleureux qu'elle avait réservé à Ornella tout à l'heure. Il lui en était reconnaissant.

Il en était là de ses réflexions, lorsqu'il frappa à la porte. Il fut lui-même surpris par la fébrilité qui s'empara de lui à la simple idée de la revoir.

Puis, le battant s'ouvrit et il perdit toutes ses capacités de réflexion.

Une seule pensée parvint à se former dans son esprit : comment allait-il pouvoir tenir tout un repas sans tuer un seul mâle ?

Chapitre 51

— Rayna, ton frère et moi ne sommes pas réellement fiancés.

Dès que les paroles eurent franchi ses lèvres, un poids énorme quitta la poitrine d'Ornella. Elle se sentait tellement mal de garder ce secret envers sa nouvelle amie. Rayna l'accueillait à bras ouverts et en retour elle lui mentait, c'était mal. Elle espérait simplement qu'Ailean ne lui en voudrait pas d'avoir éventé leur secret.

Rayna fronça les sourcils et demanda :

— Comment ça ?

— C'était une idée d'Ailean pour m'offrir une protection supplémentaire.

La jeune vampire la fixa avec attention, avant

d'exploser de rire.

— Tu es sérieuse ? Tu as vraiment cru à cette histoire ?

— Quelle histoire ? demanda Ornella, perdue.

— Qu'Ailean t'a demandé de devenir sa fiancée pour pouvoir te protéger ?

— Il ne m'a pas demandé de devenir sa fiancée, mais de me faire passer pour telle, nuances.

Rayna ne voyait-elle pas la différence colossale ?

— Pff, qu'importe les mots. Je connais mon frère. Je peux t'assurer qu'il n'aurait pas eu recours à ce stratagème dans le seul but de te protéger. Sans parler de la façon dont il te dévorait du regard, tout à l'heure, dans le parc. Je peux t'assurer qu'il est dingue de toi. Je suis prête à parier mes deux mains là-dessus !

— C'est toi qui es dingue, se moqua gentiment Ornella.

Elle refusait d'écouter les hypothèses grotesques de Rayna. C'était le meilleur moyen pour se faire toute une histoire de rien du tout. Elle devait garder la tête froide.

— Non, j'ai raison. Et je compte bien te le prouver. Mais d'abord, on va parler de ce que toi, tu ressens pour lui !

Certainement pas !

C'était une chose qu'elle-même s'empêchait de faire. Elle ne voulait surtout pas se pencher sur la question, car elle redoutait les réponses qu'elle pourrait obtenir.

— Et nous allons le faire pendant que l'on se

prépare.

— Se préparer pour quoi ?

— Ce grand dadais ne t'a même pas parlé du repas ?

— Euh non. Quel repas ?

— Celui qui va être donné en votre honneur, c'était prévisible. Il aurait quand même pu t'en parler !

Pardonne-lui, il était simplement trop occupé à me faire jouir.

Évidemment, penser à ce détail fit rougir ses joues et augmenter son rythme cardiaque, ce que Rayna ne manqua pas de remarquer. Ne lui laissant pas le temps de creuser sa réaction, Ornella détourna son attention en lui demandant :

— Alors, que suis-je censée mettre pour l'occasion ?

Son plan fonctionna à merveille. La sœur d'Ailean ne se fit pas prier pour se transformer en moins de deux en une marraine bonne fée. Elle alla dans sa propre chambre et revint avec deux robes, son nécessaire de maquillage et des chaussures adéquates.

Quand Ornella vit la robe que Rayna lui réservait, elle faillit sauter de joie. Elle n'avait jamais eu la chance de porter une telle merveille. Elle était tout simplement sublime. Dans les tons perle nacrée, la robe était cintrée jusqu'à mi-cuisse avant de s'évaser à ses pieds en corolle. Les chaussures que Rayna lui proposa complétèrent à merveille la tenue. Accessoirement, elles lui permettraient aussi de se déplacer sans marcher sur le tissu.

— Elle m'arrive au-dessus des chevilles, donc je me doutais qu'elle serait parfaite pour toi avec ces chaussures ! Elle te va super bien.

— Merci.

En s'observant dans la psyché placée dans un angle de la chambre, Ornella dut admettre que Rayna avait raison. La robe mettait divinement en valeur son corps. Sous sa poitrine, une ceinture de brillants lui entourait la taille et formait un joli écusson entre ses seins. Les pierres fixées sur le tissu avaient un éclat de mille feux.

Était-ce des diamants ? Elle n'osa pas poser la question. Si Rayna lui répondait par l'affirmative, elle aurait trop peur d'en perdre un par mégarde et cette idée l'obséderait toute la soirée.

Le bustier de la robe était très échancré, englobant sa poitrine comme un soutien-gorge. D'ailleurs, impossible d'en mettre un. Heureusement, le bustier offrait un maintien idéal. Rayna et elle ayant à peu près les mêmes mensurations, il la taillait parfaitement. Le tout tenait grâce à des bretelles fines lui entourant les épaules.

Quant au dos, c'était certainement l'élément le plus scandaleux de la tenue. Le tissu ne commençait qu'au niveau du bas de ses reins. L'ensemble de son buste était laissé à nu.

De son côté, Rayna enfila une tenue digne d'une princesse. D'ailleurs, n'était-ce pas ce qu'elle était ?

Également dans les tons blancs, sa robe la mettait divinement en valeur. De toute façon, Rayna était tellement belle qu'elle serait restée éblouissante habillée de guenilles.

Pour la coiffure, elles décidèrent toutes les deux de laisser leurs cheveux cascader librement dans leur dos. Dans le cas d'Ornella, ce serait ainsi une barrière pour ne pas se sentir trop exposée aux yeux des autres.

Venant la rejoindre devant la glace, Rayna déclara :

— Nous sommes deux véritables beautés. Toutes ces mégères vont en avoir des aigreurs d'estomac ! Elles vont être vertes de jalousie de voir une fille aussi splendide au bras de mon frère, elles qui rêvent toutes d'être à ta place.

— Ce n'est pas gentil de me dire ça ! Tu viens de me mettre un peu plus la pression.

— Ne dis pas de bêtises. Tu vas voir, je parie qu'Ailean ne va pas te quitter des yeux et d'une semelle de la soirée.

Ornella n'eut pas l'occasion de répondre, car on frappa à la porte. Fébrile, elle alla ouvrir, se doutant de l'identité de la personne derrière le battant.

En effet, c'était bien Ailean et, quand il la vit, son regard devint brûlant comme jamais. Il la dévora littéralement des yeux.

Le raclement de gorge de Rayna sembla le sortir de sa stupeur.

— Je ne sais pas si je dois te remercier ou te maudire, déclara-t-il à sa sœur.

— Quoi ? Tu n'aimes pas la façon dont est habillée ta fiancée ? demanda celle-ci d'un air provocateur.

— Si. Elle est sublime.

Fixant à nouveau Ornella, il répéta :

— Tu es sublime et magnifique. Je n'ai jamais vu plus belle femme.

En retour, elle se sentit rougir jusqu'à la racine des cheveux.

— Tu n'es pas mal non plus, avoua-t-elle d'une petite voix.

Il ne portait pas son habituel pantalon en cuir, mais un magnifique costume noir agrémenté d'une chemise noire. Il était littéralement à tomber. En *bad boy* comme en *play boy*, Ailean parvenait toujours à faire battre son cœur plus vite. Cependant, il y avait un petit côté comique à le voir habillé de la sorte. Il ne semblait pas dans son élément.

Enfin, jusqu'à ce qu'il croise son regard affamé et qu'il comprenne qu'elle appréciait beaucoup ce qu'elle avait sous les yeux. Après ça, il sembla très à l'aise dans son costume.

Durant plusieurs secondes, il y eut un flottement, chacun dévorant l'autre du regard.

Rayna mit à fin à ce moment avec un nouveau raclement de gorge.

Elles quittèrent ensuite de la pièce, Ailean se décalant pour les laisser passer et fermer la marche. Ornella ne put retenir un énorme sourire, en l'entendant jurer tout bas lorsqu'il découvrit son dos nu.

— Je te préviens, Rayna, tu seras responsable des morts qu'il pourrait y avoir durant ce repas !

— Chouette, depuis le temps que je dis qu'il faut

faire le ménage ! répliqua la vampire toute joyeuse.

Chapitre 52

— Je suis désolé de t'imposer ça, murmura Ailean à son oreille, mais tu dois te douter que tout le monde veut faire ta connaissance.

Comment parvenait-il à la rassurer et l'effrayer à la fois ? se demanda Ornella.

Une chose était certaine, la sollicitude dont il faisait preuve était trop attendrissante. Depuis qu'ils étaient montés dans l'ascenseur, il ne l'avait pas quittée d'une semelle, conformément à ce qu'avait prédit Rayna.

— Ne t'inquiète pas, Ailean, répondit cette dernière. D'après ce qu'elle m'a raconté, s'ils l'énervent, Ornella est tout à fait capable de leur rabattre le caquet.

Elle accompagna sa remarque d'un clin d'œil complice. Un peu plus tôt, la vampire avait insisté pour qu'Ornella lui raconte tous les tours dont elle était capable.

— Je l'ignore, avait-elle répondu. Je sais seulement que tous ceux que j'ai tentés jusqu'alors ont fonctionné.

Bien évidemment, Rayna ne s'était pas contentée de cette réponse. Elle avait insisté pour obtenir des détails. Ornella avait donc satisfait sa curiosité, en omettant toutefois l'histoire avec les cinq malfrats. Quand elle lui avait raconté ce qu'elle avait fait subir à Almadeo, la sœur d'Ailean avait explosé de rire.

— J'aurais tellement aimé être là ! Tu ne voudrais pas le refaire, juste pour mon plaisir ?

Cette remarque avait bien fait rire Ornella.

Alors qu'ils arrivaient au niveau du seuil de l'entrée de la salle de bal, le brouhaha provenant de la pièce fit fondre son courage plus vite que neige au soleil.

Combien de personnes y avait-t-il là-dedans ?

Soudain, la main d'Ailean vint se poser au bas de ses reins. Ce geste, hautement possessif, lui apporta un réconfort, tout en lui échauffant les sangs. Elle se sentait tout à coup beaucoup plus forte. Par ce simple contact, il lui apportait du courage.

Un homme muni d'une canne frappa le sol à trois reprises, avant de déclarer haut et fort :

— Son Altesse Ailean, roi des vampires ; sa fiancée, Ornella, *Nefasta* et la princesse Rayna.

Le silence fut complet durant quelques secondes. On aurait pu entendre une mouche voler. En l'occurrence, Ornella entendait seulement son cœur lancé dans une course effrénée.

Plusieurs têtes se tournèrent dans sa direction, certaines moqueuses, d'autres ironiques et d'autres avides. Ils la croyaient terrorisée. Ils n'avaient pas tort ! Elle avait l'impression d'être un pauvre lapin abandonné au milieu d'une meute de loups.

— *Ne t'occupe pas d'eux !* souffla soudain la voix d'Ailean dans sa tête. *Je te promets que tout ira bien. Je ne les laisserai pas t'importuner.*

Dans le même temps, la main dans son dos se raffermit.

Touchée par ce soutien, elle se tourna vers lui et lui envoya un sourire de remerciement. La façon dont il la regarda en retour lui coupa le souffle. On aurait dit qu'il observait la huitième merveille du monde.

Soudain, elle décida de moucher cette bande de vampires. Ils s'attendaient à ce qu'elle se mette à trembler devant eux ? Ils n'allaient pas être déçus du voyage !

Elle fit appel à son pouvoir, afin de bloquer son pouls. Pas question qu'ils s'amusent de son stress ! Elle avait lancé ce sort une fois, il n'y avait aucune raison qu'elle n'y parvienne pas à nouveau.

Les réactions ne se firent pas attendre. Il y eut des hoquets de surprise, surtout de la part de ceux pouvant apercevoir son regard de feu.

Elle s'en moqua et les ignora. Elle préférait rester concentrée sur Ailean qui la fixait désormais avec une fierté évidente. Il se pencha alors vers elle et posa un baiser au coin de ses lèvres, en murmurant dans sa tête :

— *Tu es tellement belle quand ton regard s'enflamme de la sorte. Mais je préfère que ce soit lorsque tu es sur le point de jouir.*

Elle n'eut pas l'occasion de lui répondre, car un groupe de personnes d'un certain âge vint se poster devant eux, attendant visiblement d'être présentées.

Dans son dos, Rayna murmura :

— Bon courage avec les vieux !

Puis, elle s'éclipsa, non sans avoir récolté avant, une petite remontrance de la part d'Ailean.

— Ornella, j'aimerais te présenter les *Veteres*, enchaîna-t-il.

Jouant son rôle de fiancée du mieux qu'elle put, elle passa la demi-heure suivante à sourire quand il fallait et à accepter les félicitations de circonstances. Elle salua un nombre incalculable de personnes. Elle retint très peu de noms, pour ne pas dire aucun. De toute façon, elle savait d'ores et déjà qu'elle ne chercherait pas la compagnie de ces gens. Ils étaient inintéressants au possible.

Les vampires femelles la regardèrent avec haine. Certaines essayèrent même de jouer les charmeuses avec Ailean, agissant comme si elle n'était pas là. Deux ou trois poussèrent même l'audace jusqu'à lancer des allusions peu subtiles sur une aventure passée. Leur intention était de faire passer un message. Malheureusement pour elles, Ailean les envoya promener. Il s'adressa à elles avec une froideur qui aurait fait passer l'Antarctique pour le Sahara.

Quant aux vampires mâles, ils la dévorèrent

littéralement du regard. Certains la mirent mal à l'aise, comme le vieux Laetus. A chaque fois, Ailean grogna comme un chien protégeant son os. Elle ne s'en vexa pas. Quelque part, elle se sentit flattée de la possessivité que sa réaction trahissait.

L'un des vampires eut le culot de lui demander :

— On nous a rapporté que votre sang était empoisonné, excepté pour votre fiancé. Quels seraient les effets si un autre s'aventurait à le boire ?

L'avidité dans son regard était clairement perceptible. Ailean lui coupa l'herbe sous le pied en répondant avant elle et d'une voix menaçante :

— Vous n'auriez pas le temps d'en sentir les effets, Sergio. Je vous aurai étripé avant qu'il n'ait atteint votre estomac !

Ne résistant pas à la tentation, Ornella s'arrangea pour faire briller son regard au même instant.

Blanc comme un linge, ledit Sergio leur faussa aussitôt compagnie, pendant qu'Ailean et elle échangèrent un sourire complice. Au même instant, cinq hommes vinrent les rejoindre.

Loin des tenues élaborées des autres convives, on aurait dit qu'ils étaient prêts à aller casser quelques bras ou quelques rotules. Dans le lot, elle reconnut Almadeo et Livio. Elle en déduisit que ce devait être les fameux généraux dont elle avait entendu parler. Ailean les accueillit de façon chaleureuse.

Les présentations furent nettement moins guindées que celles qu'elle avait subies jusqu'à présent. Il était visible qu'Ailean avait un véritable respect pour ces cinq hommes.

— Ainsi donc, voici celle qui a réussi le miracle de couper la chique à Almadeo, déclara celui qui s'appelait Rosario.

— C'est pas drôle, bougonna l'intéressé.

— Moi, je ne serais pas contre d'avoir une petite démonstration, afin de vérifier que Livio n'a pas exagéré, ajouta Léandre.

— Carrément ! renchérit Rosario, dont le regard s'illumina comme un enfant venant de voir le Père Noël.

— Bande de faux frères ! marmonna Almadeo.

— Bande de gamins, répliqua Darius

— À qui le dis-tu, ajouta Ailean.

Ils passèrent ensuite à table. Les mets furent délicieux et l'ambiance moins pesante qu'elle ne l'avait redouté. En même temps, elle était bien entourée. Au final, le repas ne fut pas si terrible, Ornella y prit même un certain plaisir. Toutefois, elle fut heureuse de regagner le calme de sa chambre. Elle fut déçue qu'Ailean confie cette tâche à sa sœur, mais elle se réjouit quand il lui glissa dans le creux de l'oreille :

— Je l'aurais fait avec plaisir, mais je dois faire un point avec mes hommes.

Chapitre 53

Contrairement à ce qu'Ailean avait craint, ce repas ne fut pas une catastrophe. Il pouvait même dire qu'il s'était amusé à une ou deux reprises. Son moment préféré ayant, sans nul doute, été lorsque Sergio avait voulu faire son malin. La façon dont Ornella s'était unie à lui pour le remettre à sa place avait été jouissive.

Mais plus que tout, il avait réellement pris du plaisir à se pavaner dans la salle de bal avec cette magnifique jeune femme à son bras. L'envie qu'il avait lue dans les yeux des autres mâles avait flatté son ego. Et la confiance qu'Ornella lui avait accordée lui avait fait chaud au cœur.

Il n'en revenait toujours pas de la façon dont elle avait géré leur entrée. Il n'avait pas honte d'avouer que la voir faire face à tous ces vampires la détaillant comme un bout de viande, avait provoqué un début d'érection. Le regard de feu qu'elle leur avait lancé en retour avait été sexy. Et leur mine défaite avait été un véritable régal.

Il n'y avait pas à dire, Ornella avait le port et le comportement d'une reine. Elle les avait tous fixés comme si elle ne leur devait rien et qu'elle valait mieux qu'eux, ce qui au demeurant était entièrement vrai.

Ornella ne s'en rendait certainement pas compte, mais elle était faite pour être reine, pour être *sa* reine. Il fallait maintenant qu'il parvienne à l'en convaincre.

À regret, il l'observa quitter la salle en compagnie de Rayna. Il aurait tellement aimé la reconduire lui-même et, pourquoi pas, pousser l'audace jusqu'à l'embrasser et l'aider à retirer cette robe mettant divinement son corps en valeur. Depuis qu'il était venu la chercher dans sa chambre, il essayait le moins possible de penser à sa tenue scandaleusement sexy. Sinon, il se serait retrouvé dans une position embarrassante.

Sans ces maudits mages, il pourrait en ce moment-même être en train de la lui retirer. Au lieu de ça, il devait trouver comment les contrer. Il ne faisait aucun doute que ces salopards allaient, tôt ou tard, passer à l'action. Il fallait être plus malin qu'eux pour deviner où et quand ils comptaient frapper.

Une fois qu'Ornella eut disparu de son champ de vision, il se tourna vers ses généraux et déclara :

— Réunion dans mon bureau. Tout de suite.

— Alléluia, s'exclama Almadeo. Je pensais que ce repas n'en finirait jamais. Je commençais même à avoir des fourmis aux fesses !

Ailean ne pouvait lui reprocher son manque d'enthousiasme. Ces repas pompeux l'ennuyaient toujours royalement. Malheureusement, il ne pouvait pas toujours y couper. Néanmoins, celui-ci avait été de loin le plus agréable de tous et la charmante petite sorcière installée à ses côtés toute la soirée n'y avait pas été étrangère.

— On y va ? demanda Darius, le tirant de ses rêveries.

Il prit alors conscience que tous les cinq le regardaient avec un air moqueur.

— Ouais, on y va et pas un mot ! grogna-t-il.

Évidemment, Almadeo fut celui qui mit les pieds dans le plat :

— Je ne vois pas de quoi tu veux parler. Ah si, j'y suis, tu fais référence à ton air niais d'amoureux transi ?

Ailean se contenta de lui lancer un regard noir. Son général eut enfin la bonne idée de se taire.

Tous les six quittèrent alors la salle, laissant cette bande de cloportes jouer aux grands seigneurs. Personne ne se formalisa de ses manières. Tous y étaient habitués. Il était de notoriété publique qu'Ailean n'était pas un fanatique des mondanités. Heureusement pour lui, ce n'était pas le principal critère pour faire un bon roi. En revanche, assurer paix et prospérité à ceux de son espèce l'était et il excellait dans ces domaines.

Une fois à l'abri dans son bureau, il demanda à Léandre et Rosario de lui faire un compte-rendu détaillé de leur filature. Comme prévu, Gatien venait de donner l'ordre de retourner à Boston, la ville où était implantée le bastion des mages, même s'ils ignoraient son emplacement exact.

— Je pense qu'il a eu vent de la petite rébellion qui était en train de se monter chez lui, commenta sournoisement Livio.

— Bien. Et concernant les autorités ? demanda Ailean.

— Darius et moi leur avons fait une première petite visite de courtoisie. Nous avons commencé à stopper l'hémorragie. Ornella n'est plus activement recherchée. Nous devons maintenant nous occuper des dommages collatéraux.

— C'est-à-dire ?

— Les policiers ont commencé à poser des questions aux proches de ta fiancée. Ils leur ont mis le doute. Sans parler du fait qu'elle ne va pas réapparaître de sitôt dans les parages. Nous devons donc les apaiser pour qu'ils n'alertent pas à leur tour les autorités.

— Une idée sur le nombre de personnes concernées ?

— Pas énormément. Ornella n'est pas socialement très active, répondit Livio. Il y a ses collègues de boulot et les membres du Jackson's club.

— Le club de boxe ? s'étonna Rosario.

— Oui, répondit Ailean. Vous ne devinerez jamais qui elle est.

— La femme de ménage, plaisanta Almadeo récoltant au passage un grognement de la part d'Ailean qui n'apprécia pas du tout la plaisanterie. Oh, ça va, c'était une blague. Elle était facile à faire en plus, pas vrai Rosario ?

— Désolé, mec, sur ce coup, tu es tout seul. Moi je l'aime bien cette petite sorcière. Et, accessoirement, je ne tiens pas à me faire démolir par Ailean.

— Pff, tu deviens aussi ennuyeux qu'eux avec le temps !

Almadeo et Rosario étaient les deux plus jeunes de leur groupe. Livio avait plus ou moins son âge, Léandre et Darius le devançaient d'un siècle.

— Alors, qui est-elle ? demanda ce dernier.

— La sorcière de Jackson

Il entendit la fierté dans sa voix et elle était justifiée. Chacun y alla bien évidemment de sa petite remarque, y compris Almadeo qui lança :

— Ouah, c'est carrément bandant !

Il récolta en prime un bon coup derrière la tête de la part de Livio.

— Un peu de respect pour ta future reine.

— Désolé, marmonna-t-il.

— Au sujet de son patron, enchaîna Ailean, pressé d'en finir. J'aurais une requête particulière.

Il leur rapporta dans les grandes lignes ce que lui avait raconté Ornella, s'assurant ainsi que cet enfoiré reçoive le traitement qui lui était dû.

— Compte sur nous, répondit Livio d'une voix

grave.

Ailean était touché de voir comment ses hommes avaient pris Ornella sous leurs ailes. Ils semblaient réellement l'apprécier et il en était heureux.

Ils réglèrent ensuite divers détails en lien avec la sécurité. Une fois qu'ils eurent fait le tour, il déclara :

— Bon, nous en avons fini.

Il commença alors à se lever de sa chaise, mais fut pris d'un mini vertige.

— Oh non, on n'en a pas fini, lui répondit Darius. Maintenant, on va parler de ton petit problème nutritionnel.

Il aurait aimé envoyer balader son bras droit, mais c'était inutile. Tous venaient d'être témoins de sa faiblesse.

— Je croyais que boire le sang d'une *Nefasta* était censé donner des super pouvoirs à un vampire, pas l'affaiblir.

Cette remarque sournoise le fit grincer des dents. Comme il restait silencieux, Darius insista en posant LA question :

— Ailean, est-ce qu'Ornella est ton *Amor Fati* ?

Chapitre 54

— Ailean, est-ce que c'est ton *Amor Fati*, insista Darius, alors qu'il restait silencieux.

Et voilà, le pavé est lancé dans la mare, pensa Ailean.

— Je n'en sais rien, répondit-il acide.

— Comment ça tu n'en sais rien ? Ce n'est pourtant pas bien compliqué de le savoir.

— M'emmerde pas Darius ! s'énerva Ailean.

Il n'appréciait pas du tout la tournure que prenait la discussion. Il avait l'impression d'être acculé et il détestait ça.

— Hors de question que je lâche l'affaire. Tu vas cracher le morceau ! C'est moi qui te le dis !

— N'oublie pas qui je suis, gronda Ailean.

Il était rare qu'il joue de son statut de roi pour mettre fin à une discussion gênante. En réalité, il ne se souvenait pas de la dernière fois où il avait eu recours à ce stratagème avec ses généraux. Malheureusement pour lui, son effet tomba à l'eau.

En plus, Darius le prit à son propre piège et lui rétorqua :

— C'est exactement ce que je fais. Je suis ton bras droit, Ailean. En tant que tel, je dois te protéger. Si tu me caches quelque chose d'aussi important, je ne peux pas mener à bien ma mission.

— Je ne suis pas un bébé ! Je n'ai pas besoin que tu me protèges !

— Tu n'as pas bu à sa veine, l'accusa Darius.

Il semblait sûr de lui et Ailean préféra lui répondre par un silence.

— Mais enfin, je ne comprends pas. Nous avons tous vu la façon dont tu comportes avec elle. Ça saute aux yeux, c'est ton *Amor Fati*. Alors pourquoi ne pas avoir bu à sa veine ? D'autant que c'est une *Nefasta*, bon sang ! C'est comme si tu crachais sur un bon bourbon.

Poussé à bout, Ailean finit par hurler :

— Je ne peux pas boire à sa veine, sinon je serai lié à elle pour toujours, OK ?!!!

Baissant d'un ton, il ajouta :

— Ornella n'est pas une vampire. Si je bois et qu'elle s'en va, que se passera-t-il ? Je vais te le dire, ce sera la catastrophe pour moi.

— Mais enfin, pourquoi partirait-elle ? demanda Livio. C'est ta fiancée.

Ailean eut un rire sans joie.

— C'est un mensonge.

— Comment ça un mensonge ? l'interrogea Almadeo.

Tous ses généraux le fixaient désormais en fronçant les sourcils. Après s'être passé une main sur le visage, il expliqua d'une voix lasse :

— Je l'ai convaincue de se faire passer pour ma fiancée pour mieux assurer sa sécurité.

— Et elle t'a cru ? demanda Léandre d'une voix surprise.

Avant qu'il n'ait pu répondre, Darius s'exclama :

— Foutaises ! Je vous ai observés tous les deux ce soir et je peux t'assurer que vous ne vous comportiez pas comme de faux fiancés. Peut-être que cette histoire est à la base un tissu de mensonges, mais plus maintenant. Il y a quelque chose entre vous. J'en suis persuadé. Tous les vampires dans cette salle s'en sont rendu compte.

Chacun leur tour, les quatre vampires s'alignèrent sur l'opinion de Darius. Ailean aussi voulait le croire, mais il ne pouvait pas prendre ce risque.

— Je ne peux pas boire à sa veine, tant que je ne serai pas sûr à 100%. Imaginez qu'elle décide finalement de partir ? Je ne vais pas l'enchaîner ici, dans le seul but d'assurer ma survie. C'est tout simplement inenvisageable ! Je préfère attendre.

— T'es amoureux, lança Almadeo.

Ailean le fixa d'un air mauvais. Il n'avait pas besoin des remarques inutiles de son général.

Inutiles ? Vraiment ? Moi je pense plutôt qu'il vient de mettre le doigt sur un détail important.

C'est n'importe quoi !

Mais oui, mais oui, se moqua cette foutue conscience.

— Je comprends ta position, ajouta Darius.

Comme toujours, il était la voix de la sagesse et jouait les modérateurs.

— Cependant, tu ne peux pas rester ainsi. Tu dois te nourrir, même si ce n'est pas sur elle. Sinon tu vas finir par t'affaiblir. Et ce ne sera une bonne chose pour personne. Imagine ce que Marec pourrait faire s'il voyait que tu n'es pas au meilleur de ta forme. Surtout, comment crois-tu que tout ceci va se finir ? Être affamé en côtoyant son *Amor Fati,* ce n'est pas la meilleure des équations. Il arrivera un moment où ce sera plus fort que toi, tu finiras par le faire et pas forcément de la plus délicate des façons.

Cela l'ennuyait de l'admettre, mais Darius n'avait pas tort. Ornella représentait de plus en plus une tentation à laquelle il avait de moins en moins envie de résister. Il pensait avoir assez de maîtrise sur son corps, mais il avait déjà eu l'occasion de voir un vampire en proie au manque de sang, ce n'était pas joli à voir. Certes, il n'en était pas encore rendu à ce point, mais il ne voulait pas tenter le diable.

Même si tout son être se révoltait à cette idée, il finit

par déclarer :

— Tu as raison. Je vais aller me nourrir après cette réunion.

Plus vite ce serait derrière lui, mieux ce serait.

— Bien.

— Durant mon absence, Livio, je veux que tu t'assures qu'elle va bien.

Excepté dans les chambres du sous-sol, toute la maison était équipée de caméras. Si Ornella restait en bas, elle ne risquait rien. Seuls ses généraux, sa sœur et lui y avaient accès. Et si d'aventure, elle décidait de remonter, Livio pourrait avoir à chaque instant un œil sur elle. Son idée première de la faire suivre continuellement par l'un d'eux, ne lui semblait pas la meilleure qu'il soit. Ornella n'apprécierait pas du tout sa sollicitude.

— Tu peux compter sur moi.

— Les autres, je vous veux sur le terrain pour gérer ce problème avec les humains.

Chacun donna son assentiment.

Tous quittèrent ensuite la pièce un à un, sauf Darius et lui. Il allait se lever pour sortir, lorsque son bras droit lui dit :

— Je pense que tu devrais parler avec Ornella de cette histoire d'*Amor Fati*. Elle mérite de savoir. Qui sait, sa réponse pourrait te surprendre et tes problèmes pourraient se résoudre d'eux-mêmes.

Ou me détruire, pensa-t-il amèrement.

Tant qu'Ornella ne l'avait pas ouvertement rejeté, il pouvait toujours penser qu'un avenir commun était possible.

Chapitre 55

— Je ne peux pas boire à sa veine, sinon je serai lié à elle pour toujours, OK ?!!!

Cette phrase fut pire qu'un uppercut lancé en pleine figure. Et Ornella était bien placée pour savoir de quoi elle parlait.

En quittant sa chambre pour se rendre à la bibliothèque, elle n'aurait jamais pensé intercepter malgré elle une partie de la discussion entre Ailean et ses généraux. Et encore moins, cette remarque véhémente.

Sans qu'elle puisse les contrôler, les larmes envahirent ses yeux. Ce rejet violent la blessa à un point inimaginable.

Si elle ne se sauvait pas immédiatement d'ici, elle allait faire quelque chose de très stupide, comme éclater en sanglots et se faire repérer par les six vampires présents derrière cette porte. Ou bien encore, ne pas maîtriser la bête en elle qui hurlait vengeance et voulait faire autant, sinon plus, de dégâts que ce qu'on venait de lui infliger.

Elle tourna donc les talons pour retourner dans sa chambre. Elle se sentait au bord du gouffre émotionnel. Elle eut de la chance dans son malheur. Premièrement, elle ne croisa aucun vampire. Ils devaient être encore occupés à se pavaner dans la salle de bal.

Deuxièmement, elle réussit à redescendre au sous-sol sans encombre car son empreinte rétinienne et digitale furent reconnues. Elle se moquait complètement que quelqu'un ait réussi à récupérer ses données biométriques. Au contraire, elle était reconnaissante au petit fouineur qui l'avait fait. Grâce à lui, elle pouvait aller se terrer et laisser enfin libre cours à son chagrin.

Dès qu'elle pénétra dans la chambre, Ornella se jeta sur son lit et se mit à pleurer à gros sanglots. Elle n'arrêtait pas de se traiter de fille stupide. Au lieu de verser des larmes à l'idée qu'Ailean refuse ouvertement et catégoriquement de boire son sang, elle devrait au contraire s'en réjouir. C'était une bonne nouvelle pour elle. Enfin, en théorie.

Dans les faits, ce refus était très douloureux, pour la simple et bonne raison qu'elle commençait à ressentir quelque chose pour lui. Il était temps d'arrêter de faire l'autruche et d'admettre ce qu'elle refusait de voir jusqu'alors. Même si elle ne le connaissait que depuis peu, elle était en train de tomber amoureuse d'Ailean.

Et, loin de partager ses sentiments naissants, ce

dernier semblait carrément dégoûté à l'idée de créer un lien quelconque avec elle.

Durant de longues minutes, elle se lamenta sur son sort, tout en le maudissant pour avoir été si prévenant avec elle. S'il avait été un véritable salaud, elle ne se serait pas attachée à lui. Mais non, il avait fallu qu'il se comporte en gentleman ! Qu'il prenne soin d'elle ! Qu'il soit beau à se damner ! Et qu'il embrasse comme un Dieu ! D'ailleurs, pourquoi l'avoir embrassée ? Et, a fortiori, pourquoi l'avoir caressée jusqu'à la jouissance ?

Un bruit discret à sa porte la tira de ses sombres réflexions. Elle ne voulait voir personne. Surtout, elle ne voyait pas qui cela pourrait être à part Ailean. S'il avait le culot de venir ici, il n'allait pas être déçu du voyage !

Cependant, elle faisait fausse route. Ce fut sa sœur et non lui qui ouvrit la porte (au passage, sans en avoir reçu l'autorisation) et se faufila dans la pièce en refermant derrière elle.

Rayna ne sembla pas surprise de trouver Ornella dans cet état.

— Je croyais que les chambres étaient très bien insonorisées, déclara Ornella, ne sachant pas quoi dire d'autre.

— Elles le sont. Cependant, il se pourrait que j'aie certaines capacités pour ressentir les émotions des autres de temps en temps.

Génial ! Pile poil, ce dont elle avait besoin !

— Écoute, si tu ne veux pas parler, ce n'est pas un problème. Mais je voulais te dire que si tu en ressens le besoin, je suis là pour toi. On ne se connaît pas beaucoup, mais je t'apprécie énormément Ornella. En dépit de ce qu'il peut y avoir entre mon frère et toi.

Sa déclaration raviva le tumulte d'émotions grondant en elle. Ornella était touchée par les paroles de Rayna. Elle aussi aimait beaucoup la vampire. Cependant, le cruel rappel de ce qu'il y avait entre Ailean et elle, autrement dit des sentiments à sens unique, ne fit qu'alimenter son chagrin.

Ses larmes, qui s'étaient taries ces dernières minutes, se mirent à couler de plus belle. Immédiatement, Rayna vint la rejoindre sur le lit et la prit dans ses bras.

— Oh, ma chérie, que se passe-t-il ?

Cela faisait des années qu'on ne l'avait pas réconfortée de la sorte. Une semaine plus tôt, Ornella aurait même affirmé que cela ne lui était jamais arrivé. Désormais, elle savait que ses parents l'avaient tenue plus d'une fois dans leurs bras, lorsqu'elle n'était qu'une fillette. Elle avait été leur petite princesse. Puis, son père avait assisté à sa torture mentale sans même lever le petit doigt. Comme l'on pourrait s'en douter, cette pensée n'arrangea pas sa situation.

Soudain, Ornella réalisa qu'elle était en train de s'effondrer et de se comporter comme une fille dépressive, tout simplement parce qu'un homme ne voulait pas d'elle. Ce fut un véritable coup de fouet.

Elle qui, il y a peu, se vantait de ne pas se laisser marcher dessus par la gente masculine, acceptait que l'un de ses représentants la réduise à l'état de loque pleurnicharde. Hors de question !

Elle se dégagea en douceur de l'étreinte réconfortante de Rayna et déclara en séchant rageusement ses larmes :

— Rien. Qu'il aille se faire voir. Il ne mérite pas que je pleure pour lui !

— De qui parles-tu ?

— De ton frère.

Rayna poussa un soupir dépité, avant de demander :

— Qu'a fait cet idiot ?

— Rien du tout.

— Ce n'est pas vrai. Il a forcément fait quelque chose de grave pour que tu sois dans cet état.

— Non, je suis simplement trop émotive. Ces derniers jours ont été éprouvants pour moi. Ce doit être le contrecoup.

— Je veux bien croire que les changements survenus en si peu de temps te perturbent, mais tu ne me feras pas croire que tu t'es mise à pleurer sans raison.

— Laisse tomber, c'est trois fois rien.

Ornella voulait dédramatiser la situation. Malheureusement, Rayna ne semblait pas décidée à lâcher l'affaire.

— Dans ce cas, raconte-moi et ensuite, on passera à autre chose.

Sentant qu'elle n'arriverait pas à avoir le dessus, Ornella finit par céder et déclara :

— Je suis remontée pour aller à la bibliothèque et ...

— Toute seule ? la coupa Rayna.

— Oui, toute seule. Je suis assez grande pour pouvoir me défendre.

— Je ne dis pas le contraire. Simplement, je sais déjà que si Ailean l'apprend, il va piquer une crise.

Ne souhaitant pas lancer le débat sur la façon dont Ailean réagirait s'il avait vent de ce détail, Ornella continua son récit :

— Je me dirigeais vers la bibliothèque, lorsque j'ai entendu, par mégarde, Ailean hausser la voix en s'adressant à ses généraux.

— Que disait-il ?

— Qu'il ne pouvait pas boire à ma veine, sinon il serait lié à moi pour toujours.

Seigneur, c'est ridicule. Je suis ridicule !

Cependant, loin de se moquer d'elle, Rayna la regarda avec de grands yeux et s'exclama :

— Oh la la ! Je m'en doutais. Tu es son *Amor Fati !*

— Son quoi ?

— Son *Amor Fati*, son âme-sœur, si tu préfères.

Chapitre 56

— Mon Seigneur, nous devrions atterrir d'ici une demi-heure.

Gatien ne prit même pas la peine de répondre à Ursan. Il se contenta de secouer une main pour lui signifier qu'il avait bien reçu l'information et que le mage pouvait maintenant déguerpir pour le laisser seul ruminer sa rage.

Il ne décolérait pas depuis plusieurs heures, pour ne pas dire depuis plusieurs jours. On ne pouvait pas dire qu'il était d'un naturel pacifique et compréhensif, mais jamais il n'avait autant eu d'envie de meurtres que ces temps-ci.

Le dernier sujet en date était cette vague de rébellion à Boston qu'il avait apprise juste après avoir ordonné que l'on prépare le jet. Il comptait d'ailleurs la tuer dans l'œuf dès son arrivée.

Mais ce qui le faisait enrager, c'était qu'il allait donner l'impression qu'il rentrait pour cette raison, alors qu'il avait déjà prévu de quitter la Nouvelle-Orléans avant de l'apprendre. Comme il l'avait dit à Ursan, il ne servait à rien qu'ils restent dans les parages. Tant que la *Nefasta* était à la cour des vampires, il n'avait aucune chance de lui mettre la main dessus.

De toute façon, depuis l'instant où il avait appris qu'elle était avec Ailean, il avait abandonné l'idée de pouvoir la capturer. Il avait simplement joué le jeu, car cela aurait paru suspect qu'il abandonne aussi facilement.

Il avait un plan précis en tête, mais il ne comptait surtout pas le partager avec ses hommes. Ces idiots seraient tout à fait capables de tout faire capoter sans le vouloir. On ne pouvait vraiment pas dire qu'il était aidé !

Ce retour n'était donc pas précipité, contrairement à ce que certains croiraient et il détestait donner l'impression que c'était à cause des actes de vandalisme constatés qu'il revenait à Boston. C'était donner trop d'importance à ce ou ces minables.

La vieille, plusieurs tags odieux avaient été dessinés sur la façade de sa résidence bostonienne. On pouvait y lire « Mort à Gatien ! », « Gatien, à la lanterne ! » et tout un tas d'autres citations du même acabit. Ses caméras de surveillance n'ayant rien donné, cela signifiait que celui qui avait réalisé ces graffitis était une personne de son cercle proche. Quelqu'un connaissant exactement comment détourner son système de sécurité. Et ce constat n'était pas pour lui plaire.

Il ignorait qui avait osé pareille offense – car le traître avait pris ses dispositions – mais ce n'était qu'une question de temps avant qu'il ne le découvre. Et, quand ce serait fait, des têtes allaient tomber ! Il en avait sa claque de ce genre d'événements. Il n'était certainement pas d'humeur à les supporter en ce moment. Il avait déjà assez à faire avec la *Nefasta* sans, en plus, se coltiner des rebelles de pacotille !

En parlant de cette maudite sorcière. À elle aussi, il lui aurait bien tordu le cou. Grâce à ses pouvoirs et ses affaires qu'il avait désormais en sa possession, il pouvait tout à fait utiliser quelque chose se rapprochant de ce que les humains appelaient les poupées vaudou. Mais, à cause de cette satanée Jezabel, il ne pouvait pas utiliser ce sort.

Pour se consoler, il repensa à ce qu'il avait prévu pour elle. Au final, ce n'était pas si mal. En plus, ce serait aussi bénéfique pour lui. Il fallait simplement prier pour qu'aucun imprévu ne survienne et que les éléments s'enchaînent comme il l'attendait. Malheureusement, pour mener son projet à bien, il devait faire confiance à ses alliés et ce n'était pas pour lui plaire.

Soudain, son téléphone satellite sonna. Sachant qu'il était réservé pour les urgences, il décrocha.

— Mon Seigneur, elle s'est déplacée.

— Quand et où ? demanda Gatien qui se redressa immédiatement dans son siège.

Lorsqu'il eut obtenu la réponse, un sourire narquois vint fleurir sur ses lèvres.

Parfait !

La chance commençait enfin à lui sourire.

— Quels sont vos ordres ?

— Ne faites rien. Elle ne doit se douter de rien.

C'était le détail complètement aléatoire de son plan, celui qu'il ne maîtrisait absolument pas. Désormais, il allait simplement placer stratégiquement ses pions et croiser les doigts pour que cela suffise à l'orienter dans la direction qu'il souhaitait qu'elle prenne.

Il y eut un moment de flottement. Son interlocuteur s'était certainement attendu à un tout autre ordre. Toutefois, il eut la bonne idée de répondre :

— Très bien, Mon Seigneur.

— En revanche, prépare tout ce qu'il faut. Si tout se passe comme prévu, nous allons réaliser la cérémonie lors de la prochaine lune.

Il y eut à nouveau un blanc, puis l'homme lui assura qu'il s'occupait de tout. La discussion s'arrêta là et Gatien rangea son téléphone avec un sourire diabolique aux lèvres.

Le moment qu'il attendait depuis tant d'années allait enfin se produire et cette *Nefasta* serait la cerise sur le gâteau !

Chapitre 57

Son *âme sœur,* rien que ça ?! Ornella n'en revenait pas qu'Ailean lui ait caché un truc aussi énorme. Elle se sentait vexée et blessée. Pour quelle raison ne lui avait-il pas parlé de cette histoire d'*Amor Fati* ? Elle avait le droit de savoir ! Après tout, elle était directement concernée !

Prise d'une vague de colère, elle quitta son lit comme s'il venait de prendre feu, en s'exclamant :

— Le salaud ! Il va m'entendre.

— Où vas-tu ? demanda Rayna.

— Je vais mettre la main sur ton frère et lui expliquer ce que je pense de ses petites cachotteries !

— Ce n'est pas une bonne idée.

— Pourquoi ça ?

— Je n'aurais même pas dû t'en parler.

— Quoi ?! Toi aussi, tu voudrais me cacher un truc aussi énorme ?

— Écoute, je comprends que tu en veuilles à Ailean de ne pas t'en avoir parlé. Mais il faut que tu comprennes certaines choses au sujet de *l'Amor Fati*.

— Vas-y, je t'écoute, répondit Ornella en croisant les bras sur sa poitrine.

Elle ne voyait pas ce que Rayna pourrait dire pour sauver les fesses de son frère. La vampire resta silencieuse quelques secondes, comme si elle hésitait à lui en révéler plus qu'elle ne l'avait déjà fait. Finalement, elle déclara :

— Ce que je m'apprête à te dire, seuls les vampires le savent.

Voilà qui promettait d'être intéressant.

— *L'Amor Fati* est à la fois une bénédiction et une malédiction pour notre espèce. Je laisserai Ailean t'expliquer en quoi c'est une bénédiction. Sache simplement que mon frère tient vraiment à toi.

Comment Rayna pouvait-elle lui dire une chose pareille et s'arrêter en si bon chemin ? C'était cruel. Heureusement, elle continua son explication :

— S'il n'a pas encore voulu boire ton sang, ce n'est pas parce qu'il ne t'aime pas. Il faut que tu saches qu'une fois qu'un vampire a pris la veine de son *Amor Fati*, le lien qui unit les deux être devient tangible et lourd de conséquences. Un vampire uni à son *Amor Fati* n'est plus capable de boire le sang d'un autre. Du moins, tant que celui-ci est toujours en vie. Ses canines ne s'allongent pas et, s'il ingurgite du sang via un autre moyen, il subit d'atroces souffrances. Normalement, un vampire trouve son *Amor Fati* chez un autre vampire et le lien va dans les deux sens. C'est donc sans danger, sauf si l'un des deux se fait capturer. Le seul autre cas « hybride » que l'on connaisse, c'est Adam et Ève.

— Oh, murmura Ornella.

Elle commençait à comprendre la raison pour laquelle Ailean lui avait caché une chose pareille. Sa colère venait soudain de disparaître pour laisser place à un tas d'interrogations pour lesquelles elle comptait bien obtenir une réponse.

Voyant qu'elle se dirigeait à nouveau vers la porte, Rayna répéta :

— Où vas-tu ?

— Ne t'inquiète pas, ton frère ne va pas se faire remonter les bretelles. Je veux simplement avoir une petite discussion avec lui. On a un certain nombre de choses à se dire, il me semble.

— Très bien. Tu veux que je t'accompagne ?

— Merci, mais je ne suis pas une petite fille. Je vais réussir à trouver mon chemin toute seule et je saurai me défendre en cas de besoin.

— C'est toi qui vois. Je vais donc retourner dans ma chambre et continuer de regarder ma série.

— Merci Rayna.

— De quoi ?

— De ton réconfort et d'avoir eu assez confiance en moi pour me raconter tout ça.

— Pour le premier point, c'est normal. Pour le deuxième, je ne pouvais pas laisser mon frère tout gâcher. C'est la première fois que je le vois regarder une femme ainsi, il est donc normal que je lui donne un petit coup de pouce.

Elle accompagna sa remarque d'un clin d'œil.

Elles quittèrent ensuite la chambre pour emprunter des directions différentes. Ornella monta dans l'ascenseur et suivit le même chemin qu'un peu plus tôt.

Malheureusement, Ailean n'était plus dans le bureau avec ses hommes. La porte était ouverte et la pièce vide. Comme elle ne l'avait pas croisé au sous-sol, elle en déduisit qu'il devait être sorti. Elle le voyait mal retourner dans la salle de bal.

Elle continua donc sa route pour se rendre à la bibliothèque. Elle avait besoin de se changer les idées. Un bon livre pourrait l'y aider. Si elle attendait sans s'occuper l'esprit, elle allait ressasser les informations que venait de lui donner Rayna jusqu'à s'en donner des maux de tête.

Si elle se souvenait bien de sa visite guidée, la bibliothèque se trouvait au bout de ce couloir.

Alors qu'elle prenait l'angle pour tourner, elle tomba nez à nez avec un vampire. Plutôt grand, il devait avoisiner les un mètre quatre-vingts. Ses cheveux noir ail-de-corbeau étaient ramenés en arrière, libérant complètement son visage. Il aurait pu être beau garçon, s'il n'avait eu cette expression pincée. Il donnait l'impression d'avoir mordu dans un citron pas mûr et d'avoir un balai enfoncé à un certain endroit de son anatomie.

Elle était certaine de ne pas lui avoir été présentée lors du repas. En revanche, lui comprit immédiatement qui elle était. En même temps, elle devait être la seule étrangère dans cette gigantesque maison !

— Ah, voilà la fameuse *Nefasta* !

Son ton était méprisant au possible, avec une pointe de condescendance. Elle le classa aussitôt dans la catégorie des personnes antipathiques.

— On se connaît ? demanda-t-elle d'un ton aussi hautain que lui.

Ils pouvaient être deux à jouer ce petit jeu.

— Non, nous n'avons pas encore eu ce plaisir, mais vous connaissez très bien mon demi-frère, si je ne m'abuse.

Son ton était mielleux et plein de sous-entendus.

— Marec ?

— Ainsi donc, Ailean s'est donné la peine de parler de moi ? Je dois avouer que je suis surpris.

— Oui, il m'a dit que vous n'étiez qu'un fourbe, sans courage, envieux de sa situation.

En réaction à cette insulte à peine voilée, le visage de Marec devint rouge de colère.

— Attention à ne pas dépasser les bornes, *Nefasta* !

— Sinon quoi ?

— Personne n'est là pour te défendre, la belle. Je pourrais t'égorger dans un coin sans que quiconque ne se rende compte de ta disparition.

— Correction, vous pourriez *tenter* de le faire.

Il lui rit au nez, avant d'ajouter :

— Tu es trop mignonne à jouer les sauvageonnes ! Ailean doit bien s'amuser au lit avec toi !

— Vous êtes répugnant !

— Pas la peine de jouer les prudes. Tout le monde sait que tu écartes les cuisses pour lui.

Il avait à peine fini sa phrase, qu'il reçut une claque magistrale qui retentit dans le couloir vide. Sa tête partit sur le côté sous le coup de l'impact.

Avant qu'elle n'ait pu savourer la scène, Marec passa à l'action, allant trop vite pour qu'elle ne puisse anticiper son geste. La seconde d'avant, il avait la tête tournée sur le côté. La suivante, il se retourna à la vitesse de l'éclair et vint la coller contre le mur, un bras appuyé sur sa gorge, l'empêchant de respirer correctement.

— Sale traînée, je vais t'apprendre à rester à ta place !

Sous le coup de la colère, ses crocs étaient descendus. Ornella dut alors admettre qu'il avait l'air plutôt effrayant. Cependant, elle n'allait pas se laisser faire pour autant. S'il s'attendait à ce qu'elle se mette à trembler comme une feuille morte devant lui et ses menaces, il pouvait attendre longtemps !

Il venait de réveiller la bête en elle et allait en payer le prix fort.

Faisant appel à son pouvoir, elle lui ordonna :

— *Lâchez-moi.*

L'air autour d'eux crépita sous la puissance de son ordre. Cependant, Marec ne bougea pas d'un iota. Il se contenta d'un sourire mauvais, avant de déclarer :

— Tes petits tours de passe-passe ne marcheront pas sur moi ! Et maintenant, je vais piquer la primeur à mon frère et vérifier si ton sang possède ces fameuses vertus.

Les sorts ne fonctionnaient peut-être pas sur lui, mais les bonnes vieilles méthodes oui !

Alors qu'il se penchait vers son cou, toutes canines dehors, Ornella passa à l'action. Elle posa les mains sur ses épaules pour le maintenir en place et leva le genou de toutes ses forces.

Chapitre 58

Ce « repas » serait à inscrire dans les annales à bien des titres, pensa Ailean, alors qu'il refermait la plaie de sa donneuse.

Jamais il n'avait été aussi rapide pour la choisir. Habituellement, il prenait le temps de trouver une femme à son goût. Mais pas cette nuit. De toute façon, une seule l'était, une petite sorcière, haute comme trois pommes, qui tenait sans le savoir son destin entre ses mains, ainsi que ses parties viriles.

Ces dernières étaient en lien avec le deuxième élément à inscrire à la liste des choses inhabituelles. Normalement, boire à la veine d'une personne éveillait toujours un désir sexuel. Or, pour la première fois de sa vie, Ailean n'avait ressenti que du dégoût envers lui-même. Il avait l'impression de tromper Ornella, ce qui était complètement absurde. Il était un vampire, il avait besoin de se nourrir. Jusqu'alors, il n'avait jamais eu honte de sa nature.

Cette nuit, la donne venait de changer. Alors que ses canines perçaient la chair tendre du cou de la femme qu'il avait entraînée dans une ruelle obscure, il se sentait sale et honteux.

Son malaise empira lorsque l'inconnue se mit à pousser des petits gémissements de plaisir. Ce fut la goutte d'eau en trop. Même s'il n'était pas complètement rassasié, il coupa court à cette sordide mascarade. Il se détacha de son cou, referma la plaie d'un coup de langue et fit en sorte que sa donneuse ne se souvienne de rien le lendemain matin. Elle aurait un mal de tête carabiné et en déduirait qu'elle avait pris une cuite mémorable, d'où son trou de mémoire.

Lorsque ce fut fait, il ne perdit pas de temps et se dématérialisa devant la grande bâtisse implantée dans le bayou. Il fallait que tout ceci cesse. Il était ridicule. Il devait avoir une discussion à cœur ouvert avec Ornella. Darius avait raison, c'était malhonnête de lui cacher cette histoire plus longtemps. Il allait lui expliquer ce qu'il en était et les sentiments qu'elle lui inspirait. À elle, ensuite, de faire son choix.

Elle allait certainement se mettre en colère qu'il ne lui en ait pas parlé plus tôt. Mais mieux valait tard que jamais, non ? Au moins, il aurait une nouvelle occasion de voir ses prunelles s'enflammer, se dit-il, en tentant de positiver.

C'était décidé, il allait partir immédiatement à sa recherche et allait tout lui expliquer.

Cependant, le destin bouleversa ses plans.

À peine fut-il « apparu » devant la cour, qu'une vague d'énergie vint chatouiller sa nuque. Il sut immédiatement que c'était Ornella.

Une alarme interne s'alluma. Si elle faisait appel à ses pouvoirs, c'était qu'elle était en danger. Sans prendre de temps pour la réflexion, il s'élança en direction de la maison à toute vitesse, laissant ses sens le guider pour l'amener jusqu'à elle.

Lorsqu'il arriva dans le couloir et surprit la scène qui se déroulait, il explosa. Sa vision s'obscurcit pour se focaliser uniquement sur Marec. Il gronda de voir son demi-frère menacer ainsi Ornella. Et ce fut pire, lorsqu'il comprit que ce dernier s'apprêtait à la mordre.

Son intention était de se jeter sur Marec pour le démembrer à main nu, mais sa petite sorcière fut plus prompte que lui à agir. Elle donna un coup de genou entre les jambes de son demi-frère avec une telle violence, que celui-ci s'écroula.

Pas de chance pour Marec, ce qu'il venait de recevoir n'était que l'entrée, le plat de résistance venait d'arriver !

Ailean l'attrapa par le cou et le secoua avec une violence à peine contenue. Il le projeta contre le mur en grondant :

— T'es un homme mort, Marec. La toucher était ta dernière erreur !

Il se jeta ensuite sur lui pour le massacrer avec des coups de poing d'une extrême violence. Il prit bien garde de ne pas frapper aux endroits mortels, pour ne pas l'achever tout de suite. Il voulait d'abord que Marec souffre, qu'il en vienne à le supplier de l'achever rapidement.

Il allait faire de lui un exemple pour tous ceux de son espèce. Ils devaient comprendre qu'on ne s'en prenait pas à *sa Nefasta*, sauf à vouloir mourir dans d'atroces souffrances !

Il s'acharna ainsi sur lui, durant quelques secondes, avant que des bruits de pas précipités ne viennent dans leur direction. Il n'y prêta pas vraiment attention. Personne ne pouvait le faire dévier de son objectif.

Marec était tellement sonné par ses coups – et peut-être aussi par celui qu'il avait reçu d'Ornella – qu'il ne chercha même pas à se protéger. En réalité, il semblait à peine conscient. Cependant, cela n'empêcha pas Ailean de continuer à se défouler sur lui.

Soudain, il fut séparé de sa victime par deux paires de bras qui le tirèrent par les épaules. La force combinée des deux vampires réussit à le bloquer contre le mur d'en face, mais ils n'allaient pas pouvoir le maintenir ainsi très longtemps. Il était enragé, on venait de toucher à son *Amor Fati* et il venait de se nourrir. Autrement dit, tous les facteurs étaient réunis pour décupler ses forces.

Tous crocs dehors, il cracha :

— Lâchez-moi !

— Non, d'abord, tu vas te calmer Ton Altesse.

À travers le brouillard de sa rage, il reconnut la voix de Livio. Il détourna le regard quelques instants de sa proie, pour la river sur son général. Puis, il tourna la tête de l'autre côté et constata que Rosario était la deuxième paire de bras.

— Lâchez-moi, immédiatement.

À cet instant, il se moquait comme de l'an 40 qu'ils soient ses généraux et amis. La seule chose qui importait à ses yeux, c'était qu'ils se mettaient en travers de son chemin, entre lui et sa cible.

— Calme-toi, Ailean, répéta Livio. Il va avoir ce qu'il mérite, mais pas comme ça. Ne le laisse pas te discréditer. Et ne le laisse pas lui faire croire que tu es *ça*.

Il lui fallut quelques instants pour comprendre à quoi Livio faisait référence. Ou plutôt, à qui. Lorsque l'information parvint jusqu'à son cerveau, il tourna la tête en direction d'Ornella.

Elle le fixait avec des yeux exorbités. Elle devait être choquée par ce déferlement de violence. En même temps, que voulait-elle qu'il fasse ? Qu'il demande gentiment et poliment à Marec de s'éloigner d'elle ? Il était un vampire, que diable ! Pas un putain de Bisounours !

Durant une poignée de secondes, il ne se passa rien. Ils se fixèrent mutuellement du regard. Ornella l'observa avec une attention qui le mit mal à l'aise. Il vit soudain la douleur envahir son regard, sans en comprendre la raison. Elle s'approcha alors de lui à grands pas, les larmes aux yeux et des flammes dans le regard. Arrivée à son niveau, elle lui décrocha une gifle magistrale en lui lançant :

— Salaud !

Puis, elle partit en courant en direction de l'ascenseur.

Il lui fallut quelques instants pour sortir de sa stupeur. Lorsque ce fut fait, il oublia Livio, Rosario, même Marec. Il les laissa tous en plan et s'élança à ses trousses.

— Ornella !

Malheureusement, les portes se refermèrent avant qu'il ne puisse la rejoindre. Qu'importe, ce n'était qu'une question de minutes. Il était temps qu'il ait une discussion avec elle !

Chapitre 59

Il s'était nourri à la veine d'une autre ! Ornella en était certaine. Il avait un je-ne-sais quoi de différent par rapport à la dernière fois qu'elle l'avait vu. Et ce n'était pas seulement dû au fait qu'il était habité d'une colère noire – pour ne pas dire une folie meurtrière.

Non, son teint semblait plus lumineux, plus frais. Elle ne l'avait pas remarqué, lorsqu'il était occupé à massacrer ce minable de Marec. Mais, quand il la regarda enfin d'un air inquiet, cette différence lui sauta aux yeux.

Il n'y avait pas cinquante explications. Surtout si elle croisait cela avec le bout de discussion interceptée un peu plus tôt. Aucun doute, il était sorti pour boire le sang d'une autre femme, car il refusait de boire le sien.

Avait-il fait l'amour à cette inconnue en même temps ? En échange de son sang, lui avait-il donné un orgasme ? L'avait-il prise sauvagement, au détour d'une ruelle ?

Cette vision fut un véritable coup de poignard en plein cœur. Après ce qu'elle venait d'apprendre, un fol espoir avait pris naissance en elle et Ailean venait de le piétiner de la pire des façons.

Elle n'en revenait pas qu'il ait osé lui faire ça ! Trop en colère pour maîtriser ses réactions, elle le gifla de toutes ses forces, se moquant des spectateurs. Puis, elle partit en courant. Elle ne voulait pas qu'il voie à quel point il l'avait blessée.

Serait-il possible que Rayna lui ait menti ? Lui avait-elle raconté toutes ces choses pour adoucir sa rancœur envers son frère ? Objectivement, cette hypothèse était invraisemblable.

La vampire avait dû se tromper. Elle avait cru voir des choses qui n'existaient pas. Et Ornella, influencée par ses propres sentiments envers Ailean, avait été trop heureuse d'y croire.

Quelle importance ? Le résultat était là et elle n'était pas près d'oublier cette trahison.

Il ne t'a rien promis, lui rappela une voix narquoise dans sa tête, alors qu'elle s'engouffrait dans l'ascenseur. Mais Ornella l'envoya promener. Pour l'heure, la raison n'avait pas sa place dans le débat. Elle était bien trop en colère et blessée pour ça.

Dès que les portes s'ouvrirent sur le sous-sol, elle sortit et remonta le couloir au pas de course. Elle se doutait qu'Ailean ne tarderait pas à tenter de la rejoindre. Il n'y avait qu'à voir comment il avait hurlé son prénom.

Qu'il essaie ! Elle allait le recevoir !

Malheureusement, pour la deuxième fois de la nuit, elle sous-estima la rapidité d'un vampire.

Alors qu'elle pénétrait dans sa chambre, Ailean s'y faufila également, sans qu'elle n'ait le temps de le voir venir. Il semblait aussi remonté qu'elle. Un comble !

— Sors de ma chambre ! hurla-t-elle.

— Non ! Pas tant que tu ne m'auras pas dit pourquoi tu m'as giflé !

Il osait le lui demander ? Ou plutôt, l'exiger – car sa phrase tenait plus de l'ordre. Son comportement ne fit qu'attiser sa colère. Cependant, elle choisit de lui répondre avec condescendance :

— Je suis sûre que tu vas trouver tout seul comme un grand !

Il ne sembla pas apprécier son ton, car ses traits devinrent encore plus graves.

— Je te signale que je n'aurais pas eu à me comporter comme un sauvage et à le massacrer, si tu n'étais pas remontée pour tenter le premier vampire venu ! Je t'avais dit de rester dans ta chambre.

QUOI ?!

Elle n'accorda aucun intérêt au début de son explication. Elle ne retint que la deuxième partie et vit rouge, littéralement. Outrée, elle lui répondit :

— Qu'es-tu en train d'insinuer ?

— Je suis sûr que tu vas trouver toute seule comme une grande, lui rétorqua-t-il en reprenant ses paroles.

— Oh non, tu vas exactement me dire ce que tu voulais dire !

— Je te laisse à peine plus d'une heure et tu en profites pour rôder dans les couloirs toute seule. Tu cherches quoi ? À te faire tuer ? À moins que tu ne veuilles tout simplement te faire mordre pour le plaisir ?

Scandalisée par ses propos, Ornella lui décrocha une nouvelle gifle. Seulement, cette fois, il anticipa son geste et stoppa sa main en plein mouvement. À défaut de pouvoir lui donner un coup, elle décida à son tour d'utiliser sa langue acérée pour frapper là où ça faisait mal.

— En tout cas, Marec, lui, ne rechignait pas à l'idée de boire à ma veine.

Ses paroles eurent largement l'effet escompté. Ailean se jeta sur elle pour venir emprisonner son corps contre le battant de la porte. Sans la bousculer, il envahissait son espace personnel, la tenant prisonnière grâce à son aura magnétique.

— Répète un peu, pour voir, la menaça-t-il.

Pour le coup, il semblait réellement hors de lui. Il avait vraiment l'air d'une bête enragée, comme un peu plus tôt dans le couloir. Seulement, cette fois, sa colère était dirigée contre elle. Ses manières policées n'étaient qu'un lointain souvenir. Il était le mâle dans toute sa fureur. Cependant, elle refusait de se laisser impressionner par lui.

— Recule.

Voyant qu'il ne faisait pas mine de bouger, elle commença à lâcher la bride de son pouvoir. S'il ne voulait pas s'exécuter, elle allait l'y aider !

Anticipant son intention, Ailean abattit sa main juste à côté de sa tête avec une force et une vitesse qui la firent sursauter et la stoppèrent dans son sort.

— Pas de ça avec moi ! Répète ce que tu viens de dire.

Il semblait littéralement fou de rage, mais Ornella n'avait pas peur. Aussi dingue que cela puisse paraître, elle savait qu'il ne lui ferait pas mal. Du moins physiquement, parce que ses sentiments, eux, venaient déjà de se faire malmener.

La gorge nouée sous le coup de l'émotion qui commençait à s'abattre sur elle, elle lui répondit hargneusement :

— Il semblait plus que prêt à boire mon sang, LUI ! Il n'allait pas se faire prier, LUI ! Et surtout, il n'est pas sorti comme un lâche pour aller boire la veine d'une autre femme, LUI, tout ça parce qu'il craint les conséquences s'il le faisait sur son *Amor Fati* !

Et voilà, c'était dit. Elle venait de lâcher la bombe. Maintenant, il n'y avait plus qu'à constater les dégâts.

Ailean la regarda d'abord avec des yeux exorbités, comme s'il n'en croyait pas ses oreilles. Il semblait choqué par ses propos. Était-ce le fait qu'elle soit au courant pour l'*Amor Fati* ou bien était-ce parce qu'elle avait deviné qu'il s'était nourri d'une autre ? À moins que ce ne soit tout simplement la jalousie qui s'entendait dans sa voix !

Elle ne tarda pas à avoir la réponse. Passé l'instant de surprise, il lui demanda :

— Qui t'a parlé de l'*Amor Fati* ?

— Rayna.

Elle fut vexée que, parmi tout ce qu'elle venait de lui dire, il choisisse de retenir que ce point.

— Elle aurait mieux fait de se taire, gronda-t-il.

Cette remarque la blessa un peu plus.

— Pourquoi ? Parce que c'est faux ou parce que tu ne voulais pas que je le sache ?

Cette question fit battre son cœur plus vite. Elle redoutait la réponse. D'un autre côté, cette incertitude était tout simplement insupportable. Elle préférait être fixée une bonne fois pour toute. Elle s'était déjà suffisamment monté la tête toute seule.

La fixant avec une intensité troublante, Ailean lui répondit d'une voix nettement plus douce :

— Ni l'un, ni l'autre. Simplement, c'est moi qui aurais dû te l'apprendre.

Il mit fin à la discussion, en posant sa bouche sur la sienne.

Chapitre 60

Il arrivait un moment où lutter contre ses instincts devenait trop difficile. Ailean venait d'atteindre cette limite.

Son « repas » avorté, l'attaque de Marec, la gifle, leur joute verbale ; sans oublier la jalousie qu'il avait perçue dans la voix d'Ornella, lorsqu'elle l'avait accusé d'avoir bu à la veine d'une autre ; tout cela était trop pour lui. Surtout le dernier point. Il ne pouvait pas lui cacher cette histoire d'*Amor Fati* plus longtemps. D'ailleurs, il ne le *voulait* plus.

C'était un nouveau quitte ou double, dont l'enjeu était encore plus important que le premier, mais il était prêt à en payer les conséquences. Si elle le rejetait ? Eh bien, tant pis, il serait dévasté mais au moins il serait fixé.

Il n'en pouvait plus de cette incertitude. Il perdait

complètement les pédales. Ne pas pouvoir la déclarer sienne était en train de le rendre fou. Dans sa position, c'était inacceptable.

Ainsi, l'heure de vérité venait de sonner. Cependant, plutôt que de la laisser répondre avec des mots, Ailean préféra venir cueillir sa réponse sur ses lèvres délicates. Si Ornella le rejetait, il aurait ainsi eu l'occasion de les goûter une dernière fois.

Il ne tarda pas à comprendre que sa bonne étoile brillait pour lui. Loin de l'envoyer promener, Ornella s'accrocha à ses épaules pour venir approfondir leur baiser. En retour, il poussa un grognement de pure satisfaction masculine. Il n'y avait plus aucun secret entre eux, mais elle était autant enthousiaste que lors de leurs deux premiers baisers. Il voulut y voir un signe positif.

Il ignorait ce que lui avait exactement raconté Rayna au sujet de l'*Amor Fati*, ni comment sa sœur avait deviné qu'Ornella était le sien, mais elle avait dû lui expliquer les grandes lignes. Si Ornella ne se sauvait pas en courant, c'était qu'elle était prête à le suivre dans cette folle aventure de toute une vie, non ?

Il aurait pu mettre ce moment sur pause pour lui poser explicitement la question et éviter tout malentendu, mais c'était au-dessus de ses forces. Il avait attendu trop longtemps. Les paroles seraient pour plus tard. Pour l'instant, place à l'action !

Alors que leurs lèvres se taquinaient, Ailean fit courir ses mains le long de son corps divin. Il avait tellement hâte d'en découvrir les plaines et vallées. Ornella était voluptueuse là où il fallait et Ailean était bien décidé à lui montrer à quel point il la trouvait désirable.

Savoir qu'elle était au courant pour l'*Amor Fati* lui
ôtait un poids des épaules. Il ne craignait plus l'accident
par mégarde.

Il n'était pas une bête enragée. Il n'allait pas lui sauter
dessus, sans sommation, pour venir se repaître de son
sang. Cependant, sous le coup de l'excitation, ses
canines s'étaient allongées. Il pourrait donc, sans le
vouloir, égratigner légèrement ses lèvres. Mais cela ne
lui faisait plus peur maintenant.

Alors que leurs langues entraient en contact, il plaça
ses mains sur les cuisses d'Ornella pour la soulever à
hauteur de son buste. Elle noua aussitôt ses jambes
autour de ses flancs. Elle était si petite et si légère. Un
vrai poids plume, mais avec des nerfs en acier. Elle ferait
une reine parfaite pour régner à ses côtés.

Il prit ensuite la direction du lit, sans rompre leur
baiser. Pas question d'une étreinte à la va-vite. Elle
méritait qu'il prenne tout son temps pour l'aimer.
Délicatement, il l'allongea sur la couverture, tel le
précieux trésor qu'elle représentait à ses yeux. Dans sa
poitrine, son cœur se serra d'émotion. Il était ému à
l'idée des instants à venir. Dans sa tête, aucun doute, il
allait enfin pouvoir se perdre en elle et, il l'espérait, lui
ravir une partie de son cœur, comme elle s'était emparée
du sien.

Malheureusement, Ornella tourna soudain la tête et
tenta de le repousser fermement. Il sentit une pointe de
colère en elle et se demanda ce qu'il avait pu faire pour
la provoquer.

— Tu crois vraiment que je vais t'accueillir dans mon lit, alors que tu sors de celui d'une autre ?! l'accusa-t-elle avec aigreur.

Cette femme était pire que des montagnes russes émotionnelles ! Elle le suivait dans des contrées sensuelles, pour soudain le ramener sur le champ de bataille.

En l'occurrence, il lui fallut quelques instants pour comprendre le sens de sa remarque. En même temps, ses capacités cognitives n'étaient pas au meilleur de leur forme. Son cerveau n'était clairement pas la partie la plus irriguée de son corps.

Lorsqu'il saisit enfin ce qu'elle voulait dire, une partie de lui se réjouit à l'idée qu'elle soit jalouse. Cependant, hors de question de lui laisser penser une chose pareille.

— Je ne sors pas du lit d'une autre.

— Tu oses me mentir ! Je sais que tu as quitté cette maison pour aller boire le sang d'une autre femme. Cela se voit ! l'accusa-t-elle.

— Je ne dis pas le contraire, Ornella. Je n'en suis pas fier, mais j'avais besoin de me nourrir et il n'était pas question que je le fasse sur toi avant que nous ayons abordé certaines choses ensemble. C'était trop lourd de conséquences. J'étais en manque et j'allais finir par faire une bêtise que nous aurions regrettée tous les deux.

Malheureusement, cette excuse ne suffit pas à la calmer.

— Je sais que boire du sang est fortement lié au sexe, on nous l'a appris dès notre plus jeune âge. À moins que les mages nous aient aussi menti sur ce sujet ?

— Non, ils vous ont dit la vérité. Au passage, je trouve franchement déplacé d'aller raconter une chose pareille à des enfants. Quoi qu'il en soit, ce soir, je n'ai ressenti aucune excitation pour la femme sur laquelle je me suis nourri. Je te le jure.

Ce fut presque imperceptible, mais Ornella se détendit légèrement. Il fit une tentative pour venir se coller à elle, elle ne le repoussa pas. Elle n'était pas encore prête à tirer un trait sur cette histoire, mais elle lui laissait une chance de s'expliquer. Ailean saisit donc cette opportunité offerte et continua sa confession en murmurant contre son oreille :

— Dès que j'ai planté mes crocs dans son cou, je me suis senti sale. J'étais dégoûté par mon geste. Je n'avais qu'une envie : qu'elle soit toi. D'ailleurs, je ne me suis pas rassasié. Je ne me suis pas nourri jusqu'au bout, car ce que je faisais m'était insupportable. J'avais l'impression de te tromper, alors que je ne ressentais aucun désir pour elle. Dès l'instant où j'ai posé les yeux sur toi, Ornella, tu as volé mon âme. Même sans boire ton sang, je suis lié à toi. Je n'ai envie que de *ton* sang. Je ne désire que *ton* corps. Et plus que tout, je souhaite voler *ton* cœur. Je ne veux aucune autre que toi. Toi seule occupes mes pensées, nuit et jour. Je t'ai dans la peau, ma belle, et je veux t'y garder pour toujours.

Collé à elle comme il l'était, il ne put manquer son souffle qui se bloqua dans sa poitrine en entendant sa déclaration.

— Ailean.

Ce fut à peine plus qu'un murmure, mais il ne lui échappa pas. Il se redressa pour venir planter son regard dans le sien. Sous le coup de l'émotion, ses prunelles étaient de l'or en fusion. Elle était tellement belle et lui tellement amoureux.

Cette fois, lorsqu'il se pencha sur sa bouche, il sut que les prochains sons qui franchiraient la barrière de ses délicieuses lèvres seraient ses cris de jouissance. Et il se fit la promesse qu'ils seraient nombreux !

Chapitre 61

La déclaration d'Ailean fit naître une nuée de papillons dans son ventre. Comment lui résister après ça ? Impossible.

D'ailleurs, Ornella ne chercha pas à le faire. Son corps réclamait celui d'Ailean et elle était bien décidée à lui donner ce qu'il voulait. Si elle avait mis un holà un peu plus tôt, c'était pour la simple raison qu'elle refusait de récupérer les restes d'une autre. Seulement, il n'avait pas couché avec cette inconnue. Il le lui avait promis et elle le croyait.

Malgré tout, elle n'oubliait pas qu'il avait tout de même bu son sang. D'ailleurs, sa bête, tout comme elle, grognait à cette idée. Ornella voulait être la seule à le nourrir. Elle se fit la promesse qu'à partir de ce jour, personne à part elle ne lui offrirait sa veine. Si elle était réellement son *Amor Fati*, la question ne se posait même pas et elle s'en réjouissait.

À cette idée, son pouls s'emballa. Trois jours plus tôt, ce scenario représentait son pire cauchemar. Désormais, il la faisait fantasmer. Cette image d'Ailean la mordant la troublait et l'excitait. Elle avait hâte de sentir ses crocs en elle. Dès que cette image s'invita dans son esprit, une vague de chaleur s'empara d'elle et la moiteur entre ses jambes s'accrut.

Contrairement à leur interlude dans le refuge, Ailean ne lui demanda pas de bloquer ses canines pendant qu'ils s'embrassaient. Alors qu'elle ouvrait la bouche et que leurs langues commençaient à se taquiner, elle se rendit compte de leur longueur anormale.

Cette élongation était-elle en lien direct avec son excitation ? Elle l'ignorait. En tout cas, elle trouvait le phénomène très sexy.

Sur une impulsion, elle fit courir la pointe de sa langue sur leur longueur, en une caresse lascive. En réponse, Ailean poussa un grognement rauque qui la fit frissonner. Il quitta quelques secondes sa bouche pour murmurer :

— Tu vas me tuer, ma belle.

Elle lui sourit en retour, fière d'elle. Le pouvoir qu'elle détenait sur lui était grisant. Avisant son air malicieux, il ajouta :

— Cela t'amuse de me rendre fou ?

En guise de réponse, Ornella se contenta d'une moue mutine. Il la fixa à son tour avec un air espiègle, avant de déclarer :

— Hum et si on inversait les rôles ?

Ne lui laissant pas l'occasion de répondre, il mena un nouvel assaut sur sa bouche. Il embrassait divinement bien et avec l'assurance d'un conquérant. De son côté, elle était prête et heureuse de rendre les armes sans réédition.

Cependant, ses lèvres ne s'attardèrent pas sur les siennes. Quelques minutes plus tard, elles dévièrent vers sa joue, puis jusqu'au creux de son oreille. Son souffle à cet endroit-là lui donna la chair de poule. Et l'effet fut amplifié, lorsqu'il murmura :

— As-tu la moindre idée à quel point tu es désirable ? Tu es la tentation incarnée, ma petite sorcière adorée.

Il ponctua ensuite sa déclaration d'un baiser dans le cou.

Ornella pencha aussitôt la tête sur le côté, lui donnant ainsi son accord implicite. L'anticipation faisait battre son pouls plus fort, comme un appel pour les sens vampiriques de son amant. Cependant, Ailean se contenta de poser ses lèvres sur sa peau échauffée, avant de revenir contre son oreille.

— Bientôt ma belle, bientôt.

Sa voix était grave et rauque.

Ornella frissonna face à cette promesse sensuelle et s'agrippa à ses flancs. Il la recouvrait de tout son corps, sans pour autant l'écraser, formant une couverture bouillante et musclée. Son poids d'homme sur elle était délicieux. Il éveillait un instinct profondément enfoui en elle, lui donnant envie d'écarter les jambes pour lui offrir un meilleur accès à son intimité.

Alors qu'il l'embrassait à nouveau, Ailean prit appui sur un avant-bras, sa main libre vint alors frôler sa poitrine avant de descendre jusqu'à la jonction entre son débardeur et son pantalon. Elle se faufila ensuite sous le tissu pour remonter petit à petit.

Ornella était assaillie de toute part. Elle avait l'impression de le sentir partout sur elle, c'était tout simplement exquis. Sa bouche ne lui laissait aucun instant de répit. Ailean semblait autant affamé qu'elle.

Il remonta son haut, jusqu'à dévoiler son soutien-gorge. Il lui fit alors comprendre qu'il voulait le lui retirer. Elle coopéra de bon cœur pour l'aider dans son entreprise et leva les bras sans rechigner. Quand ce fut fait, il ne tarda pas à réserver le même sort à son soutien-gorge. Ornella se retrouva alors torse nu.

Même s'il était le tout premier à la voir autant dénudée, elle ne sentait pas intimidée d'être ainsi exposée. Elle était bien trop excitée pour que la gêne ait la moindre petite place.

Ailean quitta à nouveau sa bouche pour retirer sa propre chemise, lui offrant ce spectacle toujours aussi alléchant. Décidant de suivre ses envies, elle leva ses mains pour venir toucher ses muscles gonflés. Son corps était un vrai régal pour les sens. Elle aurait pu se contenter de l'admirer et le caresser ainsi pendant des heures. Cependant, il semblait avoir une autre idée en tête.

Il reprit appui sur son avant-bras, sa main venant

caresser délicatement le rebord de sa joue. Son autre main resta quelques instants sagement contre sa hanche, alors que sa bouche se collait à nouveau à la sienne. Puis, il décida de passer à la vitesse supérieure. Ses lèvres dévièrent pour venir embrasser son cou, il se mit à sucer sa peau à cet endroit-là. Ornella sentit la pointe de ses crocs et s'apprêta à subir sa morsure, mais encore une fois, Ailean se contenta seulement de la rendre folle avec cette caresse pleine de promesses.

En parallèle, sa main libre enchaîna des va-et-vient le long de son flanc en effleurant à peine sa peau. Ce geste répétitif provoqua une série de frissons de plaisir. Elle était électrisée des pieds à la tête. Entre ses cuisses, son sexe pulsait, preuve de son excitation croissante.

Soudain, la bouche d'Ailean dévia pour venir se poser sur l'un de ses seins. Il attrapa la pointe durcie entre ses dents aiguisées et la taquina. En réponse, Ornella poussa un cri de plaisir. La voix d'Ailean retentit alors dans sa tête :

— *Tu es tellement réceptive. J'ai hâte d'être en toi pour te faire hurler de plaisir, ma belle.*

Ses paroles coquines la firent basculer un peu plus. Il était tellement excitant de l'entendre ainsi, alors que sa bouche était occupée à lui faire des choses divines, tout comme ses mains d'ailleurs. Et Ailean ne s'arrêta pas là. Il continua de lui faire des déclarations coquines, augmentant ainsi son excitation.

Avant qu'elle n'ait compris ce qu'il se passait, elle se retrouva entièrement nue sous lui. Elle n'eut pas le temps de s'en formaliser, car il vint se placer entre ses jambes et déclara d'autorité :

— Maintenant, je vais enfin pouvoir te goûter, ma petite sorcière.

Il plongea alors la tête entre ses cuisses pour lui prodiguer la plus délicieuse des caresses. Sous le coup du plaisir intense qui l'assaillait, Ornella sentit son pouvoir affleurer à la surface. Elle était bien trop occupée à apprécier la langue d'Ailean au plus intime de son être pour le retenir. Quand elle entrouvrit les yeux, elle ne put manquer la lueur que diffusait son regard.

Ailean non plus. Il lui souffla d'ailleurs par la pensée :

— *Tu es tellement belle ainsi. Tes yeux sont uniques et sublimes. J'en suis tombé amoureux dès la première fois que je les ai vus s'illuminer pour moi.*

Sans ôter sa bouche, il ponctua sa déclaration en glissant son index dans son écrin serré. Alors qu'elle poussait un cri de plaisir, il se figea soudain et la fixa les yeux grands ouverts.

Chapitre 62

Son odeur de femme envahissait tous ses sens. Il était au paradis. Ailean se doutait que ce moment serait magique, mais il était en deçà de la vérité. Il s'était plus d'une fois demandé à quoi ressemblait Ornella, lorsqu'elle se laissait aller au plaisir.

Il en avait eu un bref aperçu, juste avant qu'ils ne quittent le refuge, mais le spectacle qu'elle lui offrait actuellement était encore plus érotique. Submergée par le plaisir, elle ne tenait plus la bride à son pouvoir. Il le sentait crépiter autour d'eux. Il pimentait l'instant et le rendait encore plus intense et unique.

Avec une certaine fébrilité, il introduisit son index en elle, curieux de voir sa réaction. Il ne fut pas déçu. Elle exprima son plaisir dans un cri qui l'ébranla. Il était tellement émerveillé par la vue qu'elle lui offrait, qu'il fallut quelques secondes pour que l'information capitale au bout de son doigt parvienne jusqu'à son cerveau.

Quand ce fut fait, il se figea, choqué par cette révélation. Là, tout contre son index, impossible d'ignorer la barrière qui se dressait entre lui et elle, preuve irréfutable qu'aucun homme avant lui ne s'était aventuré dans ses contrées intimes.

Ils se fixèrent mutuellement durant un interminable instant. Ailean n'en revenait pas du cadeau qu'Ornella était en train de lui offrir. De son côté, le plaisir quitta peu à peu ses prunelles, remplacé par de la gêne. Il se traita aussitôt de tous les noms. Sans le vouloir, il était en train de la mettre mal à l'aise.

Il abandonna son mutisme pour déclarer une évidence :

— Tu es vierge.

Même si ce n'était pas une question, elle hocha timidement la tête. Craignait-elle que cette découverte ne le fasse fuir en courant ?

Quelle idée !

Au contraire, elle ajouta de l'huile sur le feu de son désir. Pour éviter tout malentendu, Ailean joua la carte de l'honnêteté et partagea ses pensées :

— Je suis honoré de ta confiance, Ornella. Je te promets de tout faire pour que ce moment soit le plus parfait possible.

Les flammes de son excitation retrouvèrent leur intensité et il en fut soulagé. Durant un instant, il avait craint d'avoir tout gâché.

Sans lui laisser le temps de répondre, Ailean reprit sa caresse intime, décidé à la préparer pour que cette première fois se passe dans le plaisir et non la douleur. Il avait un sexe assez imposant, il était donc primordial qu'elle soit détendue et prête à l'accueillir.

Alors que sa bouche se délectait à nouveau de son nectar, il fit une nouvelle tentative avec son index, prenant cette fois les précautions nécessaires. En même temps, il lui ouvrit son esprit pour partager ses pensées les plus intimes et les plus animales.

— *Savoir qu'aucun autre ne s'est introduit en toi m'échauffe les sangs.*

Son gémissement et ses mains s'agrippant à ses cheveux furent le signe qu'il attendait pour continuer sa confession érotique.

— *Je serai le seul et l'unique à t'honorer. Après cette nuit, tu seras mienne pour toujours.*

En même temps qu'il faisait cette déclaration possessive, il ajouta un deuxième doigt, élargissant un peu plus son passage étroit. Il allait devoir faire preuve de retenue, au moment où il viendrait se perdre entre ses cuisses. Il savait déjà que ce serait la pire et la plus douce des tortures. À la façon dont Ornella emprisonnait ses doigts dans un étau serré, il n'eut aucune difficulté à transposer ce qu'il ressentirait, lorsque son sexe s'introduirait en elle.

Alors qu'il se perdait dans cette prédiction enchanteresse, Ornella lui répondit dans un souffle :

— Et tu seras mien pour toujours.

Ses paroles vinrent directement se loger dans sa poitrine, éclairant une vérité présente en lui mais qu'il avait ignorée jusqu'alors. Il l'aimait. Peu importe le temps qui s'était écoulé depuis leur rencontre, c'était irréfutable : il l'aimait de tout son cœur.

La vague de contractions qu'il sentit le long de ses doigts le ramena à l'instant présent. Elle lui apprit qu'Ornella était sur le point de basculer dans la jouissance. Il comptait en profiter pour s'introduire en elle. Noyée dans le plaisir, il espérait que son intrusion soit moins douloureuse.

La barrière qu'il sentait sous ses doigts le narguait. Il pouvait briser le sceau de sa virginité avec ses doigts, ce serait moins inconfortable pour elle que si son sexe s'en chargeait. Cependant, cet acte s'accompagnait inévitablement de sang. Pas beaucoup, mais suffisamment pour le rendre fou et surtout pour les lier à jamais.

Il n'avait plus peur de le faire. Et cela ne le dégoûtait pas de laper la preuve de son innocence. Cependant, il ne voulait pas que leur premier échange soit celui-ci. Il allait donc devoir faire preuve d'une maîtrise de lui-même des plus difficiles. Il devrait faire au plus vite, afin de résister au mieux à la tentation.

Appliquant avec sa langue la bonne pression au bon endroit, il obtint le résultat escompté : Ornella bascula dans le plaisir en criant son nom. Aussi vif que l'éclair, Ailean exerça une poussée plus appuyée avec ses doigts, déchirant ainsi son hymen et arrachant un hoquet de stupeur à sa délicieuse petite sorcière.

Il ôta immédiatement sa bouche de ses lèvres

gonflées de plaisir, afin que les effluves délicieux de son sang ne viennent pas titiller ses papilles. Il retira ensuite ses doigts, les essuyant à toute vitesse sur le drap sans prendre le temps d'observer le liquide écarlate les nappant. Sinon, il serait incapable de résister à la tentation.

Plutôt que de penser à ce détail, il préféra se concentrer sur la vision qu'Ornella lui offrait à cet instant. Elle était la beauté incarnée. Allongée lascivement sur le lit, les jambes écartées, prête à l'accueillir, la pointe des seins érigée par l'excitation, ses lèvres rougies et gonflées par leurs baisers échangées, les yeux lumineux et plein de désir, les cheveux étalés sur l'oreiller, tel un rideau de feu. Elle était tout simplement sublime et parfaite.

Il sut que cette vision d'elle resterait gravée dans sa mémoire jusqu'à sa mort.

Ne perdant pas un instant de plus, Ailean se débarrassa de son cuir aussi vite que possible. Au passage, son sexe lui fut reconnaissant d'être enfin libéré de cette prison le comprimant douloureusement.

Ensuite, Ailean ne tarda pas à venir se placer entre les reins de sa petite sorcière.

Durant son déshabillage éclair, il avait surpris son regard se promenant sur lui. S'il était flatté qu'Ornella le détaille ainsi, il ne voulait pas qu'elle s'attarde sur un certain point de son anatomie et ne prenne peur. Il était assez imposant et elle, vierge. Elle risquait donc de redouter son intrusion.

Luttant contre son instinct lui intimant de la faire

sienne sans tarder, Ailean prit le temps de l'embrasser avant de venir placer son sexe à l'orée du sien. Avec une lenteur qui releva presque de la torture, il réussit à se loger entièrement dans son écrin chaud et serré. Comme il s'en doutait, la pression exercée sur son membre était exquise et douloureuse à la fois.

Lorsqu'il réussit à reprendre un peu le dessus sur ses émotions, il commença à se mouvoir en douceur, se délectant de cette expérience délicieuse et inoubliable.

Malgré lui, ses yeux dérivèrent en direction de son cou.

— Fais-le, lui ordonna soudain Ornella.

Chapitre 63

Dans sa poitrine, son cœur était sur le point d'exploser. Ce moment était trop intense pour qu'Ornella puisse espérer en sortir indemne. Ce soir, elle n'allait pas seulement perdre sa virginité. Le changement qui s'opérait en elle était beaucoup plus profond que cela.

La façon dont Ailean la traitait depuis le début de leur interlude érotique la bouleversait. Il était doux, tendre, prévenant. En un mot, il était tout simplement parfait.

Elle n'avait jamais pris le temps d'imaginer sa première fois. Avant de faire la rencontre d'Ailean, elle n'avait jamais ressenti la moindre attirance pour un homme. Elle ne s'était donc jamais posé la question sur la façon dont elle pourrait perdre sa virginité.

Puis, sa route avait croisé le beau vampire. Il l'avait troublée mais les événements s'étaient enchaînés avec une telle vitesse qu'elle n'avait pas pris le temps d'y penser. Si elle l'avait fait, elle n'aurait de toute façon pas pu imaginer meilleur scénario que celui qu'elle vivait actuellement.

Toutes les caresses que lui avait prodiguées Ailean étaient divinement délicieuses. Heureusement pour elle qu'il était impossible de succomber à un excès de plaisir, sinon elle serait morte une bonne dizaine de fois ce soir ! Il avait même réussi l'exploit que la déchirure de son hymen ne soit pas douloureuse. Certes, elle avait ressenti un léger inconfort mais il n'avait duré qu'un bref instant. Lorsqu'Ailean s'était éloigné d'elle pour retirer son pantalon, elle avait aussitôt relégué cette sensation dans un recoin de son esprit, trop occupée à admirer son amant dans le plus simple appareil. Il avait vraiment un corps de rêve.

Elle lui en voulait presque de ne pas lui avoir permis de se repaître de ce spectacle plus longtemps. Presque, car le voir prendre place entre ses cuisses avait été une consolation plus que satisfaisante. Et ce n'était que partie remise. Ornella comptait bien apprendre très prochainement la carte de son corps à l'aide de ses doigts et de sa bouche.

Même si elle n'avait eu que quelques instants pour le détailler, elle avait réussi à avoir un bref aperçu de son sexe dont la taille était assez imposante. Pourtant, il réussit à s'introduire en elle sans heurt, provoquant simplement un léger tiraillement qui fut noyé très rapidement dans la masse d'émotions qui s'empara d'elle.

Elle admira le visage d'Ailean, tendu par la concentration. Encore une fois, il mettait son bien-être à elle au-dessus de tout. Il laissait le temps à son corps de se mouler au sien. Il ne précipitait pas les choses et faisait de cet instant un moment magique.

Elle ne l'aima qu'encore plus pour cette énième preuve d'amour. Il était réconfortant de se dire qu'il était prêt à tout pour prendre soin d'elle.

Lorsqu'il commença à se mouvoir en douceur, toute pensée déserta son esprit, pour ne laisser de la place qu'au plaisir qu'il faisait naître en elle.

Soudain, son regard se riva sur son cou avec avidité et Ornella sut que c'était *le* moment. Sereine et confiante, elle lui ordonna en dégageant son cou :

— Fais-le.

Son regard azuré devint aussitôt affamé. Pourtant, Ailean réussit à le détourner pour venir le river au sien. Il était plein d'incertitudes.

— Fais-le, répéta-t-elle.

— Tu en es certaine ? Rien ne t'oblige à le proposer.

— Je sais, mais j'en ai envie.

Elle fut même tentée de déclarer qu'elle en avait besoin.

Les yeux d'Ailean devinrent encore plus avides, même s'il essaya de le cacher.

— J'ai envie de te sentir en moi, de toutes les façons possibles, ajouta-t-elle.

En écho à sa déclaration, les crocs d'Ailean

s'allongèrent tellement qu'elle vit leur pointe dépasser entre ses lèvres. Cette vision, loin de l'effrayer, l'excita un peu plus. En elle, il lui sembla sentir un mouvement, comme si le membre d'Ailean venait de se contracter.

Nu, tout en muscles, niché en elle, en proie à un désir violent, Ailean était sexy à souhait. Son propre corps réagit en retour et son excitation atteignit un nouveau palier.

— Tu as bien conscience de ce que représente ce geste ? insista Ailean.

— Oui, toi et moi, rien que nous, pour toujours.

En réponse, Ailean feula comme un animal, comme si ces paroles étaient trop intenses pour lui. Il se pencha ensuite sur elle, la bouche entrouverte, les canines prêtes à frapper.

Ornella pencha légèrement la tête sur le côté pour lui donner un meilleur accès et attendit avec impatience de sentir sa morsure. Cependant, Ailean se contenta de déposer un baiser dans son cou, avant de recommencer à se mouvoir en elle. Ses coups étaient désormais plus puissants, leur amplitude plus grande.

À plusieurs reprises, sa hampe de chair vint buter contre un endroit bien particulier de son anatomie, déclenchant des frissons en elle. Le frottement répété de son bassin contre son clitoris attisait également son désir. Tout comme sa langue qui ne quittait pas sa peau, la léchant comme une glace. De temps en temps, elle sentait deux pics durs appuyer légèrement contre sa veine.

Ornella était au bord du précipice. Son corps se

tendait un peu plus à chaque assaut érotique, prêt à basculer dans le plaisir. Alors que le sexe d'Ailean buttait une nouvelle fois contre cet endroit précis en elle, que son bouton de plaisir subissait une énième friction stimulante et que la pointe des crocs d'Ailean venait la chatouiller, elle rendit les armes et s'envola pour sa deuxième jouissance.

Ce fut cet instant qu'Ailean choisit pour frapper. Aussi vif qu'un cobra, il perça sa veine et commença à aspirer son sang. Aussitôt, Ornella fut emportée par une nouvelle vague qui se décupla sous l'assaut des sensations divines que le vampire procurait à son corps.

Elle aurait voulu crier son plaisir, mais elle en était incapable. Le seul moyen qu'elle trouva pour l'exprimer fut de laisser les valves ouvertes à son pouvoir. Il explosa autour d'eux en un gigantesque tsunami d'énergie, les nimbant tous les deux de lumière.

Dans son cou, Ailean grogna de plus belle. Puis, il releva la tête et laissa Ornella le contempler dans sa propre jouissance, alors qu'il rendait à son tour les armes. Il n'avait jamais été aussi mâle qu'à cet instant, la bouche ouverte, les crocs sortis, les yeux lumineux entrouverts et le plaisir gravé sur le visage.

Le temps sembla se suspendre durant une poignée de secondes. Puis, il s'écroula sur elle de tout son long, en faisant malgré tout attention à ne pas l'écraser.

Aussitôt, Ornella vint l'entourer de ses bras, lui caressant lascivement le dos. Ils respiraient tous deux à plein poumons, essoufflés par cette chevauchée érotique. L'un contre l'autre, leurs cœurs battaient à l'unisson.

Lorsqu'elle eut repris un peu ses esprits, Ornella murmura dans le creux de son oreille :

— C'était tout simplement ...

— Parfait, conclut Ailean, lui volant ainsi la tirade.

Il déposa ensuite un baiser dans son cou, là où ses canines étaient enfoncées il y a peu, avant de se décaler pour se coucher à côté d'elle. Ornella eut à peine le temps de souffrir du manque provoqué par cette distance, qu'il l'attira pour qu'elle vienne s'allonger tout contre lui. Cette étreinte tendre fut la conclusion parfaite pour ce moment parfait.

Ainsi installée, Ornella ne tarda pas à s'endormir et Ailean aussi.

Chapitre 64

— Renata, où dois-je ranger ce livre ? demanda Amaya.

Après avoir vérifié le livre en question, la gardienne des Écrits lui répondit :

— Tu n'as qu'à le mettre sur l'étagère là-bas.

Suivant l'indication, Amaya alla déposer l'ouvrage à la bonne place. Elle revenait vers la pile à réorganiser quand Ursan fit son apparition. Elle fut tellement surprise de le voir qu'elle faillit en lâcher le livre qu'elle tenait.

Ayant également repéré le mage, Renata lui demanda :

— Ursan, que pouvons-nous faire pour vous ?

Au lieu de fournir une réponse à la Bibliothécaire,

Ursan se tourna vers Amaya et déclara d'un ton froid et sec :

— Le roi demande à te voir immédiatement.

Amaya fit un effort colossal pour ne pas laisser transparaître la peur que provoqua cette requête. Les mages étaient pires qu'une bande de requins, ils ne feraient qu'une bouchée d'elle s'ils se sentaient en position de force. En l'occurrence, elle n'avait officiellement rien à se reprocher et il n'était pas anormal que son fiancé demande à la voir (même s'il le faisait rarement). Elle n'avait donc aucune raison de stresser. Malgré tout, elle n'arrivait pas à se défaire d'un mauvais pressentiment.

Se comportant comme si de rien n'était, Amaya suivit Ursan après avoir salué Renata. Sa journée de travail touchant à sa fin, il était peu probable qu'elle revienne après son entrevue avec le roi.

Le « palais » de Gatien était à son image : ostentatoire et vulgaire. Amaya le détestait, tout comme son occupant. Durant le trajet, elle se demanda ce qu'il pouvait bien lui vouloir. Depuis le temps qu'ils étaient fiancés, il ne l'avait fait appeler qu'à de très rares reprises – fait dont elle n'allait pas se plaindre. Moins elle le voyait, mieux elle se portait. C'était viscéral, elle le détestait. Chaque fois qu'elle se retrouvait en sa compagnie, elle se sentait sale et pervertie. Inutile de préciser qu'elle n'était pas pressée de devenir son épouse.

Elle se demanda si Gatien la voulait à ses côtés pour un dîner quelconque avec un personnage important. Cela lui était déjà arrivé à certaines occasions. Elle ne voyait pas d'autres raisons à cette convocation. Du moins, elle refusait d'en envisager d'autres.

Malheureusement pour elle, ce que le roi avait en tête était d'une nature bien différente d'un dîner ...

Une demi-heure plus tard, Amaya sortit de la salle du trône, plus pâle que les colonnes de marbre disposées le long du couloir. Par miracle, elle arriva à mettre un pied devant l'autre pour retrouver le refuge de sa chambre.

Durant son entretien, elle avait fait de gros efforts pour ne pas montrer à quel point son annonce l'avait ébranlée. Elle refusait de lui faire ce plaisir. Elle savait au plus profond d'elle qu'il se réjouissait de sa détresse. Gatien était un être sadique qui adorait faire souffrir les autres, que ce soit physiquement ou mentalement.

Une fois dans sa chambre, cependant, Amaya s'autorisa enfin à craquer et se mit à pleurer à chaudes larmes.

— *À la prochaine pleine lune, dans quatre nuits, ma chère, nous nous marierons.*

Cette phrase ne cessait de tourner en boucle dans sa tête. Ainsi donc, le moment qu'elle redoutait tant était venu ? Dans quatre malheureux petits jours, elle serait unie à jamais à cet horrible personnage ?

Cette idée provoqua une nouvelle crise de larmes. Elle en voulait tellement à ses parents d'avoir conclu cette alliance. Ils étaient fiers que leur fille devienne reine. Pas elle. Elle préférait devenir la plus pauvre de tous, être une pestiférée, n'importe quoi plutôt que d'être l'épouse de Gatien. Malheureusement, on ne lui avait pas demandé son avis !

Soudain prise d'un accès de rage, Amaya envoya tout bon sens aux orties et fit ce qu'elle ne s'était pas autorisée à faire depuis des lustres. Elle enleva la pierre bloquant ses pouvoirs. Elle devait *savoir*.

De toute façon, comment sa situation pouvait-elle empirer ? Au pire, son statut de *Nefasta* serait découvert et elle serait envoyée dans le monde des humains, la mémoire effacée. Et ce sort lui semblait de loin plus enviable que celui qui l'attendait.

Dès qu'elle eut ôté la pierre, Amaya fut prise d'une vision, comme si son pouvoir n'avait attendu que cette occasion pour s'exprimer.

Les images défilèrent à la vitesse de l'éclair dans sa tête, jusqu'à ce qu'une porte claquée violemment la sorte de sa transe, la coupant avant la fin. Qu'importe, elle avait vu le plus important. Nerveusement, elle remit son collier, un petit sourire au coin des lèvres. Elle venait enfin d'apercevoir une lueur d'espoir. Ses pouvoirs ne l'avaient encore jamais trompée. Il n'y avait donc aucune raison que cette fois fasse exception.

Soudain, elle se rappela ce qu'elle avait dit à Ella, lors de leur première rencontre :

— *Je m'appelle Amaya et ne t'inquiète pas Ella, je vais faire en sorte qu'il ne t'arrive rien. Et tu en feras de même pour moi !*

Chapitre 65

Les mains d'Ailean sur son corps étaient plus légères que les ailes d'un papillon, pourtant elles provoquaient des frissons dignes du plus grand froid, tout en laissant derrière elles une traînée brûlante.

La bouche tentatrice du vampire glissait sur les parcelles de son corps les plus sensibles, les marquant comme siennes, du sceau de ses lèvres.

La pointe d'un croc venait, de temps à autre, taquiner son épiderme, augmentant ainsi son excitation, promesse d'un plaisir encore plus divin à venir.

Entre ses jambes, la sensation de vide se faisait de plus en plus prégnante, attendant d'être comblée. Afin de l'apaiser un peu, Ornella frotta ses jambes l'une contre l'autre. Elle espérait également qu'Ailean comprendrait le message implicite et viendrait combler ce vide en elle.

Au sourire concupiscent qu'il lui lança, elle en déduisit qu'il avait très bien saisi l'état dans lequel il la mettait. Pour autant, il ne comptait visiblement pas lui donner satisfaction tout de suite. Il semblait au contraire décidé à la faire patienter. Il prenait son temps et, même si c'était une véritable torture, Ornella devait bien reconnaître que sa manœuvre augmentait son envie de lui.

Elle était à deux doigts de le supplier, lorsqu'il vint murmurer à son oreille :

— Tu es si belle, ma petite sorcière.

Ornella gémit en retour, le souffle d'Ailean à cet endroit l'excitait toujours autant. Entre ses cuisses, son sexe eut une contraction involontaire. Comme s'il appelait le sien.

Soudain, elle décida qu'il n'y avait aucune raison pour qu'elle soit la seule à se languir de la sorte. Elle aussi pouvait le mettre sur des charbons ardents. Forte de cette résolution, elle fit courir à son tour la pointe de sa langue sur l'épaule ferme et musclée d'Ailean, tout en faisant glisser ses doigts sur ce corps divin.

Depuis que son vampire avait élu domicile entre ses cuisses pour lui prodiguer le plus impudique des baisers, Ornella ne rêvait que de lui rendre la pareille. Elle voulait qu'il gémisse sous ses caresses, comme elle le faisait actuellement.

Dès qu'il sentit sa langue sur lui, Ailean ronronna avant de déclarer :

— Tu me rends fou et j'adore ça. Je t'adore, toi.

Après une attente interminable, il vint se positionner de manière que leurs sexes puissent enfin entrer en communion. Alors qu'il s'immisçait dans son écrin humide et gonflé de désir, avec une lenteur qui lui donna envie de hurler, Ailean lâcha les trois petits mots les plus importants de sa vie :

— Je t'aime.

Son regard azuré venait donner de la puissance à cette déclaration, augmentant l'émotion qui se propageait dans sa poitrine. Les larmes aux yeux, Ornella ouvrit la bouche pour lui répondre :

…

— Ella ! Ella, je t'en prie, tu dois m'écouter.

La transition entre cette scène érotique et la nouvelle fut brutale et sans sommation. Dans un coin de son esprit, une petite voix lui souffla qu'elle était en plein rêve et qu'elle pouvait retourner à ce délicieux plaisir onirique qu'elle était en train de vivre. Mais une autre lui souffla que l'information que l'on essayait de lui transmettre était d'une importance capitale.

Alors, même si elle voulait de tout cœur retourner à ce moment particulier entre Ailean et elle, Ornella se concentra sur cette voix inconnue qui ne tarda pas à revenir à l'assaut.

— Ella, je t'en prie.

Soudain, elle eut une illumination. Une seule personne l'appelait ainsi.

— Amaya ? demanda-t-elle incertaine.

— Oui, c'est moi.

Le soulagement était audible dans la voix de son amie d'enfance.

— Écoute, je n'ai pas beaucoup de temps. Je dois faire vite. J'aimerais avoir une autre solution, mais je n'en ai pas et le temps m'est compté.

Était-elle en train de devenir folle ? se demanda soudain Ornella. Il était impossible qu'elle puisse échanger ainsi avec Amaya. Comme de fait, la voix souffla :

— Je sais que tu vas douter de cette discussion, mais je n'ai pas d'autres moyens de prendre contact avec toi. Du moins, je n'ai pas eu le temps d'en voir d'autres. Il faut que tu m'aides Ella. Je t'en prie, j'ai besoin de toi. Je ne peux pas le faire. Je pensais être assez forte pour le supporter, mais je n'y parviendrai pas.

Même si tout cet échange lui semblait psychédélique, Ornella décida de la mener jusqu'au bout et de juger par la suite de la pertinence de ce qui allait être dit. Peut-être était-ce simplement un message subliminal que son esprit essayait de lui faire passer. Quel mal y avait-il à continuer ? Aucun. Elle répondit donc :

— Je t'écoute.

— Ella, c'est horrible. Je suis fiancée à Gatien, le roi des mages depuis plusieurs années. J'aurais dû me douter que ce moment allait arriver, mais je n'ai pas trouvé d'autre issue.

À la mention de ce nom maudit, la bête d'Ornella grogna, hurlant vengeance et réclamant que le sang de ce salaud soit répandu.

Ne lui laissant pas le temps de répondre, Amaya enchaîna :

— C'est égoïste de ma part, mais je t'en prie, viens m'aider. Il m'a dit que nous allions nous marier dans quatre jours et je ne veux pas. *Je ne peux pas.* J'ai tellement peur de ce qu'il pourrait me faire.

Son esprit n'aurait jamais été capable d'inventer une fable aussi perfide et tordue. Elle en était maintenant convaincue, Amaya était bien en train de communiquer avec elle de cette étrange façon.

Même si, par la force des choses, elles s'étaient perdues de vue pendant des années, Ornella ne pouvait ignorer cet appel à l'aide. Amaya n'avait pas hésité à venir la retrouver, dès qu'elle avait su qu'Ornella avait débloqué ses pouvoirs. Grâce à son amie, elle avait récupéré les neuf premières années de sa vie que Gatien lui avait volées. Il serait ingrat de sa part d'ignorer cette main tendue.

— Que dois-je faire ? demanda Ornella.

— J'ai eu une vision. Malheureusement, elle s'est coupée en cours de route. Je sais seulement que tu dois venir ici pour me chercher, je n'en sais pas plus. Je suis désolée.

— Où es-tu ?

— À la cour des mages, à Boston, il faut …

Soudain, la voix disparut brutalement.

— Amaya ?

Seul un silence pesant lui fit écho.

— Amaya ?

L'inquiétude s'empara d'Ornella. Elle n'aimait pas la façon abrupte dont leur communication venait d'être « coupée ».

Elle appela plusieurs fois son ancienne amie à tue-tête, sans plus de résultats.

Soudain, Ornella ouvrit les yeux, le cœur battant la chamade. Sa poitrine se serra. Elle la frotta machinalement, ne sachant quoi penser de tout ceci.

Ce rêve étrange était-il le fruit de son imagination ? Était-il simplement l'expression de la peur qui la tenaillait ces derniers jours, à l'idée que les mages lui mettent la main dessus ? Ou une façon détournée de son esprit pour exprimer le traumatisme qu'elle avait vécu à l'âge de neuf ans ?

Dans un premier temps, elle tenta de se convaincre que cette histoire de mariage imposé entre Amaya et Gatien n'était pas réelle. Amaya n'avait pas réellement essayé d'entrer en contact avec elle via ses rêves. Pas vrai ?

Cependant, elle n'arrivait pas à se défaire de cette idée qui ne tarda pas à devenir une certitude. Aussi fou que cela puisse paraître, Amaya venait bien de lui demander son aide. De son côté, elle ne pouvait tout simplement pas laisser son amie subir ce sort pire que la mort.

Devoir épouser Gatien serait un véritable enfer pour Amaya – et pour n'importe quelle femme. Ornella ne se souvenait que trop bien de la joie perverse qu'il avait prise à la torturer, alors qu'elle n'était qu'une fillette. C'était définitivement quelqu'un de profondément mauvais.

Un soupir poussé à côté d'elle lui rappela soudain qu'elle n'était pas seule dans la chambre. Allongé tout contre elle, Ailean dormait d'un sommeil profond.

En le regardant, une autre vérité s'imposa à elle : jamais il n'accepterait qu'elle se rende à la cour des mages.

Au mieux, il se proposerait d'y aller à sa place. Oui, Ailean était tout à fait capable d'aller se jeter dans la gueule du loup pour elle. Cependant, elle ne le laisserait jamais faire. Hors de question qu'il prenne ce risque pour elle. S'il lui arrivait malheur, elle ne se le pardonnerait jamais.

Et puis, Amaya avait parlé d'elle, pas d'Ailean. S'il avait été concerné, son amie l'aurait évoqué. Cela voulait-il dire qu'elle devait y aller à son insu ? Dans ce cas, comment procéder ? S'il avait vent de son projet, Ailean serait capable de faire tout son possible pour l'empêcher de sortir. Il n'y avait qu'à voir la comédie qu'il avait faite lorsqu'elle avait osé s'aventurer seule dans la demeure.

Durant l'heure qui suivit, elle tourna en boucle tous ces éléments. Tantôt prenant une décision, tantôt une autre. Après moultes tergiversations, elle prit sa décision, priant pour faire le bon choix.

Chapitre 66

Une sensation de froid tira Ailean de son sommeil. Instinctivement, il se rapprocha du milieu du lit, en quête de la présence d'Ornella pour se réchauffer.

Alors qu'il grattait quelques centimètres sur le matelas, sa tête lui sembla peser une tonne, tout comme ses membres. N'ayant pas le courage d'aller plus loin, il allongea le bras avec l'idée d'attirer sa belle petite sorcière tout contre lui. Mais sa main ne rencontra que du vide. Il ouvrit les yeux avec une lenteur anormale pour se rendre compte qu'il était seul dans le lit.

— Ornella ?

Le silence fut la seule réponse qu'il n'obtint en retour.

Il tendit l'oreille pour vérifier qu'elle n'était pas dans la salle de bain, rien. Il était bel et bien seul dans la chambre.

Il regarda sa montre et son cœur commença à s'emballer à l'idée qu'il lui soit arrivé quelque chose. Il n'y avait aucune raison plausible pour qu'elle ait quitté cette pièce seule, surtout à cette heure. Il se redressa aussitôt pour se lancer à sa recherche. Son altercation avec Marec ne lui avait-elle pas suffit ?! Elle cherchait définitivement les ennuis !

Quand il allait lui mettre la main dessus, il allait lui faire passer l'envie de se balader ainsi dans cette maison ! Et il avait déjà toute une série d'idées pour la punir. Il commença à passer en revue certaines d'entre elles dans son esprit et son corps n'y resta pas insensible.

Ailean, tu t'éparpilles !

En effet, l'heure n'était pas à l'imagination de scénarios érotiques, mais bien de s'assurer qu'Ornella était en sécurité. Une fois qu'elle serait à nouveau tout contre lui, il aurait tout le temps de réfléchir à la punition qu'il pouvait lui affliger.

C'était le programme établi par sa tête mais, son corps décida d'un autre. À peine fut-il sur ses deux jambes, qu'il s'effondra comme une masse au sol. Puis, ce fut le trou noir.

Lorsqu'il reprit connaissance, il était toujours aussi seul et ne se sentait pas au meilleur de sa forme. On aurait dit qu'une force surnaturelle avait joué avec son corps pour en déplacer les éléments principaux. Si les vampires avaient pu tomber malades, il aurait suspecté une mauvaise grippe. Comme ce n'était pas le cas, cette option était à écarter.

Après plusieurs tentatives vaines, il parvint enfin à se redresser. Il avait l'impression que son cerveau n'était plus correctement câblé pour lui permettre de se mouvoir. En revanche, il était suffisamment opérationnel, pour tenter de trouver une explication à cette situation inquiétante.

Après avoir vérifié sa montre, il constata qu'il était resté inconscient plusieurs heures. Pourtant, il était toujours seul dans cette chambre. Cette fois, ce fut la terreur qui s'empara de lui. Il en était convaincu, il était arrivé quelque chose de grave à Ornella.

Une fois sur ses pieds et stabilisé, il ne perdit pas de temps et sortit en trombe de la chambre pour aller frapper à celle de Darius. Sa démarche ne fut pas très assurée sur les premiers mètres, mais il réussit tout de même à se mouvoir.

Darius lui ouvrit, torse nu, pantalon non boutonné et surpris par cette visite. Ailean venait de le réveiller, ce qui n'était guère étonnant puisque le soleil n'était levé que depuis quelques heures.

— Ailean, que se passe-t-il ?

— As-tu vu Ornella ?

Le vampire fronça les sourcils, avant de lui répondre circonspect :

— Non. Je croyais qu'elle était avec toi.

Ailean ne se donna pas la peine de s'expliquer et fila aussitôt frapper à la porte de Léandre.

Malheureusement, il obtint la même réponse. Ainsi qu'avec Rosario, Almadeo et Livio.

Ce dernier lui proposa de visualiser toutes les caméras de la demeure pour la localiser.

— Il y en a partout, ce n'est qu'une question de secondes avant qu'on ne la trouve. Tu vas voir.

Sauf qu'Ailean ne vit rien du tout. Cinq minutes plus tard, le constat était effrayant. Il n'y avait aucune trace d'elle, nulle part. Ornella n'était présente dans aucune des pièces, ni dans le garage, ni dans le parc.

Désormais, c'était une peur sourde qui s'infiltrait dans ses veines. Où était-elle passée, bon sang de bonsoir ?!

— Elle ne peut pas avoir disparue, fit remarquer Almadeo.

Quand il vit le regard sombre que lui lança Ailean, il ferma la bouche.

— Où est Marec ? demanda soudain Ailean, saisi d'un terrible pressentiment.

Il y eut comme un moment de flottement qui lui sembla de mauvais augure.

— Où est-il ? répéta-t-il d'une voix menaçante.

— On l'ignore, finit par lui répondre Livio. Il a profité de la scène entre Ornella et toi pour filer à l'anglaise.

Lorsqu'il entendit cette réponse, Ailean poussa un cri de rage. Ce chien était forcément impliqué, d'une manière ou d'une autre, dans la disparition d'Ornella.

— Tout va bien là-dedans ? demanda soudain la voix de sa sœur en passant la tête dans l'entrebâillement de la porte.

— Retourne te coucher, lança sèchement Ailean.

— Tu te prends pour qui ? s'indigna Rayna. En plus, avec le boucan que vous faites, je ne vois pas par quel miracle je pourrais réussir à dormir !

Il n'avait pas le temps de ménager sa sœur, il avait des choses plus importantes à faire pour l'instant.

— Retourne. Te. Coucher.

Rayna le connaissait bien. Elle savait quand elle pouvait pousser le bouchon et quand elle devait se plier à ses ordres. Elle fit donc demi-tour, non sans lui avoir lancé au préalable un regard noir, exprimant ainsi ce qu'elle pensait de la manière cavalière avec laquelle il venait de la renvoyer.

Lorsqu'elle eut quitté la pièce, il reporta son attention sur ses hommes et s'adressa à Livio :

— Regarde les historiques des caméras pour la trouver !

— Je ne t'ai pas attendu pour le faire.

Pendant que son général ouvrait diverses fenêtres sur son écran, Ailean pensa soudain à un détail :

— Comment se fait-il que Marec ait réussi à la coincer dans ce couloir ? Tu devais garder tout le temps un œil sur elle.

Ailean pensait que son système de surveillance et de sécurité était au top. Il commençait à se dire qu'il avait peut-être fait confiance un peu trop aveuglément à ses généraux. Son père lui avait dit à maintes reprises qu'il ne devait compter que sur lui-même. Peut-être aurait-il dû l'écouter.

— Je n'ai quitté la caméra des yeux que quelques instants pour écouter le rapport de Rosario sur son intervention avec la police. Quand j'ai vu que Marec était en train de s'en prendre à Ornella, nous sommes tous les deux accourus à son secours, se défendit Livio dont les narines dilatées montraient clairement qu'il n'appréciait pas de se faire accuser.

En l'occurrence, Ailean n'avait que faire des sentiments de son général. La seule chose qui comptait pour l'instant, c'était de retrouver sa petite sorcière, son *Amor Fati*. Dans le cas contraire, il en mourrait, littéralement.

Les trois minutes qu'il fallut à Livio pour remonter dans les enregistrements furent les plus longues de sa vie. Après cette attente qu'il lui parut interminable, il put enfin voir Ornella quitter sa chambre sur la pointe des pieds. Elle semblait bouleversée et perdue.

Debout derrière son général, il la regarda prendre l'ascenseur pour monter à l'étage. Elle regardait sans cesse par-dessus son épaule. Que guettait-elle ?

Il attendit que Livio bascule sur la caméra située au rez-de-chaussée, au niveau de l'ascenseur. Malheureusement, il n'eut pas l'occasion de voir Ornella en sortir, car il s'écroula soudain comme une masse.

Chapitre 67

Lorsqu'Ailean ouvrit à nouveau les yeux, ce fut pour tomber nez-à-nez avec Almadeo penché sur lui.

— C'est bon, la Belle au bois dormant se réveille, lança ce dernier.

— Que s'est-il passé ? demanda Ailean, un peu perdu.

Ses derniers souvenirs étaient flous. Il avait l'impression d'avoir subi un court-circuit. D'ailleurs, il ne sentait toujours pas au meilleur de sa forme.

— Nous allions justement te poser la même question, lui fit remarquer Darius. Tu t'es évanoui sans crier gare.

— C'est la deuxième fois que cela m'arrive depuis cette nuit, admit Ailean à contrecœur.

— As-tu une idée pour expliquer le phénomène ? demanda son bras droit.

Oui, il avait sa petite idée sur la question. La coïncidence était trop grosse pour que les deux éléments ne soient pas liés.

Après avoir hésité, il finit par confier :

— J'ai bu le sang d'Ornella cette nuit.

Une série de jurons suivit sa déclaration. Avec un temps de retard, il se souvint qu'avant d'être pris de vapeurs, Livio lui montrait l'enregistrement d'Ornella quittant le sous-sol.

— Où est-elle ?

La mine grave de ses généraux lui sembla de mauvais augure. Il attendit fébrilement qu'on lui fournisse une réponse. À la place, Léandre lui posa la question à laquelle tous devaient penser :

— Tes soupçons sont-ils fondés ? Est-elle bien ton *Amor Fati* ?

Almadeo enchaîna avec une deuxième :

— As-tu plus de pouvoirs ?

Cette remarque lui valut un coup de coude discret de la part de Rosario.

— Bah quoi ? Vous ne voulez pas savoir s'il s'est transformé en super Ailean. Parce que si son nouveau pouvoir, c'est simplement de s'évanouir comme une demoiselle trop serrée dans son corset, ce n'est pas terrible.

Almadeo essayait de détendre l'atmosphère avec

cette remarque stupide. C'était sa marque de fabrique. Habituellement, cela fonctionnait mais aujourd'hui, ce fut un échec cuisant. Le vampire ne réussit qu'à l'énerver un peu plus.

— Ne détournez pas la discussion, répondez à ma question. Où est-elle ? Que lui est-il arrivé ?

Après une interminable minute de silence, Darius annonça simplement :

— Elle est partie.

— Comment ça, partie ? On l'a enlevée ? Vous avez pu voir leurs visages ? Ils étaient nombreux ? Comment ont-ils pu entrer dans la propriété sans se faire repérer ? Je croyais que …

— Ailean, le coupa Darius, elle a pris la porte d'entrée, elle est allée au garage à voitures, elle en a volé une, puis elle est partie avec. Et c'est tout. Il n'y avait personne avec elle.

Le regard plein de pitié de ses généraux fut insupportable. C'était la première fois qu'ils le regardaient ainsi. Tout à coup, Ailean se sentit minable et naïf. Comment avait-il pu se faire duper de la sorte ? Il n'arrivait pas à y croire. D'ailleurs, il fallait qu'il le voie de ses propres yeux.

— Montre-moi la vidéo, Livio.

— Ailean, ça ne sert à …

— Je ne t'ai pas demandé ton avis, mais de me montrer la vidéo, s'énerva-t-il.

Un détail leur avait forcément échappé. Ornella n'aurait pas fait ça sans une bonne raison. Ils ne la connaissaient pas comme lui la connaissait. On l'y avait obligée, d'une manière ou d'une autre. C'était la seule explication logique.

Après avoir soufflé pour montrer son désaccord, son général finit par s'exécuter. Il se dirigea vers son bureau où étaient installés plusieurs écrans. Il tapa sur son clavier et bientôt une vidéo apparut sur l'un d'eux. Ailean le fixa avec une attention obsessionnelle, refusant d'accepter ce que ses propres yeux lui montrèrent.

Le moment n'était pas du tout approprié, mais il ne put s'empêcher de la trouver désirable, alors qu'elle se faufilait à travers la maison calme. Quand elle se mit au volant de sa Maserati Levante (il partageait sa passion des belles voitures puissantes avec Rayna), il la trouva encore plus sexy.

Il regarda le véhicule devenir un point au loin, dans le champ de vision de la caméra, jusqu'à complètement disparaître. Un grand froid s'infiltra dans sa poitrine devant cette vision. Elle était bel et bien partie, comme ça, sans aucune contrainte et sans aucune raison apparente. Elle était simplement partie.

Où était-elle allée ? Depuis quand avait-elle prévu de lui fausser compagnie ? Ce furent les premières questions d'une longue série. Elles s'accumulèrent dans sa tête, sans qu'il ne parvienne à leur trouver des réponses satisfaisantes. Il était trop sonné par ce revirement de situation. Il se pensait plus malin que ça. Comment avait-il pu se faire berner de la sorte ?

Ses généraux restèrent silencieux, lui laissant le temps de digérer la nouvelle. Malheureusement, il frôlait l'indigestion. La trahison d'Ornella lui restait en travers de la gorge. Elle connaissait l'importance de l'*Amor Fati*. Pourtant elle était partie sans lui laisser le moindre mot et, surtout, juste après qu'il ait scellé son sort en buvant à sa veine.

Peut-être avait-elle eu une urgence.

Et alors ? Te réveiller pour te prévenir lui aurait fait perdre moins de cinq minutes ! Non, elle est partie en catimini comme une voleuse, c'était son plan depuis le début.

Cette suggestion lui donnait la nausée. Toutes les particules de son être refusaient d'y croire. Cependant, il ne pouvait oublier la vidéo. Dessus, on la voyait regarder dans toutes les directions, comme si elle craignait de se faire surprendre.

Soudain, une colère sourde monta en lui. Il allait la retrouver et lui faire payer sa traitrise ! Ornella allait regretter de s'être ainsi jouée de lui. Il s'en fit la promesse.

Se tournant vers Livio, il lui demanda :

— Tu sais où elle est allée ?

Même à ses propres oreilles, la menace dans sa voix était palpable.

Soudain, il remarqua un détail. Tous ses généraux arboraient une tête d'enterrement et évitaient son regard. Saisi d'un sombre pressentiment, il leur demanda :

— Quoi ? Qu'est-ce que vous ne me dites pas ?

Chacun regarda ses chaussures, craignant clairement sa réaction.

— Parlez, bon sang !

Ce fut Darius qui se porta volontaire pour être le messager de la mauvaise nouvelle.

— En regardant les séquences vidéo, Rosario a fait remarquer à Livio que l'une d'elles était étrange. Elle n'avait pas le même comportement que les autres. Il est donc allé dans la pièce en question pour vérifier ce qui clochait. Nous ne l'avons pas vu sur les écrans. C'est ainsi que nous avons découvert que la caméra avait été trafiquée.

Ailean jura et se promit que celui à l'origine de ce sabotage allait le sentir passer. Cependant, il ne voyait pas où Darius voulait en venir. Sous-entendait-il que c'était l'œuvre d'Ornella ? Pourquoi aurait-elle fait ça ? À quoi cela lui aurait-il servi ? Il eut la réponse à toutes ces questions lorsque Darius continua son récit :

— Dans la pièce, glissé profondément dans les replis d'un fauteuil, Rosario a trouvé ça.

Le *ça* en question était un téléphone portable. Il était branché à l'ordinateur de Livio. Ce dernier prit la relève et confirma ses doutes :

— Je l'ai analysé, c'est bien celui d'Ornella.

Après une pause, il ajouta d'une voix calme et posée, comme pour tenter d'apaiser la violence de l'annonce qu'il allait faire :

— Un appel a été passé hier soir, depuis ce téléphone. L'indicatif du numéro montre que le destinataire était à la Nouvelle-Angleterre et plus précisément dans le Massachussetts. J'ai essayé de rappeler mais l'appel a échoué.

Ailean se sentit pâlir devant cette information. Il ne croyait pas au hasard et ses hommes non plus.

— Elle a appelé quelqu'un à Boston ?

— Difficile à dire, je n'ai pas les informations nécessaires pour te répondre.

Serait-elle partie pour filer à la cour des mages ? Pensait-elle avoir une chance de regagner leurs grâces ? Était-elle à ce point naïve ? Ils n'allaient faire qu'une bouchée d'elle !

Sauf si elle leur apporte quelque chose en échange, lui souffla une petite voix. *Comme, pourquoi pas, la mort lente et douloureuse du roi des vampires.*

Ailean ne tarda pas à comprendre l'idée sous-jacente. Une douleur sourde s'incrusta alors dans sa poitrine. En parallèle, la colère s'empara de lui. Il sentit l'air vibrer autour de lui, mais il n'y prêta pas attention, pas plus qu'à l'expression de surprise des vampires présents dans la pièce. Il était trop aveuglé par sa rage pour accorder de l'importance à ce genre de détails.

Ornella allait amèrement regretter cette trahison honteuse. Il s'en fit la promesse.

Il se redressa, prêt à distribuer des ordres. Malheureusement, son corps déclara à nouveau forfait. Il s'écroula comme une masse pour la troisième fois.

Chapitre 68

En quittant la gigantesque propriété, Ornella n'avait pas de plan précis en tête. Elle était partie dans la précipitation. L'adage « vite et bien ne font pas bon ménage » prenait tout son sens dans sa situation. Elle ne cessait de se dire qu'elle aurait dû prendre plus de temps pour réfléchir. Malheureusement, elle n'en avait que trop peu. Quatre petits jours, c'était court, surtout en ne sachant pas exactement où elle devait se rendre.

En sortant de la chambre sur la pointe des pieds, elle avait prié pour que personne ne la surprenne en pleine fuite. Il lui avait semblé entendre une porte grincer légèrement, mais c'était à n'en pas douter le fruit de son imagination. En regardant par-dessus son épaule, elle n'avait rien vu. Si l'un des vampires l'avait surprise ainsi, il n'aurait pas manqué de donner l'alerte.

Une fois dans l'ascenseur, elle avait été soulagée que la première partie de son plan ait réussi. Cependant, il en restait une multitude et chacune pouvait tourner au désastre avant de parvenir jusqu'à la cour des mages.

À cette heure, les lieux étaient normalement déserts, mais il n'était pas impossible de tomber nez-à-nez avec un insomniaque ou quelqu'un venu simplement chercher quelque chose.

Heureusement pour elle, la chance continua d'être de son côté. Elle ne croisa nulle âme qui vive sur sa route. Il lui sembla entendre au loin, en direction des cuisines, des bruits d'agitation, mais la pièce était éloignée de sa position et personne n'en sortit.

La première faille dans son plan lui était apparue une fois dehors. Contrairement aux vampires, elle n'avait aucun don lui permettant de se dématérialiser. Et, en tout état de cause, partir à pied était exclu. Elle avait donc dû trouver une solution.

Se souvenant des explications fournies par Rayna, elle s'était laissé guider jusqu'à une sorte d'immense hangar qu'elle supposait être le garage. Manque de chance pour elle, le bâtiment était verrouillé avec un dispositif électronique.

Sans vraiment y croire, mais décidée à tenter le tout pour le tout, elle avait fait appel à ses pouvoirs pour contrer le système de sécurité. Et cela avait fonctionné ! Le voyant était devenu vert et la porte s'était ouverte, révélant les trésors qu'elle cachait.

Un instant, Ornella avait été éblouie par la quantité de véhicules de luxe stockés ici. Cependant, elle n'avait pas perdu de temps à les contempler, d'autant qu'elle n'avait aucune affection particulière pour la mécanique. Elle avait arrêté son choix sur la voiture la plus proche, une sorte de 4x4 de luxe dont l'insigne ne lui était pas familier.

Elle avait alors buté sur son deuxième obstacle. Le SUV était fermé et les clés n'étaient nulle part en vue. Elle avait fait appel une deuxième fois à ses pouvoirs, parvenant ainsi à déverrouiller la portière et à démarrer le moteur.

À chaque sort qu'elle lançait, Ornella s'était épatée. Depuis qu'ils lui avaient été rendus, elle n'avait pas vraiment eu l'occasion de les tester. Dans ce garage, elle avait commencé à comprendre qu'ils pourraient s'avérer un précieux atout pour la mission dangereuse dans laquelle elle se lançait.

Aussitôt derrière le volant et la voiture en marche, elle était sortie le plus rapidement possible du hangar, en veillant toutefois à ne pas faire gronder le moteur. Dieu seul savait quand Ailean allait constater sa disparition. Si elle voulait avoir la moindre chance de partir avant qu'il n'essaie de la retenir, elle devait mettre le plus de distance entre eux.

Durant la première demi-heure où elle conduisit à l'aveugle, Ornella essaya du mieux qu'elle put de ne pas penser aux implications de sa fuite. Si elle commençait à imaginer ce qu'Ailean pourrait penser de la façon dont elle avait agi, elle allait craquer, faire demi-tour et le supplier de la pardonner pour sa fourberie. Elle n'oubliait pas ce qui était en jeu : Amaya et son bonheur, ainsi que la sécurité d'Ailean. Malgré tout, elle n'était pas fière de ses actes. Elle n'avait qu'à inverser leurs rôles pour deviner qu'Ailean n'allait pas apprécier de se réveiller seul, sans aucune idée de l'endroit où elle était. Elle se doutait aussi de ce qu'il allait penser de sa fuite, surtout après qu'elle l'ait presque obligé à boire son sang. Elle espérait simplement qu'il comprendrait, le moment venu, la raison pour laquelle elle avait agi ainsi.

En quittant sa chambre, le scénario était assez simple dans sa tête. Elle se rendait à Boston. Elle trouvait Amaya. Elle la ramenait ici. Au passage, si elle pouvait botter les fesses de Gatien, elle ne s'en priverait pas.

Après coup, elle se rendait compte de la naïveté de son plan. Elle était loin d'avoir pensé à tous les détails. Et elle n'était pas au bout de ses peines !

Après cette demi-heure de conduite hasardeuse, Ornella se gara sur le bas-côté pour faire le vide dans sa tête et surtout décider de la suite des événements.

La prochaine étape était de se rendre à Boston. Ensuite, elle verrait pour trouver la cour des mages. Car elle n'avait bien évidemment aucune idée de son emplacement. Amaya n'avait pu lui donner que le nom de cette grande ville avant que leur discussion ne soit interrompue. Dans sa jeunesse, Ornella s'y était rendue, mais elle était trop jeune pour se souvenir du moindre détail utile. Sans compter que le lieu pouvait très bien avoir changé depuis.

Elle pouvait s'y rendre en voiture et le trajet serait interminable. Ou bien, elle pouvait prendre l'avion. Elle n'avait aucune idée de la durée du vol, mais il ne devait pas excéder une poignée d'heures. Il lui fallait donc un billet.

Ce fut en voulant regarder l'heure du prochain avion à destination de Boston sur son téléphone portable, qu'Ornella se rendit compte qu'il n'était pas dans la poche de son blouson comme elle le pensait.

Rageusement, elle donna un coup sur volant en lâchant une litanie de jurons. Elle n'avait aucune idée de l'endroit où il pouvait être. Elle avait dû l'égarer sans s'en apercevoir. La dernière fois qu'elle l'avait consulté, c'était dans cette maison isolée au milieu de nulle part.

Réfléchis, réfléchis, réfléchis.

Sans son smartphone, impossible de connaître l'horaire des vols.

Après quelques minutes de réflexion, elle en vint à penser que prendre l'avion n'était de toute façon pas la plus brillante des idées, si elle voulait brouiller les pistes.

Les mages et les vampires semblaient plutôt doués pour la filature. Ils ne tarderaient donc pas à connaître le vol sur lequel elle avait embarqué. À partir de là, ils n'avaient qu'à l'attendre à la sortie pour la cueillir comme une fleur.

Et même si elle parvenait à passer entre les mailles du filet, une fois sur place, elle n'aurait aucun moyen de transport. Elle serait tributaire des taxis ou devrait avoir recours à une location. Encore un nouveau risque d'apparaître sur les radars des uns et des autres.

Elle irait donc par la route. Certes, elle mettrait plus de temps, mais elle aurait plus de chances de voyager incognito.

La voiture haute de gamme était équipée d'un GPS.

Ornella le démarra et tapa une adresse au hasard dans Boston, afin d'obtenir une estimation de son temps de trajet. Quand elle vit qu'il lui faudrait conduire vingt-trois heures, elle gémit de dépit.

La route allait être longue, mais ce n'était pas incompatible avec son timing. Amaya lui avait dit qu'elle devait se marier dans quatre jours. Elle aurait donc le temps de la trouver d'ici là.

Après avoir validé le trajet GPS, Ornella s'engagea à nouveau sur la route, priant pour arriver au bout de son périple sans encombre.

Chapitre 69

— Alors, tout est prêt ? demanda Gatien en entrant dans la pièce secrète.

— Oui, Mon Seigneur, il ne reste plus que quelques ajustements et le dispositif sera opérationnel, ce n'est qu'une question de minutes.

— Parfait.

Gatien fit courir son regard autour de lui et se félicita de l'idée de génie qu'il avait eue. Il avait également été avisé de confier cette mission au mage lui faisant face. Cela faisait plaisir de voir qu'au moins un homme dans son équipe n'était pas un manche de pioche ! D'ailleurs, Gatien commençait sérieusement à se dire qu'il devait lui donner une promotion. Compte-tenu de son identité, il avait eu des doutes sur son implication, mais il se rendait compte qu'ils étaient infondés.

— Idéalement, il faudrait faire quelques tests, suggéra le mage.

Décidément, il était très prometteur.

— Voilà une excellente idée, Tatien. J'ai justement le test parfait en tête. Il ne devrait pas tarder à arriver, mais ne vous inquiétez pas, vous pourrez finir vos ajustements sans être embêté.

— Parfait, Mon Seigneur.

Au ton de sa voix, Gatien comprit que l'homme souhaitait ajouter quelque chose.

— Oui ? demanda-t-il pour l'inciter à s'exprimer.

— Si vous ne voulez pas me répondre, je comprendrais tout à fait, mais je me demandais si l'objet que vous m'aviez demandé lorsque nous étions à la Nouvelle-Orléans avait rempli son office.

— J'ai eu un écho en ce sens.

La fierté éclaira le visage de l'homme.

— Bon, je te laisse à ton travail.

— Vous pouvez compter sur moi, Mon Seigneur.

Gatien sortit ensuite de la pièce, un sourire aux lèvres. Finalement, tout se passait pour le mieux. Parfois, son propre génie l'épatait. Il n'en revenait toujours pas de la façon dont il avait réussi à retourner la situation pour qu'elle lui devienne favorable.

En fin de compte, cette petite *Nefasta* allait être la meilleure chose qui lui soit arrivée dans la vie !

Chapitre 70

Elle y était enfin arrivée !

En prenant la bretelle de sortie vers le centre de Boston, Ornella ne put retenir un soupir de soulagement. Elle était exténuée, à bout de forces, elle devait lutter pour ne pas s'endormir au volant, mais elle était enfin à Boston.

Louisiane, Mississipi, Alabama, Géorgie, Tennessee, Virginie, Virginie Occidentale, Maryland, Pennsylvanie, New York, Connecticut et Massachussetts ; elle venait de traverser pas moins de treize états et parcourir plus de 1500 miles ! Jamais de toute sa vie, elle n'avait fait un aussi long trajet. Heureusement que la voiture était très confortable.

La veille, elle avait roulé plus de douze heures avant de s'arrêter en Virginie. Elle avait trouvé un hôtel plutôt correct. Même si son budget était assez limité, elle n'avait pas choisi un motel miteux de peur qu'on ne lui vole sa voiture.

Elle ignorait toujours la marque, mais le véhicule avait attiré suffisamment les regards – en grande partie masculins – pour qu'elle en déduise qu'il était loin d'être banal. Cela dit, étant donné le luxe de l'habitacle, elle s'en serait douté.

Le trajet le plus long était désormais terminé, mais le plus compliqué était encore devant elle. Il fallait maintenant qu'elle trouve l'emplacement d'Amaya. Elle espérait y parvenir grâce à un sort de localisation, sans avoir aucune certitude à ce sujet.

En revanche, une chose était certaine, elle devait se reposer avant d'entreprendre quoi que ce soit. Ces dernières quarante-huit heures, elle avait trop sollicité ses pouvoirs pour espérer parvenir à localiser son amie. Sans parler de tout le stress qu'elle avait accumulé.

Elle avait encore deux jours devant elle. Foncer la tête la première en étant épuisée physiquement et avec ses batteries magiques à plat n'était pas la meilleure des idées. Avant de trouver Amaya, elle devait donc trouver une chambre d'hôtel.

Comme pour la veille, elle arrêta son choix sur un établissement à l'aspect propre et dans un quartier a priori calme.

Lorsqu'elle descendit de voiture, ses jambes décidèrent de déclarer forfait quelques instants. Si elle ne s'était pas retenue *in extremis* à la portière, elle se serait étalée de tout son long sur le bitume.

Une fois qu'elle eut retrouvé ses forces, Ornella ferma la portière et verrouilla le véhicule d'une simple pensée. Elle n'en revenait pas de la facilité avec laquelle elle réussissait ce genre de choses. Mais ce qui l'épatait le plus, c'était la façon dont elle parvenait à manipuler l'esprit des humains.

Pressée d'arriver au plus vite, sachant la distance qu'elle avait à parcourir et compte tenu de la puissance de la voiture, elle n'avait pas toujours respecté les limitations de vitesse. À l'heure matinale à laquelle elle était partie de la Nouvelle-Orléans, elle n'avait croisé personne sur la route. Malheureusement, un peu plus tard dans la journée, elle était passée devant une patrouille de police qui l'avait prise en chasse.

Elle s'était aussitôt garée sur le bas-côté, craignant le pire. Elle était allée bien au-delà de la vitesse autorisée. Si elle s'était fait arrêter par les forces de l'ordre, elle aurait été dans un sacré pétrin. Surtout, elle aurait perdu un temps précieux.

Quand le policier s'était approché du véhicule, la mine grave, elle avait tenté le tout pour le tout. Elle avait baissé la vitre et lui avait dit en priant pour que cela fonctionne :

— *Il ne s'est rien passé. Vous vouliez simplement me dire bonjour.*

Elle avait mis tout son pouvoir dans ces mots, afin de leur donner plus de poids. Le policier avait soudain abandonné son air grave et s'était contenté de lui dire :

— Bonjour Madame, je tenais simplement à vous saluer.

Soulagée au-delà du possible, il lui avait fallu quelques instants avant de lui retourner un sourire poli. Elle avait beaucoup mieux géré la deuxième et la troisième interpellation.

En moins d'une journée, elle était devenue une vraie Bonnie !

Avant de se rendre à l'hôtel, elle fit une halte à la petite supérette attenante, afin d'acheter de quoi grignoter. Quand elle eut fait le plein de calories, elle se rendit à la réception et tomba sur un homme à l'âge indéterminé lisant un magazine people. Il abandonna sa lecture et la salua.

— Bonsoir.

— Bonsoir, j'aurais voulu une chambre pour cette nuit, s'il vous plaît.

— Pour une ou deux personnes ?

— Une personne.

— Cela vous fera 250$ avec la place de parking.

Ornella faillit s'étouffer en entendant le montant. Le réceptionniste la prenait-il pour un pigeon ?! Cette somme était tout simplement exorbitante pour le standing de l'hôtel.

Durant un bref instant, elle envisagea d'utiliser son pouvoir sur lui pour avoir la chambre à l'œil ou, au moins, pour un tarif plus raisonnable. Mais elle était trop exténuée pour discuter le prix.

Elle sortit donc sa carte bleue pour payer, mais la note lui resta en travers de la gorge.

Avec les nombreux pleins qu'elle avait faits, plus les deux nuits d'hôtel, sans oublier les cochonneries qu'elle avait achetées pour se nourrir, son compte en banque allait faire grise mine et son banquier des bonds !

Après avoir récupéré sa clé, non sans avoir lancé un regard noir au réceptionniste extorqueur, Ornella prit la direction indiquée pour se rendre dans sa chambre.

Machinalement, elle jeta un dernier coup d'œil par-dessus son épaule avant de déverrouiller la porte et de refermer derrière elle. Elle n'avait pas arrêté de faire ce geste depuis la veille au matin. Elle s'attendait à tout moment à ce qu'Ailean ou un de ses hommes débarque pour lui mettre la main dessus. Mais pour l'instant, elle n'avait pas vu l'ombre d'un croc. C'était une bonne chose. Elle allait devoir gérer une bande de mages, pas la peine d'ajouter des vampires dans l'équation.

Malgré tout, elle ne pouvait s'empêcher de penser que c'était mauvais signe. Ailean s'était forcément rendu compte de son départ. Avec toute la technologie installée dans la demeure, il avait dû constater qu'elle était sortie sans contrainte. Il devait également avoir à sa disposition les outils nécessaires pour la retrouver s'il le voulait. Or, il n'était pas là.

Pensait-il qu'elle l'avait trahi de la pire des façons ? Avait-il si peu foi en elle ? Elle se sentait vexée par cette hypothèse, même si elle n'en avait pas le droit.

Qu'importe, elle ne devait pas penser à cela maintenant. La priorité était de localiser Amaya, ensuite elle déterminerait ce qu'elle ferait de cette information.

Si son amie était fiancée à Gatien, que la cour des

mages était située à Boston – comme elle avait entendu les vampires le dire – et qu'Amaya était également à Boston, il y avait fort à parier qu'elle était là-bas. Ornella ne pouvait donc pas débarquer la fleur au fusil sur les lieux. Foncer la tête la première n'était pas une bonne stratégie. Elle devait prendre le temps de réfléchir avant de se jeter dans la gueule du loup.

Oui, c'était ce qu'elle allait faire, une fois qu'elle se serait un peu reposée. Elle n'avait pas fini de formuler cette pensée, qu'elle sombrait comme une masse.

Chapitre 71

— Ailean ?

À travers un brouillard alcoolisé, Ailean reconnut la voix de Rayna, mais il s'en moquait. Tout lui était égal. Il ne s'était jamais senti aussi mal de toute sa vie.

Attends de voir ce que te réservent les semaines à venir !

Il détestait paraître aussi minable, mais il n'arrivait pas à se comporter autrement pour l'instant. D'un autre côté, était-ce trop demander que d'attendre au moins quarante-huit heures après le départ de cette traitresse, avant d'exiger de lui qu'il danse la guigne ?! Son *Amor Fati* venait de se sauver pour aller directement chez leurs pires ennemis, il avait le droit d'avoir quelques difficultés à digérer la nouvelle, non ?

— Ailean ? répéta Rayna.

— Fiche-moi la paix, Ray !

— Certainement pas ! lui répondit sa sœur en pénétrant dans sa chambre. Pouah ! mais comment ça peut autant puer le phoque là-dedans, alors que tu n'y es enfermé que depuis hier matin ?! Tu es en train de te transformer en bouc ou quoi ?

N'appréciant pas du tout son humour, Ailean répéta son ordre, tout en lui tournant le dos pour lui faire comprendre qu'il voulait être seul.

Bien évidemment, sa sœur n'eut que faire de ses paroles et fit comme si elle ne les avait pas entendues. Elle alluma le plafonnier, lui arrachant un grognement de douleur. Il avait l'impression que des milliers d'aiguilles lui vrillaient le cerveau.

— Rayna, va-t'en ! s'énerva-t-il.

— Non ! Tu vas arrêter de te comporter en idiot fini et te bouger les fesses ! Tu m'entends ?

Plutôt que de lui répondre, il attrapa un oreiller pour le coller sur ses yeux. Peut-être que s'il se concentrait assez fort, il arriverait à faire abstraction de la présence de sa sœur, jusqu'à ce qu'elle abandonne la partie et quitte sa chambre.

L'oreiller disparut sans crier gare.

— Rayna ! grogna Ailean.

Il était à deux doigts de montrer les crocs, c'est dire à quel point elle le poussait à bout !

— Rayna, rien du tout ! Elle ne t'a pas quitté, Ailean. OK ?

Cette remarque lui arracha un bruit de bouche à mi-chemin entre dédain et colère. Comment pouvait-elle sortir pareille ânerie !

— Suis-je bête, répondit Ailean avec une ironie amère, Ornella est simplement partie chercher du pain et s'est perdue en route !

— Pff, arrête de dire n'importe quoi. J'ignore où elle est, mais je sais qu'elle avait une bonne raison de partir.

— Oh oui, elle avait une ! Et je vais te dire laquelle. Après que je l'aie baisée, elle a décidé de me baiser à mon tour ! Elle aurait pu nous quitter plus tôt, mais non, elle a sagement attendu que je boive son sang avant de se barrer. Mages ou sorcières, ils sont bien tous pareils ! Que des lâches qui n'hésitent pas à avoir recours aux pires fourberies ! J'aurais dû m'en douter.

— Arrête de dire n'importe quoi. La colère est très mauvaise conseillère, ne la laisse pas parler pour toi. Je sais que tu ne penses pas ce que tu viens de dire.

— Oh si, je le pense ! Et ne prétends pas savoir mieux que moi ce que j'ai dans la tête, OK ?

— Ornella t'aime, sombre crétin ! Elle me l'a dit.

Ailean eut un rire sans joie.

— Je savais bien que tous ces films à l'eau de rose que tu passes ton temps à regarder allaient finir par te ronger le cerveau !

— T'es vraiment un gros benêt. Elle ne te mérite pas ! Elle a bien fait de partir !

Cette phrase le mit dans une rage noire.

— Sors immédiatement de cette chambre !

— Ne t'inquiète pas, je ne comptais pas rester une minute de plus. J'en ai assez de te voir te morfondre dans ton coin, comme un gros bébé, alors qu'Ornella a certainement de gros ennuis. Tu es pitoyable et minable.

Sur cette charmante salve de compliments, sa sœur quitta la chambre en trombe, en claquant au passage la porte. C'était un comble. *Il* se faisait plaquer et abandonner comme une vieille chaussette. *Il* se retrouvait comme un con à devoir justifier son absence auprès de tous les vampires de la cour. *Il* lui avait donné son cœur – et quelque part son corps. Et c'était *lui* qui serait en faute ? Elle était bien bonne celle-là !

Il ruminait ces pensées, lorsqu'un coup fut frappé à la porte.

— Ailean ? Je peux entrer ?

Enfin quelqu'un qui connaît la politesse.

— Oui, Livio, répondit-il en ayant reconnu la voix de son général.

Le vampire pénétra dans la chambre et ferma la porte derrière lui.

— Je t'écoute.

— J'ai récupéré le trajet GPS de la Maserati.

— Et ?

— Ornella a fait une halte cette nuit en Virginie, avant de reprendre la route. Elle vient à nouveau de s'arrêter, vraisemblablement pour la nuit.

Même s'il redoutait d'entendre la réponse, il posa

tout de même la question :

— Où est-elle ?

Après une interminable seconde, Livio ne lâcha que deux syllabes :

— Boston.

La réaction d'Ailean ne se fit pas attendre. Il jeta la bouteille de bourbon à moitié pleine qui était posée à côté de lui. Elle se fracassa contre le mur. Le liquide qu'elle contenait dégoulina contre la peinture, laissant des traces sur son chemin.

Livio – ce fut tout à son honneur – ne cilla pas face à cet excès de rage. Il laissa quelques instants à Ailean pour regagner un semblant de maîtrise.

— Autre chose ? demanda celui-ci d'un ton acide.

— Non pas pour l'instant. Est-ce que tu veux …

— Laisse-moi.

Il ne voulait rien d'autre que noyer sa rage et son chagrin.

Contrairement à Rayna, Livio obéit sans rechigner.

Au prix d'un effort non négligeable, Ailean quitta son lit pour aller chercher une autre bouteille. Heureusement qu'il avait été prévoyant !

Chapitre 72

— Excusez-moi, à quelle heure dois-je rendre la chambre au plus tard ?

Le réceptionniste ne prit pas la peine de quitter son magazine des yeux et lui répondit :

— Onze heures.

— Très bien, je vous remercie. Je garde donc la clé car je vais revenir.

— Comme vous voulez, ma p'tite dame.

Pour ce qu'elle comptait faire, Ornella avait besoin de calme, de tranquillité et surtout d'être certaine qu'on ne pouvait ni l'interrompre, ni la surprendre. Elle serait donc mille fois mieux dans sa chambre que dans la voiture.

Mettant la clé dans sa poche, elle sortit du hall et prit

la direction du parking. Elle eut une pointe de soulagement en découvrant la voiture au même endroit et dans le même état qu'elle l'avait laissée la veille.

Sans perdre de temps, elle s'installa derrière le volant et démarra le moteur en usant du même tour de passe-passe qu'elle avait utilisé jusqu'à présent. Chaque fois, elle s'arrangeait pour garder la tête baissée, afin que personne ne découvre son regard luminescent.

L'heure qui s'afficha sur le tableau de bord vint la narguer. Elle ne devait pas traîner pour rassembler ce qu'il lui fallait.

Ce matin, elle s'était réveillée plus tard que prévu. Elle aurait dû demander au réceptionniste de faire sonner le téléphone fixe de la chambre en guise de réveil. Enfin, elle n'avait pas de temps pour les regrets. Maintenant, elle devait se concentrer sur la suite de son plan.

Pour le sort qu'elle avait en tête, il lui fallait deux choses : une carte de Boston et un cristal quelconque qui pourrait faire office de pendule. Le premier devrait être facile à trouver. Pour le deuxième, cela pourrait s'avérer plus ardu.

Si elle avait eu son portable, sa tâche s'en serait trouvée grandement facilitée. Malheureusement, elle ne l'avait pas et n'avait aucun moyen d'y remédier. Et se lamenter sur son sort allait simplement lui faire perdre un temps précieux.

N'ayant aucune idée de la direction à suivre, Ornella laissa le hasard choisir pour elle. Pour une fois, il fit bien les choses. À peine un kilomètre plus loin, elle eut la chance de tomber sur une petite boutique de spiritisme accolée à un boui-boui pour touristes. En un seul arrêt, elle parvint donc à mettre la main sur les deux objets qu'il lui fallait.

Une fois équipée, Ornella fit demi-tour pour retourner à l'hôtel. Ayant pensé à relever l'adresse, elle n'eut qu'à la taper dans le GPS. Quand elle gara sa voiture, l'horloge digitale du tableau de bord lui apprit qu'il lui restait environ une heure avant de devoir quitter les lieux. Cela devrait être suffisant, mais elle ne devait pas flemmarder.

Elle attrapa ses affaires, descendit de la voiture et retourna dans sa chambre. Une fois la porte fermée, elle déplia la carte pour l'étaler sur le lit. Il n'y avait pas à dire, Boston était une vaste ville ! Sans sa magie, ses recherches auraient été plus compliquées que de trouver une aiguille dans une botte de foin.

Ornella vint s'installer sur le matelas, déballa le pendule et fit le vide dans sa tête. Elle n'avait encore jamais lancé de sort de localisation, mais elle avait lu comment faire. Cependant, c'était il y a plus de quinze ans !

En magie, il y avait deux types de sorts. Les premiers, « normalisés », que tout mage – et avant Adam et Ève, toute sorcière – pouvait réaliser à condition de savoir comment le faire, un peu comme une recette de cuisine. Malgré tout, l'effet pouvait varier en fonction de la puissance de la personne l'utilisant.

Les deuxièmes étaient intrinsèques à chaque mage et sorcière. Ils ne pouvaient être appris. Ils dépendaient tout simplement de la magie habitant la personne, comme Amaya avec ses visions ou elle dont les pensées, dans une certaine mesure, valaient loi.

À l'école, quand les garçons recevaient des cours sur la magie, on apprenait aux filles la cuisine, la couture et tout un tas de matières plus sexistes les unes que les autres. Les femmes étant dénuées de pouvoirs, les mages ne voyaient pas l'utilité de leur prodiguer cet enseignement.

Au regard de ce qu'Ailean lui avait appris, Ornella se demandait si ce n'était pas également par peur qu'elles puissent un jour se servir de ce savoir.

Cette exclusion n'avait pas empêché Amaya et elle de se rendre en douce dans la Bibliothèque pour y emprunter des manuels détaillant comment réaliser tel ou tel sortilège. Elles allaient ensuite les lire dans leur grotte secrète. Elles en avaient lu beaucoup mais s'étaient toujours cantonnées à la théorie à quelques exceptions près.

Ornella pria donc pour que ce qu'elle s'apprêtait à faire fonctionne, même si les conditions réunies étaient loin d'être idéales. Elle ne disposait d'aucun objet appartenant à Amaya, seulement des souvenirs la concernant. Elle espérait que ce serait suffisant grâce à son pouvoir.

Assise en tailleur, son pendule à la main, Ornella prit plusieurs inspirations profondes, afin de faire le vide dans sa tête et calmer les pulsations de son cœur. Lorsqu'elle se sentit détendue, elle leva la main au-dessus de la carte et récita le sort en visualisant Amaya. Elle laissa le cristal survoler le papier, sans cesser de répéter les paroles enchanteresses.

Soudain, elle sentit comme une traction sur son poignet. Ne cherchant pas à lutter, elle se laissa entraîner jusqu'à entendre le petit ploc que fit le pendule en entrant en contact avec la carte.

Elle ouvrit alors les yeux et nota l'emplacement où était collé la pointe du cristal. Une joie, mêlée à du soulagement s'empara d'elle. Elle l'avait trouvée ! Elle avait retrouvé Amaya.

Chapitre 73

Après avoir rangé ses affaires, Ornella déposa la clé à la réception et s'installa à nouveau au volant du 4x4. Elle mit le contact et tapa fébrilement l'adresse dans le GPS.

Elle ne voulait pas foncer tête baissée là-bas. Elle souhaitait d'abord faire un premier repérage, afin de découvrir par elle-même la configuration des lieux. À partir de là, elle pourrait réfléchir au meilleur moyen d'aller chercher Amaya sans s'attirer trop d'ennuis.

À cette heure de la journée, la circulation, bien qu'assez dense, restait praticable. Elle mit environ une heure avant d'arriver sur place. C'était un quartier huppé dans lequel sa voiture ne dépariait pas avec le paysage. Elle croisa même un autre véhicule arborant le même insigne que le sien. C'était une bonne chose. Elle ne risquait ainsi pas d'attirer l'attention sur elle.

Elle vérifia une dernière fois l'écran de navigation pour s'assurer qu'elle était au bon endroit. La grande propriété cachée derrière un énorme mur d'enceinte semblait correspondre au point que le pendule avait désigné. Cependant, elle aurait bien aimé avoir une preuve supplémentaire. Si elle s'introduisait dans cette demeure et qu'elle se trompait, elle aurait l'air maligne. Pire, elle pourrait se faire arrêter pour effraction !

Elle passait une deuxième fois devant la palissade en pierres, haute de plus de trois mètres, lorsqu'une vague de pouvoir vint chatouiller ses entrailles. Quelqu'un venait d'user de magie. Un sourire vint fleurir sur ses lèvres. Maintenant, elle avait la certitude d'être au bon endroit.

Ornella jugea peu judicieux de se lancer en plein jour dans cette expédition de sauvetage. Elle avait encore une journée pour intervenir. Abandonner Amaya encore quelques heures lui était pénible, mais elle devait être plus maligne que Gatien et les mages. Même si l'attente allait être interminable, elle décida de revenir à la nuit tombée.

Repérant plusieurs caméras de sécurité, elle décida qu'il ne serait pas prudent d'effectuer un énième passage et encore moins de se stationner dans les environs. Elle continua donc sa route, comme si de rien n'était, pour s'arrêter trois kilomètres plus loin.

Elle gara son SUV dans un coin isolé afin de ne pas attirer l'attention. Elle hésita ensuite sur la manière de tuer le temps. Son ventre choisit justement cet instant pour émettre un gargouillis sonore. Prendre un bon repas ne serait pas du luxe. La veille au soir, elle était tellement exténuée qu'elle avait réussi à s'endormir en grignotant ! Et ce matin, pressée par le temps, elle avait simplement avalé les restes de son frugal repas du soir. Dire qu'elle était affamée était un euphémisme !

Repérant un snack non loin de l'endroit où elle était stationnée, Ornella descendit de la voiture et s'y rendit pour prendre un repas chaud et bien calorique, afin de faire le plein d'énergie.

Elle ne se jeta pas sur le burger qu'on lui apporta, mais ce fut moins une. Elle mangea de bon cœur et faillit même laisser échapper un gémissement de plaisir, lorsque la première bouchée entra en contact avec sa langue.

Durant son repas, elle repensa à un certain vampire. Elle était de plus en plus convaincue qu'Ailean lui en voulait d'être partie ainsi. Dans le cas contraire, il serait déjà là, à ses côtés.

Une petite voix en elle lui rappela qu'elle avait justement agi de la sorte pour qu'il ne l'accompagne pas et ne se mette ainsi pas en danger. Malgré tout, elle souffrait à l'idée de l'avoir blessé.

Les explications de Rayna lui avaient permis de comprendre à quel point cette histoire d'*Amor Fati* était importante pour les vampires. En buvant son sang, Ailean avait créé un lien que seule la mort pourrait briser. C'était une bien maigre consolation, mais si cette mission périlleuse se terminait mal pour elle, elle aurait ainsi l'assurance qu'Ailean serait délivré de ce lien et pourrait reprendre sa vie d'avant.

Ces sombres pensées minèrent son moral et coupèrent son appétit. L'envie de prendre un dessert s'envola. Dire qu'elle avait salivé un peu plus tôt devant ceux proposés dans la carte !

Après avoir réglé l'addition, Ornella quitta le restaurant avec l'intention de retourner à la voiture. Après avoir vérifié l'heure à sa montre, elle constata qu'elle avait encore plusieurs heures devant elle. Alors qu'elle passait devant un salon de thé, les fauteuils moelleux lui firent de l'œil à travers la vitrine. Ce serait certainement plus confortable d'attendre assis au chaud que dans la voiture. Malgré son design haut de gamme, le véhicule ne pouvait rivaliser avec le confort que les sièges semblaient promettre. Ornella pénétra donc dans l'échoppe et une serveuse ne tarda pas à l'installer dans un coin paisible. Elle prit ensuite sa commande et s'éclipsa.

Les lieux étaient déserts, ce qui n'était guère étonnant compte-tenu de l'on était en milieu de semaine et en début d'après-midi, et cette situation lui convenait très bien. Elle pourrait recharger ses batteries au calme.

Efficace, la serveuse ne tarda pas à revenir avec sa consommation et lui précisa avant de retourner à son comptoir :

— Je reste à votre disposition, si vous avez besoin de quelque chose. C'est plutôt calme, donc n'hésitez pas à prendre votre temps. Entre nous, c'est moins déprimant de tenir un magasin quand il y a au moins un client dedans.

Ornella lui sourit en retour et la remercia. Le café servi était délicieux, elle n'en avait jamais bu d'aussi bon.

Elle hésita à en commander un autre, mais elle n'en eut pas l'occasion. Sans l'avoir prémédité, elle s'endormit dans le fauteuil confortable, prête à rattraper la fatigue accumulée.

Elle fut tirée de son sommeil par une main délicate qui la secouait légèrement en répétant :

— Madame, madame.

Ornella finit par ouvrir les yeux.

— Désolée de vous réveiller, mais j'ai une urgence. La directrice de l'école de ma fille vient de m'appeler, elle est malade. Je dois fermer le magasin pour aller la récupérer.

Encore assommée par sa sieste improvisée, Ornella mit quelques instants à comprendre ce que lui disait cette inconnue. Elle finit par reconnaître la serveuse du salon dans lequel elle était entrée. Machinalement, elle regarda par la fenêtre et vit que la nuit était en train de tomber.

Mince ! Mais quelle heure était-il ?

Elle regarda sa montre pour vérifier. Dix-sept heures trente !

Se redressant d'un mouvement brusque qui lui donna légèrement le tournis, elle répondit à la serveuse :

— Oh, je suis affreusement confuse. Je ne pensais pas m'endormir ainsi.

— Ne vous en faites pas, vous n'avez presque pas ronflé.

Devant sa mine horrifiée, la serveuse lui dit avec un

sourire :

— Je vous taquine, vous n'avez fait aucun bruit et vous ne m'avez pas du tout dérangée. D'ailleurs, je vous aurais bien laissée dormir, mais comme je vous le disais, je dois absolument fermer le salon.

— Oh oui, oui, je comprends tout à fait, répondit Ornella en attrapant sa veste.

Les dernières soixante-douze heures avaient été bien trop éprouvantes pour elle et c'était loin d'être terminé !

Une fois debout, elle attrapa son portefeuille, paya sa consommation en laissant un généreux pourboire et s'excusa à nouveau pour son comportement.

Elle quitta ensuite les lieux pour retourner à sa voiture. Il était temps d'aller chercher Amaya. À cette idée, l'adrénaline se mit à couler dans ses veines. Sa petite sieste improvisée n'était maintenant qu'un lointain souvenir. Elle était prête pour l'action !

Malheureusement, une fois rendue à l'endroit où elle avait garé le SUV de luxe, elle ne vit aucune trace de celui-ci.

Mais ... Que ...

Le sang quitta son visage, alors qu'une vérité s'imposait à elle : la voiture avait été volée.

Chamboulée par ce constat, elle n'entendit pas les hommes s'approchant d'elle à pas feutrés. Elle sentit uniquement une piqûre dans son cou. La seconde d'après, ce fut le trou noir.

Chapitre 74

Choc, déni, colère, dévalorisation, regret, acceptation, reconstruction, libération ; c'étaient paraît-il les huit étapes du deuil chez l'humain.

Il fallait croire que le processus était légèrement différent chez les vampires.

Passé le choc de se réveiller seul, sans Ornella à ses côtés et le déni à accepter qu'elle ait pu partir ainsi, Ailean avait en effet été très en colère contre elle. Il s'était ensuite traité d'idiot pour avoir été aussi naïf. Il avait regretté un nombre incalculable de fois d'avoir cédé à ses instincts et d'avoir bu à sa veine, tout comme de lui avoir offert une partie de son cœur.

En tout état de cause, il devrait désormais commencer à accepter la situation ainsi que le fait qu'il avait été naïf, qu'il s'était fait mener par le bout de la queue et qu'il était maintenant dans une situation dramatique. Oui, il aurait dû commencer à tirer un trait sur son amour-propre et son amour tout court.

Cependant, au lieu de l'acceptation, il était de retour à la phase colère.

Après trois jours à se noyer dans le bourbon, il se réveilla en ce début d'après-midi avec la rage au ventre. Ornella s'était bien joué de lui ! Il n'allait pas la laisser s'en tirer ainsi. Elle allait apprendre que l'on ne pouvait pas se moquer du roi des vampires impunément !

Il prit une bonne douche chaude, effaçant ainsi les traces de ses excès. Les premières gouttes d'eau lui donnèrent l'impression de renaître, son esprit s'affuta. Alors qu'il se savonnait, il se mit à échafauder un plan. Pendant qu'il se séchait, il le peaufina. Quand il sortit de la salle de bain, il était prêt pour la contre-attaque.

Il quitta sa chambre et frappa à toutes les portes du couloir, exceptée celle de Rayna, se contentant à chaque fois d'énoncer :

— Réunion immédiate dans la chambre de Livio.

Quand il arriva devant celle-ci, il attendit que l'occupant ouvre et s'engouffra aussitôt dans la pièce.

— Ravi de te voir en vie, fit remarquer son général geek.

Ailean se contenta de lui tendre son majeur en guise de réponse.

Aussitôt après, Darius, Léandre, Rosario et Almadeo firent leur entrée. Ils semblèrent également surpris de le voir sur le pied de guerre et non ressemblant à un clochard des bas-fonds.

Sans introduction quelconque, il annonça :

— On la trouve et on la ramène.

Il y eut comme une vague de soulagement dans la pièce.

— J'ai cru que t'allais jamais le proposer, souffla Almadeo.

— Et ensuite ? interrogea Darius. Je veux dire, lorsqu'on l'aura récupérée ?

— Ensuite ? répondit Ailean avec un sourire carnassier, je lui apprendrai ce qu'il en coûte de se sauver comme une voleuse !

Ne leur laissant pas le temps de répliquer, il enchaîna :

— Livio, est-ce que tu suis toujours la voiture ?

— Oui.

— Elle est toujours à Boston ?

— Non. Elle y était jusqu'en fin de matinée, depuis elle a repris la route.

Fronçant les sourcils, Ailean demanda :

— Quelle direction a-t-elle prise ?

— New York. La dernière fois que j'ai vérifié, elle était sur la 95.

Étrange. Pourquoi se rendait-elle là-bas ?

Livio tapa sur son ordinateur et lui dit :

— Cela fait plus d'une heure que la voiture est immobilisée dans un quartier du Bronx.

— Qu'est-ce qu'elle fabrique dans un coin aussi malfamé ? demanda Almadeo.

Ailean n'aurait pas mieux dit. Pourquoi n'était-elle pas restée à Boston ? Les mages avaient-ils une cellule dans le Bronx ?

— Je l'ignore, répondit Livio. Et ce n'est pas la seule chose étrange.

— Que veux-tu dire ?

— J'ai visionné à nouveau la vidéo de l'altercation entre Ornella et Marec. Je voulais vérifier qu'aucun détail ne m'avait échappé.

— Et ? demanda Ailean, le cœur fébrile.

Au lieu de lui répondre, Livio tapota sur son clavier, jusqu'à faire apparaître la vidéo de la scène en question.

Ailean vit Marec s'approcher d'Ornella alors qu'elle prenait l'angle du couloir menant à la bibliothèque. Le système de surveillance n'était pas équipé de micros. La vidéo était donc muette et la position des deux interlocuteurs ne permettait pas de lire sur leurs lèvres. Il devait donc se contenter des images et de la mimique de leur corps.

Il y eut quelques paroles échangées, puis Marec serra les poings. Ce que venait de lui dire Ornella ne lui faisait visiblement pas plaisir. Il y eut une nouvelle salve d'échanges qui se conclut par Marec levant la tête et éclatant de rire. Nul besoin de la bande son pour savoir qu'il était ironique et mesquin.

Malgré lui, Ailean serra les poings. Même si Ornella l'avait trahi de la pire des façons en tant qu'*Amor Fati*, elle n'en restait pas moins son âme sœur et la bête en lui n'aimait pas voir qu'on lui manque de respect. Ses sentiments pour elle ne pouvaient pas disparaître d'un coup de baguette magique.

Ailean ne put retenir un sourire en coin, lorsque sa petite sorcière, haute comme trois pommes, asséna à son demi-frère une gifle magistrale. En revanche, il grogna littéralement, en voyant Marec empoigner Ornella pour la bloquer contre le mur. Ses crocs s'allongèrent d'eux-mêmes, prêts à aller trancher la gorge de son demi-frère.

Livio choisit ce moment pour mettre la vidéo sur pause.

— Vous voyez, là ? demanda-t-il en désignant Ornella du bout de son index.

Trop aveuglé par sa colère, la seule chose qu'Ailean voyait, c'était la façon dont elle était acculée par ce chien.

Almadeo eut la délicatesse d'énoncer tout haut ce que les autres avaient vraisemblablement remarqué. Enfin, si Ailean se fiait aux grognements qui retentirent en plus des siens.

— Elle a activé ses pouvoirs, ses yeux brillent comme des loupiottes.

En effet, maintenant qu'Almadeo le disait, Ailean ne put manquer son magnifique regard s'embraser.

Mec, elle s'est barrée et tu t'extasies sur elle ?! lui rappela une petite voix, son amour-propre peut-être.

C'était la vérité, mais sa traîtrise n'enlevait rien à sa beauté.

Il n'alla pas plus loin dans ce débat interne, car la réponse de Livio l'interpela :

— Exact et regardez ce qui se passe juste après.

Il remit la vidéo en marche et tous fixèrent l'écran avec attention.

Après un moment de flottement, le visage d'Ornella exprima un instant la surprise, avant d'être balayée par une rage à peine contenue alors que Marec se penchait en direction de son cou. La seconde d'après, celui-ci se prenait un magistral coup de genou entre les jambes et, la suivante, il était balayé par un Ailean fou de rage.

— Qu'est-on censé remarquer ? demanda Almadeo. Je ne vois rien de particulier, si ce n'est que ce rat n'aura certainement jamais l'occasion de transmettre ses gènes.

Exact, car Ailean allait le trucider d'ici peu. C'était la deuxième chose inscrite sur sa *todo list*, la première étant de récupérer sa petite sorcière fourbe et sexy.

— Elle a jeté un sort et il ne s'est rien passé, lança Darius.

— Bingo ! répondit Livio.

— Et alors ? demanda Léandre.

— Elle jette un sort et Marec y est insensible ? résuma Livio en haussant un sourcil.

— Il bénéficiait d'une protection magique, conclut Ailean qui commençait à comprendre où son général voulait en venir.

— Je croyais qu'elle était du côté des mages ? s'étonna Rosario.

En effet, c'était ce qu'ils avaient tous pensé jusqu'à présent. Cette vidéo jetait un nouveau regard sur la situation. Était-il possible qu'ils se soient fourvoyés ? Dans ce cas, pourquoi Ornella était-elle partie ?

Qu'importe ! Ailean obtiendrait très bientôt les réponses à toutes ces questions. Dès qu'il aurait mis la main sur elle, il allait tirer tout ça au clair.

Quittant les écrans des yeux, il se tourna vers ses généraux et déclara :

— Nous allons le savoir sans tarder. Tout le monde s'équipe. Rosario et Almadeo, avec moi, on part dans le Bronx dans cinq minutes. Darius et Léandre, vous mettez la main sur ce chien de Marec et vous le foutez au cachot. J'ai un certain nombre de choses à régler avec lui. Livio, tu restes ici pour nous transmettre toutes les infos que tu pourras trouver.

— Yes ! s'exclama Almadeo, un peu d'action ! Je commençais sérieusement à m'ennuyer ces temps-ci !

Chapitre 75

— Mon Seigneur, nous venons de la récupérer.

— Parfait, ne tardez pas. Il faut la transférer avant qu'elle ne se réveille. Pour l'instant, les vampires sont sur la piste du SUV, mais il ne va pas leur falloir longtemps pour comprendre qu'elle n'est pas là-bas. Ils vont ensuite venir rôder dans les parages. Il est important qu'ils ne vous voient pas.

— Nous sommes déjà en route. Nous devrions arriver à l'endroit prévu d'ici moins d'une demi-heure.

— Très bien. Surtout, vous ne bougez pas de là-bas. C'est primordial.

— Comptez sur nous.

— Ursan, ne sous-estimez aucune des deux. Si elles arrivent à vous filer entre les doigts, je vous fais la peau.

Littéralement.

Pour le coup, ce n'était pas une menace en l'air et son bras droit (qui était sur le point de se faire rétrograder) dut le comprendre car il y eut un flottement. Un bip sur son téléphone l'informa qu'une autre personne essayait de le joindre.

— Je dois vous laisser, j'ai un double appel. Pour l'instant, silence radio, vous ne m'appelez que s'il y a un problème ou une urgence.

Sans lui laisser le temps de répondre, Gatien mit fin à la communication pour prendre l'autre. Comme toujours, il ne s'embarrassa pas des politesses d'usage et entra aussitôt dans le vif du sujet :

— Où êtes-vous ?

— Je devais faire profil bas et brouiller les pistes.

— Vous y êtes parvenu ?

— Je pense.

— C'est de certitude dont nous avons besoin ! Je ne vous donnerai pas l'emplacement où elle se trouve, tant que vous ne pourrez pas m'affirmer à 200% qu'ils ne peuvent pas remonter jusqu'à vous et donc jusqu'à moi.

— C'est pour cette raison que je vous appelle. Vous devez bien avoir un truc dans votre sac à malice qui me permette d'obtenir l'assurance qu'ils ne pourront pas me filer le train.

Gatien n'apprécia pas du tout cette blague douteuse et ne se gêna pas pour le faire savoir. D'un ton glacial, il fit remarquer :

— Jusqu'à présent, vous avez été bien content que mon sac à malice soit là pour sauver vos miches de suceur de sang, non ?!

Son interlocuteur resta silencieux quelques instants, preuve qu'il avait saisi que son humour n'était pas le bienvenu. D'ailleurs, il s'excusa.

Peut-être espérait-il ainsi entrer dans les bonnes grâces de Gatien avec ses paroles mielleuses, mais ce fut l'effet inverse. À ses yeux, seuls les faibles s'excusaient. Les forts n'avaient que faire de l'opinion des autres.

En l'occurrence, comme il avait déjà peu d'estime pour son interlocuteur, ce détail n'impacta pas son jugement. Chaque fois qu'ils discutaient, Gatien rongeait son frein pour ne pas envoyer paître le vampire ou, mieux, le dénoncer à Ailean.

Malheureusement, il avait besoin de lui pour l'instant et surtout de son allié qui semblait plus malin et précieux. D'ailleurs, Gatien doutait de plus en plus que son interlocuteur soit le leader du duo. Peut-être que l'autre vampire – dont il ignorait tout pour l'instant – était l'homme de l'ombre agitant ce pantin comme une marionnette, lui faisant courir les plus gros risques. Et l'autre idiot n'était que trop content de pouvoir se mettre en avant. Cette théorie lui trottait dans la tête depuis quelque temps, mais ce n'était pas le moment de s'y pencher.

Jouant les hypocrites, Gatien ne releva pas la lâcheté dont l'homme venait de faire preuve. À la place, il se contenta de définir le lieu où il allait envoyer un de ses hommes, afin de fournir ce qui ferait l'affaire.

— Rendez-vous dans une heure. Et ne soyez pas en retard ! Une fois que vous serez certain de ne pas être sur leurs radars, rappelez-moi, je vous communiquerai l'endroit où vous devrez vous rendre.

— OK, on fait comme ça, répondit docilement le vampire.

À sa place, Gatien ne se serait pas gêné d'exprimer ce qu'il pensait de se faire donner ainsi des ordres !

Après une pause, son interlocuteur demanda :

— C'est bon, vous l'avez ?

— Occupez-vous d'abord de vos propres problèmes, répondit Gatien sèchement.

Il raccrocha ensuite sans sommation et reporta son attention sur les écrans de sécurité, guettant la pièce faite sur mesure et surtout l'occupante délicieuse allongée sur un des matelas.

Une certaine fébrilité s'empara de lui. Il avait hâte d'être demain soir. Il en trépignait presque d'impatience.

Tel un grand manitou, il s'installa confortablement, près à assister aux retrouvailles entre les deux jeunes femmes.

Il n'y avait pas à dire, ces petits bijoux technologiques étaient une véritable bénédiction. D'ailleurs, sans eux, il n'aurait jamais surpris la *Nefasta* à rôder autour de la propriété. Enfin, sans les caméras de sécurité stratégiquement placées et sans la photo d'elle reçue la veille sur son téléphone, qui lui avait permis de reconnaître son joli minois.

En tout état de cause, Gatien ne pouvait pas

reprocher à Ailean d'avoir succombé à son charme. Cette fille avait vraiment tout pour plaire, de son physique avenant aux pouvoirs que son sang promettait. Le plus étonnant était que le roi des vampires n'ait pas succombé plus tôt à cette tentation faite femme.

De son côté, il se félicita à nouveau pour le génie dont il avait fait preuve. Il avait eu le nez fin de tendre ce piège et la *Nefasta* avait sauté dedans à pieds joints.

Chapitre 76

Amaya fit de gros efforts pour ne pas se mettre à pleurer. Elle avait repéré la caméra dans un coin de la pièce et ne voulait surtout pas donner la satisfaction à Gatien de voir qu'il avait réussi à la blesser de la plus terrible des façons.

Il n'y avait aucune fenêtre dans la pièce où elle se trouvait. Elle n'avait donc aucun moyen de connaître avec certitude le temps écoulé depuis qu'on l'avait conduite ici. D'ailleurs, son arrivée dans ces lieux (quels qu'ils soient) restait encore floue.

Elle se souvenait d'un bruit dans sa chambre qui l'avait tirée de son sommeil. Le temps qu'elle ouvre les yeux et les laisse s'acclimater à la pénombre, et la masse postée à côté de son lit avait fondu sur elle. La seconde d'après, elle avait senti une piqûre aiguë dans son cou, avant de sombrer dans une inconscience forcée.

Quand elle avait repris connaissance, elle était dans cette étrange pièce. La première vision qu'elle en avait eue, à travers le brouillard comateux dans lequel elle était, lui avait donné des sueurs froides. Une femme en blouse blanche, non loin d'elle, un téléphone à l'oreille, était en pleine conversation.

— Oui, Mon Seigneur, je vous confirme qu'elle est pure.

Son cerveau avait mis quelques secondes pour comprendre le sens de cette remarque, ainsi que la raison pour laquelle elle était allongée, les jambes écartées et la robe relevée au niveau de la ceinture.

Lorsque l'idée avait fini par lui parvenir avec une clarté brutale, la bile était remontée dans sa gorge avec un gémissement.

— Je vous laisse, elle se réveille.

— …

— Oui, elle est bien branchée.

— …

— Je n'y manquerai pas, Mon Seigneur.

Ce deuxième « Mon Seigneur » avait percuté son esprit nébuleux avec la force d'un camion lancé à toute allure et ses implications avaient provoqué une nouvelle remontée acide. Cette fois, Amaya n'avait pas pu la retenir. Elle avait tout juste eu le temps de se pencher sur le côté, avant de rendre son dernier repas.

La femme en blouse blanche était venue la rejoindre

et avait tenté de la rassurer :

— Ne vous inquiétez pas, ce ne sont que les effets secondaires du produit que l'on vous a injecté. Ils devraient se dissiper d'ici peu. Je vais aller vous chercher un verre d'eau.

Lorsque l'inconnue était revenue, Amaya l'avait interrogée :

— Pourquoi ?

— Que voulez-vous dire ?

— Pourquoi me faire tout ceci ?

— Ne vous inquiétez pas, c'est uniquement pour votre sécurité. Le roi craignait qu'il ne vous arrive malheur avant votre mariage. Il a donc demandé qu'on vous transfère ici.

— C'est où, ici ?

Au lieu de lui répondre, la femme d'un âge indéterminé avait répété :

— Ne vous inquiétez pas. Vous êtes en sécurité et vous serez bientôt reine.

J'en ai rien à foutre, aurait-elle voulu lui répondre, mais un semblant de bienséance l'avait retenue de le faire.

L'inconnue avait ensuite quitté la pièce.

Amaya avait essayé de se relever pour la suivre, mais elle avait été prise de vertiges l'empêchant de faire le moindre pas.

— Hé, attendez ! Ne partez pas ! Que m'avez-vous fait ? S'il vous plaît, revenez.

Sa dernière parole s'était finie dans un sanglot. Mais la porte était restée obstinément close. Après plusieurs tentatives, Amaya avait réussi à se mettre debout pour la rejoindre. Sans surprise, elle était verrouillée.

Après avoir arraché rageusement son collier et l'avoir envoyé valser à travers la pièce, elle avait essayé de faire appel à ses pouvoirs pour la déverrouiller. Désormais, cela lui était égal que l'on découvre qu'elle était une *Nefasta*. Malheureusement, sa tentative avait échoué. Son pouvoir avait crépité un quart de seconde, avant de retomber comme un soufflé raté.

Elle s'était dit que cela devait être un autre effet du produit coulant dans ses veines. Elle était donc revenue s'asseoir sur son lit de fortune pour patienter jusqu'à ce qu'il se résorbe complètement.

N'ayant rien d'autre à faire, Amaya avait balayé la pièce des yeux. Elle était spartiate mais propre. Un petit coin salle de bain avait été aménagé. Une table vissée au sol était accompagnée de deux chaises, elles aussi fixées. À côté du lit où elle était assise, un autre était installé. Après vérification, eux aussi étaient ancrés au sol. C'était pour le moins étrange.

En continuant son inspection visuelle, elle avait repéré un petit point lumineux rouge, dans un coin du mur à une hauteur inaccessible. C'est à cet instant qu'elle avait compris qu'elle était filmée.

De colère, elle avait tendu son majeur bien haut en direction de la caméra, geste qu'elle n'avait encore jamais fait de sa vie. Elle avait espéré que Gatien pourrait voir son insulte.

Se sentant un peu mieux, elle avait fait une nouvelle tentative pour sortir, sans plus de succès. Amaya avait alors commencé à craindre le pire. Un sort avait-il été lancé sur la porte pour qu'elle ne puisse pas utiliser ses pouvoirs ? Cela signifiait-il que son secret avait été éventé ?

Plusieurs heures plus tard – ou peut-être jours ? – elle en était désormais persuadée, un sort avait été lancé en vue de l'empêcher de se sauver. Et le sort ne s'étendait pas seulement à la porte.

À quatre reprises, deux hommes étaient venus déposer un plateau repas. La première fois, elle avait essayé un sort d'intimidation, mais les deux hommes s'étaient contentés de la regarder en riant. Elle avait fait une nouvelle tentative lors de leur deuxième venue, qui ne s'était pas soldée par plus de réussite. Elle avait fini par en déduire que toute la pièce était immunisée contre la magie.

Lorsqu'ils vinrent pour la troisième fois, elle essaya de leur fausser compagnie, partant du principe qu'eux non plus ne pouvaient pas utiliser leurs pouvoirs. Malheureusement pour elle, ils étaient équipés de Tasers. Amaya frissonna en se rappelant à quel point la sensation de l'électricité traversant son corps avait été désagréable.

Lors de leur quatrième venue, elle était restée assise bien sagement sur son lit, loin de leur arme de malheur, se contentant de les fusiller du regard. De leurs côtés, ils avaient ricané avant de faire demi-tour.

Depuis, elle n'arrêtait pas de se creuser la tête pour trouver une solution. Cependant, elle était bien forcée de reconnaître que, pour l'instant, elle ne croulait pas sous les idées.

Le bruit du verrou lui fit relever la tête. Elle fronça les sourcils. Les hommes étaient passés il y a peu, ils ne venaient donc pas pour lui apporter un nouveau repas. Cette visite rapprochée était forcément mauvais signe pour elle.

Amaya se prépara mentalement au pire, mais quand elle les vit entrer, elle se sentit devenir aussi pâle que les murs et dut admettre qu'elle avait surestimé son imagination et sous-estimé Gatien.

Chapitre 77

— Ella, Ella, je t'en prie, réveille-toi.

Ces secousses douces mais répétées l'empêchaient de sombrer à nouveau dans le sommeil. Pourtant elle était tellement fatiguée. Ornella voulut chasser l'importune qui en était la cause d'un geste de la main, mais elle parvint à peine à décoller sa paume du matelas.

— Ella, tu dois te réveiller. J'ignore quand ils vont revenir, mais ce pourrait être très bientôt.

Cette voix ne lui était pas inconnue. Elle chercha dans son esprit pour parvenir à mettre un nom dessus.

Amaya

Oui, cette voix ressemblait à celle de la jeune femme lui ayant rendu cette visite impromptue dans son appartement miteux, son ancienne amie d'enfance, celle qui l'avait appelée à l'aide.

Ornella pensait avoir simplement pensé le prénom. Elle devait se tromper, car elle entendit en retour :

— Oui, c'est bien moi. Je sais que tu es dans les vapes, mais nous n'avons pas beaucoup de temps.

Après avoir fourni un effort considérable, Ornella parvint enfin à ouvrir les yeux. Elle les referma aussitôt car la lumière vive était insoutenable.

Où était-elle ?

Amaya l'avait-elle trouvée avant qu'elle-même ne le fasse ? Dans ce cas, pourquoi la droguer ? Car c'était bien une aiguille qu'elle avait sentie dans son cou, non ?

Soudain, quelque chose de dur buta contre ses lèvres.

— Bois, mais pas trop vite, cela va te faire du bien, tu vas voir.

Sans chercher à comprendre, Ornella obéit. Amaya n'avait pas menti, l'eau fraîche coulant dans sa gorge lui fit un bien fou.

Plus les minutes passaient, plus Ornella sentait son esprit s'éclaircir.

— C'est bien, l'encouragea Amaya. Tu verras, les effets vont se dissiper assez rapidement, mais tu risques d'avoir mal au crâne encore quelques heures.

— Com … comment le sais-tu ? bredouilla-t-elle.

— Je suis passée par là.

— Quoi ?

— Moi aussi, ils m'ont droguée pour m'amener ici.

— C'est où, ici ?

— Je l'ignore. Je n'ai pas réussi à quitter cette pièce depuis qu'ils m'y ont jetée.

— Tu es enfermée depuis quand ?

— Difficile à dire, je n'ai pas vraiment de repères. Si je me fie au rythme des repas que l'on m'a apportés, je dirais entre vingt-quatre et quarante-huit heures.

— Et moi, depuis quand suis-je inconsciente ici ?

— Je dirais une petite heure.

Elles devaient donc se trouver sur la propriété des mages à Boston, puisque le sort de localisation lui avait indiqué qu'Amaya y était ce matin et qu'elle n'avait pas bougé depuis.

Au fur et à mesure de leur échange, la drogue se dissipa. Bientôt, ses sens furent plus alertes.

— Qui nous a mis ici ?

— C'est un ordre direct de Gatien.

À la mention de ce nom maudit, sa bête se réveilla pour grogner, mais un phénomène étrange se produisit, elle se retrouva comme bridée.

Cette pitoyable tentative n'échappa pas à Amaya qui annonça :

— J'ignore comment ils s'y sont pris, mais nos pouvoirs sont bloqués. Les miens aussi se sont heurtés à un mur.

— Donc, Gatien avait prévu le coup.

Honteuse, Amaya baissa la tête et lui avoua :

— Je suis désolée pour tout ça, Ella.

— De quoi veux-tu parler ?

— Je suis de plus en plus persuadée que Gatien s'est servi de moi pour t'attirer dans ce piège.

— Tu penses qu'il n'a pas vraiment l'intention de t'épouser ?

Ce serait enfin une bonne nouvelle dans toute cette situation pourrie.

Son amie d'enfance eut un rire sans joie.

— Oh si, il a toujours l'intention de le faire.

— Qu'est-ce qui te fait penser ça ?

— Crois-moi, c'est tout.

— Amaya, qu'est-ce que tu ne me dis pas ?

Peut-être aurait-elle dû laisser couler, mais elle en était incapable.

Les joues plus rouges qu'une tomate bien mûre, Amaya lui répondit d'une petite voix :

— Quand je me suis réveillée, une sorte d'infirmière était au téléphone avec Gatien, elle lui affirmait que j'étais encore … pure.

Son amie buta sur le dernier mot, comme s'il lui brûlait la langue.

— Que tu es encore pure ? répéta Ornella.

Soudain, elle eut une illumination qui la fit monter dans les tours.

— Ne me dis pas que …

Elle fit une micro-pause pour se calmer, avant de reprendre :

— Ne me dis pas qu'elle parlait de ta virginité.

Une larme unique coula le long de la joue délicate d'Amaya et Ornella vit rouge. D'une petite voix, son amie répondit :

— Oui. Je suis presque certaine qu'elle a profité de ma perte de connaissance pour réaliser un examen.

— Le chien ! Le rat ! Le salaud ! Je vais lui arracher les couilles et lui en faire un collier. Non, mieux, je vais les lui faire manger !

Elle était hors d'elle. Comment ce salopard avait-il osé demander une chose pareille ? C'était abject. Et cette femme qui avait exécuté cet ordre était pire. En tant que femme, comment avait-elle pu faire subir ce sort à une autre ?

— Calme-toi, Ella. Ne lui laisse pas voir que ses actes nous touchent.

— Que veux-tu dire ?

Amaya jeta un coup d'œil discret en direction d'un coin du mur. Ornella vit alors la caméra de sécurité.

Ce pervers les matait ?!

— J'ignore si c'est lui derrière l'écran. D'ailleurs, peut-être n'y a-t-il personne. Ce n'est peut-être qu'un simple enregistrement. J'ignore aussi s'il nous entend.

— Ce qui est certain, c'est que très bientôt, il ne verra ni n'entendra rien du tout ! répondit Ornella.

Elle s'assit sur le lit de fortune sur lequel elle était

installée. Une fois que son cerveau eut terminé de jouer au yo-yo, elle retira sa chaussure.

— Que fais-tu ?

— Je vais montrer à cet enfoiré ce que je pense de sa vidéo surveillance.

Ornella réussit tant bien que mal à se relever.

— Viens m'aider.

Amaya la suivit jusqu'au niveau de la caméra.

— Fais-moi la courte-échelle.

— Es-tu certaine d'être assez stable sur tes jambes pour pareille acrobatie ?

— Oui, ne t'inquiète pas.

Son amie croisa les mains et les mit au niveau de ses cuisses. Ornella retira une de ses chaussures et l'attrapa le lacet entre ses dents pour libérer ses mains. Elle posa ensuite un de ses pieds sur les paumes liées et prit appui sur l'épaule d'Amaya de l'autre pour se hisser. Elle tendit son majeur dans le champ de vision de la caméra. Elle se saisit ensuite de sa chaussure et lâcha :

— Tu vas payer pour tout ça, Gatien !

Elle défonça alors la caméra à grands coups de talon, la réduisant en mille morceaux.

Quand elle eut fini de se défouler, imaginant que c'était la tête de Gatien qu'elle explosait ainsi, elle redescendit.

— Merci Amaya.

— Oh, mais de rien, ce fut un véritable plaisir de

t'aider. Je l'aurais bien fait moi-même, mais je n'étais pas assez grande pour l'atteindre toute seule.

— Voilà une bonne chose de faite. Maintenant, si cela ne te dérange pas, je vais faire un petit somme.

Elle remit sa chaussure et se traîna ensuite jusqu'au lit où elle s'écroula comme une loque. L'énergie fournie pour détruire la caméra venait de l'achever. Il n'y avait plus qu'à prier pour que ce fourbe de Gatien décide de pointer le bout de son nez. Elle aurait ainsi l'occasion de lui faire sa fête.

En revanche, s'il pouvait attendre quelques heures pour le faire, ce serait super.

Chapitre 78

Dès qu'il se dématérialisa à l'adresse indiquée par Livio, Ailean repéra son SUV de luxe. Sans surprise, personne n'était installé derrière le volant et une population plus ou moins louche rôdait autour, faisant les repérages d'usage. Nul doute que sans leur intervention, la Maserati ne serait pas restée ici et en un seul morceau très longtemps !

Rosario et Almadeo le rejoignirent plusieurs secondes après sa propre apparition.

— Comment as-tu fait pour être plus rapide que nous ? demanda Almadeo.

— Aucune idée. J'ai sûrement dû y penser un peu avant vous.

— Ou alors, ce sont les effets du sang d'Ornella, avança Rosario.

Ailean se contenta de grogner en guise de réponse.

Depuis que ses généraux savaient qu'il avait succombé à la tentation, ils n'arrêtaient pas de lui chercher de nouveaux pouvoirs à tout-va, preuve que la légende était fondée. Quelle triste ironie ce serait, si cette histoire de pouvoirs supplémentaires s'avérait fausse. Cela reviendrait à dire qu'Achab avait sacrifié son épouse et sa fille pour rien, que toutes les sorcières s'étaient vu retirer leurs pouvoirs pour rien, que les mages avaient été tués par Jezabel pour rien et, surtout, que plusieurs jeunes filles malchanceuses avaient vu leur vie basculer pour rien. Quel gâchis ce serait !

Enfin, pour l'heure, la priorité n'était pas de se pencher sur la question. Il fallait retrouver Ornella sans tarder, car un sombre pressentiment ne voulait pas le quitter. Il ne serait soulagé que lorsqu'il aurait eu la preuve qu'elle allait bien.

Grâce à leurs pouvoirs de brouillage, leur arrivée passa inaperçue. Tant que ce voile surnaturel était en place, personne ne pouvait les voir. D'un mouvement de tête, Ailean désigna un coin sombre dans une ruelle adjacente. Ses généraux lui emboîtèrent le pas. Lorsqu'ils furent cachés par l'obscurité, ils mirent fin à ce petit tour de magie. Il serait ainsi moins suspect de les voir débarquer d'une rue obscure.

— Alors, que fait-on ? demanda Almadeo.

— Il faut interroger les types qui rôdent autour de la voiture pour découvrir s'ils ont vu Ornella et mieux s'ils savent la direction qu'elle a prise.

— Je me demande tout de même bien ce qu'elle est

venue faire ici, fit remarquer Rosario. Elle aurait pu choisir un endroit moins glauque pour faire escale.

Ailean partageait ce point de vue et cette idée ne l'aidait pas à garder la tête froide. C'était plus fort que lui, les scénarios catastrophiques s'entassaient dans son esprit.

— D'un autre côté, ajouta Almadeo, si elle voulait passer inaperçue, le coin n'est pas si mal. La plupart des gars sont complètement shootés. Je suis persuadé que certains vont affirmer avoir vu une licorne voler ou un truc dans le genre.

— Ce n'est pas impossible, reconnut Ailean, mais il faut quand même leur tirer les vers du nez. Qui sait, la chance sera peut-être de notre côté.

— Je vais poser une question idiote, mais ne devrais-tu pas pouvoir la localiser, comme Adam l'a fait pour Ève ? demanda Rosario.

— J'ignore si je le devrais mais je ne le peux pas, ça c'est une certitude. Peut-être que c'était une spécificité concernant Adam, comme le fait que je suis télépathe. Ou alors, c'est une énième invention.

Se concentrer pour essayer de trouver Ornella avait été la première chose qu'il avait tentée, un peu plus tôt, dans la chambre de Livio. Mais il s'était heurté au néant. C'était d'ailleurs assez étrange. Ces deux derniers jours, il aurait pu jurer qu'il avait senti quelque chose, une sensation qu'il avait repoussée très loin car elle le mettait en colère. Il avait eu l'impression qu'Ornella le narguait. Mais cela n'avait peut-être été que le fruit de son imagination généreusement alcoolisée.

Ne tenant pas à rester plus longtemps que nécessaire dans les parages, il donna ses ordres :

— Je m'occupe des zonards. Rosario, tu prends les magasins de ce côté de la rue. Almadeo, tu te charges de l'autre. On se retrouve à la Maserati.

Chacun partit dans sa direction. Ailean eut certainement la tâche la plus compliquée. Tous les types louches qui zieutaient la voiture filèrent comme une nuée de cafards lorsqu'on allume.

Il parvint tout de même à mettre la main sur trois, mais il n'en tira rien. L'un d'eux était en plein trip et à peine conscient de ce qui se passait autour de lui. Quant aux deux autres, la voiture était déjà sans conducteur lorsqu'ils étaient arrivés sur les lieux.

Il retourna donc à la voiture pour attendre ses deux généraux. Quand ils le rejoignirent, il demanda sans grand espoir :

— Alors ?

— Pas l'ombre d'un chapeau pointu.

Almadeo récolta en retour une œillade meurtrière de la part d'Ailean. Ce n'était clairement pas le moment de faire de l'humour à deux balles. Son général dut s'en rendre compte, car il reformula après s'être raclé la gorge :

— Enfin, je veux dire que je ne l'ai pas trouvée.

— Moi non plus, compléta Rosario. Aucune trace d'elle.

Ce n'était guère étonnant. Ici, c'était la loi du silence. En voyant débarquer le véhicule de luxe, chacun en avait déduit que cela sentait les ennuis à plein nez et avait tourné la tête de l'autre côté. Dans ces conditions, les pouvoirs psychiques des vampires étaient complètement inutiles. Ils ne pouvaient pas réussir à soutirer des informations sur une chose qui n'avait pas été vue !

Même s'il n'était pas vraiment surpris, Ailean lâcha un juron en donnant un grand coup de pied dans une poubelle pleine à ras bord et empestant le rat crevé. L'odeur se diffusa encore plus.

Quelle poisse !

Alors qu'il levait les yeux au ciel pour tenter de se calmer, un détail retint son attention. Il attrapa aussitôt son téléphone pour appeler Livio.

— Vous l'avez ?

— Non, grogna Ailean. Dis-moi, il y a une caméra de sécurité non loin de la voiture, est-ce que tu pourrais réussir à récupérer les enregistrements des dernières heures ?

— A priori, oui. Attends, je me connecte au serveur du réseau de vidéosurveillance de la ville et je lance une recherche en me basant sur l'emplacement de la voiture.

— On te rejoint.

— Ok, si tout va bien j'aurai les vidéos lorsque vous arriverez.

— Parfait.

Après avoir raccroché, Ailean déclara :

— Almadeo, avec moi, on rentre à la cour. Rosario,

appelle un des hommes pour qu'il ramène la voiture à la Nouvelle-Orléans. Rejoins-nous quand il sera là.

Pas question qu'il laisse sa Maserati ici, une heure de plus et sans surveillance !

Une fois ses ordres donnés, il se dirigea vers la ruelle, suivi par Almadeo, pendant que Rosario attrapait son téléphone.

Aussitôt après avoir déposé un voile autour d'eux, son général et lui se dématérialisèrent et réapparurent devant l'allée de la grande demeure coloniale. Cette fois encore, il eut un peu d'avance, mais qu'importe. Même si le phénomène était le résultat du sang d'Ornella, il n'en avait que faire.

Quand il arriva dans le hall d'entrée, Laetus fonça sur lui. Le *Vetu* choisissait vraiment mal son moment pour venir l'enquiquiner !

— Votre altesse, je voulais savoir quand nous pourrions nous entretenir avec la *Nefasta*, comme vous nous l'avez promis lors du *consilium*.

Jamais ! fut la réponse qui fusa immédiatement dans son esprit. Et, à plus forte raison, s'il n'arrivait pas à lui mettre la main dessus.

— Plus tard, répondit-il à la place.

Il allait continuer son chemin, lorsque le doyen insista :

— C'est que personne ne l'a vue depuis le repas qui a suivi le *consilium*.

— Après la façon dont vous l'avez tous matée ce soir-là, ça vous étonne ? intervint Almadeo. Moi, ce qui me surprend, c'est qu'elle ne vous ait pas tous fait frire la cervelle, bande de pervers !

Ailean dut se retenir pour ne pas le féliciter pour cette répartie. Pour une fois, la langue bien pendue de son général était une bénédiction.

— Mais … commença Laetus d'un air outré.

— Plus tard, j'ai dit !

Ailean tourna ensuite les talons pour prendre l'ascenseur. Dès que les portes s'ouvrirent, il se dirigea immédiatement vers la chambre de Livio.

— Alors, as-tu réussi à récupérer la vidéo ?

Livio se contenta de répondre par un sourcil levé, comme si la question était une offense à sa personne.

— Tiens, regarde.

Tous les trois fixèrent l'écran. Ils virent le SUV se garer. Cependant, à son volant, ce n'était pas une jeune femme haute comme trois pommes, mais un type accompagné d'un autre.

Tous deux descendirent et tournèrent la tête vers la caméra sans le vouloir.

— Hé, je connais celui de gauche, fit remarquer Almadeo.

— Moi, je les ai déjà croisés tous les deux, déclara Ailean.

Et pour cause, c'étaient des mages.

La colère et la peur s'empara de lui.

— Livio, trouve-moi l'emplacement du bastion de

ces putains de mages !

Finies les plaisanteries, place aux choses sérieuses !

Chapitre 79

— Tu sais, ça n'a jamais plus été pareil après que tu sois partie, déclara Amaya d'une petite voix. Enfin, pour être plus précise, une fois qu'ils t'ont effacé la mémoire. Si tu savais à quel point je leur en ai voulu. D'ailleurs, je leur en veux toujours. Dis-moi, as-tu eu une vie heureuse au moins ?

— Cela aurait pu être pire, répondit Ornella.

Certes, elle avait grandi avec le statut d'orpheline, mais elle n'avait été victime d'aucun abus comme d'autres dans la même situation qu'elle. Les familles d'accueil dans lesquelles elle avait été placée ne l'avaient pas maltraitée. Elle avait seulement été délaissée. Donc oui, cela aurait pu être pire. D'un autre côté, cela aurait pu être mieux. Elle aurait pu rester avec son amie et ses parents.

Quoique …

— Il y était, déclara Ornella avec une boule dans la gorge.

Devant le froncement de sourcil d'Amaya, elle expliqua :

— Mon père. Le soir où ils sont venus me chercher dans la grotte et qu'ils m'ont fait ce qu'ils m'ont fait, mon père était présent. Alors que je criais de douleur, il était là, à regarder notre roi torturer sa petite princesse !

La fin de sa phrase se termina dans un cri de rage et de larmes contenues.

— Oh Ella, c'est horrible. Je l'ignorais. Tes parents semblaient tous les deux dévastés lorsque Gatien a annoncé que tu étais une *Nefasta*. Depuis, je ne les ai croisés qu'à de rares occasions et je n'ai jamais pu leur parler.

— Le sale hypocrite ! À ton avis, ma mère était au courant ?

— Honnêtement, j'en doute. Étant donné la façon dont les femmes de notre espèce sont considérées, cela m'étonnerait qu'elle ait été mise dans la confidence.

Essuyant rageusement les larmes traîtresses ayant réussi à s'échapper, Ornella décida de changer de sujet.

— Bon, et toi ? Que s'est-il passé d'important dans ta vie toutes ces années ?

— Pas grand-chose.

— Menteuse, je suis certaine que tu as plein d'anecdotes à me raconter.

— En fait, la seule qui mérite d'être relevée, c'est mon boulot à la Bibliothèque. J'ai réussi à me faire embaucher comme assistante. Grâce à ce poste, j'ai eu accès à un tas d'informations très intéressantes et dont je n'aurais jamais eu connaissance sinon.

— Comme quoi par exemple ?

— Je suis tombée sur le journal intime de Jezabel.

— *La* Jezabel ?!

— Oui, la mère d'Ève.

— Comment … enfin … je veux dire, c'est fou ça. Et les mages connaissent son existence ?

— Non, personne. Il était bien caché.

— Dans ce cas, comment …

Amaya lui lança un regard signifiant : *Sérieusement ?*

— Suis-je bête, tu l'as *vu*. Depuis quand le sais-tu ?

— Avant même que tu ne sois « découverte ».

Pourtant, Amaya n'en avait jamais fait mention à l'époque. La connaissant, ce devait être pour une bonne raison.

— Alors, tu es au courant pour la malédiction qu'elle a lancée aux mages ?

— Oui. Mais toi, comment le sais-tu ? demanda Amaya surprise.

— C'est Ailean qui m'a raconté la véritable histoire d'Adam et Ève.

Le simple fait de prononcer le prénom du vampire la

bouleversa. Afin de ne pas craquer, elle demanda aussitôt :

— Qu'as-tu appris d'autre ?

— Je vais te raconter, mais d'abord, tu vas me parler du beau Ailean.

Même si c'était douloureux, une partie d'elle avait envie de se confier à son amie.

— Il m'a dit que vous vous étiez croisés le soir où tout ce merdier a commencé et que tu l'avais appelé par son prénom. J'en déduis que tu l'as *vu* ?

— Oui et j'avais raison encore une fois, lui répondit Amaya avec un sourire en coin.

— Hum, ça dépend, qu'as-tu *vu* exactement ?

Soudain, des bruits en provenance de l'autre côté de la porte les coupèrent dans leur discussion.

Aussitôt, Ornella sauta sur ses deux pieds, prête à faire la misère au moindre mage osant pointer le bout de son nez. Elle avait attendu des heures que ce moment arrive. Depuis qu'elle avait détruit la caméra, elle guettait la venue de l'un d'eux. Mais personne n'était venu. D'ailleurs, aucun repas ne leur avait été apporté de la journée. D'après Amaya, c'était la première fois depuis qu'elle était enfermée ici qu'on la faisait jeûner. C'était, à n'en pas douter, une basse vengeance de Gatien pour la caméra. Ornella haïssait vraiment le roi du plus profond de son être.

La porte se déverrouilla. Amaya et elle rivèrent leurs yeux dans cette direction sans détourner le regard.

Ornella comptait observer les moindres

mouvements de celui qui allait entrer. À la plus petite ouverture, elle n'allait pas rater cet enfant de salaud !

Son plan était d'une simplicité infantile. Elle allait agir comme durant l'un de ses combats au Jackson's Club. Cependant, un détail ne lui était pas venu à l'esprit : que Gatien vienne lui-même leur rendre une petite visite.

Lorsqu'elle le vit apparaître, le reconnaissant malgré les quinze années écoulées, elle perdit immédiatement son sang-froid. Elle était pourtant bien placée pour savoir que c'était une très mauvaise chose. Il ne fallait jamais se laisser guider par ses émotions lors d'un combat.

Plein d'arrogance, le roi pénétra dans la pièce, affichant clairement dans son attitude qu'il ne se sentait pas le moins du monde menacé. En le voyant ainsi, Ornella serra les poings de rage. Il méritait de mourir dans d'atroces souffrances pour ce qui lui avait fait. Une personne torturant une fillette ne pouvait pas être quelqu'un de bon. Impossible. Il méritait également de payer pour la façon dont il les traitait actuellement.

Après leur avoir lancé un sourire froid, il déclara :

— Quel attendrissant tableau. Deux *Nefastae* réunies dans une même pièce. Voilà qui devrait être consigné dans nos écrits. N'est-ce pas, ma future épouse ? Je suis certain que c'est une première. N'avez-vous jamais réussi à glaner une information allant en ce sens, depuis toutes ces années où vous fouillez dans nos livres ?

Amaya ouvrit de grands yeux choqués.

— Vous étiez au courant ?

— Que tu étais une *Nefasta* ? Bien évidemment ! Me prends-tu pour un idiot fini ? Je le sais depuis que nous nous sommes occupés d'elle.

Il désigna Ornella de l'index.

— Dans ce cas, pourquoi ne pas m'avoir réservé le même sort ?

— Parce que j'avais d'autres projets te concernant. En fait, à l'époque, j'ai commis une erreur que le destin vient de m'offrir de corriger. Je pensais qu'un mage ne pouvait partager les pouvoirs que d'une seule *Nefasta*. Et les tiens me semblaient tellement plus utiles. Connaître l'avenir, quoi de mieux ?

Ainsi, non seulement il savait qu'Amaya était une *Nefasta*, mais il connaissait également la nature de ses pouvoirs. Il semblerait que Gatien ait été plus que bien informé à leur sujet, ce qui lui fit redouter le pire. Et quelle était cette histoire de « partage » de pouvoirs ?

Trop fier de lui, Gatien continua son petit discours pour étaler son savoir. Il se tourna vers Ornella et ajouta :

— Et puis, tu as refait surface. Au début, je t'en ai voulu de venir mettre le bazar dans ma vie. Puis, une idée qui ne m'était pas venue à l'esprit il y a quinze ans, s'est soudainement imposée à moi. Pourquoi devrais-je choisir entre vous deux ?

Comptait-il les épouser toutes les deux ? D'ailleurs, cette histoire de mariage était-elle réelle ?

Se délectant visiblement de leur ignorance, il expliqua :

— Cette nuit, toi et moi, Amaya, nous allons nous marier comme le veut la tradition mais nous allons y ajouter un rituel bien particulier. Comme Caïn en son temps, je boirai ton sang et celui d'Ornella afin de sceller notre union. J'obtiendrai alors vos pouvoirs, à toutes les deux !

Au lieu d'écouter ce qu'il disait, Ornella choisit ce moment pour frapper. Gatien était tellement occupé à s'écouter parler qu'il avait baissé sa garde. C'était l'ouverture qu'elle attendait.

Plus vive que l'éclair, elle se jeta sur lui, l'entraînant dans son mouvement. L'effet de surprise joua en sa faveur. Elle réussit à le plaquer contre le mur.

Elle savait que le temps lui était compté. Elle enchaîna donc les coups les plus vicieux et les plus douloureux qu'elle avait appris au Jackson's.

Elle commença par un genou stratégiquement lancé vers son entrejambe royal. Elle ne prit même pas la peine de savourer le cri de douleur qu'il poussa.

Trop occupé à reprendre son souffle, Gatien n'eut pas la force de repousser le coup violent qu'elle lui donna dans le flanc droit, juste sous les côtes, en plein dans le foie.

Malheureusement, elle n'eut pas le temps de savourer cette petite victoire. Elle sentit deux petites piqûres dans son cou. La seconde suivante, un courant électrique traversa son corps, la faisant convulser.

Elle venait de se faire Taser comme une délinquante.

Alors que son corps déclarait forfait et qu'elle

s'écroulait au sol en gesticulant dans tous les sens, elle entendit Amaya hurler et crier. Dans son champ de vision, Ornella aperçut Gatien se relever péniblement et se diriger vers elle. Il lui lança un vilain coup dans les côtes, tout en l'insultant copieusement de tous les noms.

Il ordonna ensuite qu'on lui prélève du sang. En s'éloignant, il sortit un téléphone de sa poche et déclara à la personne qui décrocha à l'autre bout du fil :

— C'est bon, vous pouvez venir, elle est à vous.

— …

— Oui, mes hommes vous le donneront à votre arrivée.

Puis, il raccrocha et quitta la pièce en ordonnant :

— Mettez-lui les menottes, on doit y aller.

Trois des hommes immobilisèrent alors Amaya pendant qu'un quatrième lui passait lesdites menottes autour des poignets. Son amie tenta de se débattre comme un beau diable, mais elle ne faisait clairement pas le poids face à eux.

Ornella voulut leur hurler de lâcher son amie, mais sa bouche ne lui obéissait plus, tout comme chaque partie de son corps.

Les mages quittèrent ensuite la pièce à leur tour, traînant Amaya dans leur sillage, la laissant seule.

Enfin, si elle avait bien saisi le sens de l'échange téléphonique, ce n'était que temporaire. Restait à savoir à qui Gatien venait de parler.

Chapitre 80

Ailean n'en pouvait plus de ronger son frein, il allait finir par devenir fou. Chaque fois qu'il pensait avoir l'ombre d'une trace, elle menait vers un cul-de-sac. Léandre et Darius ayant également fait chou blanc dans leur chasse au Marec, il ne restait plus que l'option de Livio : trouver le bastion des mages à Boston.

Mais Gatien était un homme prudent. L'information n'était pas connue des vampires et difficilement accessible. Livio planchait sur le sujet depuis la veille au soir. Ailean savait qu'il finirait par y parvenir, mais la question était de savoir combien de temps cela allait prendre. C'était un travail de fourmi et une véritable course contre la montre.

Alors qu'il ruminait dans sa chambre, priant pour qu'un miracle se produise, il reçut un message groupé de la part de Livio.

C'est bon, j'ai trouvé.

Ailean se redressa dans son siège plus vite que si un ressort était venu lui piquer les fesses. Il vola presque jusqu'à la chambre de Livio, tout comme ses autres généraux. À peine entré, il demanda :

— Alors ?

— Je me suis dit que si Ornella était allée jusqu'à Boston, il y avait de fortes chances que ce soit pour trouver le bastion des mages. Même si l'on ignore encore tout de ses motivations, s'empressa-t-il d'ajouter.

— C'est en effet fort probable, concéda Ailean.

— J'ai donc analysé le rapport GPS de la Maserati, afin de retracer son trajet.

— Tu as trouvé quelque chose d'intéressant ? demanda Darius.

Une carte s'afficha sur l'écran de l'ordinateur. Livio leur commenta alors ce qu'ils avaient sous les yeux :

— Elle s'est garée ici, il y a deux nuits. J'ai vérifié, c'est un hôtel. Le lendemain matin, elle s'est rendue dans cette rue. J'ai réussi à récupérer les enregistrements vidéo de la ville, on la voit entrer dans un magasin pour touristes et dans une petite boutique de spiritisme. Elle retourne ensuite jusqu'à l'hôtel.

— Tu penses qu'elle a acheté le matériel nécessaire pour réaliser un sort et qu'elle l'a lancé depuis sa chambre d'hôtel ?

Sa question était plutôt une affirmation. C'était

l'explication la plus logique. Après avoir hoché de la tête, Livio reprit son explication :

— Elle quitte ensuite l'hôtel. C'est là que les choses deviennent intéressantes. J'ai suivi sa trace pour essayer de déterminer à quel moment elle s'était fait voler le véhicule. J'avais l'intuition que c'était un élément capital.

— Et ?

— Grâce aux relevés GPS, il n'a pas été bien compliqué de trouver l'endroit.

Une nouvelle vidéo défila sur l'écran.

— On la voit garer la voiture et, ensuite, plus rien. Tous les enregistrements sont inexploitables dans tout le pâté de maisons.

En effet, Ailean vit Ornella descendre du véhicule. Peu après, l'écran ne montra plus qu'une série de grésillements.

— Ces enfoirés ont court-circuité les caméras, ragea Ailean.

— C'est fort probable. Ils devaient se douter que j'allais essayer de les exploiter. J'ai donc cherché une autre piste. J'ai visualisé à nouveau les tracés et remarqué un détail qui m'avait échappé la première fois.

— Lequel ? demanda Léandre.

— Regardez ça.

Il désigna un trait plus épais sur l'écran.

— Sur ce tronçon, elle a fait plusieurs allers-retours. Comme si elle s'était trompée de route ou si …

— Elle faisait du repérage, termina Ailean.

— Oui.

— Qu'y a-t-il là-bas ? interrogea Darius.

— J'ai analysé toutes les propriétés. On est dans les quartiers résidentiels de haut standing. Le nom des propriétaires est donc plus ou moins complexe à récupérer. Certains utilisent des couvertures pour des raisons diverses et variées. Avant de me lancer sur le croisement de ces données, j'ai jeté un coup d'œil sur Google Street view, afin d'avoir une petite visite virtuelle du quartier.

— Et ? demanda Ailean.

— Regardez cette propriété.

Une photo s'afficha sur l'écran. On ne voyait en réalité qu'un gigantesque mur empêchant de voir l'intérieur du parc.

— Bien évidemment, toutes les maisons du coin sont blindées niveau sécurité, mais celle-ci l'est bien plus que les autres. Rien que sur cette photo, on voit plusieurs caméras de surveillance de pro. Le portail n'est pas de la gnognotte, c'est un modèle blindé. Quant au digicode, c'est un des modèles les plus sécurisés qui se fait.

— Donc, c'est là que ces rats se cachent ? grogna Rosario.

— J'ai eu les mêmes suspicions que toi. J'ai donc regardé avec attention la visite offerte gracieusement par Google.

Une autre photo s'afficha à l'écran.

— Certainement pour protéger les petits culs de son précieux électorat riche, le maire a fait installer une caméra de surveillance à résolution plus élevée que celles implantées dans les autres quartiers. Elle est aussi beaucoup plus petite et moins détectable. En gros, il faut savoir ce que l'on cherche pour la trouver. Et encore, il faut bien chercher.

En effet, si Livio n'avait pas attiré leur attention dessus, Ailean ne l'aurait pas repérée sur la photo. Il n'y avait pas à dire, son général était un vrai génie !

— Ils ont aussi un dispositif nettement plus sécurisé pour stocker les vidéos. C'est pour cette raison qu'il m'a fallu autant de temps pour obtenir les enregistrements.

— Mec, t'es trop fort, s'exclama soudain Almadeo.

— Je sais, répondit simplement Livio.

— Par contre, faut que t'apprennes l'humilité.

— L'humilité, c'est surfait.

— Messieurs, revenons-en aux faits, intervint Ailean.

L'attente de ces dernières heures avait été interminable, il n'en pouvait plus. D'ailleurs, il devait presque se retenir pour ne pas secouer Livio comme un prunier pour qu'il crache enfin le morceau. Mais connaissant le personnage, il allait seulement perdre de précieuses minutes s'il agissait ainsi. Il se résigna donc à patienter jusqu'à la fin de l'explication.

— Qu'ont montré ces vidéos ?

— Trois choses intéressantes. La première, peu de temps après le passage d'Ornella, on voit ce véhicule sortir de la propriété.

C'était un van noir somme toute assez banal, comme on en croise des tas.

— J'ai relevé la plaque d'immatriculation et effectué une recherche visuelle sur les caméras opérationnelles non loin de l'endroit où la Maserati s'est fait voler. Devinez ce que j'ai trouvé ?

— Il est passé dans le secteur, proposa Rosario.

— Bingo ! Deux heures après que le SUV ait démarré.

Comprenant où Livio voulait en venir, Ailean déclara :

— Ils l'ont capturée et ont volé la voiture pour détourner notre attention pendant qu'ils l'emmenaient.

— Je n'ai pas de caméras pour l'affirmer, mais cette hypothèse ne semble pas déconnante, même si ce laps de temps est un peu étrange.

Un grand froid s'empara d'Ailean. Quelque part, il préférait qu'Ornella ait rejoint le camp ennemi à ce scénario, car cela signifiait qu'elle courait un grave danger. Et il était incapable de lui venir en aide. Seigneur, elle était entre leurs mains depuis environ vingt-quatre heures. Son esprit bien trop fertile imaginait tout ce qu'ils avaient pu lui faire pendant tout ce temps.

— Ils l'ont ramenée dans la propriété ? demanda Almadeo.

Son général semblait prêt à en découdre et à se dématérialiser là-bas dans la seconde pour faire un carnage. Plan qu'Ailean approuvait entièrement.

Malheureusement, Livio tua ce projet dans l'œuf.

— Non, le véhicule n'y retourne pas. Il quitte la ville en direction du Nord. Ensuite, je perds sa trace car il n'emprunte pas les axes principaux.

— Fais chier ! jura Ailean.

Puis il se souvint de deux détails. Le message de Livio était « C'est bon, j'ai trouvé ». Et il avait parlé de trois choses importantes sur l'analyse de la vidéo de la propriété.

— Quelles sont les deux autres choses intéressantes ?

Seul Livio sembla comprendre le sens de sa question. Le vampire geek lui dédia un grand sourire, comme pour le remercier de poser la question et continua son petit exposé :

— La vidéo a montré que cette propriété est bien le bastion des mages. Sur de nombreux clichés, on y voit ce cher Gatien au volant d'une voiture ou se faisant conduire.

Livio exposa plusieurs photos et tous les vampires de la pièce grognèrent en retour. C'était bien ce chien.

— Et la troisième chose ? demanda Rosario.

— Il y a un peu plus d'une heure, Gatien a quitté la propriété. J'ai réussi à suivre sa trajectoire pendant quelques kilomètres. Devinez quelle direction il a prise ?

— La même que le van ? proposa Darius.

— Bingo.

— Donc tu sais où ils se sont rendus ? demanda

fébrilement Ailean.

— Non. Comme je le disais tout à l'heure, ces enfoirés ont bien pris garde de ne pas prendre d'axes surveillés par des enregistrements vidéo. J'ignore si c'est une simple précaution de leur part ou s'ils ont appris, d'une manière ou d'une autre, que c'est un moyen que nous utilisons. Bref, je me creusais la tête pour trouver une solution, lorsqu'un miracle s'est produit.

— Lequel ? demanda Almadeo.

— Je viens de recevoir une alerte sur mon ordinateur de la base nationale des contraventions. Le van s'est fait arrêter par une patrouille de police pour excès de vitesse la nuit dernière.

— Tu déconnes ?

— Non, Ailean, je suis sérieux, ces abrutis se sont fait contrôler car ils roulaient trop vite.

— La police a récupéré Ornella ?

— Non, les mages se sont contentés de subir le contrôle sans broncher et le policier n'a pas demandé à ouvrir le véhicule.

— Mais enfin, c'est insensé, fit remarquer Darius. Le policier n'a pas entendu Ornella appeler à l'aide ?

— Je l'ignore. Elle était peut-être incapable de le faire.

Cette idée donna à Ailean des envies de meurtre.

— Ou alors, les mages se sont arrangés pour qu'il « n'entende » pas, enchaîna Livio, certainement pour rassurer son roi.

La manœuvre fonctionna à peine.

— C'est vrai qu'ils peuvent manipuler les esprits de ces stupides humains, tout comme nous. Dans ce cas, pourquoi n'ont-ils pas tout simplement renvoyé le policier et fait annuler l'interpellation ?

— Je pense qu'ils ont agi sous le coup de la précipitation. Ou alors, ceux dans le véhicule n'étaient pas des flèches. Quoi qu'il en soit, ils se sont fait aligner et ont fourni une adresse non loin de l'endroit de l'interpellation, adresse que l'agent a bien pris soin d'inscrire dans le PV.

— Tu rigoles ? Ces abrutis ont vraiment donné le lieu où ils se rendaient ?

Cela lui semblait tellement improbable.

— J'ai été également très surpris et dubitatif. J'ai même pensé que c'était un piège qu'ils nous tendaient, pour nous envoyer sur une fausse piste, comme pour le SUV. Cependant, après un petit check dans la ville du coin, et grâce à Big Brother, j'ai trouvé une caméra de sécurité. Le van est bien sur les enregistrements. Et, cerise sur le gâteau, la voiture de Gatien est également passée par-là il y a peu. Il y a donc fort à parier qu'ils sont à cette adresse et que Gatien est parti les rejoindre.

OK, il en avait assez entendu.

— Rassemblez les hommes, on se rend là-bas, déclara Ailean. Livio, sors-nous la carte des alentours pour que l'on ait un premier repérage.

Ces mages allaient avoir la surprise de leur vie !

Chapitre 81

Amaya essaya à plusieurs reprises d'échapper à la poigne de fer des deux mages la traînant dans leur sillage. Malheureusement, ses efforts furent vains. Ses piètres tentatives n'avaient aucune commune mesure avec la façon dont Ella avait rossé Gatien. D'ailleurs, celui-ci marchait étrangement et n'arrêtait pas de jurer à tout-va. Cette scène de bastonnade avait ravi Amaya. Enfin, jusqu'au passage où son amie se faisait électrocuter.

Alors qu'ils évoluaient dans un dédale de couloirs, Amaya se concentra pour récolter un maximum d'informations. Si l'occasion lui était offerte de pouvoir s'échapper, elle était bien décidée à la saisir.

Elle ignorait encore ce que Gatien lui réservait et ce qu'il avait en tête, mais elle craignait le pire. Du peu qu'il avait déjà dévoilé, elle savait que cette petite marche forcée était mauvais signe pour elle. Et ce n'était pas le sang d'Ornella, que portait le troisième mage dans une espèce de fiole, qui allait la rassurer.

D'ailleurs, pourquoi Gatien ne s'était-il pas contenté de voler également le sien, comme il l'avait fait pour Ella ? Aucun des scénarios qu'elle imaginait pour répondre à cette question n'était de bon augure pour elle.

Ils arrivèrent enfin devant une grande porte et Gatien l'ouvrit. L'odeur infecte qui vint lui chatouiller les narines lui donna un haut-le-cœur. Gatien se tourna vers la petite troupe qui le suivait. Il attrapa la fiole de sang d'une main et de l'autre les poignets emprisonnés d'Amaya. Ensuite, il déclara à ses hommes :

— Je prends le relai. Vous, restez devant cette porte. Personne ne doit pénétrer dans cette pièce. Sous aucun prétexte. Vous m'avez bien compris ?

— Oui Mon Seigneur, répondit l'un d'eux.

— Je suis sérieux. Si vous enfreignez cet ordre, je vous promets une mort lente et douloureuse.

Quel être abject !

Amaya vit la pomme d'Adam des trois mages monter et descendre, preuve que la menace avait joué à merveille son rôle.

Elle n'eut pas le temps d'épiloguer sur le sujet, car Gatien la tira dans son sillage. Elle rêvait de pouvoir le frapper comme Ella, mais elle n'y connaissait rien aux sports de combat. Elle n'avait même jamais mis une seule gifle de toute sa vie. Et elle ne pouvait pas utiliser ses pouvoirs, car les menottes qu'on lui avait passées semblaient les bloquer. Elle avait déjà fait une petite tentative discrète qui s'était soldée par un sourire narquois de la part de Gatien.

Plus elle y pensait, plus elle était persuadée qu'il l'avait manipulée depuis le début, ce qui rendait sa situation extrêmement amère.

— Vous saviez, n'est-ce pas ? lui demanda-t-elle.

— Quoi donc ? Que tu t'es rendue à la Nouvelle-Orléans dans le jet privé de ton cher papa pour voler au secours de ton amie d'enfance ? Bien évidemment. Rien ne m'échappe te concernant et il en va ainsi depuis très, très longtemps.

S'amusant de sa mine défaite, il ajouta, fier de lui :

— À moins que ta question ne sous-entende que je savais qu'en annonçant notre mariage futur, tu allais t'empresser de demander à Ornella de voler à ton secours ? À ton avis, qui s'est arrangé pour que tu en dévoiles un peu, mais pas trop dans ta tentative minable d'appeler à l'aide ? J'ai su exactement à quel moment je devais t'injecter ce produit. D'ailleurs, j'ai également fait en sorte que tu voies des choses, mais pas trop. Tout comme je me suis arrangé pour que ton amie te pense toujours à la cour, ce qui m'a grandement facilité la tâche pour lui mettre la main dessus.

Amaya dut lutter très fort pour ne pas pleurer. Au vu de ce que venait de lui expliquer Gatien, elle se rendait compte qu'elle était entièrement responsable des malheurs de son amie. Sans le vouloir, elle venait de la trahir de la pire des façons.

Enfonçant le clou, Gatien ajouta :

— Lorsque ses pouvoirs se sont déclenchés, tu as vraiment cru que tes petits tours étaient passés inaperçus ? Tu étais tellement mignonne avec tes petites pierres étalées autour de toi.

Comment pouvait-il être au courant d'un détail pareil ? Soudain, une idée dérangeante lui vint à l'esprit :

— Vous avez mis une caméra dans ma chambre.

— Ah, ma très chère épouse, une fois encore, tu démontres à quel point cette petite tête est bien faite.

Il vint alors appuyer à plusieurs reprises son index sur son front.

Amaya se décala, prise de dégoût à l'idée qu'il pose la main sur elle.

— Éloignez-vous de moi ! Ne me touchez pas ! Et je ne suis pas votre épouse, cracha-t-elle.

— Ne chipotons pas sur les détails, c'est l'affaire d'une poignée de minutes. Après ça, tu peux être certaine que je vais te toucher et plus d'une fois.

Son regard libidineux lui donna la nausée.

— Cela fait tellement longtemps que j'attends de venir me perdre entre tes cuisses. J'ai hâte de prendre ta virginité.

Il y eut un raclement de gorge. Amaya prit alors conscience qu'ils n'étaient pas seuls dans la pièce. Trop occupée à cette joute verbale avec Gatien et, surtout, à découvrir l'ampleur de sa naïveté, elle n'avait pas encore pris le temps de regarder l'environnement l'entourant.

Lorsqu'elle le fit, elle se sentit pâlir. Un peu plus loin, une sorte d'autel avait été dressé. Aux quatre coins, des poteaux s'élevaient. Amaya vit des menottes pendre à chacun d'entre eux. Un frisson d'effroi s'empara d'elle à ce constat. Il n'était guère difficile d'imaginer leur usage.

Un homme d'un âge avancé se tenait au pied de l'autel sordide. Amaya l'avait déjà aperçu à une ou deux reprises. Chaque fois, un pressentiment désagréable s'était emparé d'elle. Son instinct ne l'avait pas trahi. S'il était ici, il était peu probable que ce soit quelqu'un de bien.

Le mage ne pouvait manquer de remarquer qu'elle était entravée et pourtant il n'en fit aucun cas. Il posa à peine son regard sur elle avant de s'adresser à Gatien :

— Mon Seigneur, l'heure approche, il faut s'installer sans tarder.

Gatien la tira alors sans ménagement vers l'autel. Amaya essaya de le ralentir, mais il était beaucoup plus fort qu'elle. Elle se débattit tant bien que mal. Si elle se laissait attacher à ce truc, elle serait foutue. Avec l'énergie du désespoir, elle commença à donner des coups à l'aveugle, elle se tortilla dans tous les sens, mais Gatien parvenait inexorablement à l'approcher de sa cible.

Soudain, il se retourna sans prévenir et lui décrocha une gifle magistrale qui l'étourdit un instant.

— Ça suffit maintenant. Tu vas te calmer.

Était-ce une plaisanterie ?

Au contraire, elle allait essayer de l'entraver le plus possible !

— Vous souhaitez un coup de main ? proposa le vieux mage.

Amaya lui lança en retour une palanquée d'injures, dont certaines le firent grimacer. Elle n'avait jamais été aussi grossière de toute sa vie. Malheureusement, cela ne changea rien. Elle finit tout de même par se retrouver accolée contre la pierre dure de l'autel.

— Vas-y, fais-le.

Amaya n'eut pas le temps de comprendre l'ordre qu'elle sentit une piqûre dans son cou. On venait à nouveau de la droguer ! Quand sa résistance s'effondra, une terreur sans nom s'empara d'elle. Elle était complètement démunie face à ces deux horribles personnages.

— Ne t'inquiète pas, ma chère épouse, tu vas rester consciente, bien qu'un peu sonnée. Il serait dommage que tu loupes une partie de la fête.

— Vous êtes certain qu'elle est vierge ? demanda le vieux rabougri.

Si elle avait pu parler, Amaya lui aurait envoyé une nouvelle salve d'injures.

— Oui. Maintenant, arrête de causer et dépêche-toi. Je te rappelle que l'on n'a pas toute la nuit.

La suite fut confuse pour Amaya. Elle fut allongée sur l'autel et attachée aux quatre coins. Le vieux se mit alors à psalmodier des paroles incompréhensibles, en s'agitant autour d'elle.

Elle ressentit un élancement à l'un de ses poignets. Elle entendit ensuite un ploc-ploc sinistre. Pendant ce temps, Gatien s'éloigna jusqu'à disparaître de son champ de vision. Il lui sembla entendre des voix d'hommes, mais elle avait l'esprit trop embrouillé pour donner plus de détails.

Gatien revint ensuite avec un récipient rempli d'un liquide rouge.

Le sang d'Ornella.

Le vieux mage vint verser un autre liquide rouge dans le récipient.

Son sang à elle ?

Il marmonnait toujours des paroles incompréhensibles.

Il tendit ensuite une coupelle à Gatien. Ce dernier vint placer sa main au-dessus de celle-ci et s'entailla la paume.

D'où sortait-il cette lame ?

Du sang coula dans la coupelle. Puis l'objet disparut de son champ de vision. Le vieux tendit ensuite une sorte de calice à Gatien. Le roi le porta à ses lèvres, alors qu'une vague de pouvoir déferlait dans la pièce.

Chapitre 82

Les effets du Taser commençaient à s'estomper, lorsque Ornella entendit du bruit dans le couloir. Comme la caméra était toujours hors-service, les hommes de l'autre côté de la porte n'avaient aucun moyen de savoir si elle était toujours dans les vapes ou non. Elle décida donc de jouer la comédie.

Avec un peu de chance, ceux qui venaient lui rendre une petite visite, allaient la sous-estimer. Si la moindre opportunité lui était offerte, elle comptait bien la saisir. Son entrevue avec Gatien lui avait laissé un goût amer dans la bouche, ainsi qu'une haine profonde. Elle voulait faire payer tous ces salopards pour la façon dont ils les traitaient, Amaya et elle.

D'ailleurs, depuis que son cerveau était à nouveau opérationnel, une peur sourde vibrait en elle. Où avaient-ils emmené son amie ? Qu'est-ce que Gatien comptait lui faire ? Pourquoi ce fourbe avait-il profité de son immobilité pour lui voler son sang ? Que comptait-il en faire ? Cela avait-il un lien avec ses déclarations obscures lancées juste avant qu'elle ne lui donne une bonne raclée ?

La porte de sa cellule s'ouvrit et l'empêcha de continuer ses réflexions. Si elle voulait avoir une chance de réussir à se sortir de ce bourbier, elle devait être alerte et se montrer plus maligne que ces sales types. Elle avait sous-estimé Gatien, il n'y avait qu'à voir où cela l'avait menée. Elle comptait bien apprendre de ses erreurs.

Elle n'avait aucune idée préconçue sur l'identité de son visiteur. Toutefois, lorsqu'elle reconnut Marec, elle dut faire preuve d'une maîtrise extrême pour ne pas se trahir.

Au prix d'un grand effort, elle réussit à garder les yeux mi-ouverts, mimant l'hébétude dans laquelle l'électricité aurait dû la laisser.

Dès qu'il eut franchi le pas de la porte, le demi-frère d'Ailean posa les yeux sur elle. Un sourire mesquin vint fleurir sur ses lèvres. Malheureusement pour lui, l'effet tomba à l'eau car il avait une tête à faire peur. Ailean ne l'avait vraiment pas loupé, dans ce couloir, quelques jours plus tôt.

Les vampires étaient doués d'une capacité de guérison bien plus efficace que les humains, ou même les mages, mais elle avait ses limites.

— Ah, ma future belle-sœur, comme on se retrouve. Enfin, plutôt devrais-je dire, ma *supposée* future belle-sœur.

Tout en parlant, il pénétra dans la pièce comme un conquérant.

Tu ferais moins le malin, si j'étais debout, pensa-t-elle.

Il la croyait hors d'état de nuire et en profitait pour fanfaronner. Comme Gatien, il semblait tellement content de lui qu'il ne pouvait s'empêcher de déblatérer à tout-va. Cependant, elle était persuadée qu'il était de loin dépassé par le roi des mages en termes d'intelligence.

Plusieurs choses l'aidaient à tirer cette conclusion, mais la plus probante était, sans nul doute, qu'il ait choisi de s'enfermer seul avec elle, laissant les autres hommes dehors. Gatien était venu accompagné. Pire, Marec vint se poster non loin d'elle et posa ses fesses en appui sur la table.

— Alors, voilà ce qui va se passer. Je préférais faire ce petit point en tête-à-tête avec toi, car ce que je vais dire ne concerne en rien ces minables mages de pacotille.

J'aimerais bien t'entendre dire ça devant Gatien, tiens !

Clairement, à choisir entre ce dernier et le vampire, Ornella préférait de loin la deuxième option. Marec était bien moins dangereux.

N'attendant pas de réponse de sa part, Marec continua son explication :

— Nous allons partir tous les deux très loin d'ici, là où Ailean ne pourra jamais te trouver. Je dois t'avouer que la première fois que j'ai eu vent de ton existence, j'ai pensé, comme tout à chacun, que je pourrais boire ton sang pour accroître mes pouvoirs. Comme il semblerait qu'au final, il ait plutôt tendance à affaiblir, je pense que je vais m'abstenir.

Mais de quoi parle-t-il ?

— Quoi qu'il en soit, depuis que je sais que tu es son *Amor Fati*, un plan encore plus jouissif et d'une simplicité enfantine m'est venu à l'esprit.

Il n'y avait pas à dire, Marec était drôlement bien informé.

— Au fait, tu sais que c'est un peu grâce à moi si Ailean a sauté le pas ? se vanta-t-il.

Ce fut plus fort qu'elle, Ornella trahit une certaine surprise.

Se réjouissant de sa réaction, Marec déclara :

— Allons, allons, croyais-tu vraiment que cette rencontre entre nous, à la cour, était purement fortuite ? Je savais que si je te secouais un peu, cela ferait sortir Ailean de ses gonds et qu'il boirait enfin à ta veine, apportant l'élément manquant à mon plan.

Durant son petit discours, Ornella l'observa attentivement à travers ses paupières mi-closes. Elle cherchait le moindre détail qui pourrait jouer en sa faveur.

Pendant ce temps-là, Marec continua son petit discours, fier comme un paon.

— Grâce à toi, je n'ai plus besoin de réfléchir à un moyen de le renverser. Je n'ai qu'à attendre gentiment qu'il meure dans d'atroces souffrances à cause du manque que ton sang va provoquer. Je me demande s'il va finir par demander à ses chers généraux de l'achever. À ton avis, lequel choisira-t-il ?

Plutôt que de se laisser atteindre par ses propos mesquins, un élément lui revint en mémoire. Lors de leur altercation dans le couloir, Marec avait semblé immunisé contre ses pouvoirs. Maintenant qu'elle connaissait son alliance avec les mages, elle comprenait mieux la raison de cette miraculeuse résistance. Ces derniers avaient dû lui fournir quelque chose permettant de le protéger contre la bête en elle. Le portait-il toujours sur lui ?

Soudain, elle aperçut une sorte de pendentif à son cou. C'était un cristal à l'aspect très banal qui ne cadrait pas du tout avec le personnage. Pour quelle raison l'arborait-il, sinon parce qu'il lui était utile ? La question était de savoir en quoi.

Allait-elle souffrir mille morts si elle l'attaquait ? Allait-elle ressentir la douleur de chaque coup qu'elle pourrait lui porter ? Avait-il seulement pour but de bloquer ses pouvoirs, comme lors de leur précédente altercation ? Dans cette pièce, ils étaient déjà hors service, mais n'avait-il pas dit qu'il comptait l'emmener ailleurs ?

Ornella l'écoutait d'une oreille distraite décrire en détail à quel point Ailean allait s'étioler sans la présence de son *Amor Fati*, incapable de pouvoir se nourrir d'un autre sang que le sien. Il lui expliqua la folie qui allait s'emparer de son cher vampire, jusqu'à effacer toute trace de lucidité dans son esprit. Si Marec avait voulu attiser sa colère, il ne s'y serait pas pris autrement.

Il lui était de plus en plus difficile de museler sa rage.

D'ailleurs, elle n'en avait plus envie. D'une voix qu'elle espérait faiblarde, elle ouvrit la bouche pour la première fois :

— Il y a un petit détail que vous avez oublié.

Bouffi de suffisance, Marec répondit :

— Je t'en prie, éclaire-moi de tes lumières.

Au même moment, comme un signe du destin, une agitation se fit entendre derrière la porte. Agissant comme la majorité des personnes, Marec tourna la tête dans cette direction.

C'était l'ouverture dont elle avait besoin. Profitant de cette seconde d'inattention, Ornella se jeta sur lui en déclarant :

— Moi !

En premier lieu, elle tira sur son collier. Il céda assez facilement. Ignorant toujours à quoi il servait, elle le balança de toutes ses forces contre le mur où il se brisa en mille morceaux.

N'appréciant pas du tout son geste, Marec voulut la frapper tout en l'insultant. Malheureusement pour lui, il n'était pas habitué aux sports de combat, elle si.

Elle enchaîna les coups vicieux, se décalant chaque fois avec suffisamment de célérité pour éviter les siens. Un vampire était plus rapide et plus fort qu'un mage ou qu'une sorcière. Compte-tenu de leur différence de gabarit, cette règle était d'autant plus vraie. Elle savait donc que, si elle prenait le moindre coup de sa part, la donne pouvait radicalement changer et sa chance disparaître. Ornella s'arrangea donc pour le sonner suffisamment, afin que ses gestes soient brouillons. Dès qu'il lançait sa pseudo-attaque, elle revenait à la charge.

Rapidement, Marec saigna du nez, de la lèvre et de l'arcade, autrement dit les endroits les plus fragiles. De son côté, elle avait les poings en sang. Habituellement, elle combattait avec des gants. Elle comprenait maintenant l'intérêt d'en porter.

Alors que Marec commençait à tanguer dans sa démarche, signe que son corps était proche de déclarer forfait, la porte explosa littéralement.

Chapitre 83

— Chacun a bien compris le rôle qui lui a été attribué ?

Obtenant un consentement unanime, Ailean ordonna :

— Alors, go, et pas de quartier !

Ailean n'avait rien contre la majorité des mages. Il était plutôt partisan du chacun chez soi, mais tous ceux présents là-bas étaient des hommes morts à ses yeux. Ils avaient cautionné et participé de près ou de loin à l'enlèvement de son *Amor Fati* – et Dieu sait quoi d'autre. Ils allaient payer leurs actes au prix de leur vie.

La seconde suivante, une cinquantaine de vampires armés jusqu'aux dents se dématérialisèrent à cinq cents mètres de leur objectif. Les mages allaient avoir la surprise de leur vie. Ils ne s'attendaient certainement pas à les voir débouler ainsi.

Toutefois, Ailean ne considérerait pas la victoire comme acquise. Gatien avait largement démontré qu'il était un adversaire à ne pas sous-estimer. S'il le faisait, ce serait une erreur qui pourrait être fatale à ses hommes, à lui ou pire à Ornella. Par conséquent, même si ses instincts lui hurlaient de se lancer immédiatement à l'assaut, il était assez lucide pour savoir que foncer la tête la première n'était pas une bonne idée.

Se conformant au plan établi, tous attendirent que Livio donne le signal indiquant qu'il avait réussi à brouiller les éventuelles caméras entourant la propriété. Avec une efficacité redoutable, son général se dématérialisa tout autour de la maison, utilisant ses pouvoirs pour ne pas se faire repérer par les mages. Certains auraient certainement un doute, mais le temps qu'ils poussent plus loin la réflexion, Livio ne serait déjà plus dans les parages.

Trois minutes plus tard, le vampire se dématérialisa à côté de lui et annonça :

— C'est bon, la voie est libre. Je dirais que l'on dispose d'environ deux minutes avant qu'ils ne se rendent compte qu'un truc cloche dans leur système.

— Alors, on y va.

Aussitôt après, ses meilleurs combattants, encadrés par ses généraux, se lancèrent à l'assaut de la bâtisse. Les premiers mages sur qui il tomba n'eurent absolument aucune chance. Il avait l'avantage de la surprise. Il se pourrait également que ses forces soient légèrement plus puissantes. Sans oublier la rage nourrie par son amour pour Ornella.

Depuis qu'il avait la conviction qu'elle était retenue prisonnière ici, une partie de lui était terrorisée à l'idée de ce qu'on avait pu lui faire subir. Personne ne pourrait l'empêcher d'aller la retrouver et surtout pas une bande de mages désorganisée !

Les mages se retrouvèrent très rapidement submergés par les vampires qui laissèrent nombre de cadavres dans leur sillage.

Ailean continua sa percée, déterminé à retrouver sa fiancée. Le bâtiment était vaste, il y avait des tonnes de pièces et il n'avait aucune idée de celle dans laquelle Ornella pouvait être retenue. Les mages courant dans tous les sens ne l'aidèrent guère dans sa recherche.

Derrière lui, il entendit Livio l'appeler. Il se retourna plus vif que l'éclair. Son général l'avait-il trouvée ?

— On vient de réussir à localiser Marec.

Ailean eut envie de lui dire qu'il n'en avait rien à faire pour l'instant. Ce n'était clairement pas la priorité, mais il n'en eut pas l'occasion car Livio ajouta :

— Il est ici.

Dans sa tête, les idées s'enchaînèrent à une vitesse folle. Marec avait donc conclu une alliance avec les mages. Il avait trahi son espèce, signant ainsi son arrêt de mort. Sa présence ici signifiait également qu'il avait un lien avec l'enlèvement d'Ornella. Pour cette raison, sa mort serait très lente et très douloureuse.

En attendant, cette information lui donna des sueurs froides. Les mages ne pouvaient pas tuer une *Nefasta*, mais rien n'empêchait un vampire de le faire, à partir du moment où il décidait de ne pas boire son sang.

Au même moment, une pointe de pouvoir vint le frôler. Un pouvoir qu'il aurait reconnu entre mille. Se laissant guider par son instinct, il suivit un dédale de couloirs. Bientôt, il arriva devant une porte derrière laquelle des bruits de lutte étaient audibles.

Sans prendre le temps pour réfléchir à une stratégie quelconque, il plia le genou droit et l'abattit de toutes ses forces sur le battant qui vola en éclats. La scène dévoilée le mit dans une folie meurtrière jamais atteinte encore.

Marec et Ornella étaient là, engagés dans un combat au corps à corps.

Il flottait dans l'air une odeur douce et cuivrée qu'il pouvait désormais reconnaître les yeux fermés : le sang d'Ornella.

Cette information vint griller le peu de neurones encore opérationnels qu'il avait. Il passa immédiatement en mode animal. Son projet de mort lente et douloureuse pour son demi-frère venait d'être mise aux oubliettes. Il voulait en finir au plus vite, afin de pouvoir prendre soin de sa petite sorcière et vérifier qu'elle n'avait rien de grave.

Il s'élança en direction de Marec. Celui-ci avait le visage en sang. Visiblement, il venait de comprendre ce qu'il en coûtait de s'attaquer à la sorcière de Jackson !

Il semblait complètement sonné. Ailean ignora donc si son demi-frère eut conscience de sa présence à ses côtés. La seconde d'après, Ailean attrapa la tête de ce traître entre ses mains et tourna d'un coup sec et vif.

Un sinistre « crac » retentit.

Lorsqu'il retira ses mains des tempes de Marec, celui-ci s'écroula, mort, à ses pieds, comme une poupée de chiffon.

Ailean ne prit pas un seul instant pour regarder son œuvre. Il se retourna aussitôt et attrapa Ornella pour l'envelopper dans l'étreinte de ses bras.

— Oh ma belle, si tu savais comme j'ai eu peur. Ne me refais jamais un coup pareil. Tu m'entends ?

Il l'éloigna de son buste pour pouvoir la fixer. Il lui releva le visage. Sans lui laisser le temps de répondre, il répéta :

— Ne refais jamais ça, ma belle. Je t'aime trop pour te perdre. Que deviendrais-je sans toi ? Rien.

Ses magnifiques prunelles ambrées se remplirent de larmes. Il les effaça de ses pouces. Avait-elle mal quelque part ? s'inquiéta-t-il. L'avait-on brutalisée ?

Soudain, Ornella se jeta à son cou et déclara dans une marée de sanglots :

— Oh Ailean, je suis tellement désolée. Cela m'a brisé le cœur de devoir partir ainsi, mais je ne voulais pas te mêler à toute cette histoire. Je t'aime trop pour te mettre en danger. S'il t'était arrivé quelque chose par ma faute, jamais je n'aurais pu me le pardonner.

Dans un premier temps, il ne retint qu'un détail important de sa déclaration : elle l'aimait ! Elle venait de lui dire qu'elle l'aimait !

Certes, ce n'était pas le moment idéal pour s'avouer mutuellement leur amour, mais qu'importe !

Il reprit son visage entre ses mains et vint l'embrasser. Il fit passer dans son baiser, tout le tumulte d'émotions qui grondait en lui : restes de peur, soulagement, joie, amour – beaucoup d'amour.

Ornella lui rendit son étreinte avec la même vigueur. En retour, son corps s'éveilla, prêt à lui montrer à quel point il s'était langui d'elle et était heureux de la retrouver.

Soudain, Ornella mit fin à leur baiser et lui dit, les yeux exorbités :

— Oh mon Dieu, Amaya. Ailean, il faut qu'on la trouve. Il l'a emmenée, peut-être qu'ils sont encore ici.

— De qui parles-tu ?

— Amaya et Gatien. Amaya m'a appelée à l'aide, car Gatien voulait la marier à lui. C'est pour cette raison que je suis partie, pour empêcher que cela n'arrive. Mais c'était un piège de Gatien. Il a pris mon sang et il a dit qu'il allait s'approprier mes pouvoirs ainsi que ceux d'Amaya !

Certains détails de cette explication lui échappèrent, mais Ailean fut soulagé en ayant la confirmation de la bouche d'Ornella qu'elle ne l'avait pas trahi. Si elle était partie sans prévenir, c'était parce qu'elle voulait le protéger, lui. Il comptait d'ailleurs lui dire ce qu'il pensait de cette décision stupide, mais il aurait tout le temps de le faire plus tard.

Afin d'apaiser l'air affolé de sa chère petite sorcière,

Ailean déclara :

— Ne t'inquiète pas, mes hommes balaient l'ensemble du bâtiment. S'ils sont encore là, ils les trouveront. Si ce n'est pas le cas, nous nous lancerons à sa recherche. Je te le promets.

Il la tint ensuite à nouveau contre lui. Cette sensation lui avait tellement manquée. Dans sa poitrine, son cœur s'apaisa enfin.

Chapitre 84

— Maintenant, Mon Seigneur, vous devez officialiser votre union.

Gatien n'apprécia pas du tout l'air lubrique du vieux mage. D'un ton froid, il déclara :

— Je n'ai pas besoin d'un public pour ça !

— Mais, il faut pouvoir attester que …

— Rien du tout, sale pervers ! Vous rêvez si vous pensez que je vais vous laisser regarder. Vous avez déjà suffisamment profité du spectacle qu'offre mon épouse. Lorsque ce sera fait, je demanderai à la même infirmière de l'ausculter. Vous aurez alors votre preuve. En attendant, retournez à Boston !

Le vieux sembla hésiter un quart de seconde à discuter son ordre. Au dernier moment, il dut se rendre compte que c'était une très mauvaise idée. Il quitta donc la pièce, le laissant enfin seule avec Amaya.

Ils avaient peut-être un peu forcé sur la dose injectée, car son épouse semblait complètement stone. Elle était même amorphe depuis quelques minutes et il le regretta. Il aurait bien aimé qu'elle se débatte un peu, cela aurait pimenté leur ébat.

Il était tellement plus jouissif d'avoir le dessus sur une femme rendue impuissante par la force masculine, plutôt que par la drogue.

Cette remarque l'amena à penser à l'autre *Nefasta*. Elle, de la niaque, elle en avait à revendre. Déjà à l'époque, alors qu'elle n'était qu'une sale gamine, elle lui avait tenu tête. Il n'était donc pas surpris qu'elle ait tenté de lui faire la peau tout à l'heure.

Si elle avait été encore vierge, il l'aurait peut-être préférée à Amaya pour en faire sa reine, mais elle ne l'était plus. Elle avait écarté les cuisses pour ce salaud d'Ailean. Et elle allait devoir cohabiter avec cet idiot de Marec.

Gatien était persuadé que le vampire ne ferait pas le poids face à elle. D'ailleurs, lui-même avait un plan légèrement différent de celui de son allié. Il allait garder un œil sur la petite *Nefasta*.

Il ignorait ce que Marec souhaitait faire avec elle. À n'en pas douter, la baiser et boire son sang. Mais ce n'était qu'une question de temps avant qu'elle n'arrive à le trucider. Gatien comptait donc attendre sagement qu'elle se débarrasse pour lui de cet allié devenu gênant. Il lui mettrait ensuite à nouveau la main dessus pour en faire sa maîtresse. À cette idée, son sexe eut un soubresaut.

Il reporta son attention sur Amaya inconsciente, pieds et poings liés, et son membre fut à nouveau pris de spasmes. Il se régalait déjà à l'idée de la nuit à venir. Il allait la prendre une première fois, afin de régler cette histoire de légitimité d'union. Puis, il attendrait qu'elle reprenne un peu ses esprits pour remettre ça. Ce deuxième round serait, à n'en pas douter, beaucoup plus intéressant et plaisant pour lui !

Il s'attelait à sa triste besogne, lorsque son téléphone se mit à sonner. Sa première réaction fut d'envoyer balader le fou qui osait venir gâcher ce moment qu'il attendait depuis si longtemps. Cependant, un sombre pressentiment – un des premiers effets du sang bu ? – le poussa à décrocher. L'appel venait d'un numéro inconnu.

— QUOI !!! aboya-t-il.

— Si j'étais vous, je quitterais immédiatement les lieux. Ailean arrive. S'il vous trouve, il vous trucidera avant que vous n'ayez eu le temps de dire « ouf ».

— Qui êtes-vous ?

— Nous avons un ami en commun. Enfin, ce n'est qu'une question de minutes avant de pouvoir dire que nous *avions* un ami en commun. Je reprendrai contact avec vous quand la situation se sera tassée. En attendant, sauvez-vous et faites-vous oublier !

Une fois sa bombe lâchée, son mystérieux interlocuteur raccrocha.

Gatien hésita sur la marche à suivre. Il détestait recevoir des ordres. La simple idée de s'y plier lui donnait de l'urticaire. Il posa les yeux sur son œuvre en partie inachevée. Il ne pouvait pas s'arrêter en si bon chemin, le meilleur restait encore à venir.

Soudain, il entendit des cris au loin. Lâchant une bordée de jurons, il reboutonna son pantalon et dut se résoudre à quitter les lieux sans tarder. Qui que soit l'homme l'ayant appelé, il était visiblement très bien informé. Et il avait sa petite idée sur le sujet.

Gatien n'avait pas le temps de s'encombrer d'Amaya. Dans l'état dans lequel elle était, elle allait le ralentir. Par conséquent, il dut se résoudre à l'abandonner provisoirement.

Avant de quitter la pièce, il admira une dernière fois cette magnifique scène et déclara à la femme à peine inconsciente :

— Ce n'est qu'un au revoir, ma chère et tendre épouse !

Chapitre 85

Almadeo s'amusait comme un petit fou. Cela faisait un certain moment qu'il n'avait pas botté le derrière d'autant de mages et il devait bien reconnaître que cela lui avait manqué. Enfin, « botter » était le terme gentil pour « massacrer ».

Cela faisait presque cinquante ans qu'un combat aussi frontal entre les deux espèces n'avait pas eu lieu et encore plus longtemps si l'on ajoutait l'implication directe des deux rois.

Ces ordures de mages avaient amplement mérité le sort qui leur arrivait, sans mauvais jeu de mots. Ils devaient comprendre que l'on ne s'en prenait pas à la future reine des vampires, sans en payer le prix fort. *Nefasta* ou non.

Depuis qu'on lui avait raconté cette histoire d'Adam

et Ève, alors qu'il n'était qu'un enfant, Almadeo trouvait que les mages étaient des barbares souffrant d'un sérieux complexe d'infériorité vis-à-vis des femmes. Il fallait vraiment ne rien avoir dans le pantalon pour faire subir ce qu'Achab et les autres avaient fait aux sorcières. Il ne ressentait donc pas l'ombre d'un remords d'ôter plusieurs vies ce soir.

La bataille touchait visiblement à sa fin. La défaite de l'ennemi était cuisante et sans appel. Les vampires finissaient simplement de visiter les lieux, afin de débusquer les éventuels mages cachés dans un recoin, espérant leur échapper. Pour sa part, il en avait déjà trouvé un.

Quelle bande de lâches !

Comme Ailean n'avait pas poussé un cri digne d'un fauve agonisant, Almadeo en déduisit que son roi avait retrouvé Ornella.

En tant qu'ami, il était content pour lui. Il ne souhaitait que du bonheur à Ailean et ce dernier semblait l'avoir trouvé auprès de cette petite sorcière petite par la taille, mais grande par le courage dont elle avait fait preuve tout au long de sa courte vie.

En tant que vampire, il était heureux de l'avoir très prochainement comme reine. Elle était la candidate idéale au poste, même s'il lui manquait une paire de canines auto-rétractables.

Peut-être que cette histoire de fiançailles n'était au début qu'un prétexte, mais tous avaient deviné les sentiments qui liaient Ailean et Ornella, indépendamment de l'*Amor Fati*. Il fallait être aveugle pour ne pas les remarquer.

Il ignorait encore la raison pour laquelle cette petite sorcière avait filé à l'anglaise mais, depuis le début, Almadeo était persuadé qu'il y avait anguille sous roche. Ce n'était pas une fuite ou un sale tour joué à Ailean. Elle était forcément partie pour une bonne raison et elle allait bientôt pouvoir la leur dévoiler.

Bien évidemment, comme il tenait à ce que sa tête reste sur ses épaules et dans le même état qu'actuellement, il avait gardé son opinion pour lui.

Jusqu'à peu, Ailean n'était pas dans des dispositions idéales pour écouter ce genre de discours. Quant à ces dernières heures, ils avaient été trop occupés à préparer cette attaque surprise pour qu'il puisse évoquer le sujet.

Almadeo arriva devant une énième porte de dessous laquelle une odeur étrange se dégageait, envahissant ses sinus comme du mauvais encens. Il tourna la poignée pour vérifier la pièce, comme il l'avait fait pour les autres. Cependant, le battant refusa de s'ouvrir. La porte était verrouillée.

Il donna un bon coup de pied au niveau de la serrure. Celle-ci n'y résista pas et la porte s'ouvrit à la volée. Il pénétra alors dans la pièce et stoppa net devant la scène qui s'offrait à lui.

Les. Fils. De. Pute !

À une petite dizaine de mètres de lui, de l'autre côté de la pièce, une femme inconsciente était allongée sur une sorte de table en pierre. Des poteaux étaient scellés aux quatre coins de celle-ci. Des chaînes les reliaient aux poignets et chevilles de la malheureuse. Elle était littéralement ligotée comme un agneau sacrificiel.

Pire encore, elle était complètement nue. Ses vêtements étaient amassés en tas au pied de cette triste parodie d'autel. Cette vision le fit enrager comme jamais. Habituellement, Almadeo était le trublion de la bande, toujours prêt à faire un trait d'humour. Mais à cet instant, il se sentait aussi ombrageux et létal qu'Ailean.

Un bruit derrière lui le sortit de sa transe enragée. Il grogna :

— Personne n'entre.

Puis, il claqua la porte derrière lui du mieux qu'il put, compte-tenu du coup de pied qu'il avait donné dedans. Il était bien décidé à protéger coûte que coûte la pudeur de cette belle inconnue. Car belle, elle l'était indéniablement. Même si le moment était très mal choisi pour le remarquer, cela sautait aux yeux. Et il put en mesurer toute l'ampleur, lorsqu'il s'approcha.

Mince, grande et blonde. On aurait dit un mannequin avec des rondeurs exquises aux endroits stratégiques. Même s'il s'efforçait de se comporter en gentlemen, Almadeo ne put manquer sa poitrine délicieusement pleine et ferme, tout comme son nid d'amour doré, niché entre ses cuisses.

Toutefois, il mit un point d'honneur à ne pas s'attarder sur ces détails scandaleusement attrayants. C'était plus que déplacé. Il n'allait certainement pas se rabaisser au niveau de ces maudits mages.

Au fur et à mesure qu'il réduisait la distance entre eux, il parvenait à reprendre ses esprits. Plusieurs détails lui apparurent alors avec clarté.

En premier lieu, ces salauds lui avaient entaillé le poignet, puis l'avaient entouré d'un pansement de fortune qui n'avait pas complètement endigué le saignement. Il allait remédier à ce point sans tarder, la salive d'un vampire ayant des propriétés coagulantes.

Ensuite, contrairement à ce qu'il avait cru, la jeune femme n'était pas inconsciente. Elle n'était pas non plus vraiment présente. Ses yeux étaient ouverts, mais ses pupilles étaient complètement dilatées. Non loin de ce macabre autel, il repéra une seringue et une aiguille. On l'avait très certainement droguée. Que lui avait-on fait d'autre ? s'interrogea-t-il plein de colère. Il avait envie de retrouver ceux qui l'avaient traitée ainsi pour leur faire regretter ce geste. Mais ce n'était pas la priorité du moment. Il devait d'abord s'occuper de la malheureuse.

Ne sachant pas si elle avait conscience de sa présence et ne voulant pas l'effrayer, il fit une tentative pour entrer en contact avec elle :

— Est-ce que vous m'entendez ?

Après un interminable moment, elle marmonna des paroles incompréhensibles.

— Je ne vous veux aucun mal. Je vous le promets. Je m'appelle Almadeo et je vais prendre soin de vous.

Tout en discutant, il retira son blouson qui lui arrivait à mi-cuisses et vint le déposer sur son corps parfait offert aux yeux du premier venu. Elle s'agita un peu, faisant tinter ses chaînes.

— Chut. Je vous promets qu'on ne vous fera plus

aucun mal. Je tuerai quiconque s'avisera de vous nuire.

Il pensait réellement ses paroles. Cette scène barbare provoquait un phénomène étrange en lui. Il ne s'était jamais senti aussi protecteur envers qui que ce soit.

Alors qu'il se faisait cette réflexion, il ne perdit pas de temps et se dirigea vers les poteaux pour en briser les chaînes. Il pensait pouvoir y parvenir à la force de ses mains, mais les maillons refusèrent de bouger d'un pouce. Il en déduisit qu'elles devaient être enchantées.

Lâchant une bordée de jurons, il fouilla la pièce du regard.

Là !

Posé non loin de cette foutue seringue, il y avait un trousseau muni d'une unique clé. Il s'en empara et pria pour que ce soit la bonne. La chance fut de son côté car le premier cadenas se déverrouilla. Il passa ensuite rapidement aux trois autres, libérant sa protégée de cette prison de fer.

Malheureusement, dans sa manœuvre précipitée, il arracha sans le vouloir le pansement grossier à son poignet. Aussitôt, du sang s'écoula de la plaie.

En réaction à l'odeur délicieuse qui embauma soudain l'air, ses canines s'allongèrent, prêtes à lui offrir un délicieux festin. Mais ce n'était pas du tout à l'ordre du jour. Il n'allait certainement pas profiter de cette pauvre jeune femme à moitié consciente. Il allait simplement lécher la plaie pour la refermer. Un point c'est tout ! N'en déplaise à ses instincts de vampire.

Il attrapa délicatement le bras de la jeune femme

pour le lever. En retour, elle le regarda avec une intensité qui le mit mal à l'aise. Aussi lui expliqua-t-il :

— Je vous promets que je ne vais pas vous mordre. Je veux simplement vous aider à guérir.

Il fit ensuite courir sa langue le long de la plaie.

À cause de la drogue circulant dans ses veines, il fallut que quelques gouttes entrent en contact avec ses papilles, pour que l'information parvienne jusqu'à son cerveau. Il sut alors qu'il venait de se mettre dans les ennuis jusqu'au cou.

Il ôta aussitôt sa bouche du poignet, priant pour qu'il ne soit pas trop tard et que le mal ne soit pas déjà fait. Quelle quantité fallait-il boire pour être fichu ? Il avait à peine lapé la plaie. Et le sang était mêlé à de la drogue. Ce n'était que l'histoire de quelques gouttes, sa vie ne pouvait pas basculer pour si peu !

Alors qu'il se posait cette question d'une importance capitale pour son avenir, le regard de l'inconnue s'embrasa, comme le faisait celui d'Ornella lorsqu'elle était en colère.

Une Nefasta !

Cette fois, il fit un bond de trois mètres pour s'éloigner d'elle. En réalité, il venait de plonger la tête la première dans les ennuis ! Et pas de manière gracieuse, c'était plutôt un énorme plat à vous assommer.

Soudain, la porte s'ouvrit à la volée et sa future reine déboula dans la pièce. Dès qu'elle vit l'inconnue, elle se dirigea vers elle en s'écriant :

— Oh mon Dieu, Amaya, que t'a-t-il fait ?!

Désormais, il était en train de se noyer dans les ennuis !

Almadeo était tellement troublé qu'il faillit se trahir en déclarant un « J'ai rien fait » qui l'aurait désigné comme coupable d'office. Au dernier moment, il eut la présence d'esprit de se dire que si Ornella parlait de lui, elle se serait directement adressée à lui.

Malgré tout, il ne fit pas le fier quand elle finit par se tourner vers lui.

— Où est-il ? Où est ce chien de Gatien ? Tu l'as tué ?

— Non. Quand je suis arrivé, elle était étendue là, toute seule.

Mais si le roi des mages était responsable, Almadeo comptait bien le trouver et le tuer à mains nues. De préférence très, très, très lentement.

— Il ne faut pas traîner ici, déclara Ailean.

Trop bouleversé par les trois uppercuts qu'il venait de se prendre, Almadeo n'avait même pas remarqué que son roi était aussi dans la pièce.

— On ne sait pas si d'autres mages vont arriver à la rescousse. Inutile de mettre Ornella, Amaya et les hommes en danger.

— Je m'occupe d'Amaya, déclara Almadeo.

Ailean hocha simplement la tête en guise d'accord, loin de se douter que les paroles d'Almadeo avaient un sens bien différent de celui qu'il s'imaginait.

Chapitre 86

Un faible gémissement tira Ornella de la somnolence à laquelle elle était en train de succomber. Aussitôt, elle fut au chevet de son amie pour la rassurer.

— Amaya, je suis là, tout va bien, ne t'inquiète pas.

— Ella ?

— Oui, c'est moi.

— Où suis-je ?

— À la cour des vampires, avec moi.

— Des vampires ?

— Oui, mais ne t'inquiète pas. Tu ne risques rien.

— Je sais, puisque tu es là.

La remarque fit sourire Ornella.

Aussitôt après, Amaya prit un air grave avant de déclarer :

— Ella, je suis tellement désolée.

— De quoi donc ?

— Si je ne t'avais pas sollicitée, tu ne serais pas tombée dans le piège de Gatien. Je m'en veux tellement. J'ai été si naïve. Je pensais être capable de le berner, alors qu'il me manipulait depuis le début.

— Pff, tu dois avoir encore des traces de cette maudite drogue dans le sang pour dire pareilles bêtises, déclara Ornella avec un petit reniflement disgracieux.

Quand elle vit le regard d'Amaya se voiler de panique, elle se traita *in petto* d'idiote. Pourquoi avait-elle fait cette remarque stupide ?

— Que m'est-il arrivé ?

Au lieu de lui répondre, Ornella demanda en détournant le regard :

— De quoi te rappelles-tu exactement ?

Amaya sembla fouiller dans sa mémoire. À son froncement de sourcil, Ornella en déduisit que ses souvenirs devaient être flous. Avec un peu de chance, elle aurait oublié les détails les plus sordides. D'ailleurs, certaines questions restaient encore en suspens. Ornella avait refusé qu'un médecin ausculte Amaya tant que son amie ne pourrait pas être en capacité de l'accepter ou de le refuser. On lui avait déjà suffisamment imposé de choses contre son gré.

Ayant visiblement réussi à réunir quelques fragments, Amaya lui répondit :

— Gatien est venu me chercher. Il t'a laissée seule, en précisant que quelqu'un allait venir s'occuper de toi. Qui était-ce ? Cette personne t'a-t-elle fait du mal ?

Ornella fut touchée que son amie s'inquiète en priorité pour elle. D'un geste vague de la main, pour lui faire comprendre que ce n'était pas important, elle répondit :

— Ne t'inquiète pas. C'était Marec, le demi-frère d'Ailean et il a eu ce qu'il méritait. Continue.

— Gatien m'a ensuite conduite dans une pièce où un autre homme nous attendait. Il m'a expliqué tout son plan. Il savait ce que j'étais depuis le début et il m'a manipulée comme une marionnette. Il m'a dit qu'il t'avait tendu un piège pour que tu penses que j'étais encore à la cour des mages. C'est de cette façon qu'il t'a repérée. Je crois qu'après ils m'ont droguée. Le reste est un peu nébuleux dans ma tête.

— Ne t'en fais pas, laisse le temps à ton esprit pour se remettre. Je suis persuadée que tout va finir par te revenir. En tout cas, je suis rassurée d'apprendre que mes pouvoirs ne m'ont pas fait faux bond mais que c'était l'œuvre de Gatien.

— Qu'est-ce que tu ne me dis pas, Ella ? Que m'ont-ils fait ?

— On l'ignore. Almadeo, un des généraux d'Ailean, t'a trouvée sur un autel, attachée, droguée et nue. Tu avais une entaille au poignet, mais elle n'était pas très importante. Nous n'en savons pas plus.

Ces paroles lui brûlèrent la langue, mais elle devait être honnête avec Amaya. Ce serait mal de lui mentir.

Une question sembla flotter dans l'air, mais ni l'une ni l'autre ne la formula à voix haute. Elle était bien trop dangereuse et douloureuse.

Après une interminable pause, Amaya lui dit :

— Merci de m'avoir secourue.

— Ne dis pas de bêtises. Au fait, il va de soi que tu es la bienvenue ici. Tu n'es en aucun cas prisonnière, mais sache que tu peux rester vivre avec moi, si c'est ce que tu souhaites. Cela me ferait très plaisir, en tout cas.

Les larmes aux yeux, Amaya lui répondit :

— Merci Ella.

— Est-ce que tu as faim ? Tu veux que je te fasse apporter un plateau ?

— En fait, si cela ne te dérange pas, j'aimerais bien me reposer un peu.

— Mais bien sûr.

La pauvre, les derniers événements devaient l'avoir complètement épuisée et chamboulée.

— Je serai dans la chambre, deux portes à droite de la tienne. N'hésite pas à venir frapper si tu as besoin de quoi que ce soit.

— Merci, répéta Amaya.

Ornella quitta ensuite la pièce pour se rendre dans la chambre en question, celle d'Ailean. Il était temps qu'ils aient une petite discussion à cœur ouvert.

Chapitre 87

Ailean tournait dans sa chambre comme un lion en cage. Il comprenait le désir d'Ornella de rester aux côtés de son amie. Après ce que la pauvre avait subi, il aurait été le dernier des moins que rien s'il avait exigé qu'Ornella soit avec lui plutôt qu'avec Amaya. De toute façon, même s'il avait émis ce souhait, il savait très bien que sa petite sorcière n'en aurait eu que faire et aurait fait comme bon lui chantait. Elle lui aurait même certainement remonté les bretelles.

Il sourit à cette idée. On ne pouvait pas dire qu'elle manquait de caractère ! Et c'était ce qu'il aimait chez elle, entre autres choses.

Malgré tout, il se demandait combien de temps encore il allait devoir patienter avant d'obtenir un tête-à-tête avec elle. Leurs retrouvailles, bien qu'intenses, avaient été trop brèves. Ils avaient échangé des paroles lourdes de sens, mais n'avaient pas eu le temps d'aborder certains sujets.

En attendant sa belle, Ailean commença à échafauder un plan. Il était heureux d'avoir retrouvé Ornella indemne – à quelques hématomes près – mais cette attaque surprise avait un goût d'inachevé. Il avait la haine que Gatien ait réussi à se faufiler à travers les mailles du filet. D'ailleurs, son évasion était un véritable mystère. Ailean avait posté des hommes tout autour du bâtiment, il n'était donc pas sorti de cette façon. Il devait y avoir des souterrains cachés qu'ils n'avaient pas découverts lors de leur attaque.

Peu importe, ce n'était qu'une question de temps avant qu'Ailean ne lui mette la main dessus. Et lorsque ce moment arriverait, il prendrait le temps de savourer sa vengeance, pas comme pour Marec.

Après ce que Gatien avait fait et, surtout, derrière le dos de personnes puissantes au sein de son espèce, il était désormais considéré comme *persona non grata* chez les mages. Ailean y avait bien veillé.

Comme lui, la plupart des mages étaient partisans d'une entente cordiale et d'une absence de conflit. Lorsqu'Ailean leur avait expliqué comment Gatien avait capturée la future reine des vampires, certains avaient pâli devant l'outrage que ce geste représentait. Même si elle était une *Nefasta*, rien ne justifiait qu'elle soit traitée ainsi, avaient-ils déclaré.

Dans les faits, Ailean n'était pas naïf, il savait très bien que l'idée d'un vampire se nourrissant d'une *Nefasta* les terrifiait. Cependant, ils avaient eu l'intelligence de ne rien dire devant le vampire en question.

D'autant que cette histoire autour d'Adam et Ève avait été plus qu'exagérée. Certes, ses pouvoirs étaient un peu plus puissants qu'avant, mais la différence n'était pas flagrante et il n'avait acquis aucune nouvelle capacité. Au final, Ailean se demandait si le problème à l'époque n'avait pas avant tout été un refus d'alliances interraciales.

Il en était là de ses réflexions, lorsque la porte de sa chambre s'ouvrit sur sa délicieuse petite sorcière. Elle n'était pas apprêtée comme lors de leur premier repas ici, mais il la trouvait tout de même magnifique.

Chaque fois qu'il la voyait, son cœur se serrait d'émotions pour elle. Il priait de tout cœur pour que les paroles qu'elle lui avait dites un peu plus tôt ne soient pas simplement le résultat d'un bouleversement quelconque. Pour sa part, il pensait réellement ce qu'il avait déclaré. Il l'aimait de tout son cœur. Et son vœu le plus cher était qu'elle accepte de rester à ses côtés.

En pénétrant dans la pièce et en fermant la porte derrière elle, Ornella lui lança un petit sourire timide. Malgré lui, ses pensées prirent un tournant moins romantique et plus érotique. Cependant, tant qu'ils n'auraient pas tiré au clair les sentiments existants entre eux, c'était une très mauvaise idée de vouloir leur donner corps.

Au lieu d'aborder le sujet qui lui tenait à cœur, Ailean préféra commencer par un autre moins sensible :

— Comment va Amaya ?

— Elle vient de se réveiller. Elle est encore

chamboulée après ce qui lui est arrivé, mais c'est normal. On le serait pour moins.

— T'a-t-elle donné des détails sur ce qui lui est arrivé exactement ?

— Non, elle n'en sait guère plus que nous. Ses souvenirs sont encore flous. Je pense qu'elle a besoin de temps.

Après une pause, elle ajouta :

— Merci d'avoir accepté qu'elle reste ici avec moi.

— C'est normal. Je l'ai fait de bon cœur. Je le pensais vraiment. Elle peut rester vivre ici.

Sa proposition avait été une évidence. Ornella était tellement contente de retrouver son amie. Et cette dernière ne pouvait pas retourner chez les mages, puisque son statut de *Nefasta* avait été révélé au grand jour – en partant de l'hypothèse folle qu'elle tenait à y retourner, ce dont Ornella et lui doutaient. Vivre au milieu de personnes détestant fondamentalement ce que vous étiez, n'était pas une situation enviable. Il se demandait d'ailleurs comment Amaya avait réussi à tenir aussi longtemps et à cacher sa véritable nature. Pour l'heure, ce n'était pas son inquiétude principale.

Après une seconde de silence, il décida d'aborder *le* sujet délicat. Il commença à parler, mais Ornella en fit de même.

— Ailean …

— Ornella …

N'étant pas spécialement pressé d'avoir cette discussion, il lui dit :

— À toi l'honneur.

Ornella lui dédia un petit sourire moqueur, l'air de dire : « Tu parles d'un honneur ! ». Il le lui rendit en retour.

— Je voulais à nouveau m'excuser d'être partie ainsi. J'aurais dû te prévenir ou au moins te laisser un mot pour que tu ne t'inquiètes pas.

— J'ai cru que tu m'avais quitté, murmura Ailean la voix chargée d'émotions.

Il ne voulait pas paraître faible, mais cette sensation d'abandon était gravée au fer rouge dans son cœur. Il ne pourrait jamais l'oublier.

— Oh, Ailean, je suis tellement désolée. Je ne serais pas partie ainsi. Je connais les conséquences que cela aurait pour toi.

Même si la question lui brûla la gorge, il s'obligea à la poser :

— Est-ce uniquement pour cette raison que tu ne l'aurais pas fait ?

Soudain, son pouls s'emballa sous le coup du stress. Il redoutait sa réponse, tout en espérant lui entendre redire les mots tant attendus. Il avait l'impression d'être un petit enfant en manque d'affection, mais c'était plus fort que lui.

Le regard d'Ornella s'adoucit encore plus, quand elle déclara :

— Tu sais bien que non.

Après une pause, elle ajouta :

— Je pensais ce que je t'ai dit tout à l'heure : je t'aime Ailean.

Son cœur se gonfla d'allégresse face à cette déclaration. Il brisa la distance qui les séparait et vint la prendre dans ses bras. Elle n'opposa aucune résistance et il s'en réjouit.

— Moi aussi, je t'aime ma belle. Si je souhaite que tu restes à mes côtés, ce n'est pas pour ton sang, mais pour toi, uniquement pour toi, parce que je t'aime comme un fou et de tout mon cœur.

Son regard s'embua d'émotion et il la trouva plus belle que jamais.

— Ornella, acceptes-tu de devenir ma reine ?

Elle hocha aussitôt la tête en guise d'assentiment. En retour, il s'empara de ses lèvres pour sceller leurs véritables fiançailles, avant de céder enfin à l'appel du désir.

Chapitre 88

Quelques heures plus tard, allongée dans le lit d'Ailean et *sur* Ailean, Ornella vivait sa vision personnelle du paradis. Toutefois, si son corps était repu, son esprit, lui, battait à plein régime. Soudain, elle pensa à son ancienne vie.

— Ailean ?

— Humm ?

— Est-ce que tu crois que je pourrais téléphoner à Sue ?

— Qui est Sue ?

— Une de mes collègues. C'est aussi la seule amie que j'avais.

— Tu veux l'appeler ou la voir ?

— Je pense qu'il serait plus raisonnable que je l'appelle. Tant que cette affaire avec Gatien ne sera pas terminée, j'aurais trop peur de lui faire courir un risque quelconque. En revanche, je voudrais qu'elle sache que je vais bien. Je pourrais lui dire qu'on m'a offert un super nouveau job que je ne pouvais pas refuser.

— Tu parles d'être la reine de tous les vampires ? la taquina Ailean.

— Oui, mais j'éviterai de donner le détail de la fiche de poste.

— Si elle compte pour toi, fais-le. J'ai demandé aux gars de faire le nécessaire auprès de tes collègues pour qu'ils ne s'inquiètent pas de ton absence, mais si tu veux la rassurer personnellement, il n'y a aucun souci.

En parlant de collègues …

— Tu te souviens de Joe, mon patron ? Je t'ai parlé de lui quand nous étions au milieu de nulle part.

— Oui, je m'en souviens très bien, grogna Ailean. Et avant que tu me le demandes, pas question que tu ailles lui botter le train. De toute façon, je me suis déjà chargé de son cas.

— Tu l'as tué ?

Il eut un petit rire avant de lui répondre :

— Non, rien d'aussi radical. Mais j'ai demandé à Rosario de prendre les mesures nécessaires.

— Ce qui veut dire ?

— Ce qui veut dire que, chaque fois qu'il aura l'idée de rabaisser une femme, il sera soudain pris d'une terrible crise d'incontinence. Sans parler d'un petit problème de panne mécanique qui l'empêchera de leur faire quoi que ce soit.

— T'es sérieux ?

— On ne peut plus.

— Si je ne t'aimais pas déjà, je tomberais amoureuse de toi maintenant.

Sa déclaration le fit sourire. De son côté, elle était touchée qu'il se soit souvenu de Joe et qu'il ait fait le nécessaire pour qu'il ait enfin ce qu'il mérite.

Pour le remercier, Ornella se blottit encore plus fort contre lui. Elle repensa ensuite à un détail évoqué par Rayna.

— Ailean ?

— Humm ?

— Ta sœur m'a dit que trouver son *Amor Fati* était considéré comme une bénédiction par les vampires et non une malédiction. Elle m'a dit que tu m'expliquerais pourquoi.

— Un vampire, mâle ou femelle, n'est fécond que lorsqu'il a trouvé son *Amor Fati*, sinon il est stérile. Notre taux de natalité est très faible et ce n'est pas plus mal, vu notre longévité. Certains pensent d'ailleurs que l'*Amor Fati* a vu le jour dans le but de réguler notre population.

Ornella médita à la réponse obtenue, puis lui demanda :

— Un vampire peut-il avoir plusieurs *Amor Fati* dans

sa vie ?

— À ma connaissance, non. Tous n'ont déjà pas la chance de le rencontrer. Pourquoi demandes-tu cela ?

Elle hésita une seconde, car le sujet était sensible.

— Eh bien, Marec était ton demi-frère, non ?

Ailean ne se vexa pas de sa question. Il ne se fâcha pas non plus. Comprenant où elle voulait en venir, il se contenta de lui expliquer :

— Mon père était peut-être un bon roi, mais il était loin d'être un époux exemplaire. L'*Amor Fati* n'impose rien au niveau du sexe, mais généralement un couple se jure fidélité. Lorsque ma mère est tombée enceinte de moi, des complications l'ont obligée à garder le lit durant presque toute sa grossesse, soit environ dix-huit mois. Très tôt, son médecin lui a conseillé de ne plus avoir de rapports sexuels, ces derniers pouvant causer une fausse couche.

Tout en parlant, Ailean dessinait des arabesques sur son bras nu, la déconcentrant légèrement.

— Avant de rencontrer ma mère, mon père était un chaud lapin. Privé de sexe, il est retombé dans ses travers. Il a eu la faiblesse de céder à l'une des femmes de la cour s'appelant Lilith. Depuis toujours, Lilith ambitionnait de devenir reine. Cependant, le destin en a décidé autrement en plaçant ma mère sur la route de mon père et surtout en amenant Lilith à rencontrer son *Amor Fati*, chose que mon père ignorait.

Après une pause, il continua son récit :

— Malgré ces obstacles, les ambitions de Lilith ont

persisté. Elle a profité des difficultés matrimoniales entre mes parents pour se faire inviter dans le lit de mon père. Ce dernier a fini par céder et a eu la malchance de l'engrosser. Peu de temps après ma naissance, Marec est venu au monde.

Le cœur d'Ornella se serra pour la mère d'Ailean qui avait été trahie de la pire des façons. Elle comprenait désormais l'air réprobateur avec lequel Ailean parlait de son père. C'était vraiment moche ce qu'il avait fait à son épouse.

— Même s'il n'était pas fier de son adultère, mon père a accepté d'assumer ses erreurs et l'a reconnu comme son fils. Et ma mère a eu assez de bonté dans son cœur pour réussir à pardonner à son époux. Cependant, le processus a été lent et semé d'embûches. Et l'ambition de Lilith et Marec n'a pas vraiment aidé.

— Je suis désolée, murmura Ornella.

— De quoi ? Ce n'est en rien ta faute. Et c'est désormais de l'histoire ancienne.

Il n'empêche que tout ceci était bien triste. Elle pensa alors à un autre détail :

— Est-ce que nos deux espèces sont sexuellement compatibles ?

Elle n'y avait pas pensé jusqu'à présent. Cependant, ils avaient fait plusieurs fois l'amour sans protection. Si elle était son *Amor Fati,* cela voulait-il dire qu'elle pourrait tomber enceinte de lui ?

À sa grande surprise, cette idée ne la fit pas paniquer. Au contraire, elle s'en réjouit. Elle n'avait encore jamais envisagé d'être mère. Mais avec Ailean à ses côtés, cette perspective n'était pas pour lui déplaire. Encore faudrait-il que ce soit possible.

— Je l'ignore. À ma connaissance, aucun mage ne s'est jamais mis en couple avec une vampire et aucun vampire n'a été en couple avec une sorcière, exceptés Adam et Ève, mais on sait tous les deux qu'ils n'ont pas eu la chance de pouvoir découvrir si c'était possible.

Après une pause, il demanda d'un ton hésitant :

— Cela te pose un problème ?

— Au contraire, le rassura Ornella.

En retour, Ailean lui dédia un sourire débordant d'amour.

— En parlant d'Adam et Ève, as-tu senti une différence depuis que tu as bu mon sang ?

— Hum, tu veux dire en dehors du fait que je te trouve encore plus appétissante et irrésistible ?

Il ponctua sa question d'une petite morsure légère sur son épaule, sans égratigner sa peau.

— Vil flatteur. Tu sais très bien ce que je veux dire.

— Oh oui. Quand tu es partie, les gars n'ont pas arrêté de me demander toutes les cinq minutes si j'avais des super pouvoirs.

— Et ?

— Les premières heures qui ont suivies ton départ, j'ai surtout eu des super évanouissements. Mes forces et mes réflexes m'ont semblé plus aiguisés lors de la bataille. Toutefois, rien de transcendant.

Se pourrait-il que cette histoire d'Adam et Ève ne soit elle aussi qu'un tissu de mensonges inventés par les mages pour justifier l'acte ignoble d'Achab ? Ornella chassa aussitôt cette idée dérangeante pour penser à une question qui lui trottait dans la tête mais qu'elle n'osait pas poser.

Comme s'il pouvait lire dans ses pensées, Ailean lui dit :

— Qu'est-ce qui ne va pas ?

Soudain, un doute s'empara d'elle. Elle se redressa et lui demanda en le regardant droit dans les yeux :

— Tu ne peux pas lire mes pensées, dis-moi ?

Sa question l'amusa.

— Non, mais je dois reconnaître que tu viens d'éveiller ma curiosité avec ta remarque. Qu'as-tu donc à me cacher ?

— Rien de particulier, mais ce n'est pas pour autant que j'aimerais que tu puisses le faire. Ce serait malpoli.

Sa réponse le fit à nouveau sourire.

— Alors, maintenant que tu es rassurée sur le fait que je ne vais pas écouter tes pensées, vas-tu me dire ce qui te tracasse ?

— Ce n'est rien. Oublie, c'était stupide de ma part.

— Tsss. Cela m'étonnerait. Allez, dis-moi.

Elle hésita encore quelques secondes.

— Tu peux tout me dire et tout me demander. Je te promets que je ne me moquerai pas de toi.

Elle finit par se lancer à l'eau :

— À quel rythme dois-tu approximativement boire à ma veine ?

Sa question le désarçonna. Il ne s'y attendait visiblement pas. Avec une extrême prudence, il lui répondit :

— Environ tous les quinze jours, éventuellement toutes les trois semaines. Pourquoi ?

Ornella sentit ses joues rougir. En écho, le regard d'Ailean se fit moins hésitant et plus brillant.

— Pourquoi ? répéta-t-il.

D'une toute petite voix et le menton baissé, elle répondit :

— Il se pourrait que j'aie bien aimé quand tu l'as fait. Je voulais donc savoir quand j'aurai l'occasion de …

Elle n'eut pas la possibilité de finir sa phrase. Ailean les fit rouler tous les deux, jusqu'à ce qu'il vienne recouvrir son corps du sien. Il lui montra ensuite que ce rythme pouvait être beaucoup plus rapproché, si les deux parties étaient consentantes.

Épilogue

Dans un coin de la vaste salle de bal, Amaya admirait le couple royal danser sous les yeux envieux des autres vampires. Une fois de plus, ses pouvoirs ne l'avaient pas trompée. La vision qu'ils offraient actuellement était en tout point conforme à ce qu'elle avait vu, quelques semaines plus tôt, dans l'appartement d'Ornella.

Il s'était passé tellement de choses depuis qu'elle avait l'impression que cela faisait une éternité.

Un peu plus tôt dans la journée, après qu'Ailean et son amie se soient dit oui durant une célébration équivalente au mariage des humains, Ornella était officiellement devenue la reine des vampires.

Amaya était très contente que son amie ait enfin trouvé le bonheur. Nul besoin d'être doté de pouvoirs divinatoires pour se rendre compte de l'amour liant la reine et le roi des vampires.

Peut-être qu'elle aussi aurait droit à un happy end. Une chose était certaine, sa propre cérémonie d'investiture avait été bien différente de celle-ci. À des années-lumière, même.

Elle n'en était pas fière, mais elle avait menti à Ornella. Elle lui avait dit qu'elle ne se souvenait pas de ce qu'on lui avait fait, mais c'était faux. Certes, la drogue avait affecté sa perception des choses, mais dans les grandes lignes, elle savait très bien ce qui s'était passé dans cette maudite pièce et les conséquences pour son avenir.

Elle s'était donné quelques jours pour réfléchir à tout ceci. Elle avait besoin de se remettre de ses émotions et de faire le choix le plus judicieux. Malheureusement, elle ne pouvait même pas compter sur ses visions pour l'aider.

Depuis qu'elle était ici, elle n'avait eu aucune. Elle ignorait si c'était le contrecoup de ce que lui avait fait Gatien ou une conséquence directe du rituel qu'il avait exécuté avec ce vieux mage. Elle n'avait parlé de ce problème à personne.

Elle parcourut une nouvelle fois la pièce des yeux en s'émerveillant sur la beauté des lieux. La cour des vampires était vraiment un très bel endroit.

Elle était touchée qu'Ailean lui ait proposé de vivre ici avec Ornella. Elle était tellement heureuse d'avoir retrouvé son amie. Malgré tout, elle ne se sentait pas à sa place. Certains ne se gênaient pas pour la détailler avec plus ou moins de discrétion. Désormais, tous savaient qu'elle aussi était une *Nefasta*. Cette réaction était inévitable.

Elle ne cessait de se répéter que sa situation serait encore plus intenable si elle retournait à Boston. Elle serait traitée comme une pestiférée. Cependant, en agissant de la sorte, elle avait l'impression de fuir et de leur accorder une victoire. Le goût était amer en bouche.

Soudain, alors qu'elle contemplait Ailean et Ornella dansant la valse, elle prit sa décision. Elle n'allait pas rester ici à se terrer comme une pauvre chose fragile. Elle allait prendre son destin en main ! Surtout, elle allait prendre sa revanche sur la vie qu'on lui avait imposée jusqu'à présent. Elle allait retourner à son avantage ce qu'on lui avait fait subir.

Mais avant cela, il lui fallait régler un détail et pas des moindres.

Au moment où elle se fait cette réflexion, un géant blond passa dans son champ de vision. Depuis son sauvetage, il l'avait soigneusement évitée. Peut-être espérait-il qu'elle ne se souvienne de rien. Une chose était certaine, il luttait contre l'inévitable. Peut-être que ses amis ne s'en étaient pas encore rendu compte, mais ce n'était qu'une question de jours avant qu'il ne se trahisse.

Alors qu'il quittait la pièce, Amaya lui emboîta le pas discrètement après s'être assurée que personne ne les remarquait.

Le vampire entra dans une pièce, elle en fit de même sans hésiter. Quand il entendit des pas derrière lui, il se retourna.

Amaya ferma alors la porte derrière elle, prit une grande inspiration et déclara d'un ton qu'elle espérait ferme et assuré :

— J'ai quelque chose à vous proposer.

Vous avez aimé ?

Merci de prendre quelques instants pour laisser un petit commentaire sur les plateformes en ligne (Amazon, Booknode, …), c'est un véritable coup de pouce. ☺

N'hésitez pas non plus à me faire un petit retour par mail (julie.dauge.mackintosh@gmail.com) ou sur les réseaux sociaux (Julie Dauge auteure pour Facebook et juliedaugeauteur pour Instagram). Promis, je ne mords pas !

Si vous voulez être au courant de mes actualités, venez vous inscrire sur mon groupe Fracebook : Julie Dauge & her readers. C'est le meilleur endroit pour obtenir des exclus. ☺

À bientôt pour la suite !

Julie

Remerciements

Merci à Fyctia pour le concours « sorcière ». Sans lui, Ornella et Ailean ne se seraient jamais rencontrés (avouez que cela aurait été dommage !)

Merci du fond du cœur à toutes les personnes qui m'ont soutenue durant ces 70 jours de folie. Grâce à vous, *Nefasta* a trôné en tête du classement. Merci pour vos messages. Merci d'avoir joué mes émissaires. Merci pour tout. Vous avez été au top !

Merci aux Dames du Cul© (Angélique, Charlie, Elodie, Samantha, Sonia et Vanina) pour tous ces bons moments passés ensemble durant le concours (et pas que …). Longue vie à nous !

Merci à Charlie (Dragonfly Design) pour cette magnifique couverture, je l'adore. N'hésitez pas à faire appel à elle ☺.

Merci à EnaL d'avoir pris le temps de répondre à toutes mes questions sur l'aspect logistique de l'autoédition (#BisounoursPower).

Merci à mes bêtas pour leurs retours constructifs (Sylviane, Christina, Viviane, Sonia, Fabien).

Merci à vous tous de me suivre dans cette nouvelle aventure à bien des titres. Ornella et Ailean n'étaient que le commencement du projet *Nefasta*. (Psitt : tournez la page pour découvrir ce que je vous réserve d'ores-et-déjà dans ma petite tête (et ce n'est qu'un début !)).

Enfin (et toujours le meilleur pour la fin), merci à

mon époux pour son soutien qui prend de multiples formes

(PS : t'as vu ? Tu as eu le droit à ta dédicace écrite ☺)

De la même auteure

La saga Nefasta (10 tomes en tout)

Bienvenue dans l'univers des vampires, des mages et des Nefastae

Faux-semblants

Venez vivre la saison londonienne aux côtés d'Annabelle et son Comte.

Love and Hope (4 tomes dont 1 M/M)

4 sportifs à qui tout réussit qui vont trouver leurs moitiés dans des êtres malmenés par la vie. Ensemble, ils vont apprendre que tant qu'il y a de l'amour, il y a de l'espoir.

Malgré (duologie)

Laissez-vous émouvoir par l'histoire bouleversante de Cassie, Cole et Madison (les deux livres peuvent se lire indépendamment)

Les MacKintosh (4 tomes dont 1 M/M)

Prêts à voyager dans l'Ecosse du XVIe ?

Le Père Noël n'aurait pas dû agiter ses grelots devant mon chien

Une comédie romantique déjantée qui ne manque pas de chien !

Laissez-vous tenter

Envie d'un exemplaire dédicacé ?

https://juliedaugeauteure.wordpress.com/contact/

Printed in France by Amazon
Brétigny-sur-Orge, FR